女仵作

三云

谁家MM 著

[上册]

重庆出版集团 重庆出版社

图书在版编目(CIP)数据

青云女仵作 / 谁家MM著. —重庆：重庆出版社，2021.1

ISBN 978-7-229-15254-3

Ⅰ.①青… Ⅱ.①谁… Ⅲ.①长篇小说—中国—当代 Ⅳ.①I247.5

中国版本图书馆CIP数据核字(2020)第167420号

青云女仵作
QINGYUN NÜ WUZUO

谁家MM 著

选题策划：李 子
责任编辑：李 雯 汪建华
责任校对：朱彦谚

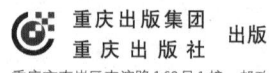

重庆出版集团
重庆出版社 出版

重庆市南岸区南滨路162号1幢 邮政编码：400061 http://www.cqph.com
重庆出版社艺术设计有限公司制版
重庆一诺印务有限公司印刷
重庆出版集团图书发行有限公司发行
E-MAIL:fxchu@cqph.com 邮购电话：023-61520646
全国新华书店经销

开本：710mm×1000mm 1/16 印张：34.75 字数：760千
2021年1月第 1 版 2021年1月第1次印刷
ISBN 978-7-229-15254-3
定价：69.80元

如有印装质量问题，请向本集团图书发行有限公司调换：023-61520678

版权所有　侵权必究

目录

幼儿失踪案

1 · 第一章 残忍至极

32 · 第二章 蛊术一门

55 · 第三章 容门柳少

73 · 第四章 尸体说话

93 · 第五章 背后的天

124 · 第六章 重回柳府

154 · 第七章 羞辱一二

175 · 第八章 如遭雷劈

212 · 第九章 先生大智

245 · 第十章 一桩旧事

幼儿失踪案

第一章 残忍至极

乾凌三十三年,春日,清晨的富平县,人烟稀少,薄雾未散。

郊外一处小湖畔,腥咸的血腥味儿在空中蔓延。

小路上,一大一小两道身影,乘着薄雾,缓缓而来。

走近了,才看清楚,那大的是个男子,生得翩翩俊雅,皓齿明眸。男子肩上,还站着一只浑身是黑色的鸟儿,那鸟儿,喙尖眼亮。男子手边,则牵着个小男孩。男孩约莫四五岁的样子,生得粉雕玉琢,一双漆黑的眼珠子亮晶晶,宛若星辰。

他们一路走到湖畔边上,待看到水中的境况才停下步子。

"娘亲,咱们又来晚了。"柳小黎鼓着腮帮子,不高兴地咕哝。

男子屈着素白的手指,在小家伙头顶上轻敲了一下:"刚才叫我什么?"

柳小黎捂着脑袋,可怜兮兮地瘪嘴,不甘不愿地叫了一声:"爹……"

男子这才露出满意的神情,推推小家伙的背,吩咐:"去找找尸体。"

小家伙唔了一声,迈着小短腿,跑进草丛,扒拉了好一会儿才找到目标。

"娘亲,哦不是,爹……尸体在这里。"

男子走过去,警告地瞥了儿子一眼。

柳小黎赶紧缩了缩小脖子,委屈地往后退了两步,他到现在也不明白,为什么娘亲明明是娘亲,却非要他叫她爹!

不理小家伙可怜的眸子,柳蔚探头去看,果然看到草丛里一具浑身是血、被人开膛破肚的女尸,死不瞑目地躺在那儿。

蹲下身，盯着那女尸瞧了会儿，柳蔚确定了："与之前八名死者一样。"

柳小黎亮亮的黑眸睁着："还是那个凶手？那凶手也真是有精神啊，从曲江府到富平县，一个月走了半个江南，一路走，一路杀，而且手法每次都是一样。他难道就不怕露出马脚吗？"

"他是在创造自己的风格。"柳蔚从地上站起来，牵起儿子的手，"变态杀人狂，有自己的审美意识，他觉得人只有死成这样，才是最美的！"

柳小黎嫌弃："可我觉得还好，不是很美。"

柳蔚认同："的确不美，这个凶手审美一般，创作手法也比较单一，如果开膛破肚就是美，那所有屠夫都是艺术家了！"

柳小黎知道艺术家是什么意思，娘亲跟他说过，所以他也就点点头，又问："爹，我们现在怎么办？是先报官，还是继续追？"

柳蔚说："先吃早饭。"

"吃什么？"

柳蔚想了想："猪血粥？"

柳小黎皱眉："爹，小黎刚刚才看了尸体，不想吃猪血粥。"

柳蔚又说："猪肠粥？"

柳小黎鼓着腮帮子："可小黎也看了人肠，也不想吃猪肠粥。"

柳蔚不满地看着儿子："你太挑食了，这样长不高！"

柳小黎苦着脸："爹，你是故意的……"

柳蔚一笑："锻炼锻炼你！要知道干咱们这行的，若是见个尸体就这不吃那不吃，那往后就真的什么都不用吃了。"

柳小黎还是不愿意，可看"爹"一脸坚持，他也只好鼓着嘴点头。

正在"父子"俩商量早饭时，远处突然传来一阵杂乱的脚步声。

"村长，我看到了，就在前面！尸体就在前面！"这是一道慌忙的男音。

柳蔚揉着眉心："看来没时间吃饭了。"

柳小黎面上不显，心里却偷偷松了口气，太好了。

由远而近跑来的是一群村民，他们个个手持木棒，来势汹汹。

待看到尸体时，这群人二话不说，迅速把柳蔚和柳小黎团团围住。

"你们是谁，怎么会在李家村外头？"说话的人是个面有黑须，年届五十的男人。

此时，有村民在草丛里发现尸体，吓得大叫起来。

"小娟，真的是小娟！村长，小娟她……"

那人一喊，其他村民一阵怔愣，有人也跑去草丛看，可看到尸体那恶心恐怖的死状，显然受惊不小。

其中一个村民大吼："村长，这两个是外来人，从没见过他们，他们不是本县的，小娟肯定是他们杀的！"

"对，肯定是他们杀的！就算不是，他们也一定是凶手同党！"

"村长，您要为小娟报仇啊！"

村长挥了挥手："来人，把他们抓起来，送到衙门去！"

话音刚落，立刻有两个五大三粗的汉子上前，对柳蔚和柳小黎这一大一小动手。

柳蔚面色平常，只侧首，朝着肩上的黑色鸟儿唤了一声："珍珠。"

那叫珍珠的鸟儿得到主人命令，立刻扑翅飞起，冲着那靠得最近的村民脸上就抓过去，只消几下，便抓得对方满脸血痕。

"啊！好痛！好痛！我的眼睛！"那村民倒在地上，疼得滚来滚去。

有个眼尖的村民看着珍珠，突然叫起来："村长，那鸟，那鸟是乌星！"

村长眼神一变："专门吃尸体的灾鸟乌星？"

将那些村民惊恐和杀戮的目光看在眼里，柳蔚对珍珠小声道："去玩会儿。"

黑鸟听懂了，展开翅膀，倏地飞远了。

看那些村民的目光还追随着珍珠的身影，柳蔚出声："不是要去衙门？"

村长这才回神儿，灾鸟只是一件小事，反正他们经常在乱葬岗看到乌星，也会顺手烧死，但杀人可是大罪。

半个时辰后，富平县的衙门开堂了。

"砰！"

一声惊堂木响，高堂上的县太爷大声喝道："堂下何人？报上名来！"

"回大人，小人乃是李家村村长李平，小人要状告这来历不明之人！我李家村村民小娟，就是死于这歹人之手！"

"死人？"县太爷沉了沉眼，看向被白布盖住的尸体，"那尸体就是小娟？"

"是。"

"掀开让本官看看。"

李平犹疑一下："大人，小娟死状可怖！您……您真的要看？"

"放肆！本官断案，不看尸体怎么断！速速掀开！"

李平看县太爷执意，只好一咬牙，闭着眼睛将白布掀开。

一阵安静。

离得最近的衙役突然捂住嘴，冲出大堂呕起来。

接着，有受不了的人纷纷捂着嘴跑了出去。

县太爷开始脸色苍白，师爷立刻大叫："盖起来，赶紧给我盖起来！"

李平忙把尸体盖上。

县太爷勉强咽下一口气，声音也发虚了不少："残忍至极，简直残忍至极！竟将人凌虐至此！"

说着，县太爷看向柳蔚和柳小黎，想叫人将这两个凶手抓起来，押入大牢，但看了两眼，又觉得不可思议。

这两人，一个清隽雅致的青年，一个水灵灵的小娃，怎么看都不像是杀人凶手。

县太爷又问李平："你说是他们杀了死者，可有证据？"

李平说："回大人，我们找到小娟尸体时，他们就在旁边，而且，他们又不是本县人。"

县太爷又一拍惊堂木，瞪向柳蔚："大胆嫌犯，还不速速坦白！你究竟姓甚名谁，家住何处，为何杀害死者？"

柳蔚面色平静："大人问的问题不对。"

县太爷皱眉："本官问的如何不对？"

"大人，我根本没有杀害死者，何来为何？"

"你这是不认罪？"县太爷冷笑，显然见多了这种死不认罪的恶贼。

"没做过怎么认。"柳蔚步履缓慢地往前走两步，走到尸体边，蹲下来，一把掀开白布！

县太爷眼球都快突出来了，那血红的尸体让他看得止不住地发抖，心口发闷。

师爷急忙把县太爷扶住，颤着声音吼："你这贼子，赶紧盖上尸体！"

堂上好不容易缓过劲儿的衙役急忙又往外面跑，一个个脸都白了。

小娟的尸体，的确是太恶心了……

柳蔚不理师爷的怒吼，摊手，对自家儿子示意。

柳小黎机灵地从腰间的小包里掏出一副麻布做的手套，和一把袖珍小刀。

柳蔚戴上手套，拿着小刀，手在女尸的肚子里头找了找。

手套也因这动作，眨眼就变红了。

县太爷受不了，捂着嘴。

柳蔚却开始淡定自若地讲解："死者的大肠，是被人用蛮力扯断的，从断口可以看出，扯得很利落。"

县太爷虚弱地靠在椅子上，嘴唇发白地抬抬手："你先盖上！"

柳蔚没盖，反而将那肠子平摆在白布上，又把小肠拿出来："这上面的断口，跟刚才的一样，也是有人以同样的方式扯断。"

又观察了心脏部位的情况。

"心脏整体都有破裂，并且裂口属于尖锐物所致，也就是说，死者可能是被人先用利器刺穿心脏而亡，随后又被开膛破腹，实际上这只是凶手在掩盖事实。"柳蔚说着，又举起自己的袖珍小刀，"在下身上，最长的刀就是这把，与死者心脏的破口不吻合。大人若是不信，可让人来核对核对。"

将心脏摆好，柳蔚又打算去拿肺。

师爷却突然大叫一声："来人，快请大夫，大人他晕过去了！"

柳蔚停下动作，看向前方，见那县太爷果然已经翻了白眼，整个人歪在椅子上。

柳蔚有些不耐烦了。

这样耽误下去，什么时候才能吃饭？

柳蔚起身，走向案堂。

师爷吓得哆嗦："你要干什么？"

柳蔚神色淡然地走上去，握住县太爷瘫软的手，在他虎口位置上狠狠一按。

师爷以为此人要行刺，吓得不得了，正想叫人来捉拿刺客，却看县太爷整个人一颤，倏地睁开了眼。

柳蔚松开县太爷的手，走回尸体边。

师爷又惊又喜，搀住县太爷："大人，大人您好些了吗？"

县太爷没力气地点点头，又感觉自己的手湿湿的，抬起来一看，却看到手上全是血，还有一股难闻的腥臭味扑面而来。

"这这这……"县太爷一句话没说完，又厥了过去。

柳小黎看在眼里，小小的手掌，盖住自己的脸。

他这一辈子，还没见过这么胆小的县太爷。

柳蔚也很不满意，觉得，今天可能会加班，别说早饭了，午饭能不能吃上都是个问题。

李平像看怪物一样看着柳蔚，又低眼，看了看惨不忍睹的小娟尸体，浑身都在颤抖。

一炷香后，大夫终于来了。

县太爷在闻了什么草药后，终于又醒了过来，但他已经没力气了，现在只想退堂，回房好好躺躺。

偏偏堂下的人，不让他走。

"大人，是否已经相信在下的清白？"

怎么可能相信！在场谁看到尸体都怕，只有你不怕，你说这合理吗？显然你就是那个凶手！变态凶手！所以才能如此镇定自若！

但县太爷没说，只是很累地摆摆手："此案容后再议，来人，将尸体安置在天井，将嫌犯暂时押入大牢。"

"大人这是不相信在下？"柳蔚又蹲在尸体边，开始掏器官，"没关系，在下可以慢慢与大人解释。"

县太爷都快疯了！

"大人哪里不信？是不信死者心脏的伤口长度，还是不信死者肠子是被扯断的？"柳蔚边说边走向县太爷。

县太爷连连后退，走到师爷背后。师爷又走到大夫背后，大夫被硬生生推到最前面，被逼看着那越来越近满手鲜血的俊雅男子。

大夫倏地一愣："阁下可是，柳先生？"

柳蔚脚步一停。

那大夫精神一振："您真的是柳先生？曲江府的柳先生？我曾经见过您一面，在曲江府的府衙里！您当场剖尸，为林家寡妇剖腹取子！"

师爷一听："曲江府的柳先生？那位曲江府的活神医？"

"就是他，就是他！"大夫已经激动得语无伦次，兴奋极了，"这位柳先生可是曲江府的活菩萨，曲江府的大仵作，受朝廷册封。你们说柳先生杀人，那绝不可能！柳先能治人，能验尸，却从没听说杀人。"

师爷也听说过曲江府的不少传奇，看柳蔚的目光顿时带着古怪，曲江府的人，怎么跑到富平县来了。

倒是县太爷沉吟一下，看向柳蔚，却不敢看她的手，只敢看她的脸，询问："你是柳先生？"

柳蔚没想到隔着曲江府这么远，竟然有认识她的！但是有人给她做人身证明，这是好事。

"是。"柳蔚应了一声。

"本官收到曲江府的公函，说有流窜的悍匪，杀人越货，无恶不作，在曲江府谋害数人，正被朝廷全力追捕，莫非……"

柳蔚不怕承认："没错，我正是为追捕那恶贼而来，而堂下死者小娟，若我没看错，也是那贼人所杀。"

因为朝廷官员的身份，柳蔚的嫌疑不说洗脱，但至少不用蹲牢房。

内室里，县太爷叫了点心。柳小黎一看那花花绿绿的糕点，想吃，却偷偷瞥了自己"爹"一眼，不敢妄动。

柳蔚点了一下头。

柳小黎立刻乐得抱住糕点啃。

县太爷笑笑："柳先生名讳如雷贯耳，倒是不知道柳先生还有一位这么小的弟弟，看着着实可人。"

"大人客气，小黎是我儿子。"

"原来是先生的儿子，果然与先生长得像。"说到这儿，县太爷又看了师爷一眼。

师爷领悟，带着几分小心地道："柳先生，眼下咱们已经派人往曲江府送信，若是证实了先生的身份，先生自可离去，只是在此之前，还劳烦先生在衙门里住段日子。"

县太爷不太想得罪柳蔚，一来此人来自曲江府，曲江府是什么，说句大不敬的，就是江南的帝都，而曲江府府尹的位置，因为管辖南方重地，素来也由皇上的心腹之人担任。

如今他们富平县来了个曲江府的大人，虽说只是仵作，但他们也不可怠慢。

而且这仵作一职，在青云朝各地，素来是无品的。柳先生这种御封八品，实实

· 6 ·

在在地说，整个青云朝，根本没有过。

可这位柳先生就是打破规矩，得到皇上朱笔御批，定为八品大仵作。

整个江南，还为这事儿惊过一阵子，这也是为何富平县地处偏僻，却也听过柳先生名讳的原因。

柳蔚看县太爷这般紧张，倒不好意思了："无妨，反正那贼人的下落也在富平县断了，一时半会儿也没个方向去追，我便歇歇。"

柳蔚这般随和，县太爷也松了口气，派师爷去安排住房。

接下来几日，柳蔚便在衙门住下了，因为奔波了许久，一路从曲江府到富平县，柳小黎也走累了，休息几天，也自在。

可过几天柳小黎就不乐意了，日日在衙门憋着，嫌闷得慌。

"娘亲，我们什么时候走？"房间里，柳小黎爬上娘亲的床，拽着娘亲的衣服袖子扯扯。

柳蔚正在看闲书，一点没理他，装作没听见。

柳小黎不快，鼓着嘴扑到娘亲怀里："娘亲，娘亲，娘亲，我们什么时候走，什么时候走?!"

柳蔚瞥了他一眼："你再叫大声点试试，跟你说了多少遍，出门在外叫我什么？再叫声娘亲，就罚你一个月不许说话。"

柳小黎急忙捂着嘴，一双眸子可怜兮兮的快流出泪了。

有个这么凶的娘，他好苦啊。

看他老实了，柳蔚翻了个身，继续看书。

柳小黎不敢惹事儿，只好蹲在床边逗珍珠，将自己没吃完的肉糜都给珍珠打牙祭。

一大一小安静异常，过了一会儿，外面传来呼唤声。

"柳先生可在？"

柳蔚起身，将书一扔，偏头看儿子正闷闷不乐的，问："出去玩了，去不去？"

"爹你方才骂我！"小家伙不回头，闷着声音控诉，却乖乖地改了口叫爹。

"骂你是为你好，你爹我是朝廷命官，还是皇上朱笔御批，若是被人发现是女子，便是欺君，你想跟我亡命天涯？"

外面此时又响起唤声："柳先生，是老爷请您过去，说有要事。"

柳蔚张口应了声"这就来"，又拉拉儿子的衣角，轻哄："好了，往后睡前允你偷偷唤一声，好不好？"

柳小黎闷闷地瞥娘亲一眼，看娘亲不像敷衍他，这才点点头。

不过因着方才的事，小家伙眼圈有点红，柳蔚又有点负罪感，索性也不要他走了，将他抱起来。

柳小黎也自觉，乖乖地缩在娘亲怀里，莲藕似的胳膊圈着娘亲的脖子。

他其实不是非要叫娘，只是不爱叫爹罢了。付叔叔说过，他爹是坏人，抛弃了娘和自己，所以爹这个字，他从来都不喜欢。

柳蔚到了前厅，没见县太爷，只见了师爷。

一瞧见柳蔚，师爷忙说："柳先生，又发现尸体了，和小娟死状一样。这可怎么好，那凶手是不是还在富平县？"

县城里住着个杀人魔头，这人还极有可能出现在他们身边，师爷一琢磨，汗便流个不停。

柳蔚却知道，那凶手的确在富平县，否则她也不会留下。虽说富平县县令要等曲江府回信才放人，但她要走，谁拦得住。

"尸体是男是女？"柳蔚问。

"女的，也是女的。"

"在哪里发现？"

"李家村郊外的小湖边。"

柳蔚皱眉："发现小娟的那个地方？"

师爷连连点头："就是那个地方，送来尸体的还是李平，就是李家村村长，而且这次，也发现了陌生人。"

柳蔚倒来了兴趣："是什么人？"

"说是路过的商贾，一共三个。柳先生，能否劳烦您上堂验验尸，我们富平县没有设仵作，出了案子都是有经验的衙役看。"

柳蔚闻言，放下儿子，应了。

到了堂侧的帘子边，师爷回头问："柳先生，令公子还要一道儿？"

这可是上堂，不是游玩。

"他是我的医童。"

有见过让一个四五岁的娃娃当医童的？

又是养乌星，又是把儿子教成这样，这个柳先生，怎么看都不像个正常人。

但现在案件为重，师爷也不说了，撩开帘子先进去，走到县太爷耳边嘀咕一句。

县太爷明了，对堂下道："此事事关重大，本官请了位大仵作当场验尸，几位若真是清白，本官也不会冤枉了你们。"

来验尸的自是柳蔚，面色从容，举止淡定。后头，还跟着个模样可人的四五岁男孩，一张小脸粉嘟嘟，嫩得仿佛能掐出水来。

一大一小进来，那李平怎么也想不明白，前几日疑是凶手的嫌疑人，怎么这会儿就成了大仵作了？

上次堂审蹊跷，县太爷身子不好，看到小娟的尸体一下没缓过劲来，就退堂了。尸体收了，李平和村民都被撵走，说是择日再审，结果等着等着，就到今天了。

今日李平是带着另一具尸体来的，死的也是同村的，叫小红，今儿个早上被发现的，与小娟死的地方一模一样。发现尸体的村民，见了不远处过路的三个生人，便给拦了下来，这就到了衙门报案。

柳蔚出来，第一个看到的就是李平，这位李村长给她的印象还挺深。

不过也就淡淡看了一眼，柳蔚就收回视线，看向堂上另外三人。

这三个，应该就是过路的嫌犯。

三人都是男子，站中间的是个年纪至少有六十来岁的老人，老人左边站了个恭恭敬敬、面无胡须的中年下人，右边则站着个气质金贵的年轻男子。那男子虽穿着普通，脸皮模样也普通，但柳蔚一眼就看出，该男子不普通，就冲男子那个站姿，便知道是个身手不凡的练家子。

将原告、被告都瞄了一遍，柳蔚才低下头，去看地上的尸体。

那尸体被白布盖着，和上次小娟的尸体一样。柳蔚慢慢走过去，动了动鼻子，嗅着空气中的腐臭味。

"小黎。"柳蔚唤了一声，叫儿子。

柳小黎乖乖地从小包里掏出自制手套和解剖刀，递给自家娘亲。

站在不远处的那个老人眼神凛了凛，苍老面庞下没有一丝老者该有的颓然。他打量着那两样新奇的用具，目光带着深思。

戴上手套，柳蔚手拈白布一角，又停下来，看了眼堂上明显已经开始眼皮跳的县太爷，叹了口气："小黎，拿羽叶丸。"

柳小黎从包里抓出一个小瓶子，瓶子里放了几颗小药丸。他抖出一颗，小短腿跑到县太爷面前，递给县太爷："吃吧，吃了就不会晕了。"

县太爷面皮一红，但又怕一会儿真的晕了，只好含糊地接过，一口吃了。

药丸才一入口，便有一股清凉之气顺势入腔，只觉得头脑都清醒了不少。

县太爷目光不禁落在那药瓶上，眼中有着好奇。

柳小黎将瓶子收好，咕哝着说："大人，是药三分毒，羽叶丸对止呕醒神有效，却不可多吃。"

县太爷脸有些烫，摸摸鼻子，不好说自己真的差点贪了这几颗神奇的药丸。

柳小黎将瓶子塞好，正要放回包里，又看到堂下的商贾老人，犹豫一下，还是又抖出一颗，走到那老人边上："老爷爷，您也吃一颗吧，一会儿别把您恶心坏了。"

这具尸体跟上次的不一样，隔得老远柳小黎都嗅到了腐尸味。这位老爷爷看着年纪很大，如果晕了，指不定就醒不来了。

柳小黎是好心，那老人看着脚边的小童，一时没说话。

老人旁边的中年下人却防备地道："我们老爷，从不吃来历不明的东西。"

柳小黎愣了一下，小脸有些委屈。

柳蔚闻言，则偏头看了一眼："小黎，我什么时候说过，羽叶丸可以随便给不三不四的人吃了？"

"你说谁不三不四？"中年下人回一句。

柳蔚头都没抬，哗一下，掀开白布。

尽管已有心理准备，但县太爷还是头有点涨。

那刚说话的中年下人也倏地一愣，眼珠子当时就快瞪出来了，急忙挡住老人的视线，不让主子被吓到。

这个小红的尸体比小娟的严重得多，周身腐烂，浑身污血。

外表皮肤尚且如此，更别说完全切开了。

堂上顿时一静，两旁的衙役之前就看过一次，这会儿再看，依旧脸色发白，嘴唇青紫。

柳小黎站得有点远，想走近去看，刚走一步，身子就被掰住了。宽厚的男性手掌快速蒙住柳小黎的眼睛，头顶上，一道低沉男人嗓音道："别走过去。"

手掌很是粗糙，柳小黎觉得脸上刮刮的。他碰了碰这只温暖大手的手背，咕哝着说："叔叔，小黎要去帮爹的忙，一定要过去的。"

话音一落，那边柳蔚已经唤道："小黎，纱布。"

"来了。"柳小黎挣开此人的手，对其一笑，然后迈着小短腿跑过去。

柳小黎窜到娘亲身边，看着那难看得不行的尸体，面上有些嫌弃，但还是乖乖蹲在旁边，拿出纱布摊在手心。

柳蔚捉了一只尸虫，放到纱布上。

柳小黎看了看那肥肥的虫子，凑到鼻尖嗅了嗅，判断一下，说："三天以上。"

柳蔚面露欣慰："嗯，差不多，再精确点。"

柳小黎苦着脸。

他只能看出这尸虫至少长了三天以上，也就是说，尸体至少死了五六天，再精确的，就看不出来了。

"你刚才不是闻了吗？没闻出别的？"

柳小黎粉嘟嘟的小脸蛋都皱成包子了："我……我就闻出日子。"

"还有呢？"

"还有……"柳小黎答不出，小嘴瘪得死死的。

柳蔚叹了口气，换个方式引导："尸虫的大小有三天左右，但这个左右范围太大了，不能精确判定死亡时间，那么我们该怎么办？"

这个娘亲教过，柳小黎麻利回答："我们应该闻出尸虫上带的气味，判定它是在什么样的气候下生的，与如今的正常天气是否吻合。也就是说，有没有可能，尸体是被刻意安置在更冷或者更热的地方，延缓或者加速尸虫产生，这样也可以排除尸体是被蓄意谋杀，还是意外。"

"那你确定了吗？"

柳小黎又使劲嗅了一下，有些为难："我闻出来，尸虫里面没有水腥味，但是师爷伯伯又说，尸体是在小湖边发现的。那么如果尸体一直在小湖边，这个尸虫不可能没有水腥味，所以那里不是尸体的遇害地点。"

"继续。"

"如果小湖边不是第一遇害现场，那死者就是在别处被杀，并且在别处被至少放了五到六天，再抛尸到小湖边的。"柳小黎说完，偷偷看了一眼娘亲的表情。

看娘亲眼中带笑，柳小黎知道自己说对了，更加有信心了。

"所以，我判定死者是被蓄意谋杀，刻意隐藏，再在今日或者昨晚，被放置到小湖边。"

"凶杀地点？"柳蔚问。

柳小黎愣了一下，小脸又皱起来，快哭了："爹，我不知道。我只能闻出尸虫滋生的地方，应该是在比较闷热的土质环境下。也就是说，尸体被杀害后存放的地方，应该在一个类似地窖的地方，但是我闻不出凶杀地点。"

"闻不出来，不会判断？"柳蔚不满意儿子戳一下动一下的笨样子，一点不会举一反三。

柳小黎抿着小嘴唇，闷闷地埋下头，很羞愧。

四周一片静默。

县太爷已经惊呆了，虽然见识过柳蔚不怕脏不怕恶心的验尸风格，但是却不知道他儿子竟然也有这样的本事。

正常四五岁的小孩看到这么可怕的尸体，不说吓得一病不起，至少也要呕吐三五天。可柳先生的儿子，竟然还能笑嘻嘻地把尸虫捏在手上，一闻就闻出了尸体的大致死亡时间，甚至大致藏尸地点。

这是什么本事？这是什么能力？这孩子吃什么长大的？

三个嫌疑人也都愣住，老人错愕了一瞬后，盯着不远处验尸的一大一小，眼中尽含深意。

稀奇，果然稀奇。

一直静默站在老人身边的年轻男子，此刻眼中闪过一瞬的惊异，稍纵即逝，并不停留。

男子目光，转而看向那半蹲身子，白衣翩翩的清隽仵作。这个人，他总觉得有些眼熟，却又想不起来。

至于其他人，李平和两旁的衙役，已经震得说不出话了，嘴都半张着，喉咙却像被什么卡住，一个词儿也蹦不出。

柳蔚将白布丢开，用解剖刀割开尸体胸腔。

柳小黎在旁边看着，默默学习，手还跟着比画。娘亲说过，切割的角度要顺着肌肉纹理来，这样才不会破坏尸体上的证据。

娘俩专注，其他人却像见了鬼似的，李平连扑带爬地挪开好远，才停下。

一大一小周围呈现一个诡异的圈，柳蔚一边解剖尸体，一边对儿子说："凶案地点可以从很多方面看出来。比如尸虫的滋生地点，试想一下，有人能把尸体藏在自家的地窖里五六天，那说明他家离凶案地点应该不远。不然要将一个死人搬得太远，不怕人看见？所以可以先判断，凶手的家，在凶案地点的附近。并且他应该邻居不多，或者压根没有邻居，这样才不会惊动旁人。"

被娘亲一点拨，柳小黎眼睛就亮了："爹，我知道了，所以凶杀现场附近，不出意外应该有一个独居的小屋子。能找到那个小屋子，就能找到凶案现场，也能找到凶手！"

说着，小家伙看向县太爷："大人，富平县，哪里有这样的独居小屋子？"

县太爷愣了一下，看向师爷。

师爷赶紧埋头拿着案上的典籍查阅起来。可富平县说小不小，土地资料太多，一时半会儿根本翻不出来。

"找李家村附近的，凶手要将尸体从家里扔到小湖边，那他必然住得也不远。"柳蔚提醒一句。

师爷直接拿出李家村的土地册。

柳小黎抬眼，看向不远处的李平："村长伯伯，你是李家村的村长，你应该知道村子附近，哪里有这样的屋子吧？"

话音一落，所有人，都看向李平。

李平只觉得脖子一凉，赶紧跪下，颤颤发抖："小人，小人不知道，李家村附近，没有这样的房子。"

"没有吗？"柳蔚起身，摘下手套，漫不经心道，"李家村靠山，村人平日不是下田种地，就是上山打猎，猎户在山上，应该都会盖暂歇的木屋。"

李平只觉得身子一重，整个人有种喘不上气的感觉。

他这个表情，已经说明一切了。

柳蔚丢开手套，理着自己的衣袖："从第一次见李村长，我便觉得你有事隐瞒。现在看来，你隐瞒的多半与凶手有关，李村长，你还不打算说？"

"我，我……"李平结结巴巴，眼珠子乱转。

"眼睛向右上方，你正打算撒谎。"柳蔚淡淡地道。

李平猛地看向柳蔚，震惊之下，手不自觉抓紧自己的衣角。

"过度紧张、力求掩饰。你现在的动作，说明你想隐藏自己，你害怕面对什么！"

李平心跳加剧，倏地大吼："你……你胡说什么！"

柳蔚在李平面前蹲下，眼瞧着他的表情，开口："说我胡说？那我问你，你当真与凶手没有关系？"

"没有！"李平立刻反驳。

柳蔚挑眉："那你也不知凶手的身份？"

"当然不知！"

"小娟、小红的死，你一无所知？"

"我当然不知！不，我知道，但是也是看到尸体才知道！"

柳蔚沉吟一下，重复问："小娟的死，你知道？"

"我说了我看到尸体才知道！"

"小红的死，你知道？"

"你……你要我说几遍，我说了我和大家一起知道的！"

"你经常见到凶手？"

"更没有，怎么可能？我根本不知道谁是凶手！"李平觉得这件作大人的眼睛像有毒似的，光看着就心慌，急忙移开，朝堂上磕头，"大人我是冤枉的，我真的是冤枉的！"

柳蔚问得差不多了，站起身来。

县太爷一头雾水："柳先生，到底怎么样？"

"李平见过凶手，也与凶手有关系，并且知道凶手的身份，还能经常见到凶手。他不知道小娟的死，但是知道小红的死。极有可能，他在地窖见过小红的尸体。大人，我建议先把李平抓起来，我需要亲自去一趟李家村。凶手，很可能就是李家村村民。"

"不，大人，我，我不知道凶手是谁，也没见过凶手。我是冤枉的，是这人胡说八道，是他诬陷我！"李平急忙大喊起来，但他心里却发凉。怎么回事，这个人，这个人怎么好像什么都知道……

县太爷也很狐疑："柳先生，本官不懂！这李平方才明明句句反驳，为何你却认定他说谎？"

"这很简单。"柳蔚说道，"我问他是否与凶手有关系，他说没有时，回答很快，但眼眉微低，这说明他有过刻意的思考，和语言重组。我问他是否知道凶手身份，他说不知，但他嘴唇抿紧，这表示他很紧张。我问他小红、小娟的死时，他表情一下凛然，似很有自信，但我分开问时，他在回答小红死时，表情恼羞成怒。可正常人发怒是眉头紧皱，双颊紧绷呈现一种迅势勃发之感，他的怒却空有气势，眼角低垂，嘴角向下，这是心虚的表情。"

柳蔚堂下继续："最后我问他是否经常能见到凶手，他否认时，目光慌张，还死死地盯着我，似想我相信他的话。但他不知，当一个人说谎时，不看你或紧盯你，都是可疑的表现。综上所述，他的回答全部不可信。我可以大胆地怀疑，他是在包庇那个凶手，而能让他如此包庇的人，凶手看来与他关系匪浅。这人恐怕不只是李家村村民，极有可能还和李村长有关系！"

柳蔚说完，衙门里又是一瞬安静。

李平听完柳蔚的话，心里一下慌得没边，急忙跪在地砰砰砰地磕头："大人，大人我是冤枉的，我不认识凶手，我也没说谎。大人，这人是外地人，还有他们，他们都是外地人！这些外地人个个来历不明，他们一定是联合起来污蔑我为求脱罪。他们才是凶手，他们是一伙儿的！大人，大人您一定要明察啊！"

李平吼得声嘶力竭，双眼激动得泛着红光。

县太爷一拍惊堂木："嚷什么嚷，本官自有公断，轮不到你咆哮公堂！来人，立刻将李平押下，再随本官一道去李家村！"

"大人，大人您不能相信他们，他们有阴谋，他们才是凶手！您纵容凶徒，他们会杀光富平县的人，还会杀了大人您，大人，您不能糊涂啊！"李平危言耸听，越叫越大，像是要撕破喉咙一般。

县太爷眉头狠狠地皱起，大声催促："还不将他带下去！"

李平一路嚷，一左一右两个衙役将他快速拖走，直到他声音彻底消失，县太爷才步下大堂，走向柳蔚："柳先生，凶手当真是李家村人？"

江南出了个连环杀手，附近的大大小小县城都已经传遍。从曲江府到富平县，据闻凶手杀了一路，不知死了多少人。如果凶手真是他们富平县的人，此事被曲江府弹劾上去，闹到了京都，上头一个治下不严的罪，那他这个富平县县令也别做了。

柳蔚知道县太爷的意思，说道："不管凶手是哪里人，大人若能亲手逮捕，便是大功一件。相信届时，上峰自有明鉴。"

"亲手逮捕？"县太爷摸摸下巴思考。

柳蔚点到即止，转首唤了儿子一声："小黎，走了。"

柳小黎屁颠屁颠地跑过来。

因为赶着去李家村，县太爷也不耽搁，大堂上人一下子走了一大半。师爷走在最后，看了眼那还站在堂上的三名嫌疑人，沉吟着道："你们就在这儿等着，若是抓了凶手，你们自可离开。"

师爷说完便叮嘱了最后守门的两个衙役，让他们看住人，这才匆匆去追大队。

等大堂安静下来，那中间的老人瞧了眼堂上"明镜高悬"四字牌匾，低声一笑："咱们青云朝的仵作，还有这样的？"

中年下人老实回答："回爷，这仵作一门，向来没多少学问。这样办案子的，奴才也是头一回见。"

"阿棱，你见过吗？"老人看向身侧的年轻男子。

"并未见过。"挺拔男子一张脸上没有丝毫表情。

"富平县归属哪个州府？"

"回爷，是曲江府。"中年下人道，"不过说是曲江府，但隔得太远，曲江府基本管不到这儿来。这富平县连同周围几个县，除了每年交税，别的时候，都是自个儿管自个儿，这么多年，都成规矩了。"

老人沉吟一下："曲江府的府尹，是付子辰？"

"是付大人，说起来，今年已是付大人任职曲江府尹的第三年了。按规矩，他年底就该进京调任。"

为避免贪污受贿，三品以下地方官员，每三年调任一次，这已是青云国多年的规矩，从太祖那辈便开始了。

老人又看向身侧年轻男子："阿棱，你跟着去看看，凶手狡猾多变，莫让人再受伤。"

年轻男子低头应了一声，走向大门。

两个守门的衙役立刻拦住："你干什么去！"

年轻男子脚下生风，身体眨眼间已经绕到衙役背后，手刀快速落下，不等衙役晕倒，又以同样方法击向另一人。

两个衙役应声倒地。

如柳蔚所料，追了近一个月的凶手，果然就在李家村附近的山道上。

山道上寻到一个猎屋，屋子里的不是别人，正是李村长的儿子。不过看到凶手本人时，师爷先就愣了。

"怎么是他！"

"有什么问题？"柳蔚问。

师爷眼神古怪："这是李村长的大儿子李庸，不过他是个傻子啊！这李庸天生就是个蠢钝儿。三十几岁的男人，却只有几岁孩童的智力，他怎么会是凶手？"

柳蔚看向屋子里被衙役团团围住，正满脸疑惑的嫌凶。

"柳先生，会不会搞错了？"师爷略有迟疑地说，"虽说这李庸前段时间是听说跟着他大舅的米车去了外地做工，有段日子不在李家村。可就他那脑子，连数都不会数，还会杀人？还是去曲江府杀人？"

正在这时，有衙役在屋里大喊："这里有地窖，唔，好臭，里面有具尸体！"

县太爷和师爷连忙走进去。

柳蔚却盯着屋中间的李庸，走过去，问："你叫什么名字？"

李庸脏兮兮的脸上，突然绽开一个笑容，笑眯眯地喊："媳妇儿。"

柳蔚眉毛一挑，瞳孔紧了一下。

耳边传来衙役的咳嗽声："柳先生，您莫生气，这傻子不识人，也认不清男女，他瞎喊的。"

一个大男人被人叫媳妇儿，谁能乐意？虽然这柳先生看着实在秀气清隽，远远看着真像女子，不过他这不是没胸吗！

柳蔚突地一挥手，将桌上茶具掀翻在地。

"噼里啪啦"的碎裂声，在本就安静的屋子里，显得格外刺耳。

那李庸看着一地的碎片，眼神空洞发直。

柳蔚突然大骂："谁是你媳妇，你个傻子、弱智、脑子有病的叫花子。你看你穿的什么衣服，脏兮兮的又破又烂，你也配有媳妇儿？你先撒泡尿照照你的丑样子！看到就让人恶心！"

容棱赶到猎屋时，便听到那清雅淡凉的嗓音，吐出一连串脏污的辱骂。他眉头皱了皱，直觉那个白衣素洁的人儿，不该这般粗俗才对。

容棱上前两步，站在门口，看着里面，果然是那柳先生在骂一个人高马大的男人。那男人模样邋遢，浑身发臭，就站在那里，一句话没回地埋着头。

"我说的你听到没有？我在骂你你听到没有？你已经傻成这样了吗？连人家骂你都听不出？你这样的人还活着做什么，连累父母，连累兄弟，活着就是拖累。若我是你，早便一根绳子了结了自己算了！"

容棱眉头皱得更紧。

周围的衙役也都沉下了脸，之前他们都对这柳先生印象挺好的。可人家李庸就是说错了一句话，他就这般连珠炮地羞辱人家，仿佛他就是神圣不可侵犯，旁人说句话都是死罪似的，简直不可理喻。

有本事又怎么样，长得好看，能干会验尸又怎么样，人品低下的人，连街边的石头都不如。

县太爷和师爷也出来了，一出来恰好也听到柳蔚在骂人，瞬间也呆了。

柳蔚边骂，边将儿子藏到身后，表情很是轻蔑。骂李庸的时候，不遗余力，可眼神，却出奇认真。

而那李庸低着头任他骂，模样可怜得让人不忍。

周围的人都心软了。

可是柳蔚知道，她不能心软！这李庸就是凶手，无论是体型特征，身体强度，他都和凶手相符，甚至住所的地窖里，还有尸体。并且一个月前，也就是凶手行凶的时间，这个李庸并不在李家村，而是去了外地，行踪不明。种种证据，都指向他是凶手。可他是个傻子，傻子不会杀人，那如果一个傻子杀人了，会是什么情况？

现在，就在实验。

"李庸，前面就是小湖畔，你跳下去，淹死好不好？"柳蔚恶毒地道。

这句话一说完，某个衙役已经听不下去了，刚要开口，屋中央的李庸却突然抬眼。

李庸方才埋着头，没人看到他的表情。此刻他仰起头，众人才发现他眼睛赤红，表情狰狞可怖。

"贱人，我要杀了你！"李庸倏地大吼一声，便对柳蔚袭击而去。

李庸动作太快，且力道很大。幸亏柳蔚早有准备，袖中解剖刀滑出，对着李庸直挺挺冲过来的身体便是一划！

李庸却似感觉不到疼，嘴里丧失神志地大吼："我要杀了你，我要杀了你！我让你骂我！我让你骂我！"

人格分裂。

柳蔚就知道，她没猜错。李庸身为村长的儿子，却一个人住在山上的猎屋，身上又脏又臭，屋子里十分简陋，茶壶很久没洗过。但里面还有茶水，这说明他还在生活，却是无人照料，也就是说，他是个被家里遗弃的人。

对这种本身就智商有缺陷，躲在家人羽翼下成长的人来说，抛弃等同死亡。从而滋生出第二人格并不奇怪。

柳蔚不知道李庸是从什么时候开始杀人的。但是以富平县从没接到过类似案子来看，应该是在一个月前的曲江府才开始杀第一个人。而为何在曲江府杀人？极有可能，是他当时意识到，他被父亲抛弃了。离乡背井，加上他的舅舅或许对他并不好，种种因素加成，恶毒的种子便埋了下来。

身为一个仵作，柳蔚见惯各种凶手，这种多重人格的，也见到不少。而这类人通常都是年少受过虐待，心理不健全，或者有童年阴影。长时间的负面情绪沉淀，催发出一个能保护自己的人格。这种情况，属于精神疾病的一种。

柳蔚步步紧逼，手中刀势加大，众人只见柳蔚不过瞬息，便将人高马大的李庸逼到角落。

下一刻，柳蔚换下解剖刀，拿出银针，三枚出击，扎入李庸头上三处大穴。

李庸呆了一下，接着眼睛一闭，软软地倒在地上。

不过瞬间的事，衙役们都还没来得及支援，人已经被放倒了。

柳小黎匆匆跑过去，一下子栽进娘亲怀抱，大大的眼里浸出泪花："爹，爹……"

小家伙是吓到了。

柳蔚将儿子抱着，一边安抚儿子，一边对县太爷道："李庸就是凶手。把他抓起来，回到衙门慢慢审。"

说完便抱着儿子去屋外头哄，这屋子里到处都是血腥味，太臭了。

屋外面，泥土草木的气味窜入鼻息，柳蔚吸口气，轻轻拍着儿子的背。眼睛，却看向树林里的某个位置。

容棱一动不动，立在树林里。

这样虚无的"对视"维持了几乎一盏茶的工夫。最后，柳蔚收回视线，朝着天空吹了一记口哨。

不过一会儿，一只浑身漆黑的鸟崽从远而近，扑飞而下。

容棱盯着那黑鸟，倏地想起什么。

鸟儿落肩上，柳蔚笑着道："珍珠，你快哄哄小黎，他又哭鼻子了。一点都不像个男子汉。"

柳小黎不高兴地抬起头，手背擦擦眼睛："我才没有哭！"

珍珠跳了两下，跳到柳小黎怀里，黑脑袋往他的怀里拱，仿佛真的在哄他。

柳小黎抱着珍珠的小身子，还在小声嘟哝："我真的没有哭……"

容棱眼神几度转变，最后有些错愕地看着那白衣青年。

黑鸟，白衣，银针……

一连串的记忆，灌入脑海，容棱再看那抱着儿子逗鸟的青年，嘴角不觉抿了起来。

难怪觉得眼熟，原来……是她。

柳蔚突然感觉一抹凉意袭来。她再次偏头，看向树林的方向。这次，索性抬脚走过去。

踩在树枝上，发出嘎吱嘎吱的声响，柳蔚越走越近，直至走得有些深了，才停下。

树林里，并没有人，连动物也没有。刚才，是她的错觉？

没来得及细想，屋子里，有人大吼："地窖里！地窖里不止一具尸体，还有两具、三具，有三具尸体！"

柳蔚皱了皱眉，迈步走回去。

这么多具尸体，估计这些娇气的衙役没法搞定。

容棱离开后，没回衙门。他很清楚，老人此时也不在衙门了。

找到富平县最大的客栈，走进去，便看到二楼的窗户边，精神的老人已经在用膳。旁边，站立着中年下人。

"三公子回来了。"下人轻轻唤了一声。

容棱面无表情。

老人示意他坐下："怎么样了？凶手抓到了吗？"

"嗯。"

"是那村长的儿子？"

"是。"

"当真？"老人夹了一颗香芋丸，道，"仅是看了两具尸体，便连凶手都找到了。这个柳先生，当真是个才人。"

"不止。"容棱将刚才柳蔚逼迫那凶手发疯的过程也说了，末了添一句，"他不只知道凶手是谁，还连凶手有时好时坏的疯症都知道，并且知道如何逼凶手现行。"

"当真如此曲折？"老人眼中笑意满满，"好，很好，倒从没见过这般有趣的仵作。据闻他是曲江府人，在曲江府也极负盛名。阿棱，这个人，你知道怎么做了。"

容棱垂眸应声，心中，却勾起一丝玩味。

单抓到凶手没用。要让凶手认罪，得让他画押。富平县县令本打算屈打成招，可李庸到了牢里，疯病就好了。他大哭大嚷着要爹，要回家。他看着浑浑噩噩，与平时痴傻时又没多少区别。

这样一个傻乎乎的大个子，若不是先前在猎屋瞧见了他发病，谁也没法将他与那穷凶极恶的杀人狂结合在一起。

县太爷要愁白头了,这样一个傻子送上去,上峰能信他是凶手吗?别以为自己是为求贪功,找人顶包才好。

第二日县太爷一觉醒来还在纠结,师爷却突然来报,说外头有人持着枚令牌,要见他。

县太爷心情正烦,没好气道:"什么令牌?不见不见!"

师爷一脸为难:"小的也说您不见了,可他说您看了令牌,就会见他。"

县太爷皱眉:"令牌在哪儿?"

"在他自己那儿,不过那令牌上头写着四个字,好像是……'镇平一格'。对,就是镇平一格。"

"镇平一格,什么镇平一格?本官不……"话未说完,县太爷倏地一愣,接着额头冒出热汗,"镇平一格,当真是镇平一格?"

"是,大人。这是什么牌子,您怎么这般紧张?"

"这是,这是……"县太爷结结巴巴的,说不清楚,赶紧连扑带爬地跑出厅堂。等跑到衙门门口,果然看到门外,站着个衣着华丽,气宇轩昂,腰间佩着金玉长剑的俊逸男子。

男子五官立体,身姿高大,黑眸更是深邃幽沉。乍一看,便让人觉得心慌。

县太爷紧张得心口狂跳,小心翼翼地询问:"阁下,可是镇格门的?"

"容棱。"男子手持令牌,却翻了个面。县太爷看到令牌背面的"都尉"二字,吓得腿都软了。

镇格门乃是大内隶属皇上直接调配的御前军队,素来随皇而行,只为皇上办事,不听其他任何人调配。而今届镇格门的头领都尉,不是别人,正是当今圣上的三子,容三王爷。

这人手持都尉令牌,又声称姓容,那岂不是,岂不是……

县太爷手脚发麻,想扑通一声跪到地上,可膝盖还没落地,便被人拉住了。

县太爷惊慌失措地看着都尉大人抓着自己衣服的手,惊得浑身发抖:"王……王……"

"低调行事,先进去。"容棱道了一声,绕过县太爷,径自走进大门。

县太爷急忙跟上,师爷却拉住他:"大人,这人到底是……"

县太爷恨铁不成钢地在师爷耳边说了一句。下一瞬,师爷满脸惊恐,直接瘫坐到了地上。

县太爷多想也跟师爷一样瘫了就瘫了。可他不行,他还得赶去伺候。

富平县离着京都千山万水,眼下竟有个手持令牌的王爷找上门。难道,难道他做了什么大逆不道的事,竟然让镇格门亲自出动?

一路心焦,等到了前厅,听到王爷说明来意,县太爷却是愣住:"您是来找柳先生的？"

"昨日你们抓捕凶手，本王也瞧见了。他在哪里？"

"在客房，就在客房。"县太爷说着，急忙要亲自去喊。

却被容棱拦住："既在客房，那就直接过去吧。"说着，走在了前头。

县太爷心中惶惶，疑惑，但也只能跟在后头。并未识得容棱便是昨日易容后堂上三人之一。

柳蔚这会儿正在屋里睡觉，睡得好好的，却嗅到一股煳味。

惊愕地坐起来，柳蔚嗅到煳味是从院子里传来的。

踩着鞋下榻，走到门口，就看到一道娇小的身影，真坐在院子里的小石头上，面前搭了个土灶，正在煮什么。

柳蔚过去，探头看了一眼："在干什么？"

柳小黎被娘亲惊了一下，随即又跳起来，要往娘亲怀里钻。

柳蔚嫌弃地推着他的额头，不让他靠近："看你的手，黑成什么样了，别来染脏了我的衣服。"

柳小黎委屈地鼓着嘴："爹，我在炼药，哪能干净。"

柳蔚弯腰看了看那锅里黑乎乎的丸子："什么药，墨汁丸吗？"

"不是，是羽叶丸。"小家伙羞涩地拉拉衣角，"我做的还不好，有点丑……"

岂止是丑，是特别丑！而且闻闻那煳味，吃了肯定会死人！

柳蔚咳了一身，摸摸儿子的脑袋，不忍打击："总有个过程，失败是成功之母。"

"爹，我做得挺好的，不信你尝尝。我都是跟着配方做的。"他说着，用小铲子铲了一颗药丸起来，朝自家娘亲递过去。

柳蔚："……"

"爹，你试试，试试看嘛。"

柳蔚："……"

"爹……"小家伙大大的眼珠子，开始眨巴，没一会儿，眼圈就红了，"爹，你不吃吗？"

柳蔚叹了口气，到底拿起来。

柳小黎当即笑了，一双水汪汪的眸子，期待地望着娘亲。

柳蔚捏着药丸放到鼻尖嗅嗅，很臭。掰开看看，里面也是黑的。捏碎了看看，捏出来的不是药泥，是药粉。药丸火候不对，炼得干硬，一捏直接碎了。

"爹，你不吃就不吃，为什么捏了？这是我做了一上午的！"小家伙心疼地捂着胸口，控诉地瞪着自家娘亲。

柳蔚循循善诱："乖，以后这种失败品，拿去给别人尝。这是衙门，衙门里人最多了。剩下的，你拿去给县太爷和师爷伯伯尝。他们不死，爹再吃。"

柳小黎还是不高兴："那爹你也不能浪费啊，我做了好久的。"

他说着，又盯着锅里剩下的四颗："那我给县太爷爷一颗，师爷伯伯一颗，给爹留一颗，还有一颗给谁？"

柳蔚想都不想道："给你讨厌的人。"

不远处听到一切的县太爷和容棱："……"

县太爷抹了一把脸，小心翼翼地对身边的男子道："王爷，院子里的就是柳先生。跟他说话那个，是他的儿子，叫柳小黎。"

容棱点头，抬步走过去。

县太爷挣扎一下，有点不想过去。他总觉得过去，等于自投罗网。那个黑乎乎的药丸，他在这儿都闻到煳味了。

可他又不敢不过去，柳先生若是不识得人，出言轻狂，冒犯了王爷，他可担当不起。最后犹豫一下，还是咬着牙跟上。

他们走近后，柳蔚也看到了。不过柳蔚的目光并没落在县太爷身上，只是看着那走在前头的俊逸男子，眉毛微微挑了一下。

两人走来，县太爷殷勤地介绍："柳先生，这位是镇格门的大人，是特地来找你的。"

镇格门柳蔚是知道的，这是跟御林军差不多的御前机构，专门负责皇帝的安全。怎么来富平县了？

"柳卫，可是侍卫的卫？"容棱颇淡地开口，面上却没有半点表情，漆黑的眼眸，却直视着柳蔚的那双眼睛。

"蔚蓝的蔚。"柳蔚回答，并未将他明显带着震慑的目光放在眼里，随口问，"请问阁下可有事？"

"找你办个案子。"

"抱歉，在下隶属曲江府，不接散客。"

散客，他是客人？

容棱不禁想到曾经的第一次见面，此女也是这样的德行。虽说已经过了很久，但他始终记得。

不过她，显然不记得了。

他特地撕了昨日脸上戴着的易容面具，以真面目过来见她。她却连一丝反应也没有，定是忘了。

他可记得，那一夜她还嚷叫着她是第一次。

她的第一个男人，她竟忘得这般干净。

好，果然很好。

"曲江府尹自会收到公函，你随我去便是。"

柳蔚看着眼前这男子，沉默一下，拍拍儿子的脑袋："小黎，先进屋去。"

柳小黎眨巴眨巴眼睛，乖乖地将锅里的药丸都盛起来，揣进怀里，跑进屋子。

跑了一半柳小黎又停住，返回来拿着两颗药丸，一颗塞进县太爷的手心，一颗递给容棱。

县太爷："……"

容棱："……"

"叔叔，我请你吃好吃的。"柳小黎望着容棱，小脸可爱得让人恨不得想咬一口。

容棱沉默，他分明听到，这孩子的最后一颗药丸要留给他讨厌的人。

柳小黎看叔叔不接，索性往叔叔手心一塞，又欢快地跑了。

容棱看着那颗黑漆漆跟炭球似的丸子，眉头微蹙。

柳蔚却笑："大人别介意，我儿子就是这么好客。大人吃吧，这个看着长得丑丑的不怎么样，但吃着其实味道不错。"

容棱："……"

县太爷已经隐隐嗅出了不对劲的味道，迟疑一下，索性摊开了说："柳先生，这位是镇格门的都尉大人……"

尽管柳蔚只是个八品仵作，但是但凡当官的，应当都知道如今的镇格门都尉，是什么身份。

县太爷以为自己说得已经很清楚了，可柳蔚只是"哦"了一声，像是连"都尉"两个字是什么意思都不知道。

县太爷有点着急，总觉得这样下去，王爷一定会发怒。

就在县太爷偷偷为难抹汗时，柳蔚张口："那这位都尉大人请我去办什么案子？"

容棱抬眼："你这是答应了？"

"大人不说，我如何判断应不应该答应？"

"你不答应，我如何说。"

县太爷腿都软了，忍不住再次强调柳蔚："柳先生，这是镇格门的都尉大人，是都尉大人啊……"

柳蔚转身往屋子里走，她不喜欢跟人磨嘴皮子。

容棱蹙眉，看着她的背影，道："此事事关重大！你非局中人，知道了，只会惹来杀身之祸。"

县太爷倏地瞪大眼睛，咽了口唾沫，颤颤巍巍地道："那，那个，王爷……下官，下官去外头等您。"

话落，得到容棱的同意后，县太爷急忙提着袍子快速跑走。

柳蔚则转过身，探究地打量眼前的男子："你还是个王爷？"

男人挑眉："你不知道？"

"不知道。"柳蔚说得理所当然，"我又不认识你。"

容棱磨牙。

好，好一个不认识。

柳蔚问:"你是王爷,还是镇格门的都尉。你要我办的案子,难道在京都?"

"正是。"

柳蔚冷笑:"那我拒绝。"

"为何?"

"没有为何,我不喜欢京都。"她好不容易才从那鬼地方离开,要再回去,吃饱了撑的还差不多。

容棱眸意深了一下,上前两步,走到她跟前:"你不去京都,可是因为什么人?"

柳蔚不喜欢他靠得太近,稍稍退了一步:"与你无关。"

"我若说,你必须去呢?"

"我已经拒绝了,王爷是听不懂人话?"

"有没有人告诉过你……"他盯着她的眼睛,眸中带着阴森的笑,"上峰对你下达命令后,你该躬身应诺,而非讨价还价。"

柳蔚眉头皱得紧了。

男人轻言:"还是你要本王直接一纸调令,将你从曲江府,调籍到京都?"

调籍二字一出,柳蔚脸色变黑。

他这是威胁她!暂时调过去破一宗案子,还是彻底调过去隶属京都衙门,只有这两个选择。

"王爷既然都有决定了,还假惺惺地问下官一番,岂不显得多此一举。"柳蔚没好气地冷哼,看他的目光,毫不掩饰的厌恶。

男人却只是轻笑:"先礼后兵罢了,端看先生识不识趣。"

柳蔚静静地盯了他一会儿,说:"王爷记得把这药丸吃了,味道很好,尝尝看。"说完,转身就走,进入屋子后,还砰的一声,将房门关得很响。

容棱在外忍不住一笑,本就俊逸不凡的容貌,在这一笑后,更显出几分绚色。他捻着那枚黑色的药丸,放在鼻尖嗅了嗅,煳味入鼻,心情却不错。

柳蔚回到房间,气得给自己倒了杯水,喝完水后,把杯子狠狠搁在桌上,发出巨大声响。

柳小黎过来:"爹,是方才那个叔叔惹你生气了吗?"

那个叔叔一出现娘亲就不高兴,他对娘亲的情绪转变很敏感。所以他也马上讨厌上那个叔叔了,还给了他一颗药丸。

娘亲说药丸要给讨厌的人,因为是失败品。

柳蔚呼吸几下,才勉强镇定了心中的情绪。

柳蔚看着儿子,问:"小黎,你几岁了。"

柳小黎蒙了一下,回答:"我五岁,娘亲你忘了?"

"不,你四岁。"柳蔚捉着儿子的肩膀,认真地说,"以后但凡有人问你几岁,你就说你四岁,尤其是外面那个叔叔。他往后若是问你,你一定要这么说。"

"往后？"柳小黎不明白，"爹，这个叔叔我以后也要见到吗？"

"估计是。"

"为什么？"

"他要我们去帮他一个忙。"

"我们可以不帮吗？"

"不可以。"

"为什么？"

柳蔚有点咬牙切齿地说："因为你的付叔叔多事，非要给你娘亲报一个官衔。害得你娘亲不只天天穿男装，还彻底担上了欺君之罪的名头。这也就算了，现在还成了谁都能使唤的低品官员。那人官衔比我大，他让我做事，我根本没有拒绝的权利！"

柳小黎苦兮兮的小脸皱成一团。

柳蔚深吸了口气，心里乱成一团糨糊。

她不知道她有没有认错，也不知道那人认出她没有。但是小黎这张脸她可是天天看的，跟外头那男子的容貌，不说很像，也有个五分像。

不过小黎如今还小，脸蛋圆，乍一看倒是看不太出来。再长两年，只怕就越看越像了。

柳蔚心里很烦。说实话，那时她刚来青云，在京都的柳家挣扎求生。她好不容易找到机会脱离柳家，趁夜赶路时走了个乡间小道儿，便碰上了中了春药倒在路边的男人。

原想着正好挣点盘缠，就问那倒地的男人："公子可是中药了？解吗？一次二百两，童叟无欺，无效退款！"

她的针灸之法传承自爷爷，很有信心，只需扎上几针，便能解了那男人身上的毒。

不想，那个男人却蹙眉打量起她，似在评判她的姿色。最后她还被那男人粗暴扯到身下："换个法子解，本王给你四百两！"

毒没解成，自己倒是搭进去了。

只是春风一度，第二日醒来，她匆匆看了一眼那男人的模样，拿了他身上的钱，只留十两散碎银子给他，便跑了。

这一跑，因为有钱了，叫了马车倒是跑得快。可是两个月后，她就悲剧了。柳小黎就这么在她肚子里头发芽儿了。

柳蔚没想过这辈子还能再见到小黎的父亲，主要是当初他们连对方姓甚名谁都不知道。那晚纯粹是一场战争，他药性惊人，她反抗不能，最后两人都是精疲力竭，根本无暇说话。

可是现在，那个极有可能就是小黎父亲的人，就在门外，并且她接下来的一段时间，还要与他朝夕相处。

柳蔚很焦躁，只得反复叮嘱儿子："记住，我是你爹，以后不能说漏嘴了。还有你今年四岁，记住了吗？"

看娘亲这般郑重地说，柳小黎只得乖乖点头。

正在这时，外面有人敲门。

柳蔚神色一凛："是谁？"

外面传来女子的声音："是奴婢。"

柳蔚松了口气，过去开门。

外面站着衙门的女婢，说："柳先生，大人叫您去前厅。说是您明日就要跟京里来的大人走了，要您今日无论如何要帮帮他。"

明日就走？柳蔚听到这里，脸已经黑得不行。

那女婢见柳蔚面色不好，声音也迟疑了："柳，柳先生……大人他还说，李庸的认罪状……"

"好了，我现在过去。"柳蔚面色不快，转头对儿子道，"小黎，你在屋里收拾行李。还有珍珠，一会儿它回来就别让它出去了。"

柳小黎不干，他听到了"李庸"两个字："爹，你要去牢房吗？我也要去，我也要去。"

柳蔚正担心那什么王爷就是小黎的父亲，怎么敢让小黎出去乱走。

"你不许去，在房间等珍珠。"

柳小黎苦着脸。

柳蔚心意已决，关上门，离开。

一到前厅，柳蔚就看到县太爷急得满头大汗地站在一边，而堂前的正椅上，却坐着那气宇轩昂，正在品茶的俊逸男子。

柳蔚看到这人就牙疼。

县太爷小心翼翼地开口："柳先生，您明日就要走了。这，这李庸的事……"

"废话别说了，去牢里看看。"

"好好好。"县太爷总算松了口气。

柳蔚走在前面，可才刚走一步，就看到正椅上，那俊美男子缓缓步下，朝她走来。

柳蔚问道："这位王爷也要跟着？"

"不可以？"

柳蔚磨牙："那可是牢房，脏的地方。王爷金贵，怎可去那污秽之地。"她就不想这人在她身边乱转，看着眼烦。

男人轻轻一笑，瞧着她的眉眼："镇格门的天牢，不比这儿干净。"

柳蔚"哼"了一声，转头就走。

容棱面无表情，跟在后头。

县太爷再次抹汗，这两位爷真是一个比一个难伺候。

阴沉潮湿的地牢，的确很不干净。牢房里关了不少人，看到有人进来，有些走到栅栏边朝着外面嘻嘻哈哈地笑，有的拍打栅栏故意发出砰砰声响，有的则就坐在草堆里看着外头，目光阴冷。

最前头的是牢头，他手持皮鞭，将那些笑的和拍打栅栏的吼回去。可那些囚犯本就是不要命的，牢头越是震喝，他们叫得越是欢，最后一些原本规矩坐着的，也被激出了火气，整个牢房，顿时满是嘈杂。

柳蔚从头到尾都没看旁边一眼，她步履稳健地朝里走，再穷凶极恶的罪犯她都见识过，这些，不足为惧。

直到有人大吼一声："哟，这是哪儿来的兔儿爷啊，长得倒是标志，身段也纤细！来来来，小倌爷，来哥哥教教你怎么爽快。"

那人说完，柳蔚脚步已经停下。

"这些混账！"县太爷正要发火，容棱抬手，制止他。

县太爷不明所以，偷瞧了容三王爷一眼，却见他的目光，始终盯着前方柳先生的背影。

柳蔚沉默一瞬，缓慢地转过目光，看向右边牢门里的彪形大汉："你在跟我说话？"

那大汉没想到柳蔚会停下，愣了一下，随即又哈哈大笑："不是你还是谁，这儿还有谁长得像小倌儿的？怎么，你不是吗？不是没关系，哥哥教你怎么当，哈哈哈。"

大汉这一笑，周围也跟着大笑。

柳蔚挑了挑眉，对牢头道："把门打开。"

牢头为难，看向县太爷："大人，这……"

县太爷皱眉："柳先生，咱们先去看看李庸吧。"

"不开门，就不看李庸了。"柳蔚面无表情地说。

倒是容棱勾了勾唇，吩咐："开门。"

王爷都说话了，县太爷也只好示意牢头开门。

门一打开，柳蔚便走进去。

大汉就站在那里，似笑非笑地看着柳蔚，淫邪的目光将柳蔚从头到脚看了个遍。

大汉的目光，却令容棱冷起眼眸。

柳蔚却像没反应似的，只朝大汉走去。

"你觉得我像小倌儿？"

"那可不。"大汉说着，手抬起来就要去摸柳蔚的脸。

可大汉的手指还没碰到柳蔚的一丝衣角，手腕便被柳蔚捏住！大汉皱了皱眉，挣扎两下，竟然挣不开！

这小白脸看着年纪轻轻，身子骨小，没想到力气这般大！

大汉动了真劲儿，另一手抬起，要去捉柳蔚的手。

柳蔚却捏着他的手腕，将他狠狠地一甩。大汉停止不及，整张脸被柳蔚甩到墙上，五官贴着墙壁，鼻孔里，立刻流出两管鼻血。

"你爷爷的！"大汉一抹鼻子，怒气上头，冲过去要打柳蔚。

柳蔚轻松躲开他的攻击，伶俐地窜到他背后，抓住他的头发往后一扯，拽着他的头，往墙上又是狠狠一砸！

只听"咚"的一声，大汉只觉得头骨一震，脑袋顿时蒙了。

几个来回，大汉彻底瘫倒在地上，身上疼得爬都爬不起来。

大牢里安静异常。

柳蔚看着大汉仰躺的模样，嫌弃地勾唇，走到他的旁边，居高临下看着他："你刚才，说我像什么来着？"

大汉咽了咽唾沫，一句话也说不出。

"记住，往后莫要乱说话。方才我那一脚要是换个位置踢，你下半辈子，只怕不用讨媳妇了。"柳蔚说着，眼睛瞄了大汉下腹一眼。

大汉下意识地捂住自己的下身，眼中露出惊恐的神色。

柳蔚看大汉如此窝囊，倒觉得没意思了，出了这间牢房，"啧"了一声，继续朝牢里头走。

而这次，两旁再没人敢喧哗。

容棱瞧着她随意的模样，想到她刚才那灵活三击，心中起了兴味："以前有人出言不逊，你也是如此教训的？"

柳蔚看也没看容棱一眼："今天是个例外。"

"为何今天是例外？"

"因为我今天心情不好。"说着，柳蔚终于侧眸看向容棱，"王爷想知道，是谁让我心情不好？"

容棱眸中夹带笑意："我？"

"王爷说呢？"柳蔚咬牙切齿。

容棱却饶有兴致："倒是不知，初次见面，本王于先生已经这般重要，都能左右先生的心思了。"

柳蔚嘴角抽了抽。

懒得解释，柳蔚索性快走两步，想离这王爷越远越好。

李庸的牢房很快到了。隔着栅栏，柳蔚便看到，那人高马大的汉子，就蜷缩在墙角的稻草堆里，他的模样很害怕，身子瑟瑟发抖，满脸脏污，一双眼睛里，却满是单纯。

双重人格，是至今为止，柳蔚觉得最心酸的一种病。因为患者往往连自己是谁，自己做了什么，都不知道。

李庸不知道自己杀了人，他只是个单纯的傻子，受了委屈不会说，遇到事了不会说，被人骂了不会说，甚至被人打了也不会说。

而就因为这种委屈和压抑，他渴望有人能帮他，渴望有人能救他。所以，他心理上滋生了另一重人格，每当傻子吃了亏，受了苦，另一重人格就会出来帮他报仇，保护他，并且惩罚那些侮辱傻子的人。

可是另一重人格自作主张的行为，却害死了傻子。

牢门打开，柳蔚走进去。

刚进去一步，纤细手腕突然被人抓住，她回头一看，就对上容棱漆黑深沉的慑人双眸。

"我先进去。"容棱拉开柳蔚，独自先走进去。

柳蔚随后走入。

看到这么多人进来，李庸害怕得更加小心翼翼地蜷缩着自己，甚至将后背使劲儿地往墙角里塞。

"别怕。"柳蔚蹲下身，对着李庸露出一抹笑，"李庸，你记得我吗？"

李庸闪烁着眼睛看柳蔚一眼，说："认，认得，你，骂我……"

"是啊，我骂过你。可是我只是骂你，你却打了我，还想杀我。"柳蔚放软了声音。

李庸急忙摇头，结结巴巴道："不，不可能。我爹说，打人不好，我，我不打人。"

"你从来不打人？"

"不，不打。"

"如果别人打你呢？"

"不打。"

"如果别人要杀你呢？"

"不打。"

县太爷在后面小声道："他就是这样。昨日、今日，已经盘问两日了，他就是不肯认罪。一直嚷着说自己很乖，自己很听话，从不打人，更不杀人。"

柳蔚点头，叹了口气，伸手去摸李庸的脑袋。

柳蔚手刚碰到李庸满是疙瘩的头发，身侧一道猛烈的视线，倏地落在了她的手上。

柳蔚偏头，便对上容棱微寒而深邃的眸光。

"王爷可是有事？"

容棱目光沉沉地问道："你想干什么？"

"摸摸他的头，以此来安抚安抚他。"

"男女授受不亲。"

柳蔚脸一黑，后面的县太爷也突然咳嗽起来。

"我是男的。"柳蔚磨着牙齿！

"说不定他是女的。"容棱面无表情。

柳蔚："……"

懒得理会容棱，柳蔚把手搁在李庸的头顶上。柳蔚不嫌弃李庸脏，摸了他两下，看到李庸表情果然轻松了些，才说道："李庸，你现在生病了，我帮你治病好不好？"

李庸不知所措地看着柳蔚，迟疑一下，还是点点头。

柳蔚从怀中拿出自己的银针一套。

看到那针尖对准自己，李庸怕得浑身发抖，整个人都僵着，可他硬是没有反抗，也没吵闹。

等到银针刺入他的肉里，李庸却没感觉到疼痛，惊奇地睁大眼睛："不，不疼。"

看他这样，柳蔚就知道，他以前也被针扎过，不过那是疼的。

李庸，应该受了不少虐待。

连着将好几针扎在李庸身上，柳蔚才伸出一根手指，比在李庸面前，声音轻轻地说："李庸，你看着我的手指，手指在摇是不是，你跟着它摇。"

李庸傻傻地看着竖在自己面前的纤白手指，眼珠子跟着左右摇摆。

过了一盏茶后，柳蔚问："你现在感觉怎么样？"

李庸眼皮有些耷拉："好困。"

"困了就睡觉，你闭上眼睛，将脑子放空。你的眼前是一片漆黑，你摸索着黑暗往前走。走了很久很久，你终于看到了一片花田。那片花田很漂亮，你很喜欢。你坐在田埂上，躺着晒太阳，闻着花香，这时，旁边还有条小花狗跑过来，小花狗很喜欢你，在你脚边撒娇。你抱起它，开心地逗它玩……"

李庸睡得迷迷糊糊，似乎眼前真的出现了花田和小狗，傻傻地勾着嘴角，笑得有些憨憨的。

柳蔚又说："太阳很暖和，小花狗也困了。你抱着小花狗，陪着它一起睡。你闭上眼睛，乖乖躺在田埂上……"

李庸脸上出现了沉睡的表情，呼吸也均匀起来。

县太爷有些着急："柳先生，这个……"

"嘘。"柳蔚压低了声音，"再等一会儿。"

县太爷只好闭嘴，却根本不知道这柳先生又在搞什么。

而又过了几息，原本已经沉睡的李庸，猛地睁开眼。但这次，他目光不再温顺，眼神不再单纯，反之，却是一种隐含杀气的凶戾。

容棱一把拉住柳蔚，将她扯到身后。

李庸目露凶光，大声吼道："你对我做了什么！"

柳蔚从容棱身后走出："你是说为什么你动不了？简单啊，我封了你七大穴，十小穴。"

李庸勃然大怒："放开我！你这个贱人，你放开我！"

柳蔚一巴掌扇在他的脸上，顿时将他的嘴角打出血。

李庸眼底的暴戾更深了，一双眼睛，厉得发狂。

柳蔚说："往后，世上再没有傻子李庸，只有你这个凶徒李庸！杀了这么多人，你也该付出代价。"

李庸一愣，随即闭着眼睛寻找一下，再睁开眼时，整个人近乎疯狂："你对他做了什么？傻子呢？你把他怎么了？"

"他在一个很安静的地方永远沉睡，你找不到他。他不用经历牢狱之苦，不用经受临死前的恐惧，那些本也不是该他去承担的，你自己慢慢感受吧。"柳蔚说着，看向县太爷，"大人，认罪状可以画押了。"

县太爷已经被惊得说不出话了："柳先生，你，你都做了什么？怎么会，怎么会就……"

柳蔚说："催眠第一人格，唤醒第二人格。"

说完，她走出牢房。

容棱目光紧紧锁着柳蔚的身影，随之跟上。

县太爷不敢与杀人犯单独相处，叮嘱牢头将李庸看好，也匆匆离去。

柳蔚走出地牢，外面阳光明媚，与地底的潮湿阴冷相比简直两个世界。

走了两步，柳蔚要回自己的房间，可身后那道灼人的目光，令她烦躁。

"王爷可还有事？"柳蔚忍无可忍，转头。

容棱上前："无事。"

柳蔚深吸口气："无事就莫要盯着在下一介男子看个不停了。王爷，柳某没有断袖的癖好。"

"本王也没有。"

"是吗？"

"是。"容棱说着，顿了一下，"本王只喜欢女人，胸小一点的，也没关系。"

胸小两个字吐出时，他目无偏颇地看着柳蔚的胸前。

柳蔚顿时火气上涌！

容棱却问："穿男装可还好玩？"

柳蔚简直不想跟他说话，甩袖走了。

容棱继续："你用了束胸，还是你的胸本就这般的小？若是我记得不错，当初，应该比今时大点。"

柳蔚觉得胸前火辣辣的，脑袋顶都要冒烟了。

这男人果然认出她了，穿了男装也认出来了，真是疯了！

柳蔚不回话，脚步却加快了许多。

回到院子，后面的男人也终于不跟了。可柳蔚还是觉得他在看她，他炙热的视线，就胶着在她的背后，刺得她背上火辣。

回到房间，小黎见到娘亲回来了，扑腾地跑进娘亲的怀里："爹，你可算回来了。"

"嗯。"柳蔚漫不经心地应一声，坐在床边。

小黎软软的小爪子揪着娘亲的衣襟："爹，你不高兴吗？"

"没有。"

"是不是之前那个叔叔又惹爹了？爹一看到那个叔叔就不高兴。小黎就知道，那个叔叔是坏人！"小家伙愤愤不平地说着，腮帮子鼓得圆圆的。

柳蔚火气一消，被儿子逗笑："小孩子家家的，懂得还不少。"

柳小黎缠进娘亲的怀抱："反正爹不喜欢的人，小黎也不喜欢！"

不知为何，再听小黎叫这声"爹"，柳蔚突然不自在起来。谁能想到，柳小黎的爹真的出现了。

第二章 蛊术一门

晚饭的时候，柳蔚带着小黎去吃馆子，她不想跟那男人同桌共食。

下馆子之前，柳蔚去了趟驿馆，寄了封信回曲江府。出了驿馆，便直接进了对面的菜馆。

这家菜馆是富平县唯一一家上得了台面的食馆，正值晚饭时间，馆子里人不少，一楼都没有空位了。

小二招呼他们上二楼，谁知道一上去，柳蔚才彻底知道"冤家路窄"四个字怎么写。

看到那坐在临窗位子上的俊美男子，她脸色一板，转身欲走。

可一转身，一个面无胡须的中年男子却堵住她的去路："柳先生，我家老爷备了餐食，请先生一道儿用。"

柳蔚认得这人，这就是昨日那三个嫌疑人之一。

昨日从李家村回来，衙门里已经没人了，三个嫌疑人不知去向，两个衙役晕倒在大堂上。

衙役醒了，说是被嫌疑人打晕的。县太爷气愤不已，本欲捉拿，但想到那三人反正不是凶手，加之李庸的事让人烦躁，便搁下了。

原以为这三人应该走了，不想竟还大摇大摆地在富平县里出现。

柳蔚看着眼前男子，面色微微沉着："我不认识你家老爷！"

"见着，自就认识了。"中年男子不卑不亢，似乎她不去，就不让她走一般。

柳蔚皱了皱眉，最后想着反正也要吃饭，有人请最好，就点头说："好，我便见一见。"

中年男子满意，领着柳蔚，走向一间包厢。

到了门口，那中年男子敲敲门，唤了一声："老爷。"

里头传来一道苍老的男音："都进来。"

等门打开，柳蔚便瞧见里头满桌的饭菜，一位衣着华贵的老人坐在主位，脸上，噙着笑意。

"来了。"

柳蔚稍稍点头："老人家。"

"过来坐。"

柳蔚牵着儿子走进去。柳小黎认得这位老爷爷，昨日在公堂上见过，他粉嫩嫩的小脸上满是不解，似乎不明白，他们与这位老爷爷只是一面之缘，为何老爷爷还这么客气，要请他们吃饭。

"爹……"他细细糯糯地唤了声，拉拉自家娘亲的衣角。

柳蔚握住儿子的手，将儿子抱起来，放到一张椅子上，自己则坐在儿子旁边那张。

老人看柳蔚如此从容，毫不客气，眼中笑意深了两分："贸然请先生来，有些唐突。"

"老人家言重了，可不知您找我，是有何事？"

老人抬手："这个慢慢说，先动筷。"

柳蔚面上礼貌，心中却起了警惕，其实昨日她便觉得这位老人有些不对，无论是姿态、气度，都显出些微不凡。

就仿佛，明明对方什么都没做，柳蔚却就是觉得，此人很不简单！

这老人点的菜都极为名贵，至少在富平县来看，算是拔尖的。老人却吃得不多，每样菜，顶多都动上两三口，有的吃了一口就放下了。

而那位中年下人就在老人旁边，伺候着夹菜盛汤。

柳蔚一边吃，一边看，看了一会儿，心中惊骇。

"柳先生怎么不吃了，是饭菜不合口味？"苍老的声音再次响起。

柳蔚勉强压住心头的波涛，放下筷子，维持镇定："饭菜很好，只是晚间，在下吃得向来不多。"

柳小黎与娘亲心意相通，看娘亲放了筷子，他也放下，乖乖地将双手摆在膝盖上，坐得端端正正。

老人眼中笑意不减，背靠着圈椅道："先生聪明，想必先生是看出来了。"

柳蔚心想，这多半是要摊牌的意思……

原本还只是猜测，可这下，柳蔚是彻底肯定了。

柳蔚沉吟一下，方开口道："老人家，恕在下冒昧了，外面的那位都尉大人，是否便是昨日在您身侧的那位？"

老人笑得更深，对身旁的中年下人示意一眼。

中年下人躬了躬身，打开包厢门，对外面唤了一声："三公子，老爷请您进来。"

接着，柳蔚就眼睁睁看着那个她最不想见的男人，身姿颀长，容颜邪魅，举止稳健地大步走进来。

柳蔚心中最后一点期待破碎，说不出心里是什么滋味。

中年下人关了门，退回老人身边。柳蔚看着那中年下人："不知这位公公，该怎么称呼？"

柳蔚提了"公公"两个字，算是最后的试探。

而对方只是低垂着眼，淡淡回道："奴才戚福。"

柳蔚勉强打起精神，笑了笑："原来是戚公公，有礼了。"

柳蔚说着，便站起来，再对首座的老人深深地鞠了一躬："下官曲江府仵作，见过皇上！事出在外，皇上身着便衣，下官斗胆，未行跪拜之礼，还望皇上恕罪。"

在穷乡僻壤的富平县偶遇皇帝，柳蔚真不知道这是太倒霉还是太幸运。

老人却只是抬抬手："无妨，朕微服私访，便是不想声张，先坐下来。"

这下柳蔚是怎么都不会坐了。

悄悄地看了容棱一眼，柳蔚心想，这位该不会已经把她是女儿身的事，禀告皇上了吧？

"阿棱，那件事你可与柳先生说了？"

柳蔚蓦地心中一紧。

容棱沉稳点头："说了。"

"那先生的意思？"

容棱看了柳蔚一眼："京里那桩案子颇为棘手，先生还未答应。"

"我答应了！"柳蔚脱口而出，随即又垂下头，表情诚恳，"回皇上，下官答应了。京里那桩案子，都尉大人已经与下官说了。听着是较为棘手，不过既是大人吩咐，下官自是愿意。"

老人点头："既然先生也没意见，那明日一早出发，可有问题？"

"自是没有。"

"好，那先用膳。用了膳，阿棱送先生回衙门。"

容棱点头，坐在了柳蔚身边的位置。

柳蔚却僵硬地道："不劳都尉大人费心，下官已经吃饱了。不如就先回去，房间里还有些行李要收拾，免得耽误明日行程。"

老人语气和蔼："那你便去吧。"

柳蔚如蒙大赦，牵起儿子，赶紧走了。

直到出了菜馆大门，柳蔚才长长地吐了口气，心里却悲戚。遇到小黎亲爹不算，还遇见了皇帝，这富平县简直是个灾祸之地，这次离开，这辈子都不会再来了！

柳小黎刚才在包厢里就听得迷迷糊糊，这会儿他拽拽娘亲的衣袖："爹，刚才那位老爷爷……"

"嘘。"按住小家伙的嘴，柳蔚叮咛，"不准叫他老爷爷，要称他老爷。"

柳小黎困惑。

柳蔚叹了口气，揉揉儿子的头发："总之咱们父子俩时运不济，先回去再说。"

这一回去，便是一夜的收拾。

第二日，一大早有婢女来敲门。

"柳先生，先生……"

刚唤了两声，门便开了。

婢女看着已经衣着整齐的清隽男子，忍着脸红，恭敬地道："先生，马车已经备好。师爷命奴婢来看看您收拾妥当了没。"

"妥当了。"柳蔚说着，走进房间，将榻上还在熟睡的儿子抱起来。

柳小黎不舒服地睁了睁眼，带着起床气噎咛一声。

柳蔚拍着儿子的背，安抚道："乖些，在爹身上睡。"

闻到娘亲的气息，柳小黎咕哝一声把脑袋埋在娘亲的怀里，很快又睡了过去。

柳蔚抱着孩子往外走，那婢女则拿着放在桌上的行李，跟在后头。

到了衙门大门口，那儿果然已经备好了车，柳蔚一眼便看见了站在车旁，一身绛紫色华袍，正与县太爷说话的容棱。

瞧见柳蔚出来，容棱偏过头，漆黑的眼眸注视向她。

柳蔚不惧，迎着他的视线走了过去。

"要赶路，只得早些走，没搅了先生的好梦吧？"

柳蔚皮笑肉不笑地扯扯嘴角："王爷言重了。"

"若是还困，一会儿就在车上睡。"容棱轻声道。

柳蔚理都不想理他，抱着儿子埋头钻进车厢内，不忘伸手迅速地放下马车帘子。

县太爷在旁边看得直流汗，心想，这普天之下，哪还有这样八品小官不给一品大员面子的。

偏偏这一品大员还求贤若渴，被扫了脸面也无动于衷。所谓，一个愿打，一个愿挨。

马车出发，柳蔚搂着儿子，坐在马车里。容棱则骑着马，伴随在外。

直到出了县城，柳小黎才迷迷糊糊地醒来，发现自己在移动，有些倦地揉揉眼睛："爹，我们这是去哪儿？"

"京都。"柳蔚随口，又问，"昨天爹跟你说的话，你都记得了吗？"

"啊？"柳小黎愣了愣，没反应过来。

"你的年纪。"

"哦,我记得,小黎四岁了。"小家伙机灵地道。

柳蔚松了口气,摸摸儿子的脑袋说:"再睡会儿不?"

"嗯。"小家伙软软地应着,又缩回了娘亲怀里。

马车在出了郊外时,停了下来。

柳蔚狐疑,撩开帘子看了一眼。就见那戚福公公正骑着一匹黑色大马,停在了容棱面前,与容棱说话。

两人说了一会儿,同时转头,看向马车方向。

柳蔚忙放下车帘,心里有种不祥预感。

果然,没一会儿,帘子被撩开,容棱高大英挺地伫立在外。

"有事?"柳蔚警惕地问。

容棱没言语,只是利索地坐进了马车。

柳蔚眼睛一瞪:"在下以为,大人骑马就成!"

男人径自坐在靠窗的位置,冷冷瞧着她道:"出了郊外,山匪横行,低调行事为好。"

柳蔚暗暗将儿子搂紧了些。

马车重新开始走,柳蔚往外头看了一眼,那戚福公公已经不见了。想来戚福与皇上,应该不与王爷一道。

这样也好,若是与皇上同行,她光紧张就得紧张死。

所谓伴君如伴虎,在这个皇权至上的年代,稍微行差踏错就是灭顶之灾,她可不敢拿自己和儿子的性命开玩笑。

出了郊外,马车行驶的速度明显快了。

等柳小黎睡醒,就觉得闷了,对容棱的态度,因为无聊而感兴趣了许多。

"叔叔,我能看看你的剑吗?"小家伙一脸向往地盯着容棱放在身侧的佩剑,眼睛亮晶晶的。

容棱点头:"可以,只是小心。"

柳小黎手脚并用地爬了过去,想抱起剑鞘,却怎么都抱不起来!

容棱眸中带些许笑意,把剑提起来,递到小孩子的面前。

柳小黎搂住剑。可是太沉了,刚抱住,就压到了自己的身体,压得他小脸直发苦。

容棱很快又把剑拿开,对孩子道:"这剑对你来说太重了,晚上给你做把小木剑。"

"真的?"小家伙眼睛更亮了。

柳蔚在旁边看着,很明显不乐意地唤了一声:"柳小黎,过来!不要打扰叔叔!"

柳小黎乖乖爬回娘亲身边。

容棱看着说话阴阳怪气的柳蔚,忽而开腔道:"本王很喜欢你的儿子。"

柳蔚极度敏感地迅速反驳道："王爷再喜欢，这也是我的儿子，跟王爷没关系。"

容棱却笑："本王不会跟你抢。"

柳蔚心慌意乱地哼了一声，不再看他，半响又回头恶狠狠地道："你最好记住这句话！"

柳小黎不知道这些大人之间的绕绕弯弯，他只知道，今晚过后，他就有一把属于自己的小木剑了。

光想想就好兴奋啊！

当天晚上，他们歇在了客栈里。容棱果真让小二拿了几块木头过来，用匕首削成了一整套刀剑棍棒。

柳小黎吃了晚饭就跑到容棱房间，看着容棱将实木三两下就削成了不同的兵器，崇拜得眼睛都发光了。

"叔叔，你真厉害！"小家伙由衷地说，早忘了之前他还讨厌这人来着。

容棱对小家伙的夸奖很受用，动作很快地削好两把样式古怪的双剑，递给了他。

柳小黎抱着小剑，摸摸左边，又摸摸右边，抬起头道："不扎我手。"

"等你学会怎么用了，再换有刃的。"

柳小黎点点头，将双剑插进自己的腰带里，学着戏里的武生姿态，昂首阔步地在屋里走来走去。

柳蔚去找小二要了热水，回来，就看到自己儿子跟"那个谁"好得都快亲成一家人了！

做娘亲的眉头顿时拧起："柳小黎，说过了不要打扰叔叔，快回房去。"

柳小黎显摆地拿出双剑，炫耀地挥舞着："爹，你看我的剑，是叔叔给我做的。"

"还给叔叔！"

柳小黎一愣，鼓着嘴，都要哭了。

容棱抬起头，眼眸微冷："本王送他的。"说着，容棱摸摸小家伙的脑袋，"拿回房去，其他的做好再给你。"

柳小黎吸吸鼻子，看看娘亲，又看看叔叔，不知道听谁的。

柳蔚吐了口气，也知道自己太过严厉，松口说道："听话，拿回房去吧。"

柳小黎立刻笑了，抱着双剑，喜滋滋地从娘亲身边钻出去，跑回房间。

儿子走了，柳蔚也要走，而身后淡淡的男音却突然响起："你对儿子不要这么凶。"

柳蔚嘴角抽了一下，偏头，此地无银地强调："是我的儿子！"

容棱："嗯？"

"我的儿子怎么教，我自有分寸，不劳阁下费心。"柳蔚觉得跟这男人话说多了，对胃真的是种伤害。

她现在就很胃疼。

回到房间，柳小黎已经钻进了被窝，隐隐看到双剑还在他的怀里。

柳蔚挑眉："拿出来。"

柳小黎不肯，抱得更紧了。

"你要爹还是要剑？"

柳小黎很挣扎，他又要娘亲，又要剑不可以吗？

才五岁的孩子，还不懂取舍，只看看娘亲，又看看剑，最后掉出眼泪，将双剑抖着手递过去。

"我要爹。"他很小声很小声地嘟哝。

柳蔚听到了，又有些心疼。

儿子有个玩具不容易，她是不应该剥夺，但是一想到这是他亲爹做的，她就本能地想丢得越远越好。

叹了口气，她将双剑放到床边，上了床搂着儿子："你喜欢，明天爹给你做一个好不好？"

"嗯。"小家伙闷闷地点头。

柳蔚摸着儿子的头发："爹做的不比那个叔叔做的差。你还想要什么，爹一并做给你，解剖刀要吗？你之前不是一直想要一把吗？爹让人给你打一把好不好？"

柳小黎不作声，将脸埋在娘亲衣服里。

"怎么不说话？不想要吗？"

小家伙还是不吭声。

"小黎？"

将儿子的脸捧起来，柳蔚这才看到，儿子哭得满脸是泪。

"怎么了？不喜欢吗？那你喜欢什么，告诉爹。"

小家伙拽紧了娘亲衣襟，小声气地说："我想要剑。"

柳蔚皱眉："怎么就非要剑，以前你都不喜欢这些。"

小家伙又不吭声了，眼泪却一颗一颗接着掉。

柳蔚心软了："好好好，给你给你。"

说着，她将那两把木剑塞进他怀里。

柳小黎抱着光滑的木剑，眼泪停了下来，半晌抽抽噎噎地才说："我，我学会了剑，就，就可以保护爹了。"

柳蔚原本还有些生气，闻言倒是一愣，沉默一下，摸着儿子的头发，语气柔软了很多："你才多大点，能保护爹？路走远了都要爹抱。"

柳小黎不服气地反驳："我，我可以自己走……以后都自己走。"

"这可是你说的？以后不能说辛苦，再远都要自己走。"

小家伙很挣扎，感觉好像一答应，就会失去一份巨大的福利。

但看娘亲那眸光，他一咬牙，还是点头："嗯！"

· 38 ·

柳蔚一笑，刮了刮儿子的鼻尖："那爹就拭目以待了。"

"嗯……"这次答应得，明显底气不足。

隔壁房间，容棱衣袍完整地躺在榻上，听见墙那头母子二人的对话，好看的嘴角不觉勾起。

他其实觉得，容小黎这个名字，比柳小黎要好听一些。

第二日一早就出发。

柳小黎昨晚睡得早，所以今天起来也精神奕奕，坐在马车里就挥着小剑玩耍。

容棱在旁边把小家伙护着，马车颠簸，小家伙站起来挥舞，时不时就歪了身子，很容易撞到这里或是那里。

柳蔚看着容棱那副殷勤备至的模样，越看越不顺眼！

而容棱却无所谓，仿佛觉得身边带着一个小鬼很有意思，一整天都把柳小黎照顾着，渴了给水，饿了给吃。一天下来，柳小黎已经不往娘亲怀里钻了，反而钻进了这个曾经"很讨厌"的叔叔怀里。

柳小黎捏着叔叔的大手，摸着叔叔手上的厚茧问："我学会了剑也会长这个吗？"

"嗯。"

"疼吗？"

"不疼。"

"好硬。"

"嗯。"

"有软的吗？"

"没有，茧都是硬的，像壳一样。"

"像鸡蛋壳吗？还是乌龟壳？"

"你……"

"叔叔？"

"这……"

柳蔚心情不错地看着某王爷回答不出来，憋了一整天的气，总算吐出来了点。

接下来的一路，柳小黎因为有了很多玩具，倒是没叫一句辛苦，不过柳蔚还是很警惕，一方面不能表现得很明显，一方面又要不着痕迹地把儿子箍在自己身边。

不让儿子太靠近容棱。

还好出了郊野，马车抵达下一个城镇时容棱便不再坐马车，改为骑马。

虽然不知道他所谓的低调高调究竟怎么划分，但柳蔚只是觉得，他离他们母子远点就好。

从曲江府到京都，若是水路还好走，陆路却要绕过一个临安府。柳蔚问过容棱为何要绕远路，他只说要顺路去临安府办一件事。

而等到了临安府，柳蔚才知道，是何等事！

黄昏时分，乱葬岗头，一座摇摇欲坠，只怕不知什么时候就要倒的义庄里，柳蔚面色不好地看着瘫在自己面前的三具尸体，眉毛微挑地瞥向身侧的男人："我就问一句，今晚我们要在这儿过夜吗？"

容棱邪魅而平静地看着她："那要看你验尸的速度，能否赶上城门夜禁的速度。"

柳蔚吐了口气，转身，戴上手套，将尸体上面的白布掀开。

这三具男尸，无论从尸体表皮的尸斑，还是皮肤弹性来看，都显然不新鲜了。

义庄里光线并不好，柳蔚点上油灯，才大概能分辨出三人的外貌特征。

不过要说外貌，大概也看不太出来了。

因为他们的脸并不完整，脸上、身上、腿上，有许多被啃咬的痕迹，多处地方，甚至能看到血淋淋的白骨。

这些咬痕看着很像野兽啃噬的痕迹，毕竟只有野兽才有这么尖利的牙齿。

不过，事实显然并没这么简单。

柳蔚让容棱拿着油灯，自己则去脱下尸体上已经犹如烂布的衣服，在伤口处仔细扒拉辨认一下，又撬开尸体的嘴，往里头掏了掏。

果然，很快她掏出一堆还带着脏血的生烂肉块。

将肉块放到一旁，柳蔚才说："有问题。"

容棱的身体朝柳蔚靠近了些："什么问题？"

"死者的致命伤明显是这些咬痕，但是对照来看，这些咬痕却并不是动物的牙印，而属于人类的牙印。并且死者口里，的确还有未咽下的人肉，这是他们身上的肉。所以，他们是自己把自己咬成这样的，或者是互相咬的。"

容棱沉默，在那忽明忽暗的油灯光线下，柳蔚只能隐隐看见他眼底下的漆黑与深邃。

柳蔚想了想，又说："这三人都是习武之人，皮肤健全的地方，能看出常年打斗的伤痕，他们是你的人？"

男人沉闷的语气，带着柳蔚捉摸不到的情绪："镇格门内，一营麾下的先锋军。"

柳蔚不知道说什么，只能道："眼下有很多疑点。第一，人的牙龈骨骼，跟动物不同，正常人并不能将人肉咬成这样。第二，好好的人，为什么要用这样的方式攻击对方，他们遇到了什么事？第三，他们的尸体在哪里发现的？"

"临安府，城郊。"容棱语气颇冷，"这不是第一次，两个月来，断断续续也有七八名先锋军被发现死在这里，地点位置，全都一致。现在这三人，是昨日才发现的。"

柳蔚皱眉："七八名这么多？"

"有人在针对镇格门。"

柳蔚点点头，又问："之前的尸体还能找到吗？"

"你都要看？"容棱瞧她一眼，才道："均已下葬。"

"那就算了。"毕竟是战士，入土为安，便不要打扰，反正这三具也够了，"我要解剖，看看他们体内有没有受过别的伤害，王爷您是去外面等，还是在这儿看？"

容棱颇感兴趣道："本王在这儿。"

柳蔚看容棱眼神里没有恐惧，也不管他了，只叮嘱："将灯掌好。"

男人将手中油灯又凑近一些，让柳蔚看尸体看得更清。

柳蔚拿着解剖刀比画一下，在尸体上判断好位置，以刀尖刮破尸身胸膛的皮肤，胸下割开两刀，再在小腹处割一刀。柳蔚手法娴熟地将小腹割开。

柳蔚没有停留，继续检查尸体其他器官。经过判断，内脏完好，没有内伤，断定是外伤致死。

以同样的方式将三具身体都破开检查，发现三具都一样。

"如何？"这时，身侧的容棱又道。

"身体没什么问题，我要开脑看看。"

"开脑？"男人挑眉。

柳蔚点头："检查看看是否有异样。"

给活人开脑顾忌很多，但给死人开脑，就随意得多。

柳蔚摸了摸工具包，找出剃刀，将尸体的头发先剃掉。

等到三具尸体都只剩下光溜溜的大脑袋，正忙着切割时，柳蔚明显感觉到油灯上的火苗影子抖了一下。

柳蔚偏头瞧了眼容棱，见他依旧神色如常，不觉好笑："王爷可是不习惯？"

男人过了半响才回："是没见过。"

"多见见就习惯了。要还死者一个公道，只有解剖清楚，任何一个线索都不放过，才算不枉费件作手上这把刀。"

容棱移开目光，看向柳蔚的侧脸。

柳蔚五官秀气，在昏暗的烛光下，侧影摇曳，眉宇格外的恬静柔和。

这样一个该待在家中被人宠疼的女子，却持着样式古怪的仵作刀在死人的身上割来割去，做些连男人都极其厌恶的事，而她，还乐在其中。

就在他胡思乱想时，柳蔚已经将死者的头切割开。

容棱皱起眉。

柳蔚沉重地解释："额叶和颞叶主管人的思考、记忆、情绪以及判断。这个器官，正常人是普通大小，但精神异常的人，就是俗称的患有癫狂症的人，就会比正常人的小。如果是后天形成的，看着就会像是萎缩了，而这人的额叶和颞叶，不只萎缩，周遭还有被啃噬过的痕迹。血管夹缝里，还有一些颗粒。"

柳蔚说着，又去打开另一具尸体的头盖。

这次，柳蔚在这人的头里找到一颗大概只有正常人指甲那么大的小虫尸体。

"就是这个！"

容棱凑近，除了嗅到恶臭，便只看到一只全身漆黑的虫。
"是什么？"他问。
"不清楚，我要带回去看。这虫已经死了，不知道能否研究出来。不过可以确定，这东西就是致这些人癫狂的元凶。"
容棱神色凝重起来。
柳蔚将那小虫收好，抬起头看他："王爷说的没错，的确是有人冲着镇格门来的。建议不要让你剩下的下属做无谓牺牲，最好将他们都先召回来。"
"什么意思？"容棱并没完全听懂。
柳蔚指着尸体的大脑："这种虫是有潜伏期的。极有可能，剩下的人也有人被施了这东西。我需要对他们进行检查，否则，他们过不了几天也会癫痫而亡。"
习惯手握重权的容棱，很不喜欢这种被动与钳制。
"明天，"容棱声音发沉，"明天一早，将人带给你。"
柳蔚点头。
两人出去，便看到外面车夫守着马车正等他们。
这个车夫是否是容棱的人，容棱没明说。但柳蔚看得出这是个练家子，应该是容棱的下属。
撩开车帘，柳蔚就看到小黎抱着被子，在里面睡得很香。他个子小，伸开了腿脚刚好能睡下。
柳蔚身上有味道，看了眼儿子无异样，便放下车帘没有进去。只是问容棱："我们现在进城？"
看了眼天色，已经黑透了，不知道城门关了没。
容棱一言不发地翻身上了马，倾身，朝柳蔚伸出手。
柳蔚问："做什么？"
容棱说道："难不成你想走着？"
柳蔚不想身上的尸臭味惊醒孩子，可那狭小的车辕好像又容不下她和车夫两个人。最后，尽管不甘心，她还是握住了容棱的手掌，被他一把用力拉上马。
身子一跃而起，她轻巧地落在容棱身后，而不是身前。马上空间有限，柳蔚的身子不得不紧挨着容棱。
可她靠得太近了，甚至嗅到他身上淡淡的青草味道，顿时觉得很不自在。
"话说，两个男人骑一匹马，会不会太难看了。"柳蔚尴尬地说。
容棱没说话。
柳蔚却更别扭了："算了，我去马车里。我儿子不会嫌弃我。"
柳蔚话音未落，容棱已一把抓住她的手，将她细白的手绕到他腰间，紧紧按住。
柳蔚被迫将他抱住，脸颊已经贴到他后背。男性气息再次疯狂地环绕上来。
容棱不忘叮咛："抱紧了，马上颠簸。"

柳蔚吸气，再颠簸也不用这样抱吧！

半个时辰之后抵达城门口，果然不出所料，城门已经关了。不过容棱将镇格门的牌子拿出来，守城士兵便赶紧开门，将他们迎进去。

没一会儿，到了客栈。

柳蔚抱着儿子进了房间，看儿子没醒，便出去叫小二打来水，准备沐浴。

可一出房门，就看到客栈一楼挤满了人，有穿士兵服的，有穿侍卫服的，还有穿五品官服的。

那个穿五品官服的，显然是临安府府尹。

镇格门都尉亲自到访，临安府的大小势力估计今晚也都不用睡了。

柳蔚没管这些，叫了水便回房等着，然后拿出那小虫尸体，在烛光下仔细琢磨起来。

这虫看起来就和普通的虫差不多，个头也几乎一样。

最后看了好一会儿也没看出什么，直到小二送了水来，只好将毛虫放在白布上，先去沐浴。

可等到沐浴出来，再看桌上，却发现方才还圆圆胖胖的虫，此刻只剩一摊黑灰！

柳蔚瞪大眼。

蛊虫？

蛊虫，又称霍虫。

南疆人的宝贝，历朝历代，无论何时何地，蛊虫的传说从未停过。

"莫非，这世上真有蛊术一门？"

若说一开始只是为了容棱才接下这桩案子，那此刻，柳蔚自己也产生兴趣了。

第二日，柳蔚起得很早。

柳蔚起了，便将儿子也叫醒，两人一番梳洗才出了房间。

柳小黎还困，小身子一直靠着娘亲的腿，走路也是摇摇晃晃的。

柳蔚没有娇惯他，轻斥："在哪儿都睡得香，柳小黎你猪变的？"

柳小黎不甘心地鼓着嘴，正要反驳，却感觉周围空气有些不对。他仰头左右看看，仔细判断一下，猛地一惊："爹，有埋伏！"

他说着，小手已经伸进自己的万能小背包，往里头摸了一把暗器，攥在手上。

柳蔚头疼地按住儿子的手："是你容叔叔的人，慌什么。"

柳小黎错愕："啊？"

容棱的办事效率很高。

柳蔚在客栈大厅吃过早饭，回房，便看见房内站得笔直的四名身材结实的侍卫。

将四人环顾，柳蔚对容棱道："关门。"

容棱没觉得被使唤了，关上房门，回头，便见柳蔚已经走到四名侍卫面前。柳蔚个子较矮，那四人又太高，两相一比，柳蔚尽显娇小。

"将衣服脱了。"柳蔚对着四名侍卫道。

容棱眸色一沉，四名侍卫也顿时愣住，面面相觑一番，最后齐齐看向都尉大人。

容棱问："脱衣服作甚？"

"自然是检验。"

"就这么无法验？"

柳蔚古怪地看容棱："穿着衣服当然不能验。"

容棱不说话，沉默地看着柳蔚。

最后，容棱还是妥协了，使了个眼色。

四名侍卫刚开始还有些别扭，毕竟宽衣解带，并不是什么雅事。可想到屋里都是男人，就连最小的那孩子也是个男娃，便没什么害臊，迅速地脱光上身。

柳蔚在他们脱衣服时，已经拿出自己的工具包，摊在桌上。

等他们脱完了上身，柳蔚抬眸看了一眼，道："都把裤子也脱了。"

容棱："……"

四人："……"

"脱裤子作甚？"容棱的语气此时已是极差。

柳蔚连头也没抬："我说脱裤子就脱裤子。大男人，哪来那么多毛病！"

容棱的脸，此刻已经彻底黑透。

等柳蔚将工具全部整理好，抬头看那四人都没动，不觉皱眉："要我帮你们脱？"

四人一阵憋闷，都没说话。

容棱倒是不冷不热的一句："本王将他们叫来是为正事，可不是为了满足先生的私欲。"

柳蔚偏头看向话中带刺的他："什么意思？"

容棱迈了两步，走到娇小的她面前。男人身高有着慑人的压迫感，他低下头，用仅两人听见的声音在她耳边道："如果想看男人的身子，本王的，回头给你看看可好？"

柳蔚愣了一下，才反应过来他是在调戏自己，顿时不乐意了："你什么意思？我也是个男人，还能对他们做什么不成？"

容棱嗤笑，眸中冷意十足。

柳蔚："……"

最后，四名侍卫的裤子到底保住了。

实际上柳蔚也不是非要他们裸的，她只是想检查清楚，不要漏了哪里。可既然这些男儿贞操观念比她一个女人还重，那她到底不能强人所难。

将四人安排在凳子上坐好，她在四人中判断一下，选定了其中一个看着相对瘦一些的，拿着手术刀，在他身边站定。

"放心，我不会伤害你。"柳蔚说着，手掰着侍卫的眼皮问，"眼睛，有没有何时

· 44 ·

是看不清的?"

"没有。"侍卫老实回答。

柳蔚又掰开侍卫的嘴,看了看舌头:"口齿呢,一直清晰吗?"

"是。"

"头可有疼过,就是猛地一阵子,过一会儿又好了那种。"

侍卫想了想,摇头:"没有。"

什么症状都没有,看来要不就是虫没植入,要不是植入期太短,还没发作。

柳蔚又接连问了许多问题,比如四人最近可有去过什么特殊的地方,与昨日那三具尸体,可有什么接触?

柳小黎一直在旁边乖乖给娘亲递各种东西,小身子忙忙碌碌地绕来绕去。

四侍卫边凝神回答柳蔚的问题,边看着眼前的小身影,一晃一晃地过去,觉得眼都花了,精神渐渐有些不济。

柳蔚见状,故意拖延询问时间,还在好几个问题上翻来覆去地问。

四侍卫刚开始还能保持清醒,慢慢地他们的答案就开始模糊。一炷香工夫后,四侍卫已经明显糊涂了,好几个问题回答得不只前后不一,而且还自相矛盾。

就在四侍卫越发恍惚时,柳蔚道:"好了。"

四侍卫猛地一回神,齐齐看向柳蔚。

柳蔚算是大概了解了情况,摸摸儿子的脑袋,让儿子不用转了,转身对容棱道:"我要开脑。"

容棱目光一凛,神色阴沉地看着柳蔚:"他们?"

"对。"

"活人?"

"对。"柳蔚知道容棱心中所想,解释道,"他们的身体没问题,所以,我需要检查脑部,看看他们脑内是否有虫。昨天找到的虫是死的。活的,更有利于研究。"

容棱没说话,眉头却紧蹙着。

过了半晌,容棱才道:"你是仵作,不是大夫。"

况且便是大夫也没听说过,会如此治病。

柳蔚有些不乐意:"我的医术与我的验尸术,并驾齐驱,不分上下。"

"他们都有妻儿。"容棱指着四名侍卫,暗自提醒柳蔚。她的一时行差踏错,极有可能毁掉一个家庭,或者数个家庭。

柳蔚开始收拾东西:"既然不信,那便算了。不过我要提醒你,那虫子的潜伏期到底是多久,谁也不知。我若没有样本,研究不出救治之法,只会有更多的人死于其中。你想清楚。"

四名侍卫先前听得迷迷糊糊,这会儿却听出了苗头。

一侍卫有些紧张地问:"都尉大人,我们怎么了?"

容棱沉默。

那侍卫更紧张了:"都尉大人,我们,我们是不是身上有毛病?"

不等容棱说话,柳蔚开口:"你们镇格门一营之前死的那些人,并非遭遇猛兽噬咬而亡。他们都中了一种毒,这种毒,我怀疑你们也中了。"

四侍卫顿时一蒙,一个个脸色迅速变青:"我们中毒了?"

"不确定,还只是猜测。"容棱安抚道。

四侍卫却没觉得被安慰了,一个个茫然地对视。最后,其中一个问:"我们会死吗?"

"很大的概率,会。"柳蔚插嘴。

周遭又是一阵沉默。

柳蔚只道:"我能救你们,只是过程有些危险。你们的都尉大人,不允我这么做。"

四侍卫抬眸看向柳蔚。

没人不惧怕死亡,尤其是这种提前知道,再静静等待死亡来临的感觉。犹如钝刀子割肉,疼痛是数倍。

现在有了一线生机,他们自然想抓住。

容棱却固执道:"不准。"

四侍卫,一时又沉默下来。

柳蔚理解容棱身为上位者,不愿让下属涉险的心情,便说:"开脑术,又称开颅术,抑或'掬髓脑'。早于两千多年前,便有人把人的头骨开裂,对人脑进行重列,将人治疗。都尉大人见识浅薄,在下不与计较,但他们自己有同意或拒绝的权利。所以,作为无关紧要的旁人,还请尊重患者自己的决定。"

被称作无关紧要旁人的容棱:"……"

其实柳蔚这些话算是半真半假。假的是,两千年这个时间,是胡言的。真的是,在《史记·扁鹊仓公传》中,的确记载过,太仓公淳于意在公元前150年左右,曾打开了患者的头颅,对大脑进行了重新安排。

柳蔚看向容棱,丝毫不惧怕他眼中冷光。

而四侍卫却愣住,开脑?要将他们的头骨打开?

人的脑袋开瓢不就死了?

还能活?

容棱不想与柳蔚争。

柳蔚面色也不好。

最后还是那个身子最瘦的侍卫站出来,小心翼翼地道:"要开我的脑袋?"

"是局部。"

那侍卫不懂,摸摸自己的头,手有点发麻:"给我开吧,只要能治好我!"说完唇都白了，显然是心中极怕却硬撑着。

柳蔚一笑："我一定能治好你。"

那人虚虚点了点头，神色却已经恍惚了。

柳蔚让那侍卫坐到椅子上，问："你叫什么名字？"

"秦中。"

"很好听的名字。"柳蔚温柔地说，"在术前我会给你下迷药。你会沉睡，开脑时你不会有感觉。等到结束后你再醒来，就什么事都没了。"

秦中一愣："就这样？"

"就这样。"

"不疼？"

"当然不疼。"

"一点感觉都没有？"

"没有。"她的迷药，药效可不是假的。

秦中一下子松了口气。他显然以为，开脑就真的是要拿把刀，在他头上砍开瓢。他想那还不疼死了，原来竟然是不疼的。

柳蔚摸摸侍卫的脑袋，觉得这个糙汉子真是可爱。

容棱静静地站在后面，看着她轻柔温和地对着另一个男人说话，心情顿时更糟了。

另外三侍卫听到这话，也有些迟疑。如果不疼又能活命，那好像开脑壳也不是什么大事了。

其中一人站起来："大夫，也给我开吧。"

另一人也跟上："便是要死，也该留在上阵杀敌的时候死，不能因毒而死！"

"我也是。"最后一人也忙追上。

柳蔚心情好得不行，频频点头，看着四侍卫越看越顺眼。

最后柳蔚好歹想起被抛在一边的容棱，转头问道："容都尉，现在还有什么问题？"

"何时开始？"容棱冷着声音问。

柳蔚道："越快越好，我现在准备一下工具，等我吃了午膳，下午就开始！"

一上午柳蔚都带着儿子在房间里鼓捣。到了中午吃午膳的时候，容棱特地过来看了一眼，就见客栈房间桌上，放了许多从没见过的器具。

看了眼还在忙碌的柳蔚，容棱问道："真有信心？"

柳蔚头也没抬："我从不做没把握的事。"

柳小黎坐在旁边擦拭手术刀，补一句："我爹最厉害了。"

柳蔚心情不错地摸摸儿子的脑袋，柳小黎傻乎乎地仰头冲娘亲笑。

看着一大一小的互动，容棱敛了敛眉，心中思着，若是真有人死在她刀下，他也会将此事暗中压下来。

将活人头颅切开，此等有违人道之事绝对不能泄露出去。

午膳结束，柳蔚摩拳擦掌，带着第一个侍卫进入房间。

秦中很紧张地坐在那铺着白布的软榻上，手心全都是汗。

柳小黎将一碗特别调制的麻醉药递到他面前："喝。"

秦中接过那小碗，手忍不住发抖。

柳小黎软软的小爪子搭在他手背上，小声说："不要怕，这是甜的。我往里头放了糖，不苦。"

秦中哭笑不得，孩子就是孩子。在有人要在自己脑袋上开个洞的情况下，药苦不苦，这是重点？

秦中深吸一口气，将那碗药灌下去。

过了半炷香，他开始发困。

"差不多了。"柳蔚说了一句。

秦中此时还没完全昏睡。

可那一身白衣的清隽大夫，已经拿着剃刀给他剃头发了。

半个时辰后，借着窗外的光亮，柳蔚看清那在他脑中游走乱窜的黑色虫子。

果然已经被植入。

柳蔚用钳子想捉住这条滑腻的小东西，可它动作敏锐，像是意识到危险，动作又快了几分。

柳小黎从没见过寄生在活人脑子里的虫子，顿时惊喜得不得了。他手里拿着个小瓶子，兴致勃勃地说："爹，给我给我，我要我要……"

柳蔚凝神静气，等到小虫再次绕回来，准确地用钳子将它抓出来，快速放进那小瓶子里。

柳小黎兴奋得快跳起来，赶紧将瓶盖塞住，一张小脸上全是喜色。

柳蔚也松了口气。

全程，柳蔚的手法都很慢，因为要确保万无一失。

等到一切结束时，不知不觉已经过了一个半时辰。

门外，容棱一直寒着脸静等在那里。

剩余三名侍卫也都惶惶不安。

柳小黎出来，叫人进去听吩咐。

等到那三侍卫将秦中小心翼翼地抬出去，房间里便只剩下柳蔚、柳小黎、容棱。

容棱从进来后便没说一句话，柳小黎乖巧地在那儿收拾东西。柳蔚经过一场长达两个时辰的医治，有点累了，清洗后坐在凳子上给自己倒了杯茶。

将凉透的茶水喝了半杯，才抬起头，瞧向容棱："容都尉，你一直看着在下，看够没有。"

容棱极力忍着心中火热道:"并未看够。"

容棱是真的没看够,将人头脑打开,再缝起来,闻所未闻的医治手法。

柳蔚将茶杯一放:"怎么,被我精湛的医术深深折服了?为之前有眼不识泰山地质疑我,而羞愧了?"

柳蔚那傲慢自得的模样,令容棱心头发麻,只觉得有人拿着羽毛,在他心口挠了挠。

"嗯,折服,羞愧,为你倾倒。"容棱若有所思地顺从柳蔚的话。

柳蔚不屑:"倾倒就不必了,在下没有断袖之癖。"

他一笑,为她时时不忘的嘴硬。

秦中苏醒后头部剧痛,那痛初时很微弱,但等到迷药药效全过,他就痛得想杀人。

一直照顾他的同伴,被他难看的脸色吓到了,忙去叫人。

柳蔚紧脚赶来,到了时,秦中已经坐起来,整张脸痛得几乎扭曲。

"柳,柳大夫……"他断断续续地唤了声,却已经满头大汗。

柳蔚走过去,先检查了秦中的伤口,确定伤口没有出血,才道:"不要坐起来,头上的伤口至少要几天才能好,这几天你都得躺着。"

"我……"

"不要说话,你迷药刚过,我让小黎去煎药了。一会儿把止痛药喝了会好很多。"

秦中虚弱地看着柳蔚,到最后还是撑着头痛,沙哑地道了句:"谢……谢谢……"

柳蔚安慰地摸摸他的头说:"你好好休息。"

秦中感觉那双柔嫩的手,在自己额上拂过,轻轻软软,很是舒服。

秦中心口一跳,脸慢慢变红。

等到他意识到自己竟然对一个男人脸红时,那尴尬的红晕,又迅速变成青色,颇为难堪。

容棱站在门口静静地看着这一切,漆黑的眸子,有些危险。

秦中躺在榻上,突然觉得周遭莫名地冷了一下,就看到门口的都尉大人,正含着一道慑人的视线,冷瞧着他。

秦中猛地一个哆嗦,心头方才那点小绮丽顿时消失不见。

从秦中这里离开,柳蔚回到房间就看到儿子正逗着那只小虫。

"爹,这小东西有点不对劲。"

柳蔚坐过去,便看到小盘子里,小虫正趴在地上一动不动。

"怎么了?刚才不是还好好的?"

柳小黎鼓着嘴道:"我怕它饿着,给它准备了点吃的。谁知道它吃了,就好像死了似的。"

按理说，这虫子应该会爱吃这个。

但为什么会变成现在这样？

柳蔚拿了根筷子，戳了戳虫，同样不明白。

现在甚至无法判断，这到底是不是蛊虫。

如果是，难道没有更炫酷一点的外观和技能吗？虫子不是会变蝴蝶吗？都生死关头了，也没见它变。

这东西到底是什么玩意儿？

"爹，现在怎么办？"

柳蔚道："把容棱叫来。"

柳小黎小短腿立刻蹦跶起来，匆匆跑出房间，一出去，直接就撞到个直直的身影。

等他站好，才发现是容叔叔，忙拉着他的袖子道："容叔叔，我爹叫你进去。"

容棱随孩子进去。

柳蔚直接道："替我准备一些东西。"她说着，拿旁边的笔墨纸砚，迅速写了一大堆药材。

容棱接过清单，看了两眼，道："穗惠子和阳甘，这个季节没有。"

柳蔚问："你懂草药？"

"一点皮毛，毕竟我学识浅薄。"

柳蔚无语，今天早上他不让她开脑，她才气得说他学识浅薄，这人居然记恨上了。

真小气。

柳蔚撇撇嘴："快去准备，越快越好，我怕这虫子活不了多久。"

容棱拿着清单转身，走了两步，突然回身看着柳蔚道："你使唤本王，使唤得越来越习惯了。"

采买东西，是堂堂王爷，一品都尉大人该干的？

柳蔚冲那人微笑："我救的是你的人，都尉大人以为我愿意跟你说这么多话？"

容棱敛眸："下次，你也可唤本王。"

柳蔚："……"

容棱到底是有身份的人，速度就是不一样，不过出去溜达了一下，清单上所有药材就都收集齐了。连这个季节没有的穗惠子和阳甘，也找到了两株干制的，虽然不新鲜，药效也没那当季的好，但至少东西是全了。

柳蔚看着那一小篮子的稀世草药，眼睛都亮得发蓝了。

她迅速抬起头，看着容棱的目光就像在看一个能动的金元宝。

不愧是当王爷的！就是有钱！

第一次觉得容棱这么顺眼！

有这些草药，柳蔚接下来要进行的事就容易了许多。

用不同的草药对虫子进行试探，有的直接让虫子嗅，有的碾成粉末，进行调兑成浆，再擦到虫子身上。

一个时辰的实验，柳蔚将其中几种虫子有反应的药物记载下来。

然后再对这些药物进行重组配方。

"葵根草、金梗花、银黄梅、乌蚕、木柳草、沥叶……"

柳小黎看着娘亲记录的，端着小脸说："葵根草和金梗花都是安神的，沥叶和木柳草性味有毒，银黄梅利窍，但需搭配伏甘子，乌蚕祛风泻火，这几种药搭配起来能做什么？"

柳蔚将笔放下："能做的多了。"

柳小黎转头看向柳蔚："爹，你知道了？"

柳蔚没多说，只是吩咐："将我的黄山丸和玉琼浆拿出来。"

黄山丸和玉琼浆是柳蔚研制的成药，黄山丸用以止痛定惊，玉琼浆用以安神助眠。

柳小黎不知娘亲要干什么，只是乖乖将两种药拿出来。

柳蔚抖出两颗黄山丸，再倒了半瓶玉琼浆，最后将方才虫子有反应的那些草药都碾碎了调和进去。

等到将一堆药物兑成了很小的一摊泥浆般的东西，柳蔚直接将其倒入茶杯中，放到桌上，用钳子夹起一动不动的虫子丢进药浆内。

一进去，那黑黝黝的虫子便像活过来一般，慢慢开始伸展身子，最后甚至钻进了药浆里不出来。

"果然没错。"柳蔚一笑。

柳小黎好奇死了："爹，到底怎么回事，到底怎么回事？"

容棱也等待柳蔚解惑。

柳蔚没有卖关子："这虫没什么特别，只是外面很常见的，不过有人将它们从卵开始培育，用不同的药物将其养殖成一种特定的变异虫。进入大脑后，开始啃噬人脑。你们看，这药浆气味，是不是类似人的脑髓。这虫子被这药浆养大，出于本能，进入人脑，便会进食同样口味的食物。而这小虫因为发生变异，如果长时间失去食物，也不会吃其他的东西，那么它就会死亡。就跟昆虫的尸体会氧化成树木的肥料一样，培育这虫的药物中有些性能强烈，会使这虫子不被空气氧化，却会被自身氧化。就等同于，停止摄入能量后内脏会立即衰竭，死亡之后，直接挥发成灰。"

"原来是这样！"柳小黎一听就明白了，顿时觉得自己娘亲果然是世上最聪明的人。

柳蔚也很高兴，觉得好像知道了所谓的南疆蛊术是什么东西了。

一大一小情绪都很高昂，而站在一边的容棱："……"

找到了虫子的症结，柳蔚要研制出克制的配方就简单多了。

将那药浆里的药材药性都罗列出来，加上手里有活样本，柳蔚一整夜没睡，鼓捣得可以说是热火朝天。

容棱一直陪着。

研制药物不是那么容易，虽然知道了虫子的培育原理和食物配方，但要的目的不是杀死虫子，而是研究出一种药剂，能让使用人产生免疫。

谁也不知道这虫子是什么时候被植入的，又是被谁植入的，所以柳蔚要做的不光是给被植入的人拔除，还要使未植入者免疫。

这才是重中之重！

柳蔚很用心，热情高涨，等到天亮时已经小有所成。

翌日，秦中还在静养，另外三人被再次叫进房间。

三人因为看到了秦中的例子，此刻心情放松了很多，柳先生这么有本事，一定没问题。

柳蔚却说："不用开脑了，我研制出的药引可以把你们的毒解掉。总开脑，恢复期太长了。"

方成很不可思议地问："不，不用开脑袋了？"

"不用了。"

"真的？"

"很真。"

方成激动得心潮澎湃，另外两人也是，之前的担心顿时不复存在。

引虫的过程很短，不到一个时辰，三人的危机都解除了。

而当秦中知道，只有自己被开了脑袋，另外三人竟然就这么轻描淡写的就好了时，心理一下不平衡了。

尤其是三人还幸灾乐祸地在他床边晃悠，那一张张的笑脸，看得他直磨牙。

不过下午，当柳蔚亲自端着药喂到他嘴里时，秦中又平衡了。

他今天的情况比昨天好，已经能虚虚地说几句话了，虽然翻来覆去都是"谢谢、谢谢"，但总算能交流。

柳蔚对秦中很好，一天来看好几次，一会儿问他有没有不舒服，一会儿问他头疼不疼。

秦中起初心头那点不乐意，一下子就烟消云散。柳大夫这么温柔，这么好，虽然是男子，但是脾气好，性格好，医术还高明。这样的人对自己呵护备至，是人都觉得荣幸。

不过，如果都尉大人能不每次都跟着来就好了……

中午，秦中刚刚吃完了药，柳先生正喂他吃甜枣，可他一抬眼睛，就又看到自家都尉大人站在门口，用说不出怎么一种冰冷的视线冷瞧着他。他顿时吃不下了，尴尬地推拒道："柳先生，我一个男人不怕吃苦药。"

柳蔚医者父母心地摸摸他的头，道："你这几天没吃什么东西，吃点甜的，养胃。"

秦中觉得脑袋被摸得很舒服，忍不住在那只手上蹭蹭。可就在这时，一道宛若尖刺的视线，狂风暴雨般涌向他。

秦中一个冷战打出来，转开视线，发现都尉大人看他的目光竟然都带着杀机了。

秦中有点慌，一下子整个人都僵硬了。

柳蔚并没发现秦中的异常，将甜枣放到小案上，才起身说："你先休息，我晚点再来看你。"

而柳蔚刚一转身，秦中发现，他家都尉大人的眼神也变了，顿时变得清淡温和，仿佛方才那一缕杀意，都是错觉。

秦中摸摸鼻子，隐约猜到了点什么。

实验进行了三天，而实验结果很喜人。

可为防与体质差异有关，随后，柳蔚又将其他几人也叫来，一个个地试了，结果都是一样。

柳蔚这才确定，成功了。

免疫药物研制成功，便需要批量制作，而这些事就交给柳小黎了。

于是接下来的半个月，柳小黎就跟非法童工似的，每天泡在房间里忙碌。直到半个月后，终于将容棱所需的数量都配制完成，也终于可以启程。

来临安府，只是因为镇格门的先锋军在这里遇难，容棱不能不管，而解决事情后，京都才是他们要去的地方。

从临安府到京都，绕过安州到庆州，沿着官路便是中州京都。

五日后，曲江府衙门内。

不怒而威的老人执着黑棋，落在棋盘一处，眉眼温和："阿辰可还有破？"

坐于老人对面的俊逸男子一身五品府尹官服，抬手拱了一揖："下官技陋，不及老爷万分。"

老人哈哈一笑："你让着朕。"

这话，是肯定。

付子辰立刻站起身，恭敬地鞠了一躬，却没否认。

乾凌帝不与他计较："罢了。"

付子辰没说话，安静下来。

乾凌帝又道："过几月你便要调任。朕调你回京，你可愿意？"

堂堂一国之君调任一下级官员，却破天荒地征求对方意见，此乃罕见。

付子辰有些惶恐，忙低下头，认真道："但凭老爷做主。"

乾凌帝叹了口气："你的家事朕不管，但这小小曲江府，亦困不住你，进京不过早晚之事。"

付子辰又何尝不知，只是在这逍遥自在惯了，回京，只怕又是另一番景貌。

乾凌帝玩着手中棋子："素闻你曲江府，满城男女老少，都识得一位柳先生，称之为活神医。但凡问了，无人说其一句不是。朕早便好奇了，此次一见，果真名不虚传。"

付子辰心头一沉，俊逸的脸庞，更添几分肃色，一时不知该怎么开口。

乾凌帝看他如此紧张，倒是一笑："朕不怪你藏拙，你慌什么？"

"老爷……"付子辰尴尬至极，"老爷，您已经见过他了？"

乾凌帝点头："看着柔柔弱弱，不想还会些手上功夫，就是性子冷清了些，若非朕表明身份，只怕他连阿棱的面子也不给。"

柳蔚脾气有多怪，付子辰一清二楚。

可是容棱……

一想到柳小黎那张酷似容棱小时候的脸，付子辰就头疼。

犹记得第一次见小黎，他就问柳蔚，孩子的父亲是谁。柳蔚只漫不经心地说，根本不认得那人。

他也不愿多事，况且他与容棱，认识是认识，关系却很一般，所以他从未想过要告诉柳蔚容棱的身份。

如今，却纠葛上了。

甚至连皇上也见过柳蔚，那是否也见过小黎？

皇上有没有发现，小黎的长相问题？

或许没有发现，柳蔚此次出去是男装扮相，容棱又母妃不显，直到十四岁才入了皇上的眼。那时容棱脸上已经脱了稚气，早已是个风度翩翩的少年。而小黎爱撒娇，又软糯可爱，如此两人，应该不容易让人联想。

可尽管如此安慰自己，付子辰依旧很是不安。

他想，他真的得尽快进京了，柳蔚在京都，不知将身陷何等危机。

第三章 容门柳少

临安府到京都，走了将近一个月才到。柳蔚坐在马车里，看着京都郊外的官道，眼神极度复杂。

五年前逃离这里，现在竟再次归来。

这里有她许多不愿招惹的麻烦，当初离开，便是为了能够逍遥。这次回来，简直是羊入虎口。

马车走得不紧不慢，连着几日大雨，天湿路滑。

柳蔚看着阴沉的天色，猜测又要下雨，对外开口："找个地方歇一歇，这会儿也晚了。今晚估计到不了城，不若在外面过夜。"

容棱骑在马上，转首看柳蔚一眼，对车夫道："这附近可有歇脚处？"

车夫道："前方三里，有座破庙。客栈却是没有。"

"我们过去。"

车夫应了一声，转了方向，走向三岔路。

等他们抵达破庙，外面果然下起雨来。

柳蔚打量一番这破庙，这庙的确是够破的，到处都在漏水，只有中间一块地方算是干燥。

天黑压压的，柳蔚找个地方坐下，车夫在生火。而容棱正被柳小黎拉着，站在屋檐下看雨。

柳小黎喜欢下雨，也喜欢阿雷轰隆隆地响。他很兴奋地上蹿下跳，还拉着容棱一起疯。

容棱纵容，小家伙说哪儿好，他就说哪儿好，简直没有一点身为大人的原则……

柳蔚见状，哼道："献殷勤。"

车夫听见了，老实地埋着头，装作什么都不知道。

等到车夫将火生好，破庙里暖和了些，柳蔚才唤道："小黎，你过来。"

小家伙蹦蹦跳跳地跑过来，一下子撞进娘亲的怀抱。

容棱此时也走过来，十分自然地坐在柳蔚旁边，手里掰着两根木柴，折断，扔进火堆里，再刨两下，将火生得更大。

休息了一会儿，容棱才把干粮拿出来。

四人正吃着，外面伴随着雨，传来一阵脚步声。

"这里有间庙，快点，快点！"

"后面的人跟上，箱子不能湿了，都拿衣服盖着点。"

一阵喧哗后，便有一群人到了庙门口。

柳蔚看了眼，有七八人。他们护着两辆板车，板车上放着七八个大箱子，摞得很高。

那些人也没想到庙里已经有人，但走了这么久，才找到落脚地方，他们肯定不会离开。其中一人便拱手道："出门在外，还请几位兄台行个方便。"

容棱道："随意。"

那些人赶紧将箱子运进来。

柳蔚这才发现，哪里只有七八人，分明有十几个，后面还有好多人不断进来。

而最后进来的，则是个容貌刚硬，五官出色的男子。男子衣服已经湿透，头发狼狈耷拉。他与其他人穿着不同，看着非富则贵。

男子一进来，好几个人便将男子围住，拿衣服的拿衣服，递棉帕的递棉帕。

柳蔚初时还没在意，可当见到那人的容貌后，顿时目光一闪，快速地转过头去。

容棱在柳蔚身侧，见状问了句："认识的？"

"不认识。"柳蔚声音不大，说完，便拉起儿子道，"我们去马车上。"

柳蔚那近乎落荒而逃的举动，令容棱看向了远处那些人，漆黑的眸里，闪着复杂。

车夫犹豫一下："都尉大人，您有否觉得那站在中间的华衣男子，长得有些面熟？"

容棱又瞧了一眼，便看见那被簇拥着的男子已经换了件干衣服，容貌不俗，此时正一边擦着头发，一边去检查那些箱子。

"不认得。"对于不相干的人，容棱向来吝于去记忆。

车夫小心翼翼地道："那华衣男子，与丞相大人倒有几分相似。"

"柳城?"

容棱回忆了一下,再看过去,果真觉得那人长得与那老狐狸柳城有些神似。

这么一想,容棱便猜到了此人身份。

丞相柳城家中三子皆为人中龙凤。长子柳域与其父自成一脉,饱读诗书、学富五车,于十四岁稚龄,连夺三元,乃京中人人称赞的天才人物,如今二十有八,早已入内阁,是朝中年轻一辈里最为突出者。

二子柳琨,自小擅舞刀弄枪,七岁拜当朝战军虎文元帅为师,十一岁出征边疆,十四岁随虎文元帅凯旋,次年夺得武状元之名,十六岁已是朝中最年轻的副将。

三子柳逸,前有两兄一文一武,珠玉在前,世人皆对他极为看好,可出其不意,他却不爱朝堂爱民间,干上了经商之事。所谓士农工商,商人低贱,他却从不自卑。第一年行商便纳税数千两,吏部那年可是笑开了花,随后几年下来,京中大小商坊都挂上了"柳"家字号,现如今柳逸早已是京中显贵,富甲一方。

现今看来,眼前这人便是柳城三子,柳逸无疑。

收回视线,容棱目光却瞧向马车方向。

柳城、柳域、柳琨、柳逸……

如此说来,柳蔚在躲什么显而易见了。

京中姓柳的人,并不多见。

容棱将手中最后的干粮吃尽,起身走向马车。

帘子撩开的一瞬间,容棱明显感觉到里头一道冷冷的视线投射而来。

见来人是容棱,柳蔚松了口气,又有些不耐烦:"王爷有事?"

"外头吵闹,本王进来坐坐。"他说着,翻身上了马车,坐在门边。

柳蔚沉默一下,打听起来:"外面那些人要在这儿过夜?"

容棱环着双臂:"应该。"

"那我们走吧。"

容棱瞧她:"外面还在下雨。"

柳蔚思忖一下,说:"那停了雨,马上就走。"

"若是半夜雨才停,也走?"

柳蔚面色不好了。

容棱等了一会儿,再一次问:"你认得他们?"

"不认得。"还是那个答案,柳蔚几乎是条件反射。

容棱看她实在不愿说,心中已是不悦。如今关头,女扮男装,入朝为官,现在她的家人就在外头,被揭穿了,随时便是个欺君之罪,人头落地。

这种时候,她难道不知,能帮她的已只有他?

想了好一会儿,容棱才硬憋出四个字——"不识好歹"。

柳蔚不知容棱已生上气了。她还在思考柳逸的事,是的,她一眼就认出那是三哥柳逸。

确切地说，但凡是柳家人，随便哪个，烧成灰柳蔚都认识。

只因这柳家，正是她千方百计要逃离的地方。

一想到若是当初她没走，此刻已嫁给了那个连面都没见过的七王爷，她便心头烦闷。

离开后，柳蔚是真的没想过这辈子还要见柳家人。不单是柳家人，还有京都，这鬼地方已经上了她的黑名单了。

但现在，她不只重回京都，还见到了三哥柳逸。

如果让柳家人发现她的存在会怎么样？柳蔚想，再被逼着强嫁一次吗？

这是个崇尚父母之命媒妁之言的朝代，父母让你嫁给谁，你根本没选择地就得嫁过去，没有半点人权。若她是嫡女还好说，撒撒娇，可能还有出路。

但偏偏她是庶女，还是个不讨喜的庶女。

此刻，柳蔚只想离开。

偏偏外头下雨，她被困在这儿，哪儿也去不了。

无能为力的感觉，总是让人焦躁。

柳小黎缩在娘亲怀里。因为马车太安静了，他又刚刚吃饱，竟就这么睡了过去。

容棱陪了柳蔚好一会儿，开口："那是柳逸，丞相柳城之三子，京中颇有声名的富商。"

柳蔚抬眸看向容棱："你认识他？"

"不认识。"容棱道，"只听说过，柳家三子，常年被作为京中贵族间口耳相传的楷模。"

柳蔚恢复沉默。

车厢里气氛诡异，又过了一会儿，容棱确定柳蔚真的打算隐瞒到底了，有些不快地打算离开。

正这时，外面传来惊叫："王虎，王虎！"

容棱撩开帘子，便看到破庙靠旁的位置，一个面色苍白嘴唇发黑的男人，正抖着身子，浑身抽搐，口吐白沫，仿佛下一刻就要死过去。

柳蔚往外看了一眼，动作较大。一动，怀里的小黎便醒了。

小黎揉着眼睛，也瞧过去，一眼，就看出了症状。

"是癫痫发了。"小黎软糯的声音混着鼻音，嗡嗡地说。

容棱转头看向小家伙："癫痫？"

小家伙吸吸鼻子，觉得有点冷，顺势爬到容棱的怀里，说："就是羊角风。"

原来是羊角风，容棱了然，放下帘子不再去管。

柳小黎却有兴趣地扒拉着帘子一角，好奇地往外看。看了一会儿，他开始着急："哎呀！这些人不会治他，他要死了！"

柳小黎原本只是看看戏，见快出人命了，连瞌睡也不打了，小身子一骨碌就跳下了车。

"小黎。"容棱唤了一声，小家伙已经跑远了。

柳蔚老神在在地坐在那里，一动没动。

"你不担心？"容棱问道。

敢让小黎就这么跑过去？不怕被柳逸看到？

柳蔚"嗯"了声，浑不在意。

比起像自己，柳小黎更像他亲爹，也就是坐在她眼前的这个男人。

容棱看了柳蔚一眼，挥帘离开，紧随其后。

外头大雨滂沱，下个不停。

柳小黎从车上跳下，就钻进了人群，对里面吼道："你们快散开，这样闷着，会憋死他的。"

那娇软嫩绵的声音，一入耳，便令人一震。

周围十数人都看向这个小男孩，有人率先不悦："哪来的小孩，赶紧走开！"

说着，便伸手要将柳小黎推走。

可手还没碰到小家伙的衣角，一双冷硬的手掌，倏地截住那人的手腕。

那人抬头一看，便对上一双漆黑肃厉的眸光。那人猛地一震，想抽回自己的手，却发现动弹不得。

"你干什么？"那人脾气不好地大吼。

容棱甩开那人的手，将柳小黎抱起来，在小家伙耳边说："不识好歹之人，不用管。"

"可是……"柳小黎拽着容叔叔的衣袖。因为坐在大人的怀里，他站得高看得远，一低头就看到那已经快没气的男人，小脸苦成一团："容叔叔……"

小孩毕竟心肠软，容棱看他真想救人，只好抱着他往里走。

十数人顿时起身将他们挡住，同一间破庙避雨，但毕竟是陌生人。他们的七口箱子，就在后面，这人想靠近，他们自然不许。

容棱视线转向人群后头的柳逸。

柳逸此时也沉默地打量容棱。两人一对视，柳逸似恍然过来，顿时脸色一变："容……"

容棱没作声，知道柳逸已认出他。

果然，柳逸赶紧遣退了护卫，快步迎上来："都尉大人，好久不见。"

说着，柳逸拱了拱手，姿态放得很低。

容棱从他身边走过，将柳小黎放到那个叫王虎的男人身边，揉揉柳小黎的小脑袋。

柳小黎一下蹲在地上，翻了翻王虎的眼皮，确定还有口气，赶紧对旁道："你们都散开。"

所有人都看向柳逸。柳逸则盯着容棱冷傲的背影，目光颇为复杂，半晌才点点头。

柳小黎道："第一，你们不能围在一起。他现在呼吸困难，你们堵在一起，只会加快他的死亡。"

周围人一愣，听到"死亡"二字，少有人不被吓着的。十数人彼此对视，最后，靠在最里面的几人，到底往后退了两步。

柳小黎继续说："第二，立即松开他的衣领，保证他能更大程度呼吸。"

"第三，将他的脸转向一旁，使他的呕吐物都能流出来。若是这些东西再流进喉咙，随时会窒息。"

小小软软的声音，没有任何威慑，说出的话却令周遭之人皆是一愣。

不知是谁，轻轻道："懂，懂了……"

其他人瞬间看向那人。

被个那么大点的小孩儿教训，你还答应？不嫌丢人？

那人顿时面红耳赤，摸摸鼻子，赶紧转移话题："他没事了？"

"有我在，当然没事。"柳小黎说完，还特地挺了挺胸，一脸高傲。

又过了几息，王虎慢慢平静下来，最后终于停止抽搐，缓过劲儿来。

周围的人皆觉得神奇。

一个看着不过四五岁的孩子，竟还懂医？

真是不简单。

思及此，这些人又看向陪在孩子身边的冷峻男子。

这位应当就是这孩子的父亲了，有个这样聪慧灵巧的孩子，真是福气。

容棱将小黎带到屋檐下洗手，等到洗好了。两人回头，就看到一身华袍，五官出色的男子站于身后，等待已久。

柳逸没想到会在这种地方遇见堂堂当朝三王爷，镇格门正都尉容棱。

好歹都算是京中年轻一辈里的显贵，总有些场合会碰见一两眼。今晚偶遇实属巧合，哪怕出于礼貌，他也该与其说上两句。

要知道身在御前的人，这交道是最不好打的。

柳家三兄弟与四王爷、七王爷、九王爷关系都属不错，但三王爷却的确从未接触过。

不是不愿接触，而是接触不到，根本没有渠道去相识。

如今见了，不说是不是缘分，好歹是个机会，柳逸自然要把握。

容棱单看柳逸一眼，便瞧出了对方示好之意。他难得地没有露出不耐烦，只摸摸小黎的脑袋，道："回马车上去歇着。"

小黎应了一声，蹦蹦跳跳地上了马车。

等孩子走了，容棱才看向柳逸。

柳逸识趣，拱手道："不知是都尉大人，方才我那些护卫多有得罪，还望大人莫要见怪。"

容棱瞧了眼那边的十数人，个个一身兵气，身形壮硕，只是单纯的护卫？

那柳家老二在军中出入，但现在柳家老三区区一介商贾，随行的下人，都是正规军的水准，倒是比京中几位郡王还本事了。

容棱语气冷漠："三公子客气。"

"不敢不敢。"柳逸听出容棱语气中的不悦，顿时背冒冷汗，心中却思忖不出，自己哪里让这位不高兴了。

思来想去还是刚才的事，他只得再次解释。

"在下此次亲自前往阳州，为着这批丝绸可算用足了心。下头的人皆知事关重大，难免防卫过度，万望大人海涵。"说着，又行了个大礼。

看着那几乎整个腰都折下来的身影，容棱慢条斯理地道："出门在外，多些防卫也是尽责，本都不怪。"

柳逸松了口气，又道："这雨来得突然，今夜只怕要与大人同庙相度。在下那儿有些好酒，不知大人有否兴趣。这黏湿的天气，喝些酒也好暖暖身子。"

"也好。"容棱应下，朝着火堆走去。

柳逸快步跟上。

很快便有人送上酒肉，容棱捏着酒壶，没有喝下，却是看了眼马车方向："三公子那些丝绸，可是沁山府产的天云缎？"

"大人知晓天云缎？"柳逸正愁不知怎么拉关系，闻言顿时一喜，"沁山府产云蚕，这些天云缎可正是那特异的火云蚕所吐而织。大人若是喜欢，回去后，在下送上几批到大人府中。"

容棱漫不经心地饮了口酒，问："多少银一尺？"

"大人说笑了。今日把酒言欢已是缘分，大人若不嫌弃，便当在下送予小世子的礼物。"

"小世子？"容棱瞧着柳逸。

柳逸笑着，一脸"我懂"的压低声音："未闻都尉大人成婚，小世子必然是娇妾所诞。大人放心，在下最是嘴严，不该说的，一句也不会说。"

正妻未娶，已经有个四五岁的儿子，说出去怎么也不好听。况且容棱又是御前之人，起居更是应当谨慎。此等事若是宣扬出去，只怕那些吃饱了没事儿做的御史，又该胡言，无事乱奏。

容棱却将酒壶搁下，黑眸中闪着一丝笑意："你说方才那个？"

柳逸一愣，随即恍然，莫非方才那个不是都尉大人的儿子？

"大人……"

"方才那个，你觉得是本王的孩子？"容棱兴致昂扬地问。

柳逸很是尴尬。

"你但说无妨。"

柳逸这才鼓起勇气，斟酌着道："方才那位，与大人的确有些相似。不过许是在下看错了，这大晚上，到处黑漆漆，多半眼花。"

"你没眼花。"容棱提着酒壶，又饮了一口，心情大好，"他就是本王的儿子。"

柳逸呵呵地干笑，心里却觉得这容都尉不知是不是有毛病。不是一直说是你儿子吗，说是，你一脸"你说错了，他不是"。结果刚说他不是，你又说"其实他就是"。你故意逗着人玩呢？

柳逸再次感叹，果然御前的人都高深莫测。别说打交道了，说两句话，都猜来猜去，捉摸不透。

容棱不知柳逸心中思绪万千。他想的却是，果然旁人都一眼能看出，他是孩子父亲。

从认出柳蔚的第一刻，容棱就很自然地对小黎疼爱有加。这种自然，就仿佛小黎就该是他儿子，就该是柳蔚为他生的。

这种认为很没道理，可他就是这么觉得。他与柳蔚那一夜，她是初次，他何尝不是。柳蔚生了孩子，孩子长得好看又聪明可人。这里头要说没有他的遗传，他是断断不会信。

容棱一开始就盲目自信，如今有人认同他的观点。高高在上的都尉大人觉得，眼前这个油嘴滑舌的商贾，似乎也没那么讨厌。

至少，柳逸眼光不错。

而另一头的马车上，柳蔚抱着儿子打了个喷嚏。

柳小黎翻了个身，拽着娘亲的衣角问："爹，你是着凉了吗？"

"没有。"柳蔚摇头，想了想，又从包袱里掏出一瓶驱寒的药剂，仰头给喝掉。

说不定真着凉了，毕竟这鬼天气实在不安分。

第二日，柳蔚是特地等到柳逸离开了，才出的破庙。

此时的雨已经停了，但地上湿滑，马车不敢走得太快。

一路慢慢吞吞，到了将近傍晚，才进了京都城。

柳蔚本想带着儿子住客栈，但问了两家客栈都满了。这才知道，今年科举将至，每逢三年这个季节的京都最是热闹，到处皆是应试学子。来来往往，有的家境富裕，早早便差人订下了好客栈，或是租下了环境不俗的大院。家境贫困的，也是提前从各地出发，确保到的时候还有地方歇脚。

如此下来，柳蔚却是连个住的地方都没有。

容棱耐着性子与她又问了两家，最后眼看天色实在不早了，才道："我府中摘间独院给你，可好？"

之前在路上一起住还好说，这都到京都了，怎么还要一块儿住？

柳蔚不愿意，可柳小黎一听要住容叔叔府里，却开心极了。这一路下来，柳小黎对容棱的感情，简直是质的飞跃。

柳蔚见状，更不愿意了。她儿子按照这个节奏，没两天就得被他亲爹拐走了，到时候她怎么办？

"不用，再找找。京都这般大，我就不信一间空房都寻不到。"柳蔚说着，拉着儿子的小手又往前走。

容棱跟上，不咸不淡地道："便是还能找到，也是三教九流的地方。不说是否安生，太杂乱的环境也对小黎不好。"

柳蔚一顿，犹豫起来。

"还是先生觉得，本王的府邸辱没了你？"

柳蔚抽抽嘴角，这人硬生生地自称什么"本王"，摆谱给谁看？

最后看了眼已经浑浊昏暗的天空，柳蔚到底还是同意了。

反正大不了今晚就暂且在王府住下，明天再出来找房子。

解决了住的问题，就剩吃的问题了。

小黎自出生这是第一次到京都，看什么都新鲜，闻到什么都想吃一吃。

想着这会儿回王府再准备膳食也晚了，不若就在外面用。

容棱熟门熟路，乘着马车，三人很快到了京都正街的一品楼。这儿做的京菜，是整个京都最好的。

进了一品楼，里头的气氛热火朝天，不愧是著名食肆，生意好得不得了。

容棱显然是常客。他一来，掌柜立刻亲自相迎，一边迎着，嘴上还不停："三爷好久没来了，还当是忘了咱们一品楼了。这几个月，咱们楼里可出了不少新菜，三爷要不要尝尝？有醉乡鸡、芙蓉卷、翡翠萝饺、相思糕。对了，新出的雀儿仙还有两壶，这可是咱们老板亲自酿的新酒，每日午市晚市各卖五十壶，过了可就没有了。"

柳蔚听着那一连串的菜名，忍不住就舔舔嘴唇。可一低头，见自己儿子，竟也眼巴巴地望着那掌柜，喉咙一拱一拱的。

柳小黎抱住娘亲的手，撇撇嘴，可真饿啊！

容棱让掌柜将说过的，都送上来。

掌柜利落地应着，又亲自送三人上二楼的厢房。

四人走得不紧不慢，却没瞧见一个梳着双包发髻的小姑娘，怀里抱着一坛酒，正摇摇晃晃地往这边走。

那小姑娘个子矮，抱着坛子不看路。一过来，正好撞到最近的柳小黎。

柳小黎"啊"地叫了声！

柳蔚眼看着对方怀里的酒坛脱手。一整个硕大的坛子，往小黎脑袋上掉，她条件反射地将儿子拉到怀里,身子一转。

关键时刻,容棱动作凌厉地将柳蔚和孩子一起扯到怀里,只听那酒坛"砰"的一声摔在地上,所幸没有伤到任何人。

"对,对不起,对不起……"那小姑娘意识到差点闯了大祸。反应过来后,一直地道歉,那脆弱的声音,听着像是要哭出来了。

柳蔚被容棱按在胸前,小黎又被柳蔚按在前面,两大一小这么夹着。众目睽睽之下,瞧着尤为古怪。

先回过神来的是柳蔚,陌生的男性气息窜入鼻子。她觉得鼻尖痒痒的,有些不舒服。

柳蔚退了一下,推开了容棱的怀抱。

容棱低头,将柳小黎抱起来轻声问:"有没有伤到?"

"没有。"小家伙显然也被吓住了,此刻被抱着,手就不自觉地圈住容棱的脖子。小小的脑袋,紧靠在容棱脸旁。

确定一大一小都没事,容棱才看向那造成事故的人。

那是个十三四岁的姑娘,因为惹了祸,这会儿可怜兮兮又手足无措。一连嘴地在道歉,鞠躬鞠得腰都快断了。

一旁的掌柜气愤地斥责:"走路怎么不看着点?这样横冲直撞的,冲撞了哪位有权有势的,你的小命不想要了?"

小姑娘赶紧又慌忙道歉:"对不起,对不起……我,我真的不是故意的……我,我……"

说着,泪珠终是滚落下来。

容棱皱起眉,对于这种犯了错只会哭哭啼啼了事的最是不耐。

柳蔚却没他这么冷血,作为女人,心肠总要软些:"无妨了,下次走路小心。"

小姑娘一听对方不追究了,掉了一半的眼泪顿时停了,抬起头,正想道谢,却在看到眼前这清隽"男子"的面容时,愣住。

因为这儿动静闹得比较大,周围看过来的人已不少。柳蔚不想高调,侧眸对容棱道:"先吃饭吧。"

容棱没作声,抱着柳小黎上了楼梯,柳蔚也跟上。

掌柜走在最后,离开时还转头狠狠瞪了那小姑娘一眼。

等到四人都消失了,那站在原地的小姑娘才恍惚地回过神,然后,便出了一身冷汗。

"阅儿……"

身后有人叫这小姑娘。

阅儿回过头,便看到抱着另一个酒坛的萱儿正走过来。萱儿看到阅儿脚边的碎酒坛时,唬了一跳:"怎么回事?你把酒坛打破了?这可是秦嬷嬷点名要的,二十两银子一坛呢！让秦嬷嬷知道你砸了二十两，还不活扒了你的皮？"

阅儿也知道回去不会好过。但此刻，对阅儿而言却有更重要的事："萱儿，我刚才看到个人……"

"看到个人？谁？观音菩萨？要不是观音菩萨你就甭说了，这会儿也只有观音菩萨能救你了！"

"不是，我看到了大……"

"好了，好了，我不想知道你看到了谁！咱们快点回去吧！你是完蛋了，我可不想陪你一起死！"萱儿说着，更加搂紧了自己怀里的酒坛，快步走出一品楼。

阅儿忙追上，可走到一品楼门口时，又停下，回头看了眼二楼的方向，眉头紧蹙。

阅儿不知道自己是不是看错了，方才那人，明明是个男人，可是那张脸……

阅儿从五岁起便跟着大小姐，大小姐的容貌她是记得比谁都清。而方才那男人，分明长着与大小姐一模一样的脸。

阅儿很想追上去打听清楚。可她只是个丞相府丫鬟，对方却是由一品堂掌柜亲自招待的贵人，怎么可能会搭理她？

另一头，一品楼内，三人吃得不错。

容棱常在一品楼用膳，这里的厨房，都知晓他的口味。

柳蔚和柳小黎，则是一路过来，早晚赶路，早已忘了正常膳食的滋味。如今一吃，才发觉之前吃的那些干粮，果真淡得出奇。

一顿饭吃完，三人离开，可出了一品楼，却发现马车外不知何时守着几位身着兵服的士兵。

那些士兵一看他们出来，立刻迎上来："都尉！"

柳蔚瞟了容棱一眼，牵着儿子上了马车。

容棱瞧着车帘落下，才问那几人："何事不能等明日再说？"

领头的兵长压低了声音："禀都尉，二营三锋小队于辽州边境打探消息时，被伏击了。眼下只有两人身负重伤逃了回来，医治了十天没有任何效用，眼下已怕是快撑不住了。"

容棱眼神一凛："走。"

说着，容棱却没上马，而是返回车厢，撩开车帘，对里面道："有事要办。"

柳蔚抱着儿子，指着自己鼻尖："我？"

容棱点头。

柳蔚："……"

吃饱饭就要干活，不是吧？

最后，镇格门几位士兵眼睁睁看着自家都尉，骑着风驰骏马，领着一辆蓝顶棕壁的低等马车，走在京都正街的街头上。

直到了镇格门军机营，几人才恍悟，都尉大人竟然要将马车里的人，也带进营里？

这可是军机营，出入皆是戒备森严。普通人哪怕在门外多望一眼，都会被当做图谋不轨捕起来。

有人想犯上直谏，提醒都尉大人此种行为有多不合规矩。容棱却已经下了马，撩开车帘，将车中小孩抱出来，对身后几人问："人在哪儿？"

兵长指指："寝房内。"

于是这么一打岔，加上此事本就着急，想犯上直言的人只好把嘴边的话又堵了回去，先往寝房走。

到了寝房，因已天晚，十人一间的大通房内，已是聚满了人。

看到容棱进来，已经上床的兵士们，赶紧鞋都不穿跳下来，极快地站成一排，高喝一声："都尉大人！"

训练有素，声音又齐又整，如此情景，看得窝在容棱怀里的小黎，直觉新鲜。

容棱摆手，看向大长铺中央的位置。那两个面色苍白奄奄一息的人影。

将小黎放到地上，他走过去。

那两人浑身多处纱布，绑得连模样都看不出。见到都尉大人，激动得想起来，却怎么也起不来。

容棱按住他们："躺好。"

两人又躺回去，却哑着喉咙，断断续续地说："大人，辽州……边境……有叛乱军，不似……野军……是……是正规军，人数……不可预估，至少……数……数万……"

有人在辽州边境藏了数万叛军，或者，是养的。

容棱拍拍两人手，点头："做得很好。"

而后瞧向柳蔚。

柳蔚过去，先翻了翻床上二人的眼皮，又摸了摸他们的脉门，再按压他们腹部某几个位置，听到他们不同程度的闷哼。确定了症状，便对身后的小黎说："内脏撞击，有少量出血症状。"

柳小黎抱着自己的小背包，已从里头掏出了生气丸、止血丸等几种药丸。可听到娘亲的话，他却愣了一下："这么严重？要开胸吗？"

"他们现在气息太弱，强迫开胸根本撑不过来，先保守治疗。"柳蔚道。

一听保守治疗，柳小黎便把银针递上去，又从桌上端来蜡烛。

柳蔚展开针袋，拈了一根细长尖锐的银针，放在火上描了描，消毒一下，便刺向患者的虎口穴。

从手上的穴道，到胸前的穴道。最后，柳蔚已经忙得额头出了汗，身边的人却若无其事地干围着。

柳蔚皱眉："来个人帮我，把他们衣服掀开。"

这一出声，众人才回过神来。有人当即大吼："你在他们身上扎针，他们就能好了？若是不好，被你扎死了怎么办？"

柳蔚瞧向容棱："过来帮我。"

容棱冷哼："这回不嫌我碍事了？"

柳蔚抽抽嘴角，已经对这人的小气绝望了。

最后，柳蔚也只能憋着气道："不嫌，你快点。"

容棱这才走过来，将床上两人的衣服敞开，露出两人肚子部分，却再不肯往下露出更多。

柳蔚要扎的本也是这个范围，并没在意某人的小动作。

一刻钟后，扎完了。

柳蔚擦了擦额上的汗，问两名患者："感觉怎么样？"

两人此刻脸色明显红润了不少，虽说嘴唇还是苍白，但瞧着眼睛却有生气了许多。

"好多了。"

"多谢大夫。"

柳蔚拿了两瓶药丸过来，放到他们枕头边，道："蓝色的是止血丸，黄色的是补气丸，一瓶十颗，一天一颗。晚饭后服用，五天后我再来。"

两人连连点头。

柳蔚命小黎在房内收拾东西。她拉着容棱的衣角，出去。

容棱瞧着那素白纤细的小手捏着自己的袖口，嘴角翘了一下，随着她出去。

到了门外安静处，柳蔚要缩回手，容棱却先一步捏住她的指尖，攥在手心揉了揉。

柳蔚看向他，没说话，眼中意思却十分明确。

一路过来，这男人没少占她便宜。

柳蔚收回手，使劲在自己衣服上蹭蹭，冷着声音说："治疗费、研发费、验尸费，已经到了京都了，都尉大人打算什么时候结账！"

容棱眸中不觉闪过一抹趣味："你与我，竟是算钱？"

柳蔚道："看在你是我上峰的分上，给你打个折。五千两，最低价了！"

"本王觉得不够。"容棱压低了声音，"你的价值，不该五千两这般低。"

柳蔚被他这阴阳怪气给弄烦了，微蹙起眉："那王爷是什么意思？到底给不给钱？"

"给，当然给。"容棱轻笑，"你要，本王便给。"

柳蔚不确定地问："什么时候给？"

"回府后！"

看他不像忽悠她，柳蔚这才点点头："那快回去。"

柳蔚思忖着，拿到了钱，要赶紧在京都买房子。如果在京都还会留一段时间，长时间住王府，肯定不行；住客栈，人来人往的也不方便；终究，还是有自己的房子比较好。

五千两银子，以现在京都的物价，虽然贵，但拿出一千两也够买个环境不错的二进院子了。

柳蔚一边盘算着，一边走进寝房。小黎已经收拾好东西，看到娘亲回来，就自觉地走过来，拉着娘亲的衣角，动作可见依赖。

从军机大营离开，直接便回了王府。

马车停下，柳蔚下车，便看到王府门口的匾上，简简单单地就写着"三王府"三个烫金大字。

柳蔚听过很多京都的事。没办法，付子辰是地地道道的京都人，聊点什么，聊着聊着，就能聊到京都上。

所以柳蔚哪怕不刻意打听，也知道很多朝廷中事。

比如，当今皇上是个多疑的人，行事素来深谋远虑。

皇上并非先帝册封的太子。先帝在位时，太子早已定了人选。但先帝病卧龙榻时，太子却出了意外，死在了强盗刀下。

堂堂太子，死在强盗刀下。那身边的侍卫呢？随行的亲兵呢？怎么都不见了？

太子的死，死得蹊跷，死得古怪。太子身亡的消息一传出来，所有人都在深想。

可是再想也来不及了。一听太子身亡，已经奄奄一息的先帝，眼皮一翻，直接去了。

先帝驾崩，举国哀悼。

可关键性的问题出来了，先帝死了，太子死了，那皇位怎么办？

要说按照嫡庶排行来看的话，继承皇位的，就该是二皇子。因为那是太子一母同胞的亲兄弟，也为早逝的皇后所诞，并且自小就深得先帝喜爱。

那时候，已经有辅政大臣去唤二皇子了。

可是，转折出现了。

先帝身边的大太监戚卫，竟突然端出一份遗诏。说是先帝前几天才立的，叮嘱他一定要藏好，只有先帝驾崩后，这遗诏方可问世。

而遗诏中大意是说——朕传位于太子，但太子性格刚愎，不得人心，请诸位辅国大臣予以监督。若是太子犯大错三次以上，便可遵循此诏，将其废黜。辅佐四子容禹再行登基。

这封遗诏信息量很大。首先，先帝原来并不是很看好太子，但是愿意给太子机会。其次，原来太子之后，先帝第二个中意人选，不是二皇子，而是四皇子容禹。

朝中支持二皇子的，立刻燃了。一个个不是质疑遗诏的真实性，就是逮着太子突然身亡，与四皇子有关不放。

可是四皇子也不是好惹的。他母妃家族强大，外公更是镇国元帅，于是兵权一拿出来，又死了一部分二皇子势力的党派。最后四皇子终于如愿登基，年号乾凌。

而这个四皇子，就是当今皇上，也就是柳蔚前几个月见到的那位微服私访的老人。

大概因为皇位来得蹊跷，个中透着古怪。乾凌帝登基后，有眼力的便发现皇上有个毛病，多疑。

其实普天之下所有上位者都有这个毛病，多疑几乎是帝王的通病。

但是这位皇上多疑得有点严重。首先，他已经定好了太子，然后除开太子以外的儿子，都极快地封了王，赶出宫。

据说最小的一位皇子，是在刚刚出生三天后，便封王的。

以为封王是好事吗？不，不好。封王，便代表终其一生，也只能是个王爷，不得再有继承皇位的机会。

不过有人说，就算表面上看起来没有机会，但封王后，王爷到了自己的封地，练兵的练兵，屯粮的屯粮，等到机会来了时，随时可以打到京都去，抢下皇位。

所以为了杜绝这种情况，乾凌帝也非常机智。

他封了儿子的王，但是不赐封号。就是你排行第几，就是几王爷，不给封号什么意思？就是可以不封地。

素来爵位伴随实权，可乾凌帝却并不打算给其他儿子实权。

乾凌帝要的，就是让你当王爷。但因为没给你封号，所以你就算是王爷，你也没有封地。没有封地就必须住京都，住他的眼皮子底下，等于变相折断你羽翼，断了你后路，再把你禁锢起来。

因此一些母族不显的王爷，在京都过得连一个地方府尹还不如。

而这种情况下，在御前行走，还率领整个镇格门的容棱，便显得极为扎眼。

柳蔚带着儿子走进三王府，便看到里头，雕梁画栋，花卉丛林，一路过去，看着极为奢侈。

柳蔚偏了偏眼，瞧向身侧的容棱。

心想这位看着分明是个精明人，怎么府中布置得这般无脑？

在帝前行走，素来诸多忌讳。皇上疑神疑鬼，你又手握兵权，怎么不懂得低调之道？

似乎知道柳蔚心中猜测，容棱状似无意地低语一声："这王府，乃是父皇所赏。"

柳蔚看着他。

容棱语气平缓："二皇叔病逝后，这间王府便空了出来。父皇做主，赐给了我。"

柳蔚心中一凛，顿时知晓其中意味了。

当年二皇子在与乾凌帝夺位之战后落下大病，之后拖了几年，便重病身亡。此事柳蔚是听过的。

却没想到，乾凌帝竟然将二皇子的旧居，赐给了容棱。

果然是帝王心术，这赐府一事，便是对容棱的警告。

柳蔚一下子沉默了。

进了二进正院，管家迎出来。

容棱吩咐："去将西陇苑收拾出来。行李在外头的马车里，好生规整。再去库房将四宝箱端来。"

"是。"管家应了一声，出了院子。

三人进到正厅，立刻有婢女奉上茶水。

小黎端着茶水刚喝了一口，突然将杯子一搁，小身子一蹦，从凳子上跳下去，拔腿往院子外跑。

"小黎。"容棱唤了一声。

小黎并没停步，眨眼间，小小身影已经不见了。

"跟着小公子，别让人伤着他。"容棱吩咐婢女。

婢女赶紧提着裙子追出去。

倒是柳蔚，不冷不热地继续喝茶，一点不担心。

没过一会儿，管家端着个四四方方的玲珑盒过来，奉到容棱面前。

容棱将盒子打开，里头放了一叠银票。

一看到那些银票柳蔚就精神了，身子都坐直了些，知道结账的时候终于是到了！

容棱捻着几张纸票子看了看，又问向柳蔚："你说多少来着？"

柳蔚站起身来，往他那儿走了两步，比了个手势："五千。"说着，眼睛就黏在银票上。

容棱有些想笑，这女人，钻钱眼里去了。

"大人。"柳蔚摊开手，意味明确。

容棱看了看那银票，又看了看她的脸，随后将银票放进盒子里，将盒盖子一扣，咔嚓一声，盖子合拢。

柳蔚怒色上眉："我就知道都尉大人没那么好说话，说吧，怎样才肯付钱？"

容棱好笑："钱，自然要付，只是要看怎么付。"

柳蔚坐在他旁边的位置，努力压着火气："那都尉大人想怎么付？"

"钱债物偿。"

柳蔚哼了一声："什么意思？"

容棱将玲珑盒子又打开，拿出最下面压着的一个信封，将那信封递给柳蔚。

旁边的管家眼皮一跳："爷，这可是……"

"明叔。"容棱打断管家的话。

管家憋着一口气，只好住了嘴，心里却着急，爷怎么能把这东西交给别人？

还是个男人。

爷这是糊涂了？

柳蔚看着这主仆二人的互动，再看那信封，倒带了点兴趣。她将信封拿过来，抽出里面的东西，看了一眼。可就一眼看完，她却顿时愣了。

下一瞬，柳蔚将信封狠狠拍在桌上："容棱，你什么意思！"

容棱端起边上的茶，啜了一口："这东西，可比五千两银票值钱多了。"

"再值钱这东西我敢要吗？堂堂都尉大人，为了赖账你可真是无所不用其极，一个大男人，你羞不羞？"

"放心，只是暂押。"

柳蔚眉头锁紧，瞪着他。

容棱将那信封拿过来，将里头的东西抽出，放在桌子上。

白纸黑字，上面"房契"两个字，硕大夺目。

柳蔚盯着那两个字："你把你三王府府邸抵押给我？就为了五千两银子？"

容棱一脸淡定："让你来京办事的是本王，办的却是公家的事。你向本王索要五千两俸饷，给，自然是该给。可这钱也不该本王给，该是上报上去，皇上批了，由户部拨款。眼下皇上不在京，奏折送不上去，便只得给你找个抵押。这抵押的东西，自然越贵重越好。本王将王府的一半抵押给你，这府若是放出去卖，少说也是八千万两白银，眼下直接匀了四千万给你，还不够？"

这是够不够的问题吗？王府，这可是王府！

皇上赐的王府！

她敢卖吗？哪怕从这府里搬出去一盆花，往大了说，那都是盗窃宫闱重物之罪。

柳蔚觉得容棱实在厉害，这赖账的本事，登峰造极！

"过名手续有些繁复，这房契就先放你这儿了。"容棱说着，就将那房契连同信封推到柳蔚面前。

柳蔚眼睛宛似淬了毒般，死瞪着他。

容棱又对管家道："明叔，往后柳先生与小公子便是王府中人，你当他们是另一个本王便好。吩咐下去，莫让人怠慢了，对本王怎么伺候，对他们便怎么伺候。"

明叔虽不晓主子其中深意，但依旧垂头应声："是。"

柳蔚："……"

这时，柳小黎带着珍珠进来。

"桀"的一声啼鸣，浑身漆黑的鸟儿扑腾着翅膀，飞向堂内正隐忍怒气的白衣男子。

"乌、乌星……"管家明叔错愕地瞪大眼睛，指着那黑漆漆的鸟儿，满脸惊讶后退。

柳蔚瞥了管家一眼，食指刮着珍珠的小脑袋，说道："它叫珍珠，不主动伤人，但若有人想伤它，它会如何报复，我便不知道了。"

明叔浑身一抖，一下子说不出话来。

"明叔，你先出去。"容棱道。

明叔应了一声"是"，这才颤颤巍巍地离开。

柳蔚没理明叔的惊恐，只看着容棱，挥手将那房契和信封捞起来，咬牙切齿道："你既将大半身家送到我面前，便别怪我捏住你的命根子。"

容棱愣了一下，黑眸里顿时染上深邃愉悦。

柳蔚皱皱眉，等过了好一会儿，才反应过来这是个双关语！

柳蔚一甩袖子，愤然离开！

柳小黎站在后面，看到娘亲满脸火气地出了正厅，不解地抓抓脑袋："容叔叔，我爹怎么了？"

"你爹小气。"容棱说着，看小家伙嘟着嘴，又赶紧问，"小黎喜欢王府吗？"

柳小黎噘着小嘴道："喜欢。"

"以后想住在这儿吗？"

柳小黎瞪大眼睛："爹说，我们会有自己的房子。"

容棱一笑，心道果然。

"这就是你们的房子。"容棱说着，伸手将小家伙抱到怀里："小黎以后都跟叔叔一起住好不好？"

"我要跟爹住。"小家伙脱口而出。

"你爹也一起。"

小黎想了想，不确定地反问："爹一起，叔叔也一起，我们三个人住？"

"对。"

小家伙慢慢点头："好。"

容棱心情大好，将柳小黎抱得又紧了紧。

这时，明叔突然走进来，小心翼翼地开口："爷，柳公子请小公子过去。"

容棱起身，抱着小家伙边往外走，边道："明叔，往后别叫柳公子，称他柳少。"

明叔愣了一下，并不觉得这两者有什么区别。

却听他家主子理所应当地说："容门柳少。"

明叔："……"

什么叫容门柳少？

只听说妻子嫁到相公家，要冠夫姓，可没听过借住也得冠主人姓的。

第四章 尸体说话

柳蔚进了西陇苑，便见到一整排的婢女站在院子外头，过来伏身请安："奴婢见过柳公子。"

其中一个打头的又说："奴婢们是明管家遣来照料公子起居的，奴婢叫明香，这是惜香，这会儿屋子已经收拾好，公子一路风尘，先进屋歇歇脚。"

柳蔚看着这些娇滴滴的女孩，说道："我没有用婢女的习惯，你们下去换一两名小厮过来便好。"

明香一愣，看向惜香。

惜香大方得体地上前一步，恭敬道："明叔盼咐咱们来，咱们便是公子的人了，万没有再走的道理。"

"我的人？"柳蔚问道。

惜香脸颊微红，垂眸点了点头。

明香嘴角也噙着笑，耳根发烫。

柳蔚："……"

这时，后面的容棱抱着小黎走来，漫不经心地问："这些婢女，先生可还满意？"

柳蔚转头："你是故意的？"

容棱走到柳蔚跟前，才说："什么叫故意？先生乃多才之士，素来才子风流，潇洒不羁，本王有意拉拢先生，自然在某些地方，得尽心一些。明香、惜香都是宫里调教出来的，跟了你，便为你所用，用在哪里都行。"

柳蔚磨了磨牙:"床上也行?"

"你若能行,自然是成。"说着,容棱还若有所思地瞥了柳蔚下腹一眼。

柳蔚顺手将袍子拉着往前挡了挡,哼了一声:"我不要婢女,给我换成小厮。"

容棱上前半步,停在柳蔚跟前,倾身抵住柳蔚的耳根:"想都别想!"

"你……"

柳府外院三等婢女寝房里,阅儿趴在床上,屁股烂了一半,满头大汗地哼哼唧唧。为她上药的,是她的堂姐璀莺。

"你说你也是,一坛子酒也抱不住,你这小命还要不要了!明知道秦嬷嬷心狠,打人素来照死里打,我怎么就有你这么笨的妹妹?"璀莺说着,沾了药的手指,狠狠戳了阅儿的脑袋一下。

阅儿心里也委屈。

"一品楼人太多,撞到磕到,我也不想。"

"那撞到后,你怎么就这么走了?撞了你的人是谁?你说个话,让他们赔了不就是了?非得空手回来?"璀莺说着,还是继续给堂妹上药。那血肉模糊的屁股,看得她心肝都在抽,动作也不觉小心了些。

阅儿一边忍着身上剧痛,一边想着今日见到的那翩翩公子。

思忖一下,突然问:"姐,你还记得大小姐吗?"

璀莺手指一顿,眉头蹙起来:"好好的,说什么大小姐。"

阅儿偏了偏身子:"姐,你在老夫人身边日子久。你应当知道,咱们大小姐,可还有兄长弟弟什么的?"

"大小姐自然有兄弟,大少爷二少爷三少爷,都是兄长。四少爷五少爷,都是弟弟。你倒是突然说这些干什么?都过了这么多年了,你还忘不了大小姐?"

"我……"阅儿支吾着,沉默起来。

三日后,阅儿一能下床,到底还是立刻跑到一品楼蹲守。可等了一天,眼见将要黄昏了,却再没见到那清隽公子,只得无功而返。

等阅儿一回府,却见府内已经乱成一锅粥。

阅儿回来,秦嬷嬷立刻遣人上来将阅儿抓住。阅儿茫然:"秦嬷嬷?秦嬷嬷您这是干什么?"

"干什么?你这小贱蹄子,今日出去一整天,是做什么去了?"

阅儿有些慌乱,莫非是自己去打听大小姐之事,被知道了?

阅儿不敢承认,只得吞吞吐吐道:"我,我就是出去逛了逛。秦嬷嬷,今日奴婢休沐,本就可以……"

"逛逛?"秦嬷嬷狞笑一声,"我看你是不见棺材不掉泪!说,你将五少爷拐到哪儿去了?"

"什么?"阅儿猛地一震,不明所以,"五,五少爷?奴婢,奴婢没见过五爷啊。"

"没见过？来人，将她给我带到老爷夫人面前去。我就看看，板子落在身上，她是承认还是不承认！"

阅儿一听又要打板子，更是乱了方寸："秦嬷嬷，秦嬷嬷冤枉啊！奴婢真的只是出去逛逛，并不知道五少爷怎么了。秦嬷嬷，秦嬷嬷，奴婢真的不知道……"

求饶的声音渐行渐远，直到秦嬷嬷亲自带人押着阅儿进了内院，外院的洒扫丫鬟们才议论起来。

"阅儿可真倒霉。今日休沐她本就可以出府玩耍，就因为她不在府中，五少爷失踪了，便怪在她头上。"

"这有什么办法？五少爷可是夫人的命根子，夫人年过四十了才诞下五少爷，一直当宝贝宠着。如今就这么在院子里好端端的不见了，这阅儿还好，只是有嫌疑。听说照料五少爷的奶妈丫鬟们，已经打死了三个，其他的，还在用刑呢。"

"真是要命，你们说，五少爷真是府里的人拐走的吗？我怎么觉得像是……"

"嘘。"另一人堵住那人的嘴，叮嘱道，"莫要乱说，这时候，老爷夫人都宁愿相信是内贼所为。若是被'那个'带走的，只怕五少爷，就真的没命了……"

几个婢女说得全身冒汗，后背发凉，不觉一个哆嗦，赶紧散了，不敢再编派。

而此时，京兆尹衙门内，柳蔚手中正捧着一整摞的附录，看得认真。

这些附录便是她此次来京要办的正事。瞧着上面那一行行的文字，柳蔚的眉头，越蹙越紧。

最近三年，京中朝廷重臣、宗门贵族府内，陆续有幼儿失踪。皇上知晓后，为之震怒，起初便派京兆尹全力追查。但几个月后，真凶没查到，却找到了这些孩童的尸体。

因为出了人命，刑部与兵部也参与进来。可三年下来，嫌犯找到不少，却无一是真凶，而最近一年，又有孩子开始失踪，并且……

柳蔚看到某一行，目光震惊："十六王爷也丢了？京兆尹的调查结果如何？"

容棱瞥向京兆尹林大人。

林盛闻言上前一步，垂头："禀大人，现今……一无所获。"

柳蔚将附录放下，问："现下可有尸体？"

林盛愣了一下，摇头："没有，那些都是重臣之子，一经发现便立刻被各家接了回去，入殓了。"

刚巧这时，外面有人匆匆进来禀报："大人、大人，不好了。丞相府、丞相府五少爷也失踪了……"

林盛只觉得眼前一花，险些晕过去："又、又丢了一个？"

来人气喘吁吁："大人，相府下人已经在外头了，您要不要见一见？"

见自然要见，可见了能有什么用？

这三年来丢的孩子没有二十也有十七八了。哪家都是他不能得罪的，眼下又多一个丞相府，这当真是要逼死他啊。

林盛回头，对容棱鞠了一躬。

容棱摆手："你先去。"

林盛忙带着下属，匆匆赶出去。

等到正厅只剩容棱与柳蔚两人，容棱才瞧向身旁那表情明显不好的女人，问："有问题？"

柳蔚这才回神，摇头。

容棱起身："没问题便一道儿出去看看吧。"

"什么？"

"丞相府。"

"不……"柳蔚脱口而出，说完，又惊觉自己太敏感了，只好道，"我在这儿看附录，抽不得空。小黎在外面跟珍珠玩，你叫上他，让他去看。"

容棱皱眉："附录何时都能看。丢了人，指不定有新证据，你不去？"

"小黎受我教养，他去一样的。"

"万一他看漏了？"

"他不会看漏。"

"万一。"

柳蔚沉默，小黎毕竟小孩心性，难免有观察不周的地方。可要她去，她又如何去得？

但凡是一个在相府伺候五年以上的老人，都有可能会认出她。冒险前往，只是羊入虎口。

半晌，容棱才问："你不愿进相府？"

"不是。"柳蔚否认，却又解释不出因由，最后沉默一会儿，道，"好，我去，不过有个条件。"

容棱："……"

丞相府距离京兆尹衙门只有两条街，走过去没一会儿就到了。

相府门口此刻站满了人，管家柳同赶紧迎上来："哎哟，林大人您可算来了，我们相爷在里面可都等着急了！"

对着相府中人，哪怕是个管家，林盛也不敢托大，拱拱手道："实在是时候不巧，贵府来报案时，正好都尉大人在衙门视察工作，多耽搁了会儿。"

柳同立刻看向一旁的玄黑身影，眼睛在触及对方腰间金牌时，赶紧鞠了个大躬："不知镇格门都尉大人驾临，小的这就去通知相爷。"

"不用，先办正事要紧。"

柳同忙点头，正要迎着几位进府，却见这位容都尉身后，竟有位戴着羽笠的纤细人影。

因着天色太黑,他也没瞧清对方的衣服样式,只问:"这位姑娘可是都尉大人的朋友?要不要请夫人出来招待?"

姑娘?

柳蔚重咳一声,压着嗓子道:"怎敢劳烦夫人!"

一听竟差不多是男音,柳同也是一惊:"是小的眼拙,小的眼拙,错认了公子,还望公子见谅。几位里面请,里面请……"

相府面积极大,一群人走了好一会儿,才走到地方。

"这里便是五少爷的清涂院,相爷正在里面等着。"柳同指着前面一处清幽院落。

容棱瞧了一眼,问:"你们家少爷,便是在这儿丢的?"

柳同叹了口气:"是啊,五少爷命苦,眼下才两岁大。这是造了多大的孽,才摊上这么个事儿。我们夫人听到消息,哭了一场,险些晕厥了过去。老爷虽面上不说,却也是着急坏了。还有几位少爷、小姐,以往他们可是最疼爱五少爷的。小的斗胆,请林大人,都尉大人,可千万得给咱们找着五少爷。要不,这府里可多少人都甭活了啊。"

柳蔚不知道这位五少爷有多逗人喜欢,但她离开时,的确还没这人。不过以她对柳府中人的了解,若是这五少爷真出了个三长两短,的确,有多少人都不用活了。

首当其冲的便是那些贴身伺候的婢女小厮。

进了清涂院,里面打着满满的灯笼,将小小的院落照得亮亮堂堂。

柳蔚一眼过去,便看见了院子正中那与下人说话的英挺背影。

对方听到脚步声,此时也转过头。顿时,一张与柳蔚二三分相似的年轻脸庞,跃然眼前。

柳域,柳府大少爷。算起来,是柳蔚的大哥,同父异母的大哥。

想到这柳域年纪轻轻,已是凭着非凡的手段入驻内阁,官拜三品,柳蔚不觉压低了些笠檐,终究有些心虚。

看到容棱,柳域也愣了一下,但反应极快,立刻拱手迎了过来:"都尉大人,好久不见。"

同朝为官,虽说没有过多来往,却也难免点头之交。

容棱目光清冷:"侍郎大人好久不见。"

"昨日舍弟才告知下官,数日前在京都郊外,与大人有过一面之缘。还说,多亏大人府里的小公子,救了舍弟那不争气的护卫一命。下官替舍弟,再次多谢大人出手相救。"柳域说着,便看到了容棱身旁的柳小黎:"想必这位就是小公子了吧?当真容态可掬,讨人喜欢。"

柳蔚心头一紧,下意识地侧身,挡住了儿子的小脸。

容棱道:"小孩子误打误撞,担不得夸。"

柳域又看到柳小黎身边的柳蔚，顿时愣住："咦，这位姑娘是……"

柳蔚忍着脾气："侍郎大人认错了。"

一听是男音，柳域又改口："看我，这黑灯瞎火的，人都看不清了，公子莫要见怪。"

柳蔚摆手，没说什么。

容棱介绍："这位是本都的贵客。柳先生，说来巧合，与侍郎大人，倒是同姓。"

"那可真是巧了。"柳域应了一声，上下打量起柳蔚来。

能成为堂堂镇格门都尉的贵客，想来身份也不俗。

柳蔚有些不自在地出声："咱们还是先办正事吧，侍郎大人，五少爷的事……"

柳域叹了口气："进屋说，家父就在里面。"

几人走过长廊，到了主房外，便见屋内，一位身形佝偻的中年男人，正坐在长椅上，手里捏着两个小木球，目光投向屋内搁玩具的小篮子处。

"父亲，京兆尹与镇格门容都尉，都来了。"柳域说道。

那中年男子这才转过头，看了门外几人一眼，慢吞吞站起来。

林盛鞠了一躬，行礼："见过丞相大人。"

柳城摆摆手，看向容棱："容都尉也来了，这大晚上的，倒是麻烦了。"

"丞相哪里话。"容棱说着，四下打量一番，"这里，便是五少爷的房间？"

"是，这里就是丰儿的屋子。"柳城脸色很差，"都尉大人有什么要查的，便查吧！只要能找到丰儿。"

容棱偏头，看向柳蔚。

柳蔚将自己的羽笠又压低一些，才拉着儿子，走进房间。

柳小黎来的路上，便知道自己要做什么。他一进房，便自觉地到处观察。

柳蔚大略看了一下，问柳城："敢问丞相大人，五少爷是何时被发现不见的，第一个发现的人又是谁？五少爷的下人们还在吗？可否让在下询问一二？"

柳城微沉的目光盯向柳蔚，将柳蔚打量一会儿，才问："阁下是？"

"这位是柳先生，容都尉特地请来帮忙调查京都幼儿失踪丧命一案。"柳域道。

柳城眼中却带着些深意："也姓柳？"

"同姓罢了。"容棱并不多解释。

柳城又看了柳蔚一眼："柳先生何故头戴羽笠？这是女儿家才戴的东西。"

柳蔚笑了一声："大人有所不知，在下偶染风寒，面色憔悴，不好陋颜得罪贵人，便戴上笠帽遮遮丑。本想是买竹笠的，不想下人眼睛不好，买回来才发现，竟是姑娘家用的羽笠。只是买都买了，总不好浪费，便随意戴着。左右就是这两日风寒便能好，也犯不着再浪费银子。"

"原来如此。"柳城对柳域道，"将那些人都带过来。"

柳小黎此时也走到娘亲身边。柳蔚看儿子一眼，小黎摇摇头，意思是，没发现可疑的地方。

没一会儿，柳域便带了十几人回来。这些人中，一半人身上都有伤，有两个还是抬着过来的。

房间里太小，这些人都停在走廊外。柳蔚走过去，将他们打量一番："用过刑了？"

柳域在旁道："只是审问两句，先生不要多想。"

当今皇上向来对滥用私刑这等行为，尤为不赞。柳域这话，也是给柳蔚提个醒，莫要胡言。

柳蔚没说什么，只蹲下身，对着最近的一个鼻青脸肿的小厮问道："你是五少爷身边的人？"

那小厮害怕地点点头，又大着舌头说："大人，大人，小的冤枉啊，小的没有拐走五少爷，小的真的不知道五少爷怎么不见了。大人，大人您要相信小的啊大人。"

柳蔚又问那小厮身边的一个丫鬟："谁是第一个发现之人？"

那丫鬟头被打破了，额上还有干涸的血迹，眼睛是红肿的，显然哭了许久，此刻说话，也是结结巴巴："奴婢，奴婢什么都不知道，奴婢不知道五少爷去哪儿了……奴婢也没见着有外人过来清涂院，奴婢真的什么都不知道……"说着说着，又要哭了。

柳蔚叹了口气，站起来，在这些人中间巡视一圈儿，最后看向一个嘴唇发白，脸颊通红，却满头大汗的丫鬟。

柳蔚正要发问，那丫鬟却猛地往前一倒。柳蔚极快地将丫鬟扶住，却发现这丫鬟皮肤滚烫，显然已是高烧症状。

"阅儿……"这丫鬟旁边的另一个丫鬟，脱口而唤。

柳蔚扶着这个叫阅儿的丫鬟，对柳域道："相府的审问方式，在下算是见识了。"

柳域皱眉，对管家柳同使了个眼色。

柳同领命走过来，想将阅儿拖走。

柳蔚却不冷不热地唤了声："都尉大人，您怎么看？"

容棱本不想管这些府宅私事，可柳蔚叫了他，他也不好不听，只得问："先生打算如何？"

柳蔚说："都尉大人不觉得，在事情没调查清楚前。嫌疑人，只是有嫌疑，并不代表已经犯罪？"

"是这个说法。"容棱看了眼柳城，又瞥向柳域，"侍郎大人，以为呢？"

柳域拱了拱手，态度诚恳："大人说的是，那下官这就让人去请大夫来。"

按照柳府的尿性，这大夫明天早上只怕都请不来。

柳蔚唤道："小黎，过来。"

柳小黎迈着小短腿跑过去。

柳蔚对儿子摊手。

小家伙从背包里掏啊掏，掏出一只梅花印记的小瓶子，打开塞子，从里面抖出两颗小药丸，递给娘亲。

柳蔚拈了一颗，塞进阅儿嘴里。

那药丸入口即化，不用吞咽便有药效。

阅儿只觉得喉咙一阵清凉，等到回过神时，感觉有人又塞了什么东西到她嘴里，顿时同样的清凉再次弥漫口腔。

阅儿虚虚地睁开眼，只觉得原本沉重发昏的脑子，这会儿好似清醒了些。

"醒了？"柳蔚轻声询问。

阅儿只听着耳边那浅柔嗓音，努力地再睁大了些眼睛，却看着眼前一道薄薄的纱幔内，仿佛有一张自己极为熟悉的脸。

"大……大小姐？"

阅儿的声音很小，仿若梦呓似的，没人听清。

可柳蔚却听到了，心口一跳，神色微变。

被认出来了？

不，不可能。管家、柳城、柳域，这么多人都没认出，怎可能被一个病得迷迷糊糊的小丫鬟认出来？

柳蔚起身，佯装镇定地道："药已经给她吃了，送她回去好好睡一觉。醒来烧退了，再给她喝点清粥，养两日即可。"

柳城出声："柳同，还不将那丫头带回去静养？莫要让人以为，我丞相府苛待了下人！"

"是。"柳同忙应了一声，亲自将阅儿扶走。

柳蔚看了眼柳城，柳城已经别开眼走向屋里。

柳域知道父亲看着不显山露水，实则心里头惦记着五弟，便催促："柳先生，这些人，你可看好了？"

柳域不信柳蔚真能将柳丰的失踪，说出个道道来。毕竟此类案件发生三年以来，丢的孩子无数，能找回来的，却一个没有。当然，尸体除外。

事情到了这儿，柳域自己也清楚，这次的案子，多半就是那位神秘莫测，行踪诡谲的怪盗所为。只是柳府门楣摆着，府中丢了主子，凶手抓不到，府中却必然需要做出点态度来。

这个态度，首先就是将一干下人填命了。

可说句实话，填命起不了任何作用，顶多泄愤，多的却没有。

柳蔚这时凝了凝眸，看向那个跪在阅儿身旁的另一个丫鬟……

这人看起来没什么外伤，也没有哭哭啼啼，应该可以沟通。

"你叫什么名字？"柳蔚问。

那丫鬟的声音很镇定:"回大人,奴婢亦卉。"
"你是五少爷身边的人?"
亦卉点头:"奴婢原是夫人跟前的二等丫鬟,五少爷出生后,夫人信任奴婢,便派奴婢来五少爷院子当差。奴婢是看着五少爷长大的,断然不会有害五少爷之心,还请大人明鉴。"

柳蔚没表态,又问:"五少爷失踪时,你在哪里?"
亦卉道:"奴婢当时不在房里,在院子。是喜鹊大吼一声,奴婢才冲进房间,却已经没见着五少爷了。"

"喜鹊是哪个?"柳蔚看向其他人。
周围一片安静,没人说话。
柳蔚皱眉:"喜鹊不在这儿?"
亦卉咬了咬唇,偷偷瞥了大少爷一眼,最后犹豫一下,还是小声说了:"喜,喜鹊,已经被夫人命人打死了……"

"死了?"柳蔚目光一转,看向柳域。
柳域似有所知,却不知如何解释。
京兆尹抹了抹汗,适时出来打圆场:"那个喜鹊,会不会就是那怪盗在柳府中的内线?丞相夫人必定也是发现了这点,才将这贼人处死。只是做法未免草率了些,还请侍郎大人回头与令堂说一声,这种事,该是京兆尹过问的,往后府中,还是莫要动用私刑的好。"

林盛递了个台阶过来,柳域自然踩上去:"家母此次痛失爱子,着实情绪失控了些。林大人放心,这类事情,绝没有下……"

"场面话就别说了,喜鹊的尸体给我。"不等柳域说完,柳蔚已插嘴。
"尸体?"柳域愣了一下。
柳蔚看向容棱,显然解释身份这种事,她不耐烦做。
任劳任怨的容都尉,只好接道:"本都好似忘了说,柳先生是位仵作。"
柳域错愕地张了张嘴,心想你容棱胆子还真大,我们府丢了孩子,你倒好,直接将仵作找来了。

你什么意思?咒谁呢?
心里这么想,柳域嘴上也不好说,只能冷着脸,看向身边的小厮。
贴身小厮老实跑出了清涂院。
没一会儿,小厮回来,却没带尸体,而是带了另一人。
这人不是别人,正是柳府丞相夫人,柳吕氏。
这是柳蔚有生之年,第三次见到柳吕氏。
时隔五年,再见这位名义上的嫡母,柳蔚依旧对其印象不好。
柳域看到母亲过来,也吃了一惊,这里这么多外男,女眷是不该出现的。

他迎上去，好声好气道："母亲，您这是……"

"可是京兆尹大人，要那贱婢的尸体？"柳吕氏挺直背脊，即便已经哭得满眼通红，神色不振，却依然强打着精神，端出一家主母的气势。

柳域不好说，只呵斥身边的婢人："你们就是这么照料夫人的？夫人身子不好，不劝着好生在屋里歇着，还由着夫人出来受凉。若是夫人有个大碍，你们担当得起？"

下人们立刻跪了一地。

柳吕氏不喜儿子这般作为："你吼什么，我亲自过来，便是要说，喜鹊的尸体，不能给！"

"母亲……"

"你少与我说道。我只知道，那贱婢害我丰儿不知去向。我不对她鞭尸抽肝，怎能泄我这口气！"

刚刚还因为动用私刑，讨了个没脸。现在自家母亲又如此口无遮拦，柳域也顿时厉声："母亲，慎言！"

说着，悄悄瞥了后面的容棱一眼。

柳蔚靠在走廊外的石柱上，跟容棱说了句："你猜，这尸体我们能否要到？"

柳蔚声音不大，容棱抬了抬眸，轻轻出声："柳域是个聪明人，不会任由女人胡来。"

柳蔚瞥了容棱一眼："那若他是个孝感动天的，这次还真就拧不过他母亲呢？"

"那他的侍郎帽子，也该摘了。"

柳蔚撇撇嘴，又看向前方。

便见柳域似乎说通了柳吕氏，柳吕氏尽管脸色难看，还是瞪着一双吊眼凤眸，朝他们走过来。

几人一过来，柳域便说："尸体这就送来。"

说完，又看向柳蔚："本官多嘴问一句，先生能从一个旁人的尸体上，看出我五弟的行踪端倪？"

柳蔚说："五少爷失踪成谜，凶徒是什么时候将五少爷拐走，又什么时候离开相府的，我们都不知道。但贴身伺候的一应人等，不说知道，总有点眉目。不是说那喜鹊当时就在房里？喜鹊必然目睹了全过程，夫人将喜鹊打死，倒是可惜。"

柳吕氏冷笑一声："先生以为，这些我没想到吗？"

"那夫人审问过了？"

"那个贱婢死不承认，板子落在身上，奄奄一息，也咬死了只是一句'不知缘由'。"

"所以夫人就杀了喜鹊？"

柳域声量加大："先生慎言！"

柳蔚态度冷漠:"人已去了,多说无益。尸体里,且寻寻真相看罢。"
"尸体究竟能看出什么门道?"柳域还是不解。
柳蔚却说:"有时候,尸体说的话,比人嘴里说的更可信。"
柳域心中思忖,有了计较。
容都尉亲自带来的人,指不定真有什么过人的本事。
让尸体说话?
这等奇景,他倒想见识见识。
等候的时间,柳吕氏不愿走,但到底是个女眷,院子都是京巡卫等外男,柳域只好让母亲去房间里等。
那些跟柳丰失踪有关的下人,还跪在院子里。柳蔚没开口让他们离开,他们必须得留下。
喜鹊的尸体送来,停在院子正中央。
此刻天已黑透,院子里的灯笼又加了几只,硬生生将正中的死尸,照出几分橙色的生气。
柳蔚戴着羽笠,虽然可以遮掩容貌,但毕竟视野不方便。
柳域站到京兆尹身边,小声问:"这个柳先生,什么来头?"
京兆尹以同样的音量回道:"下官也不知。只今日下午,下官把那失踪案的典籍整理妥当,都尉大人便带着这年轻先生过来了。要说有什么本事也不知道,说是仵作,却没听说过,今日也才一面之缘。不过都尉大人对此人甚是器重,想必是有真才的,要不也不会这般纵容。"
柳域不再说话,视线却投向那还围着喜鹊尸体转个不停的白衣男子。
"且看看吧。"
而就在柳域话音刚落时,人群里跑出来一个小身影。
柳小黎活蹦乱跳地钻进人圈,一眼看到娘亲准备验尸,立刻跑过去。
"野回来了?"柳蔚瞥了儿子一眼。
柳小黎吐吐舌头,小声道:"爹,我有发现。"
柳蔚看过去:"嗯?"
柳小黎凑到娘亲耳边,跟娘亲嘀咕一串,嘀咕完又问:"爹你要去看吗?"
"不用。"柳蔚对儿子摊手,"先验尸,手套。"
柳小黎打开万能小背包,将白手套掏出来,递给娘亲,又从背包里拿出一个小本子,还有一支样式古怪的木杆子。端着本子,站得规规矩矩的。
京兆尹和柳域对视一眼,两人走近了容棱,小心问:"都尉大人,小公子这是……"
"记录。"这种画面容棱见过,并不觉得有什么不对。
京兆尹和柳域却不明所以,心里不约而同地想,这小公子真是容都尉的亲儿子?

有让自己儿子跟个仵作围着尸体乱转悠的？

不管别人怎么想，柳蔚、小黎一大一小，已经做好准备了。

柳蔚执起喜鹊的手，道："指缝里乌黑，有血迹。嗅过有荷香，指腹褶皱，有浸泡痕，还有一些细弱伤口。"

说到这儿，柳蔚看向一旁跪着的下人们："出事之前，喜鹊在房里做荷花糕？"

下人们面面相觑，最后还是那亦卉道："禀大人，房里的事，我们次等伺候的，都不知道。只是今早，喜鹊姐姐的确让我们去采了荷花，中午也亲自将花碾碎了。"

柳蔚点头，柳小黎奋笔疾书，很快将这一段记录规范。

柳蔚继续往上，盯着喜鹊的胳膊："肌肤轻微发胀，对于死亡时间一个时辰不到的人而言，这类肿胀，不属自然，与外物有关。"

说着，又问："喜鹊是在沐浴后开始做荷花糕的？她用的不是皂角，是猪苓，不过这猪苓里掺的不是寻常香料，是木金荔？"

亦卉唬了一跳，点头："是，喜鹊姐是用猪苓掺的木金荔。木金荔没有怪味，效用又好。喜鹊姐照料五少爷素来用心，最怕身上不干净，或是有味道，令五少爷不喜。"

柳蔚又移向喜鹊的脸，除开那些一看就是被虐打过的巴掌印，喜鹊脖子上还有一道古怪的伤痕。

"线状伤，细若发丝，伤口轻，未流血，不是致命伤，凶器应当是鱼线之类，伤口距离喉管三寸以上，直逼咽喉。"

柳小黎抬头问："咽喉处乃命脉之地，既不杀人，为何要在此处动手？"

"命脉之地，也是绝气之地。此处一伤，瘙痒疼痛，自顾不暇，便是下手偷人的好时候。"

柳小黎恍然，赶紧又记录下来，却又觉得不对："既然都要偷人了，怎还留这人一条命？"

柳蔚这次却没有解释，但显然心里是清楚的。

柳蔚又解开喜鹊的衣襟，将喜鹊前胸露出。

到底是未出阁的女儿家，此番作为，周遭的男人，都下意识地别开脸。

柳蔚看着一个样式古怪的淤青，道："胸上三寸，伤口呈弧形，撞击伤，淤伤，伤势较重，压迫胸骨。"她轻轻按了一下那位置，伸手，"刀。"

柳小黎手忙脚乱地夹着小本子，咬着不需要蘸墨便能写字的木杆子笔，将解剖刀拿出来。

柳蔚接过刀，刀尖抵着指腹，小心地将喜鹊胸前那淤青处割开。

柳小黎一看，呆住："咦。"

"看出什么了？"

"胸骨竟然裂了，可是却又不至于断。足见下手之人，力道刚好，没要她命。可

· 84 ·

这是为什么?"小家伙不大的脑袋里,现已渐渐浑浊。

他伸手,去碰那个刀口,将刀口撑开一些,尽力往里面看。似乎想确定,那血肉模糊之中,骨头是不是真的没有断,还是他看错了,其实已经断了。

周围围观之人都白了脸,尸体寻常人看见都怕,但眼下一个小孩子,竟然敢在尸体上头动手动脚。

真是见了鬼了,这小孩什么毛病?他不怕吗?不恶心吗?不想吐吗?

京兆尹和柳域脸色也很差,两人看了眼身边的容棱。柳域忍不住开口:"都尉大人,小公子……"

容棱看柳域一眼:"嗯?"

京兆尹态度端正,但语气仍旧小心:"老人家都说,孩子易招古怪。下官愚见,还是不要让孩子接近那些东西为好。"

林盛这绝对是一番好意。

容棱却显然不领情:"小黎,是先生的医童。"

京兆尹愣了一下。

这位镇格门容都尉,是不是脑子有病啊?

医童,仵作的医童!

那长大了要培养成什么?下一代仵作?

仵作,那是什么职业,说难听点,是与杀猪、杀牛这等贱业齐名的。虽说挂上了朝廷的名头,效力于衙门,但干的也就是最脏最累最晦气的活。

寻常人,谁会让清清白白的孩子,往这个方向发展?

这皇家的儿子,就是好日子过久了,毛病一摞一摞的。

"查得怎么样了?"容棱走到柳蔚身边,看着那豁开了胸口的女尸,问道。

柳蔚笑了一声,薄薄羽纱遮住了容貌,却没遮住她从鼻腔中发出的轻蔑:"死得很惨,丞相府一个后宅妇人,手段倒比我们曲江府衙门的刑牢还阴毒。"

"只是这些?"宅门隐私容棱没兴趣,他要的是别的。

柳蔚道:"其他的也有,不过还只是猜想,不足佐证。我需要再到五少爷房里看一次。"

"好。"容棱说着,招来柳域。

柳域自然同意,却又问:"那这喜鹊的尸体,就这么放着?"

柳蔚脱掉手套说道:"剩下的交给小黎就行了。"

柳小黎立刻精神起来,挺胸抬头,努力让自己看起来"非常靠谱!"

容棱摸了小黎脑袋一下,以示鼓励。

柳域却吓了一跳:"小公子?都尉大人,小公子还是个孩子,怎可做这等可怖残忍之事?"

柳小黎不懂这为什么可怖残忍,但却听出眼前这人质疑他。他很不高兴:"这位叔叔，你不相信我？"

柳域忙哄："当然不是，小公子误会了，在下只是怕您被这些污浊之物，熏坏了身子。"

"这有什么熏坏的？这姐姐的尸体又不臭。"柳小黎说着，还凑上去闻了闻。的确没闻到臭味，才刚死一个时辰的尸体，除了血腥味和死气，并没其他。

柳域笑容僵硬，忍不住后退半步，尴尬地摆手："都尉大人，里面请。"

围观人群自动让开一条路，一行人走到廊下，柳域才看到父亲竟然也在这里。

"父亲，容大人说……"

"我听到了。"柳城说着，看向柳蔚，"柳先生的验尸之法，本官倒是闻所未闻。不知先生师从何处？"

柳蔚拱拱手："在下一手验尸本事，乃是传自家父。家父一生庸碌，好色成性，辜负妻儿，是个地地道道的老混蛋。却唯独在验尸一门上，颇有造诣。在下曾问过家父怎对验尸这般有兴趣，家父只说，他当了半辈子屠夫，闻了半辈子潲水味，想换个口味，就闻闻尸臭味。在下也觉得，家父那种人渣败类，也就只配闻这尸臭味。"

听柳蔚突然这样话痨，还噼里啪啦地诋毁一顿自己父亲，柳城不悦地皱起眉。

"柳先生很恨令尊？"

柳蔚语气轻快："恨他，我倒没空。不过若是他还在世，我倒不介意恶心恶心他。毕竟他恶心在下，可恶心得够久了。"

"身体发肤，受之父母，父母恩德重如山，怎可如此出言侮辱。"

"丞相大人此言差矣。若是天底下所有父亲，都是丞相大人这样的慈父，那自然人人孝敬长辈，上悌下友。可偏偏这世上就有那么多不配做父亲的人，害的到头来也只是无辜孩儿。"

柳城道："柳先生偏激了。阁下如今，不也是如日中天。能被容都尉招揽麾下，想必往后，必尽受重用。"

容棱仿佛没听懂，面无表情，一言不发。

柳蔚却笑："便是都尉大人欣赏在下又如何，在下不还是个小小仵作。若是家父当初愿意栽培，在下指不定能早早考个秀才，中个举人，哪还做这剖尸解肉的腌臜事。说到底，还是在下父亲不好。那天杀的禽兽，就该下十八层地狱，永不超生。"

柳城不知为什么，这位柳先生只是骂父亲，自己却觉得浑身都不自在。

"先生请吧。"柳城最终说着，又盼咐小厮，"告诉夫人，去别的房间歇息。"

小厮麻利地赶去。

柳蔚与容棱，带着后面一溜"嫌犯"，便随着柳家父子，穿过走廊，往房间走去。

等到子时，房间里已经没人了。

柳蔚对丞相垂了垂首，示意一下，便踏进房间，仔细打量起来。

之前看，只是随意瞧瞧，大概看看布局。这会儿看，却是心有所想，也细心起来。

柳蔚先观察地面，再观察桌子、窗棂、椅子、床榻，包括那洒落一地的玩具篮子，都没错过。

最后，柳蔚将茶壶打开，看着里面空空如也，问道："五少爷的房间，都是不备茶的？"

柳蔚问的是后面的下人们。

下人中的亦卉老实道："五少爷太小，不喝茶，房内都是时常备着热水的。今晚的水是奴婢亲手倒的，就在五少爷出事前一刻钟左右。"

"那便奇怪了。"柳蔚提着那茶壶把，晃荡一下，"按理说这水就在五少爷面前放了一刻钟。一刻钟的工夫，就喝完了？若是喝完了，喜鹊怎么不唤人来添？若是没喝完，水去哪儿了？五少爷出事，下人们急成一团，莫不是还有人这个时候，偷偷跑到房间喝了五少爷房里的水？还是方才丞相与丞相夫人在房中，喝过水？可是也不对，若喝过了，怎的茶杯都是好好地倒扣着，并没有用过的痕迹？莫非是对着茶嘴抱着壶喝？"

话音落下，房间顿时安静下来。

柳蔚询问柳城："丞相没喝过这水吧？"

柳城摇头："没有。"

"夫人也没有？"

柳城转头看了眼小厮，小厮跑去隔壁房间，问完了又回来："老爷，夫人说没喝过。"

"那就奇怪了。"柳蔚自言自语地说着，又走到窗边，摸了摸那雕花窗叶上沾着的水渍，"哟，这里怎么是湿的？"

问题问出，站在门口的亦卉回答："大概是因为之前浇花，窗子外头就是小花丛，长了好些茶花。五少爷喜欢茶花香，奴婢们每次早中午，都要精心浇灌。大概是浇花的水，溅在了窗子缝隙，缝隙地方狭窄，进了水，也不易干。"

"嗯。"柳蔚点点头，将手指缩回来，却又指着窗子下面的小台子，"这里怎的也有水印？"

这个亦卉就不知道了，探着头看了一眼，没看到水渍。

柳蔚道："把她带过来。"

立刻有人将亦卉拉着，到窗台边去看清楚。

亦卉走近了，也看到小台子上的确有一道很浅的水痕，若是不说，不会有人发现，但又的确存在。

"这个，奴婢不知……"

柳蔚摆摆手，让她回去。

然后，沿着一路，走到那玩具篮子边上，随手摸出了一个小木盒子，在那盒子上摸了摸。

"这盒子怎么也是湿的。"

柳蔚越说越远，其他人顿时摸不着头脑。

"先生……"柳域皱起眉头。

不等柳域把话说完，柳蔚已经站起来，望向容棱："劳烦容都尉一件事。"

"嗯。"也不问什么事，容棱利落答应。

柳蔚指了指头顶的横梁："劳烦都尉上去看一眼，看看有没有……"

不待说完，只听"嗖"的一声，容棱上了房梁。

容棱上去不过几个呼吸，已经看好，再下来时，脸色平静，对着柳蔚耳语一番。

两人私语了一番，等到说完，柳蔚已经有了答案。

"事情已经明了，那在下便从头开始说起。"柳蔚不紧不慢，道，"今日，喜鹊用过晚膳，沐浴更衣后，便拿着荷花与做荷花糕的东西。进了五少爷房中，她一边盯着五少爷玩耍，一边手上没松。对她而言，这一切，都与平常一样……可是，变故随之发生，喜鹊好好的，突然觉得脖子有些痒。喜鹊起初没当回事，用手背蹭了蹭，可那种带着微微疼痛的瘙痒感，令喜鹊越发分心。喜鹊洗了手，在脖子上抓了抓，没把痒止住，却被什么东西扎了一下，扎出了细小的伤口。喜鹊吓了一跳，不明白怎么回事，便走到铜镜边，对着脖子照。"

柳蔚叹口气："喜鹊照镜子的时候，身后还有五少爷的玩闹声。可喜鹊在镜子前看得太专注，也没发现，那玩闹声几个间隙后，竟就不见了。等喜鹊回过头来，房间里，哪里还有五少爷身影？喜鹊也没管脖子上怎么了，赶紧满屋子找五少爷，可喜鹊找了一圈也没找到。等到发现不对时，喜鹊立刻想叫人来。但走到门口，喜鹊却突然心口一阵剧痛，闷哼一声，弯下腰来。而就在那短短的工夫，喜鹊揉揉胸口，觉得那莫名其妙的疼痛消失了，才开门出去。再然后，喜鹊便因为照料不周，被丞相夫人带到院子，先是耳光，再是板子，就这么一无所知地彻底死了过去。"

柳蔚说到这里时，周围安静异常。

柳蔚抬眸看看周围，又道："大家是不是觉得，在下说这些没有事实根据的话，像是在胡言乱语？"

众人的沉默，说明了他们的确这么想的。

柳蔚接着道："喜鹊脖子上有伤口，胸口也有伤，甚至指腹上，那细小的伤口……"

"这也不能说明先生之前所言吧。"柳域打断道。

"侍郎大人不必忙着质疑，在下这不是还没说完吗？"柳蔚说着，又指了指窗口的水渍。

"这里的一串水渍,是谁留下的?房间茶壶中,滴水未有,是谁倒掉的?喜鹊脖子上,胸口上的伤是怎么来的?还有,那凶手抓了五少爷,藏在哪里了?"

见众人也开始思索,柳蔚便道:"房间窗子被人打开,有个什么滑溜的东西,爬了进来,我猜是蛇。那蛇不大,它先从窗子缝隙钻进来,那缝隙上浇花的水没干。它身子带着水,爬下了窗棂,在窗前小桌上,留下一串水印。因为蛇身本就带着蛇油,这样爬过来,水沾了油自然干不了。它留下一串痕迹,从窗棂进来,最后下到最底下的玩具篮子里。"

"先生是说,掳劫本官五弟的,是一条小蛇?先生以为是妖鬼怪谈吗?"

"侍郎大人就不能听在下将话讲完,再发表高见?"柳蔚被打断话头,不悦。

柳城沉声:"域儿,让先生说完。"

柳蔚这才继续:"这小蛇不是能幻化成人身的妖魔。在下也不想将五少爷之事,含糊推在妖鬼身上。此事分明,也的确,是人为的。只是那小蛇,却是受过驯,带了一种小东西进来。这东西,也就是致使喜鹊脖子发痒之物。"

"那是什么东西?"

"不知道。"柳蔚直言不讳,"此等东西,在下也闻所未闻。不过应该是丝线之类,那东西攀附上喜鹊脖子,以致发生后面的事,而接下来,就是重点了。"

柳蔚眼眸一转,看向容棱。

"容都尉,可否说说,在房梁上都看到了什么。"

一时间,所有人的目光,都转向容棱。

容棱道:"有人匿藏的痕迹,脚印,还不止一处。"

房梁上足以站住一个成年男子,且只有年节才会打扫灰尘,容易留下脚印。

"是那凶手?"柳域问道。

柳蔚接话:"不是凶手又是谁?大家都道那凶手来无影,去无踪,神秘古怪得很。可在下看来却不然,凶手所留下的蛛丝马迹,多得将他立即逮捕也不为过。在下不知以前京兆尹也好,刑部兵部也好,就真的一点没看出来?"

此话一出,外面跟着的两个京巡卫,也红了脸。

"房梁上痕迹之多,说明凶手在上面待了很久。有可能,凶手从下午就躲在上面,寻找最佳时机。而凶手事先在房间水壶里抹了药,等到热水冲进来,药效发挥。凶手原本是想迷晕喜鹊,奈何喜鹊不喝那水。眼看时辰差不多了,要错过他事先预定好的逃离时间了,他才着急,放出小蛇。那小蛇带着古怪丝线而来,将喜鹊支走。接着,凶手动作迅速地将五少爷抓上了房梁。等到喜鹊发现不对,出去叫人时,凶手唯恐会把巡府侍卫招来,只好用五少爷手里的玩具,弹下去,在喜鹊胸口留下一道伤口。趁着喜鹊剧痛时,他从窗户快速逃走。只是这个凶手也不会走远,他趁着府里大乱,赶回来,将掺了药的茶水倒掉,又将自己的小蛇带走,做完了这一切,才彻底离开。"

柳蔚的说法，仿佛亲眼目睹一般，说得有理有据，周围的人不知道信还是不信，一个个都面面相觑起来。

倒是巧心听了这话，赶紧跑回隔壁房间，给自家夫人说了。

丞相夫人陷入沉默，半响才问："那我丰儿现在何处？既能说出这些话，是不是也能从这些蛛丝马迹中，知晓我丰儿现今如何？"

巧心心想，夫人是真的糊涂了。五少爷是被人带走的，这天南地北，路有千千万万条，又不知道凶手是谁，怎可能找回五少爷？

巧心心里这么想，嘴上却不能说，只好跑回去，又继续探听。

而房间里，柳蔚还在继续："在下看过京兆尹的附录，这三年来，京中断断续续失踪了数个孩子，可那些孩子无一例外，都是年龄极小的。就没人觉得，凶手只抓极小年龄的孩子，有些古怪？"

的确古怪，可谁又能知道，是为何古怪。

柳蔚解析道："只有小孩子，方才容易藏匿。按照这个凶手的偷人方法，又是藏房梁，又是下药，难道还能抱一个挺大的孩子跑来跑去？当然只有个头小的好偷，大了，唯恐露了马脚。"

好像是这个道理。

柳城、柳域父子对视一眼，顿时醍醐灌顶。

幼儿失踪案是这几年京都的大案，柳域、柳城父子二人，认识几乎所有在京官员，又怎会不对这件事上心。

事情刚开始发生时，只是丢了三个孩子。但是丢的人家，却官职都不小，加上又属于统一党派。一时间众说纷纭，那时候柳城自然也秘密调查过，原以为只是政敌报复，却没想到，案件竟如此扑朔迷离。直到今日，才算被眼前这连容貌都看不清的仵作，一语道破。

周围安静了一会儿，还是柳城先开口。

柳城一改之前高高在上的派头，态度殷勤了不少："先生多谋善断，真知灼见令本官佩服。只是那凶徒如此无法无天，就这么让他走了，本官实在难忍。不知先生可有别的法子，能查出凶手身份，还我儿来，也算对朝中大人们，有一个交代。"

柳蔚道："丞相大人客气了，这凶手肯定是要查的。在下既被容大人请来帮忙，自然是要将此案侦破。只是说到底，如今的线索还是少了些，没有确切的东西，在下实难推测凶手身份。"

"先生还要什么证据？不知可有相府效劳之处？"

真是新鲜，堂堂一国丞相，说话如此温言细语。

柳蔚想笑，想好好将这只老狐狸嘲笑一番，却到底忍住了，只是点点头，端正道："丞相大人有心帮忙，在下自然不胜感激。只是此案还需从长计议，待在下回衙门，将所有相关附录典籍都一一看遍。相信届时，总有眉目。"

还要看书？此刻孩子丢了都几个时辰了，你还要回去看书？

人就是这样，先前心如死灰，因为觉得孩子不可能再活了，可如今有人给了希望，自然就再不肯耽误一刻。

"先生……"

柳城还想说什么，容棱已将他打断。

"时辰也不早了。"

柳城此刻是真的急了："都尉大人，小儿的性命……"

"相爷放心，本都心里有数。"容棱说着，却不肯给个正面回答。

柳蔚走出房门，看到外面跪着的一地下人时，想了想，还是出了个头："上天有好生之德！侍郎大人，既已确定凶手，这些人是不是也该放了？"

下面一众下人赶紧砰砰砰地磕头。

柳域此刻也不敢得罪这白衣男子，只点头："先生说的是，本官回头就将他们放了。"

"那之前那个发烧的……"

"自然一样。"

"那便有劳大人了。"柳蔚说着，与容棱一同出了院子。

柳城与柳域在后相送，堂堂丞相大人此刻是半点架子都端不出来，加上有容都尉在，亲自相送，也不显纡尊。

外面院子里，柳小黎已经将尸体记录都做完了。拍拍手，在京巡卫与京兆尹的看护下，就坐在那尸体旁边，盘着腿拿出尸体的手轻轻地给尸体捏揉。

周围的人都看得毛骨悚然，最后还是京兆尹小心地问："小公子，您这是在干什么？"

柳小黎头也没抬，理所当然地道："按摩，她死前遭了太多的罪，我给她松松筋骨。"

京兆尹满头大汗："尸体也有筋骨？"

柳小黎莫名其妙："尸体也是人变的，人都有筋骨，尸体怎么就没有？"

"本官是说，她还感觉得到？"说完这句，京兆尹又是一阵后背发凉。

"死者的心感觉不到，死者的身体却感觉得到。"柳小黎老练地道，"你做了什么，尸体清楚得很。"

京兆尹忍不住打了个哆嗦，赶紧退远了些，心想这孩子不知道是不是养歪了，怎么看着跟个阎罗殿的索命小鬼似的吓人。

此刻远处一阵脚步声，柳小黎听到了，抬头就看到娘亲与容叔叔走了出来。

柳小黎忙扔下尸体，小炮弹一样窜过去往柳蔚怀里撞。

柳蔚顺势将儿子接住，搂在怀里："横冲直撞的，你就是坐不住。"

柳小黎搂着娘亲撒娇。

柳蔚转身，对柳城柳域拱拱手。

两人也同样回礼，言语间很是小心："先生若是有什么消息，还望立即通知相府。"

"两位大人放心，这是自然。"

最后，容棱带着柳蔚、柳小黎离开，京兆尹因为要留下善后，便没有走。

第五章 背后的天

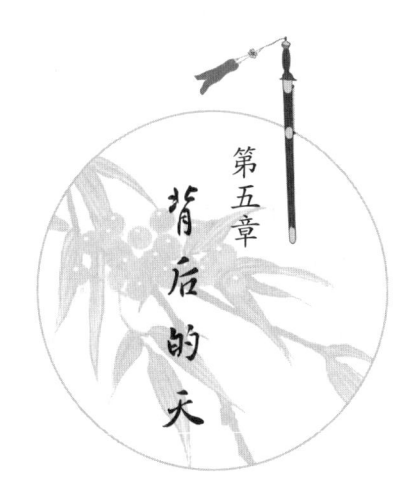

另一头，京都大街上。

从丞相府出来，柳蔚才彻底松了口气，虽说方才她镇定自若，但到底心有忌讳。

柳蔚并不敢过多与柳城柳域对视，哪怕隔着面纱，终究是心底有些不安。

此刻已经戌时三刻，街上没什么人，晚上正街有宵禁。这个时候还在外面走的，多半不是敲更的就是巡逻的。

有人上前询问，走近了一看到容都尉的脸也顿时蔫了，恭恭敬敬地点头，就走了。

柳蔚感受了一把特权，心不在焉地看向身边正任劳任怨抱着自己儿子的某王爷："我们就不能坐马车回去？非要用走的？"

"走不了多久。"容棱毫不在意。

"我觉得挺久的。"柳蔚一副娇生惯养，吃不得苦的模样，"况且也没吃饭，就散步，也散不出味道。"

容棱沉了沉眸，没正面回答马车的事，却问柳蔚："你这羽笠，要戴多久？"

柳蔚回头看了眼早已淡出视线的丞相府，确定了周围没有相府中人跟随，才取下笠子："这样总成了。"

"顺眼多了。"容棱在她脸上扫了一圈儿，又道，"不叫马车，是为了让你有说话的时间。"

"那条小蛇。"柳蔚道，"为什么一条蛇从窗子爬进来，能带进来一条古怪的丝线，令那喜鹊脖子发痒呢？那丝线是怎么进来的？绑在小蛇身上？方才我故意含糊，那些人也没听出古怪，可这里头，古怪却多了。"

容棱音色沉沉："你觉得是什么？"

"我们之前不是遇到过这类东西？"柳蔚将手背在身后，这样趁着夜色看，当真有几分当世大儒的味道，"临安府的蛊虫，京都会吐丝的小蛇，种种征兆都指向一个地方。你不好奇，背后的人是谁？"

"自是好奇。"容棱道，"所以指望你尽快破案。"

柳蔚叹了一声："没有动力啊，兵马未动粮草先行啊容都尉！在下一介仵作，一穷二白，还带着个不好养的儿子，当真在这花花世界的京都举步维艰！"

容棱有些哭笑不得："不是半座三王府都给你了？"

一说这个柳蔚就来气："那我把十八重天分你一半好不好？嘴上说谁不会，实际的东西呢？真金白银被狗吃了？"

容棱道："破案不为我，是为那些丢失孩子的父母。"

"少来这套！"

"若是小黎丢了，你不着急？"

"我的小黎才不会丢。"柳蔚说着，一把将儿子抢过来，抱在怀里。又觉得太沉，但还是咬牙抱着，"小黎，爹教过你，如果有坏人要打你主意，你怎么办？"

柳小黎闷闷地抱住娘亲脖子，确保自己不会摔下去，才说："离他远一点。"

柳蔚刮了刮儿子鼻尖："真乖。"说着，小人得志地瞥了容棱一眼。

三人就这么走回了三王府，因为小黎死活不肯自己走路，最后容棱还送一大一小到西陇苑门口。

惜香、明香看主子回来了，急忙迎出来。明香抱着小黎进去，惜香被柳蔚派遣到厨房去看看还有什么好吃的。

惜香走之前看了王爷一眼，多嘴问了句："王爷也留在公子这儿吃吗？"

容棱本来没这个意思，惜香这一说，当场就允了："也好。"

柳蔚却不高兴，但考虑到这厨房的伙食也是容棱的，开支是容棱在付，便不好说什么。

到了厅内，小丫头端上点心和热茶，柳蔚拈了块糕点吃在嘴里，这才算有了点味道。

这一晚上，柳蔚是饿够了。

"你要银子，自是该给你。这样，明早本都去一趟户部，将你的资料填了，让他们尽快拨下来。"

柳蔚眼睛一亮，却觉得古怪，这人突然这么好说话了？

"你不是说要等皇上回来御批？"

"现在不用了。"容棱端着茶，啜了一口，"今日你帮了柳府一场，丞相自然会给你这个面子。"

柳蔚一愣:"跟丞相有什么关系?"

"丞相统管户部吏部。"

柳蔚吐了口气:"也就是说,你要写上我的资料交给丞相亲批,我的银子才能发下来?"

"是。"

柳蔚将吃了一半的糕点丢回盘子里,一股无名火窜得全身出奇地难受。

"一会儿你将你的资料填一份给我,免得明日我填错了。记住,姓名、籍贯、家内人口都要写清楚,否则户籍对不上,便麻烦了。"容棱将茶杯放下,叮嘱。

柳蔚狠狠瞪视容棱,瞪得眼睛都红了!

这顿晚饭,柳蔚吃得很不舒服,柳小黎却是饿过头了,也吃得不多。

草草用完,便睡觉。

小家伙在自己房间睡不着,一更便抱着枕头,窜进了娘亲房间。

上了床,柳蔚搂着儿子,有些嫌弃:"都多大了,还要抱着睡,不是有明香陪着你?"

"明香是明香,爹是爹。"柳小黎说着,把小身子埋进娘亲怀里,咕哝着问,"爹,你又跟容叔叔吵架了吗?"

一提这个柳蔚就火:"你长大了可不许跟这样的人学,要是也学出一身狗脾气,爹就不要你了。"

柳小黎说:"爹,容叔叔对我很好。"

"你还小,不懂分辨是非。他此刻是有事求你爹我,我不替他破案,他还得焦头烂额好一阵子,这才对你虚与委蛇。实则这种人最是阴险,你不许跟他太亲近了,听到没有。"

柳小黎听着,却辩驳:"可是容叔叔给我买糖人吃。"

"几块糖人就给你打发了?"

"还有香果糕和绿萝糕。"

"这个爹没买给你吃吗?"

"容叔叔买的不一样。"小家伙振振有词,"好吃一些。"

"只是贵一些,他有钱。都说狗不嫌家穷,子不嫌母丑。你是在嫌弃爹没给你买贵价货吗?"

柳小黎一双大大的眼睛水汪汪的,看了娘亲一会儿,突然叹了口气:"算了,爹说什么就是什么吧。"

柳蔚:"……"

一种自己无理取闹,反而要儿子包容的感觉是怎么回事?

"你什么意思?给老娘说清楚!"

柳小黎慢悠悠将头埋下去，闭上眼睛："就是，爹你开心就好的意思。好了爹，我困了，要睡了。"

柳蔚："……"

这一大一小都能气死她！

另一头，越国侯府的越国侯严震离听完暗卫之报，阴沉的脸上，生出几分狐疑。

"当真如此？"

"确实如此。"暗卫老实道，"属下赶到丞相府时看到的，的确就是这样一幕。容都尉带着的那位柳先生，的确本事不小。侯爷，他如此了得，咱们是不是真应该，让他开棺验……"

暗卫话未说完，便看到侯爷一脸铁青，顿时吓得咽下最后一个字。

今日傍晚，三王府侍卫来传报，说镇格门插手调查"幼儿失踪案"，知晓侯爷刚刚痛失爱子，虽惋惜，却不能让凶手逍遥法外。定要抓到那人，抽筋扒皮，以慰小公子在天之灵！

那人说了一堆冠冕堂皇的话，最后却提出要开棺验尸。

侯爷当场气得火大，拿着悬挂大厅的虎狼刀追着那侍卫就打了出去。

那侍卫是走了，侯爷却彻底震怒。

"丘儿尸骨，绝不能让人辱没。"严震离哪怕心中对所听之事也感到稀奇，但父亲的天性使他不会让自己的儿子入土为安后又被人搅了清净，"你明日一早便派人去趟三王府，说此事本侯断不同意。要想开棺验尸，查找真相，找别人去，别找本侯！"

暗卫只得点头："是！"

严震离交代完，将人遣走，心头却依旧闷。

在书房绕了一圈儿，无心政务，索性回房去。

推开房门，果然看到发妻正站在堂前，摸着丘儿的灵位，目露哀思。

严震离叹了口气，将房门阖上，走过去。

"又在想丘儿了？"

侯夫人严秦氏抹着眼角的泪，声音干涩："怎能不想？侯府本就人丁不兴，你不肯纳妾，裴儿又是个那样的，丘儿现在也不在人世。若是侯府将来断了这香火，你可要我如何去九泉之下见严家列祖列宗……"

"好了。"严震离拍拍夫人的背，让其安心，"这些事不要再提了。"

"不提，不提就能当做没发生过吗？我就丘儿一个指望了，老天爷要是看不过眼，冲我来便是！我是恨啊，那日，我就不该带他上香祭佛。若是不出府，何以会有这样的灾事临头……"

侯爷皱眉："说了不关你事，你怎么不听。"

"你不用拿这些话安慰我。"严秦氏说着，将泪抹干，又细细地抚了一会儿儿子的灵位，上了一炷香，脚步却久久不愿离开灵台。

严震离面露疲惫，搂住妻子的肩膀，轻声道："今日丞相府也丢了人。"

"嗯？"严秦氏诧异。

"是在府里丢的，据说还有下人看守，却就这么不见了，这都是命。"

严秦氏捂着胸口，并未觉得被安慰了："那凶手究竟要做什么？要杀要剐找大人不好，为何偏要对付这些尚在牙牙学语的孩子？"

"好了，不要想了，我们还有裴儿。"

"可是……"

"裴儿的毛病，往后总有法子治。"

一大早，三王府的柳蔚刚起床，外面惜香就来报："公子，王爷遣人来问，说是昨日与您说好的户籍资料，您准备好了吗？王爷这就要出门去户部了。"

柳蔚捏着筷子正在吃早膳，闻言将筷子一搁，恶狠狠地说："跟你们家王爷说，安良除暴乃是我辈己任，银子的事暂缓，先将案子破了再说。"

"是。"

惜香正要出去，柳蔚又叫住："再问问你家王爷，今日可还要去衙门。若是不去，我要在房内看附录，让你家王爷别来烦我。"

惜香抹抹冷汗，还是应了一声"是"，声音却气短很多。

过了一刻钟，惜香回来，说是王爷说，今日不去衙门。

柳蔚也料到了，毕竟尸体都没有，去衙门没什么用。

今日能躲个闲，柳蔚不爽的心情也稍稍恢复了些。

这时，柳小黎醒了，趿着鞋子，一边揉眼睛，一边走过来。

惜香领着去洗漱，等到再回来，柳小黎已经兴致勃勃："爹，今日不去衙门，那我们出去玩吧。"

"不去。"柳蔚坐在椅子上，手边放着几本附录。

"为什么？"柳小黎跑过来，抱住娘亲大腿，"我听说临近中秋，京都到处都好热闹，好多人呢，我们去看看吧，好不好嘛。"

柳蔚将儿子推开："让明香惜香带你去。"

"不要，我要爹。"小家伙不依不饶。

柳蔚头疼，手里的附录也看不下去了，将书一搁，再把儿子抱起来："去用膳，用了膳带你出去逛一圈，中午之前就回来。下午爹要在房里看典籍，你不准吵。"

"好。"柳小黎点头。

节前的京都，的确热闹，到处都是人来人往。其中见得最多的，还是各地学子，秋闱在即，学子可都铆足了劲。

柳蔚带着柳小黎逛了一圈，小家伙看什么都兴奋，在人群里横冲直撞。

明香惜香跟得满头大汗，作为亲娘的柳蔚却抱着一包蜜饯跟在后面散步。她那儿子什么身手她清楚得很，断不会吃什么亏。

没有儿子叽叽喳喳，柳蔚也乐得悠闲，路过药材铺时，顺势进去看了看。

"公子要买什么？"医童放下手上的活计，迎了过来。

柳蔚捻了捻面前的一些千古草，闻了闻："这千古草倒是新鲜，什么时候摘的？"

医童道："就是前两日摘的，掌柜的命咱们将它晒干留用。可这几日都出阴日，一直没见着太阳，便给耽搁了。"

"这么好的千古草，晒了浪费。"柳蔚将那草放下，拍拍手，"这些我都要了，包起来吧。"

"好嘞！"医童应了声，拿着黄纸开始包。

这时，耳边一道清亮男音倏地响起："千古草不用晒干的，莫非还能生用？"

柳蔚偏头，便看到自己身后，不知何时站了个青袍加身的翩翩公子。他的目光，也正落在那千古草上。

柳蔚道："干有干用，生有生用。"

"生用为何用？"

"那得看对什么方子。"

"公子对什么方子？"

柳蔚觉得这人很莫名其妙，突然跑出来搭讪，一说还没完没了了。

柳蔚不耐："公子看来也是学医的，便该知道，医学有道，素来都有门派之别，师门之别。公子这样随意打听别人家的药方，是不是唐突了些？"

对方愣了一下，想是也反应过来，倒是有些抱歉："是在下有欠妥当。"

此时，医童已将千古草包好，柳蔚付了银子，拿着药材离开。

可那青衣男子，竟也跟了出来："公子是哪间药铺的？是挂牌的大夫？"

柳蔚不理他。

对方也不在意，就这么默默地跟着。

柳蔚被弄得彻底烦了，转过身，对着那人："阁下到底想干什么？"

男子温文尔雅，此刻明知对方不悦，还是彬彬有礼的模样道："在下想与公子聊上两句，公子何必拒人千里。"

柳蔚却道："在下不喜与生人闲聊。"

"宇文尧。"

"嗯？"

"在下姓宇文名尧，这样，你我总不算生人了。"男子一副脾气很好的模样。

柳蔚叹了口气："你不就是想知道千古草如何生用？我告诉你。千古草药性猛烈，主健脾、化痰，虽看着是味良药，但根子里却天生带着微毒。因此只有晒干了，将那毒气逼了出来，才可用在药方里。可这是北方的习惯，南方却不是这样用。公子是没去过江南吧，江南遍地千古草，大部分人都是生用。只因江南常年水汽较多，身上总多多少少带着些寒。千古草中的毒性，遇寒则化，因此寒底之人，生用药效比晒干了用，效果更好。好了，我说完了，公子再会。"

柳蔚说完，转身就走了。

却不想，刚走两步，后面那尾巴又跟来了："千古草生于热地，的确惧寒。但生用若是用得不好，很容易积毒成灾。风险如此之大，为何不保险起见，干用为好？"

柳蔚皱眉："公子是学医的？"

"算是。"男子说道，"在下从小偏爱医书，对杏林之道，颇为向往。"

原来是个门外汉。

柳蔚彻底不想与他掰扯了："《万物志》《青山常录》《杏典》这几本书，公子看完便知道答案了。"

这次说完，柳蔚有了先见之明，随即走进人群，往人最多的地方挤。

果然，很快后面的尾巴便被甩掉了。

可就在这时，远处突然传来一声娇叱："让开，让开！"

柳蔚抬眸一看，便瞧见一位戴着半张面纱，身着红色骑马装的女子，正驰着马儿，在人群中呼啸而过。

街上人多，许多来不及闪避的，已经被那马儿踢倒在地，眼看着马儿奔驰的方向，正是柳蔚这边。

"让开！"马上女子又吼了一声，手中长鞭一扬，在空中挥出一道凌厉的弧度。

柳蔚想闪开，但已经来不及了，那马速度太惊人，转瞬已到了眼前。

情急之下，柳蔚手中一大包的千古草横空一掷，正中马儿眼睛。那马步伐歪了，只听它嘶鸣一声，两条前腿高高扬起。

柳蔚趁机避到一旁，可那马儿大概还没到训练有素的地步，步伐一乱，便回不来了，加上眼睛生痛，竟就这么焦躁起来，四肢马蹄齐齐乱来，吓得马上那女子惊呼不已。

"冰火，冰火停下！"

可那冰火给主人的回应，却是凌空一抖，将主人抖下马背。

"啊——"一声惊叫，女子摔落在地。

"好疼……"女子从地上勉强坐起来，看着周围围满的人群，气得满脸通红，"你们，你们不许看！不许看！"

周围有人认出了这人是谁，顿时惊呼："月海郡主……"

那人一说，周围的百姓纷纷白了脸。

京都人谁不知，皇后座前月海郡主是何等的专横跋扈。这位月海郡主生于蛮荒，是已故惠王独女。惠王与王妃相继去世后，皇后怜月海郡主孤苦无依，留在惠州不过徒增伤怀，便将其接到宫里。

可这位祖宗，仗着皇后疼惜，不知天高，不晓地厚，好好的女儿家，不在宫里绣花养生，却成日四处招摇。比那街上的纨绔之流，更显蛮横，可谓是京都中人人惧怕的大人物。

一时间，所有人的目光都投向了柳蔚。

就是这人方才不要命地扔东西惊吓了郡主的爱马，看来此人算是完了。

柳蔚看着身量不过十六七岁的月海郡主，这会儿疼得嗷嗷叫，也不好坐视不管。

柳蔚上前几步，正要开口。

远处，又是一阵脚步声传来。

等那些人走近，柳蔚才看到，他们金戈铁马，那一身派头，不知道的还以为是要去上阵杀敌。

"小姐，小姐你怎么了？"这些人冲来，却不敢扶起看起来不知道伤到哪儿的郡主。

"本小姐养你们这些废物做什么！"月海郡主咬牙切齿，指着前方的柳蔚道，"将此人给我抓起来！"

侍卫们一下找到了罪魁祸首，上前两个，气势汹汹地与柳蔚动起手。

柳蔚身子一侧，避开两人的攻击。

京都的少爷小姐们不讲道理柳蔚是料到了，却没有见过这样不分青红皂白的。她要是不扔那包药材，避开大马，此刻她已经被踩成二级残废了！

侍卫没料到这人还是个有功夫的，顿时又上来两人。

五人就这么在街上大打出手，柳蔚以一敌四，并没怎么吃力，却知道这样下去不行。

果然，对方见其身手当真不弱，又上来两人，顿时，变成了以一敌六。

最后上来的两人，看来是几人中功夫最好的，一加入战局，柳蔚便有点吃不消了。不为别的，只因这两人好生歹毒，下的竟然都是死手。柳蔚方才与其他人打的时候，可谓诸多避留，只是防守，很少进攻，现在这些人却如此咄咄逼人。

柳蔚再好的脾气也火大了，顿时袖中银针捻出。针尖凌厉破空，离得最近的两人猝不及防，眉心中了一针，顿时脑仁一疼，手上的动作也慢了下来。

"你们这些没用的东西！"月海郡主捂着右手站起来，俏丽的脸上，布满阴鸷，亲自出手，拔出腰间软剑，横空刺向柳蔚。

而就在这时，空中几道短气流倏地飞来。下一瞬，周围这些攻击柳蔚的人，都像中了暗器，纷纷倒地。

柳蔚正在狐疑，突然一只温热的大掌抓住她，接着她就被拽着挤进人群。

"喂，你……"柳蔚唤了一声。

前面的人回过头，对她做了个噤声的手势，道："不要吵，赶紧走。"

柳蔚只好闭嘴，心里却想，刚才那些暗器是这人使的？看着是个文质彬彬的公子哥，没想到手上还有两把刷子。

宇文尧带着柳蔚进了最近的艺雅阁后门，等到站定才道："你可知你得罪了谁？真是不要命了，我还没见过谁胆敢与月海郡主对上。"

柳蔚拱了拱手："方才公子出手相救，多谢。"

"好说。"男子温和地道，"此刻你就莫要走了，月海郡主吃了这亏，必定满街找你。"

柳蔚没说话，只看了看四周："这里是？"

"艺雅阁。"

柳蔚不知此地，宇文尧带着她一边往内走一边介绍。

"艺雅阁以雅致清幽著称，成立时日不长。短短三年，便成了京中才子佳人流连忘返之地。在下偶尔也会在里头消磨。公子看来也是爱书之人，指不定里头，有你所爱。"

说简单点，就是供人舞文弄墨的书局？

从后门走进去，过了后院，便进入大厅。一看厅内情景，柳蔚倒是吓了一跳。

说是书局，这里却比书局大了不知道多少。宽敞的大堂内，有人在绘画，有人在下棋，有人在对对子。二楼算是较为雅静，隐隐看着，上头的人多数只是占据一个位置，在品茗看书。

空气中飘着淡淡的墨香，衬着周遭。

"怎么样？"宇文尧勾起唇角，随意拿了本桌上的书，翻阅两下，"你说的《万物志》，可是这本？"

柳蔚看了眼封皮："正是。"

"这本书在下早已看过，还有你说的《青山常录》《杏典》，在下也看过，只是并未见过你说的千古草之用。"男子颇为纠结，索性将书递给柳蔚，"烦请公子解惑。"

柳蔚想这人救过自己，便不再拒绝。

拿着那本《万物志》，翻到其中一页，柳蔚道："天南地北，诸物万千，南境阴湿，北地干冷，地质区大，或以人而歧之……"

宇文尧静静听着，却没发现其中有提到千古草的。

柳蔚说完，看着他又道："南北气候、土地、人，都不同，故而药方不可千篇一律。《万物志》中很多处提到各地土质、人质，阁下多看看，便能体会其中不同。"

宇文尧沉默下来。

柳蔚说："为医者，并非要固守古籍。人会变通，需要自己琢磨。等你琢磨到底了，大略也是个上得了台面的大夫了。"

宇文尧手指摩挲着书的书皮，半晌说："在下询过几位当世大医，他们并未说过这些。"

"不奇怪。"柳蔚也不惊讶，"阁下并非他们门生，说多了，对他们有什么好处？况且阁下也不像是个会做大夫的。"

宇文尧似乎想通了，将书放回桌子上，语气有些沉："在下，是没这个天分。在下缺了公子方才所示的钻研之心。"

柳蔚不再说话，也没问他为何既然无心向医，却对偶然听到的医道如此上心。从在药铺偶遇，他便缠上自己，一路上锲而不舍，这不像是对医术没有钻研之心的人会干出的事。

但柳蔚也没多问，因为看得出，对方不想说。

两人安静了一会儿，宇文尧先开口："楼上有棋盘，公子可愿与在下对弈一局，权当消磨时间。"

柳蔚想了一下，答应："也好。"

两人上了楼，宇文尧便对伺候的小童道："安排一间小卧。"

正在这时，楼下突然响起喧闹声。

宇文尧问："外面出了何事？"

小童下去，不一会儿回来，道："是镇格门的人，在缉拿凶徒。"

"镇格门？"柳蔚问那小童："镇格门缉拿什么凶徒？"

小童说："听说是月海郡主在宫外遇刺，请了旨意，召来了镇格门的人。"

柳蔚表情一下很微妙。

宇文尧遣退小童。

柳蔚很纠结，惊动了镇格门，一会儿要怎么走？要不要派人回去跟容棱说一声？但是能派谁？

看了眼对面的宇文尧，柳蔚心中摇头。

这人不知身份，不能信任。

正想着，外头又是一阵喧闹。

听着动静越发大了。

宇文尧起身，道："我出去看看，你在房中。"

说着，便去了。

柳蔚等在房内，走到窗边，推开窗子看了下面一眼，便看到满条街都是武装士兵，顿时惊讶。

这是知道她在艺雅阁，专门来堵的？

可是怎么会知道她进了艺雅阁？宇文尧带她从后门进来，应该没人发现才对。

柳蔚一边思索一边将窗子阖上。

这时，宇文尧进来了，看到柳蔚便道："只怕当真不好解决了。月海郡主围了艺雅阁，说是有人看到，你进了这里。"

柳蔚叹气："算了，我出去吧，事情总要解决。"

宇文尧一笑："不急，下面有人与其周旋。"

"嗯？"

宇文尧道:"七王爷与几位好友正巧在包厢聚首。有他们在,不会真让月海郡主在这里胡闹。"

七王爷?

柳蔚一愣。

宇文尧见状,问:"柳兄认识七王爷?"

柳蔚条件反射地摇头,道:"只是听说过。在下来京都也有段日子了,听得最多的,便是太子与七王爷。"

"原来是这样……"宇文尧只说了一句,便不再往下说。

但柳蔚却听出,宇文尧声音里夹带的冷嘲。

坊间流传,太子与七王爷分庭抗争,在朝中斗得跟乌眼鸡似的。坊间学子也好,朝中酸儒也好,对此都看不下去。

宇文尧这表情,柳蔚不陌生,因为曾在付子辰脸上也看到过。

付子辰从小在京都长大,因为家世显赫,与几位皇子都熟悉。听说小时候更是一起读过书,便越发知道那几位的脾性,也越发不屑。

"我若是非要搜呢!七哥哥你就偏偏要拦我?"这时,一声怒气娇吼从楼下传来。

柳蔚听在耳里。

宇文尧道:"月海郡主刁蛮成性,也不知七王爷镇不镇得住。"

"出去看看就知道了。"柳蔚说着,还是推开房门。

宇文尧一时停顿,才又跟了出去。

柳蔚这张脸,估计化成灰月海郡主也认得,因此柳蔚只是躲在二楼栏杆附近,偷偷往下窥视。因为艺雅阁突然闯入镇格门士兵,其他包厢里的人也都出来看热闹。

一楼中央,月海郡主气得满脸通红,忍不住道:"七哥哥你看我这手,你就不心疼我?"

月海郡主此时已经简单地包扎了手,看得出已没有大碍。但是火气,却是彻底燃了起来。

柳蔚刚好正对月海郡主,背对着七王爷,因此看不到七王爷的脸,只听七王爷声音清冷:"你想如何?"

"我要进去找那人出来,斩于刀下!"

七王爷身边的一位锦衣公子笑道:"便是要抓人,也没有冲进去的道理。"

宇文尧对柳蔚道:"此时说话这人,是李国侯府的三公子,李君。"

柳蔚点点头,心中却思忖一下,问道:"艺雅阁的老板是谁?"

宇文尧眼皮闪了一下,转开视线,摇头:"不知。"

"那老板是不是七王爷的朋友?"

这个宇文尧却是肯定的:"不是。"

柳蔚看向宇文尧,不知老板是谁,又能确定老板不是七王爷的朋友?

"既然七王爷与这里老板非亲非故，月海郡主大闹艺雅阁，与他何干？他亲自下去拦着，是为什么？太闲了？"

柳蔚转头，问："哪间是七王爷他们的包厢？"

宇文尧指着其中一间最大的。

柳蔚说道："我打赌，里面有见不得光的人。"

宇文尧笑出了声，却没反驳。

笑过之后，就又看着楼下。

柳蔚也看去，但却运气不好，刚好与月海郡主来了个对视。

"在那里！就是那人！"

郡主这一吼，所有人齐齐抬起目光，看向柳蔚。

柳蔚没说什么，目光倒是与那位刚好转过头来往上看的七王爷对上。

不凡容貌，衣着光鲜，气质清傲，眉宇间带着高高在上的凛寒贵气。

这是柳蔚第一次见到容溯，在逃婚之后的第五年。

如今找到了当事人，七王爷自然也没理由再拦着。

镇格门的士兵一大股冲上来，就要抓柳蔚。

柳蔚道："我自己走！"

镇格门的领兵头领陈涛闻言，很尊重人地点头，让柳蔚自己走，却严谨地盯着柳蔚，不给柳蔚逃跑的机会。

柳蔚下到一楼。

月海郡主当即冲上来，挥舞着剑就刺。

柳蔚眼瞳一闪，侧了侧身，躲过这完全没有技术性的一击！

月海郡主恼羞成怒，挂着一只手，还是继续去刺柳蔚！

镇格门的人也上来！

柳蔚心中想，被镇格门的人抓住，其实并不担心。京中出了这么大件事，容棱必然会知道，加上又是在容棱的地盘。

而就在这时，空中，一道破空之气横穿而来。

"什么人！"镇格门的领兵头领陈涛低喝一声，接着偏头一躲，躲开了骤然而来的一件暗器。那暗器从他鬓角划过，最后钉在了身后的红木柱子上。

陈涛回头，看清了那暗器的模样，目光一顿。

糖，糖葫芦？

柳蔚看到那颗糖葫芦时，也愣了一下，随即又开始头疼。

就在这时，门外一道细糯的童音，传了进来："爹……"

柳蔚看过去，果然见柳小黎迈着小短腿，目光沉沉地走进来。他的肩膀上，还落着一只通体漆黑的珍珠。

在看到出来的是个小孩时，周围就静了。在看到他肩上的鸟儿是什么品种后，又有人惊呼:"灾鸟乌星……"

似乎应了召唤,珍珠在空中转了一个圈儿,直直地朝柳蔚飞去,最后落在柳蔚肩膀上,"桀桀"地叫了两声。

柳蔚问柳小黎:"你怎么来了?"

柳小黎没回答,只是小腿一奔,跑到娘亲怀里,瘪着小嘴,都要哭了:"爹,我还以为你不要我了。"

柳蔚头疼,弯腰将他抱起来,哄道:"哭哭啼啼的,有点男子汉的样子没有。我养的是个女儿吗?"

柳小黎吸吸鼻子,将眼泪缩了回去,又紧拽着娘亲的衣袖,咕哝说道:"幸亏珍珠找到了你……"

他说着,又看向周围其他人,好奇:"爹,他们是谁?"

这些人也想问柳小黎,你又是谁?

柳蔚将柳小黎放下,毕竟这孩子真的越来越沉了。

"惜香明香呢?"柳蔚没回答,而是问。

柳小黎揪揪自己的手指,小嘴鼓着。

"你把她们怎么了?"知子莫若母,自己儿子哪个表情是什么意思,柳蔚清楚得很。

柳小黎这才说:"我把她们,甩开了……"

柳蔚皱眉,已经能想到那两个可怜丫头,现在该急成什么样了。

陈涛深深地打量着柳小黎。柳小黎皱着小眉头,不高兴地站出来:"你为什么打我爹?"

陈涛正想说什么,月海郡主已经命令:"将这孩子一并带走,按刺客同党论处!"

陈涛不忍:"郡主,这还是个孩子……"

"本郡主让你怎么做,你就怎么做。信不信本郡主告诉棱哥哥,将你们全部卸职!丢到边关去?"

陈涛顿时不说话了。

柳蔚思索了下。

棱哥哥?

月海郡主旨意在上,陈涛上来要抓柳蔚。柳小黎却喊了一声:"不准碰我爹!"

珍珠也尖锐地"桀"了一声,扑起翅膀,作势咬人。

陈涛只能对柳蔚道:"公子,你还是配合点比较好。"

"走吧。"柳蔚道。

陈涛松了口气,对后面的兄弟道:"走!"

月海郡主得意地瞥了柳蔚一眼,趾高气昂地走在最前面。可还没走两步,外面又有两人急匆匆地跑进来。

明香惜香差点疯了，她们竟然将小公子给弄丢了。两人一路寻找，将整条街翻遍了，正心慌时，看到艺雅阁门口竟有大批侍卫围堵，心想小公子会不会图热闹跑进去，这才进来一看。

一进来，果然看到小公子，并且连公子也在！

"公子。"两个水灵灵的姑娘看到柳蔚，顿时委屈上来了，"公子，您去哪儿了？还有小公子，可让奴婢们一顿好找啊！"

柳小黎吐吐舌头，躲到娘亲的后面，一脸心虚。

惜香眼尖，看到周围情况不对，很紧张："公子可是出了什么事？是不是受伤了？怎还动用了镇格门的兄弟？"

明香这才反应过来，看着那领兵头领肩上的徽印，询问："东营三队的人马？那不是齐副将的兵吗？"

陈涛听这突然跑来的小丫鬟似乎认识他们齐副将，不觉看向柳蔚，心想莫非这人也是齐副将的朋友？

可是认识副将又有何用，如今是郡主下令。

"公子，到底出了何事？"惜香着急地问。

柳蔚还没说话，柳小黎脱口而出："他们说我爹行刺郡主。惜香姐姐，郡主是什么？可以吃的吗？"

小家伙还是耿耿于怀"郡主"这种食物，他竟然一次都没吃过！

说好的要尝遍京都美食呢？

明香惜香却唬了一跳，两人转头，果然看到挂着手臂的月海郡主，立刻屈身行礼："三王府婢女明香惜香，见过郡主。"

"你们是三王府的人？"月海郡主本恼怒抓个人怎么总有意外，这会儿却又愣了一下。

而同时，在场其他人，也都愣住。

容溯眯了眯眼，喃喃出声："容棱？"

李君在旁小声道："这对父子，难道是……"

"你知道什么？"容溯偏头。

李君道："三王爷离京数月，据说此次回京，为了京都幼儿失踪案，特地请了一件作回来。昨日不是听说丞相府五少爷丢了，可是不久，便已知晓那凶手是如何将人偷走的。过些天，指不定就能抓到凶手了。"

幼儿失踪案容溯也知道，毕竟十六弟也丢了。可是此案不是查了三年，一无所获？

容棱才回京几天，这么快已经知道凶手作案的方法了？

这么想着，容溯又看向柳蔚，眼中带着些许探寻。

柳蔚此时有些无奈，到底还是问："到底去不去天牢？"

惜香机灵，立刻道："公子说的哪里话，此事想必是误会……"

"不是误会。"月海郡主冷着脸道，"行刺本郡主，证据确凿，本郡主今日就是要将人带走。即便这人认得棱哥哥又如何？棱哥哥知道，也必然会为本郡主出这口气！来人，带走！"

"郡主三思，王爷对公子，素来尊重。郡主此番作为，怕是会惹王爷不喜。"惜香道。

"你是什么东西？"月海郡主生怒，"你是说棱哥哥会包庇一个心怀不轨的刺客？我看你根本不是三王府的婢女，而是假借棱哥哥之名，为求脱身！来人，将这二人也抓起来。同样，以逆反同党论处！"

托大一些，明香惜香在三王府中，也算是当半个小姐养大的，没吃过苦，也没挨过累。

明香更是管家明叔的女儿，在王府的婢女丫鬟中，算得上是领头的那个。外面人见了，谁不叫声明香姑娘、惜香姑娘？

如今，却有人要将她们带去天牢，说她们是刺客同党。

两人呆了一下，惜香道："如是郡主执意，那奴婢便无话可说了。"

明香却在瞪了一眼陈涛后，看着陈涛肩上的徽印说："让你们齐副将以后别来找我了！"

柳蔚是知晓明香有位追求者的，好像是姓齐。看来对上了，就是那位东营齐副将。

好像，一不注意棒打鸳鸯了。

镇格门的士兵一个个面面相觑，他们是知道他们的副将好像一直想娶都尉身边一个丫鬟。但也不知是都尉不肯，还是那丫鬟不肯，总之齐副将都追了一年了，现在也没看见把人追到。

莫非，就是眼前这姑娘？

陈涛顿时脸都皱成一团，副将为了娶老婆可谓一颗痴心都埋进去了。若真是眼前这人，那他们将未来嫂子得罪了，这回去还有好果子吃吗？

一下子，他们思绪良多，想来想去——这个所谓的刺客，是认识他们都尉大人的。

他们要是敢抓，都尉大人不放过他们也就罢了，还会因此得罪齐副将。

周围看热闹的这会儿是越发觉得有趣了。尤其宇文尧，若不是不合适，真想买包瓜子，一边看戏，一边嗑。

容溯与李君对视一眼，二楼包厢里还有三位顾命大臣被堵在里头。

今日容溯约见三位一品大员，本就不能声张，要知道王爷与朝臣勾结朋党，若是被有心之人知晓，等于递了个把柄到太子手上。

李君轻声道："此事我们不好出手。要不先从后门，将三位大人送走？"

容溯看了眼四面八方的镇格门士兵，沉声道："不妥。"

李君知道哪里不妥，容棱麾下的人，个个都是狗鼻子、狗耳朵！听得着响声，也闻得着味儿！

月海郡主气上心头，看镇格门的人喊不动，唯有对自己的亲卫道："你们，把他们给我抓起来！"

亲卫一呼百应，但因人数少，齐齐围上来，没有威慑力不说，瞧着还有些心酸……

李君走到郡主身边，道了一句："郡主息怒。"

月海郡主不喜欢这人，皱起眉道："七哥哥又想说什么？"

"郡主多虑了，七王爷自然是心疼郡主的。郡主眼下手伤了，在下听说，这手骨若是断了，可一定要静养。若是没有养好，以后左右两手的长短，有可能不一样。"

"什么？"月海郡主尖叫一声，顿时捂住自己的手，"你少咒本郡主，危言耸听！"

"在下也是为郡主着想。不若这般，郡主先回宫，找太医看看。至于这几个刺客，镇格门的人都在，难道还怕他们跑了不成？"

月海郡主虽说比较莽撞，但还不傻。

眼珠子转了几圈，犹豫一下正要说话，却听外面又是一阵脚步声传来。

接着便是某个士兵，惶恐的声音："都，都尉大人……"

月海郡主眼睛一亮。

李君皱起眉。

不远处的宇文尧，也顿时眯起了眸子。

众目睽睽之下，只见艺雅阁正门外，玄袍俊美的男子缓缓而来。他腰间着佩剑，眼神锋芒冷厉，身后还跟着三四个人。远远瞧着，一个个都噤若寒蝉，小心翼翼。

这些人柳蔚不认识，但在场许多人都认识。

镇格门东营一队副将，三队副将，西营二队副将，军机大营一营先锋军副将，随便一人出来，那也是在京都不可小觑的人物。

这会儿，却全跟在那位满脸寒气，眼看着不太开心的三王爷身后，小心谨慎、战战兢兢。

厅内其他的镇格门士兵，见了这阵仗，齐齐抱拳行礼："见过都尉大人，诸位副将大人。"

这些人声音整齐，一口气说出来，仿佛屋子都给他们震抖了。

明香惜香也找到靠山了，忙喊："爷！"

容棱身后的齐副将忍不住上前一步，看着明香，讨好地笑开来："明姑娘……"

明香看齐副将一眼，别过头去！"哼！"

月海郡主前一刻脸上的喜色此刻消失，被眼前的情况弄得有些手足无措。

容溯站在人群之后，看着那位派头十足的三哥，嘴角不觉讥讽地勾了一下。

镇格门都尉，实权大臣，手握重兵。好威风，当真是好威风！

谁能想到，当初一个母族不显的小畜生，有朝一日，竟也会有这等子风光。

容棱站在那里，没回应将士，只看着眼前那一袭白衣，消瘦淡雅的柳蔚，面色不好地道："不是说今日不出门？"

现场很静，容棱的声音倒也不算突兀，可是夹着冷意的音调，却让场中顷刻更静了。

"又不是我要出来。"柳蔚说着，把柳小黎推出去，一脸的事不关己。

柳小黎被娘亲出卖，瞪着水汪汪的大眼睛，可怜兮兮的。

容棱低下眸子，看着孩子。

柳小黎咽了口唾沫，小嘴一瘪，往前伸出两只小短手。

那小手往上举着，求抱抱的姿势，配上那委屈的眼神。容棱到底心软了，弯腰将柳小黎抱了起来。

身后的几位副将，与在场的镇格门士兵都瞪大了眼睛。

他们跟随都尉数年，何曾见过都尉如此好脾气的一面。虽然这到底是个孩子，温柔些也没错，但都尉大人上次对一个街边小童最温柔的时候，也就是冷冷瞥过去一眼。当时，就把人家小孩吓得差点哭断气了……

容棱抱着柳小黎，严肃问道："是你要出门的？"

柳小黎心想，虽然是自己要出门的，但是是娘先走丢了，才惹上这些麻烦的，都怪娘亲。但他偷偷瞥了娘亲一眼，对上娘亲警告的眼神，顿时把想告的状都咽了回去，很小声地说："是我想吃糖葫芦……"

容棱也不知信了没有，只看了柳蔚一眼。

柳蔚转开视线，一脸"你看，不关我事"的表情……

月海郡主看不下去了。她此刻分明一副身受重伤的模样，她就等着她的棱哥哥体贴她，关心她，询问她发生了什么事，是不是被谁欺负了！

可等到现在，棱哥哥却宁愿抱着一个不知哪儿来的小崽子，也不多看她一眼。

月海郡主脱口而出："棱哥哥！"

容棱这才转头，像是才发现她在，也看到了她的手，问："怎的了？"

月海郡主立刻指着柳蔚道："这个刺客，害我从马上摔下来，还与我侍卫动手，要行刺于我。棱哥哥，你要为月儿做主。"

"不是没死吗？"容棱冷不丁地冒一句。

月海郡主一愣，看着棱哥哥，感到不可思议！

容棱却瞧着柳蔚，收敛眼中冷色："回府！"

柳蔚却道："不回。"

容棱问："中午了，不用午膳？"

柳蔚："一顿不吃饿不死，况且你镇格门的牢饭指不定别有一番风味，我还想尝尝。"

柳小黎闻言舔了舔嘴唇,小声问道:"牢饭,好吃吗?比糖葫芦好吃?"

容棱曲指敲了小家伙脑门一下,小家伙痛得"嗷"地一叫。

"柳域在府中等你。"容棱又说。

"嗯?"

"求你办事。"

"嗯……"

"有偿。"

"回府!"柳蔚立刻说,刚才那一肚子火气,已经被一句有偿,吹得一丝火苗都没了。

有偿意味着有钱,钱这种东西送上门怎么能不要。

月海郡主忙喊:"棱哥哥!"

容棱不再看她,转身带着柳蔚离开。月海郡主想叫,却被李君拉住。

"你干什么?"郡主怒目而视。

李君笑道:"郡主若想与三王爷撕破脸皮,在下也不拦着了。只是,郡主真的想?"

月海郡主一咬牙,眼中透着一股恨意。

柳域在三王府喝了七杯茶了。

茶,喝了又添,中间柳域不得不去了趟净房。再回来时,又喝了一杯茶,才听见外面传来脚步声。

偏头一看,便见容棱抱着柳小黎走来。他们身后,跟着一位头戴竹笠的清瘦男子。

柳域起身拱了拱手:"都尉大人。"

容棱将小黎放到地上,道:"久候了。"

"不久不久。"柳域忙说道,"只怕在下来得不是时候,都尉大人与柳先生,可是在忙?"

柳蔚道:"不忙。"

容棱看了柳蔚一眼。

昨日还对柳府中人嗤之以鼻,今日便好声好气起来。

为了一句有偿,连原则也不要了。

容棱坐到首位上,开口道:"侍郎大人今日前来,可是又在府中发现了什么线索?"

柳域闻言,沉下眸,点头说道:"是,发现了样小东西,不知对破案有否帮助。"

柳域说着,从袖袋中掏出两颗黑珠子。

"这是今日打扫房间时,下人从床底下找出来的。五弟房中的下人说,这不是五弟的玩具，或许是凶手留下的，便带来给大人与先生看看。"

柳蔚看着那黑珠子，道："大人还是将这东西放下为好。"

柳域不解："为何？"

柳蔚唤了声："小黎。"

柳小黎闻言，捏着糕点一边吃一边走过去，等看仔细了，便目露嫌弃，后退数步说道："是鸟屎。"

柳域的脸当场黑透了！

将那几颗鸟粪丢掉，柳域很是尴尬，神色狼狈。

柳蔚体贴地问道："侍郎大人要不要去趟净房？"

"也好。"柳域起身便走。

等柳域离开了，柳蔚才说："这不是普通鸟粪，不过不能让他知道。"

容棱看着柳蔚："嗯？"

柳蔚问丫鬟要了一张帕子，包住地上一颗鸟粪，拿起说道："这是蝙蝠的粪便，堂堂相府五少爷房中，怎可能有蝙蝠行走的痕迹？况且，还这么大，显然那蝙蝠的个头也不同寻常。"

容棱沉默下来。

柳蔚问道："越国侯府的尸体，何时能拿到？"

容棱敛眸，道："侯爷不肯。"

柳蔚其实也猜到了。

开棺验尸，在青云朝人的眼中，乃是离经叛道有违伦常之事。

柳域去了净房回来，见地上的鸟粪已经没了，估计被下人扫走了，面色这才好些。他看了容棱一眼，对柳蔚拱了拱手："先生，可否借一步说话。"

柳蔚眼睛一亮，起身："自然。"

两人一直走到门口，柳域从袖中掏出三张银票，递给柳蔚："舍弟的事，就劳烦先生了。"

柳蔚看了眼上面的数，义正词严地道："大人是看不起在下了？这些东西，大人还是拿回去好。"

"家父与先生颇为投缘，先生头一次来京，家父无暇招待，这才命在下特地奉上薄银。一点心意，权当为先生接风了。"

柳蔚很是犹豫："若是都尉大人知道了，只怕会不高兴。"

一听有苗头，柳域忙道："都尉大人多谋善断，想必自有主张，不会想歪了去。"

"大人这是为难在下。"

"还请先生赏脸。"

最后，柳蔚勉为其难："既是如此，那便劳烦大人，替在下谢过丞相大人。"

柳域笑着："那舍弟的事……"

"大人放心。"柳蔚很上道,说,"只要越国侯府尸体一到,在下必定以最快速度破此案,寻回令弟。"

"越国侯府的尸体?"柳域想到昨日他还与京兆尹打趣,说那容棱竟然动越国侯府小公子遗骸的主意。

"一定要那尸体?"

"这是自然。"柳蔚道,"越国侯小公子的尸骨是日子最近的。验尸过后,有很大的可能找到凶手踪迹。"

柳域不再说什么,回厅里又跟容棱告别一番,便匆匆离去。

柳域走了,柳蔚取下竹笠摸着三张银票,笑得眼睛都弯成缝了。

"这么开心?"容棱啜了口茶,瞥她一眼。

柳蔚将银票叠好,小心地放进怀里,说:"你也该开心,有丞相府替你去找越国侯府。人情也好,麻烦也好,都不要你担了。"

容棱笑了一声:"多谢你?"

"谢就不用了,权当偿了你今日来救我一遭的恩情。"说到这个,柳蔚又想起,"不过为了我,得罪你的红颜知己,是不是不太好?你要不要跟那位郡主道个歉,否则今日之后,只怕郡主要气你一顿。"

"月海是惠王叔的遗孤,我与她,不过兄妹之情。"

柳蔚扯扯嘴角:"兄妹之情?郡主怕不是这么认为!郡主对着七王爷,可是冷言冷语;对你,一口一个棱哥哥,喊得可真甜。"

"再叫一次。"

"什么?"

"棱哥哥。"容棱瞧着柳蔚,"我想听你这么唤。"

柳蔚:"……"

在三王府又住了几天,柳蔚不只将京兆尹的附录看完了,还把兵部、刑部的典籍也看了。

而没让柳蔚等多久,五日后丞相府送来信函。

午饭后,容棱又递了拜帖到越国侯府。越国侯府磨磨蹭蹭,才不情不愿地派人回了帖。

容棱一行人,这便迅速赶往。

越国侯府。

严震离看了眼柳蔚,眼中带着一丝冷意,道:"这便是那位要挖我丘儿墓的柳先生?"

这话说得可真不好听,但地位阶层摆着,柳蔚还是起身冲严震离弯了弯腰道:"见过侯爷。"

"不必了。我就问你,挖了丘儿的尸骨,真能找着柳城的儿子?"

柳蔚道:"在下也不想扰了小公子的清净,只是眼下幼儿失踪案已遇到瓶颈。小公子的尸骨,却是最后线索。"

"我丘儿已下葬这般久,挖出来又能有什么?"

"不看看又怎么知道。"柳蔚抬起头,对上越国侯的虎眸,"侯爷难道不想知道,小公子生前经历了什么?又是谁,将小公子害到如斯田地?"

气氛一时沉静下来。

过了好半响,越国侯终于点头同意。

宗亲贵胄府中,都有私墓。开棺之前,越国侯派人叫来京兆尹林大人、刑部游大人、兵部谭大人,还有三处的司兵,包括镇格门的两位副将也一道来了。

一行人随着管家带领,走到墓地,便看到一座新墓。

越国侯正蹲在那里,手上拿着帕子,慢慢地擦拭着小公子本就干净的墓碑。旁人看了,无不叹息。

到底死者为大,挖人坟墓这等事,说大了,那可是缺阴德的。越国侯叫来了下人,小心破墓。

即便隔得老远,也能闻到,从那墓破开的口子有恶臭飘出。

京兆尹也好,兵部刑部也好,都是处理过死人案的。对于尸体,不说了解,也算是有些见识。

这尸骨这么臭,莫非这孩子怨气不消?

柳蔚嗅到那味道,便觉得不对。柳小黎鼻子更尖,当即就道:"腐陵散!"

孩子出声突兀,话音一落,所有人都看向柳小黎。

越国侯神色也有些不对,看着那位斯文清瘦的柳先生,又看着那个与容棱小时候越看越像的小医童,问:"我丘儿生前,被人下过毒?"

柳蔚回头看向越国侯,道:"不是生前,而是死后。腐陵散在《百药志律》中,算是一种毒药,只是其毒却是用在死人身上。用此药浸泡尸骨三日,便能令其腐烂速度超过三倍。普通小老鼠,盛夏季节,死后七日褪毛,十日烂肉。可泡过腐陵散后,只消五日,便会烂成只剩一把白骨。"

越国侯目若铜铃:"你是说,有人用那邪肆之毒,毁过我丘儿尸骨,令他加快腐化?"

柳蔚没说话,默认了。

"他们为何要如此做?"

"这便要等小公子的尸骨挖出来,在下亲眼看过才知。"

"加快腐化,我儿或许已经……"

柳蔚只道:"侯爷放心,便是只剩一把干骨,在下也能查出端倪。"

验尸之道,包括验骨。

越国侯不说话了,神色却更为沉痛。

把腐陵散用在一个小孩身上，柳蔚实在想不通。等到陵墓开了，柳蔚一跳，进到了墓坑里。

拿着撬棍，在钉死的棺材边缘撬。柳蔚用了巧劲，几个大汉才能撬开的棺材盖，被她几下挤出缝隙。

小心翼翼地将盖子推到一边，里面一股逼人的腐臭味，连着黑气，扑了出来。

柳蔚被震了一下，后背贴着坑壁，闭上眼睛。

"怎么样？"容棱紧张地问。

"没事。"稍微适应了一下，等到那臭味稀薄了些，柳蔚才往棺材里看去。

果然不出所料，小公子的尸体已经成了白骨。

柳蔚观察良久，问道："在下想问一问，小公子，真的是精养长大的？"

越国侯满脸怒气："你这话什么意思？"

柳蔚反应过来越国侯大概是误会了，忙道："小公子的骨头，在下看了。手骨、脚骨、后脑，都有重伤后留下的证据。这尸骨生前，分明自小受尽虐待。"

越国侯摇头："不可能，我丘儿从未断过手骨，更别提脑袋。丘儿每个月都由太医亲自检验一遍全身，从未听过有什么撞伤碰伤。"

"我就说，好好的用什么腐陵散，原来是这样。"柳蔚道，"棺材，还是麻烦侯爷派人抬上来。墓坑里光线不好，在下唯恐有什么看得不清楚，到时候误了正事，倒是麻烦。"

很快棺材被抬了上来。

柳蔚站到棺材前。这次，柳蔚看到了更多细节，柳小黎也扒着棺材盖看。

一看到里头发黄发乌的白骨，柳小黎眼睛就亮了，看了一会儿，说："我怎觉得，这是个女孩。"

此言一出，所有人都惊住了。

"没错。"柳蔚道，"虽然骨头还没长好，但只盆骨这一点，便证明的确是个女孩。"

柳小黎童言童语："那他们为什么说他是小公子？公子不是男的吗？"

柳蔚看向那表情不稳的越国侯："我想，真正的丘小公子，说不定尚在人间。"

越国侯顿时快走到柳蔚面前，不可思议地看着柳蔚："你说什么？"

柳蔚直视越国侯的双眼："我不能确定小公子是否仍在人世，但我能确定，这具尸体不是小公子。埋葬之前，或许用了什么易容障眼法。再或许，是小公子被人用药，掩饰了生命迹象。等埋葬后，骗过你们，再被取出。最后墓地里的尸骨成了这个女孩。"

越国侯嘴唇微微颤抖，木然地看着褐色的棺木里那不堪的尸骨："不是丘儿，当真不是丘儿？我丘儿还没死？"

柳蔚道："不是丘儿，这尸骨是个女孩。"

越国侯大喜!

因这不是小公子的遗骸,要带走,侯府自然万没意见。

柳蔚看着白骨,思忖起来。这个案件到了这里,线索也好,谜团也好,都越来越多。

而破案讲究人证、物证还有动机,人证、物证还可再查,可这动机,是当真百思不得其解。

相府五少爷失踪,凶手不杀一个府中奴仆,这是为何?

侯府小公子尸体有异,凶手故弄玄虚,让侯府中人以为小公子已死,又是为何?

凶手是单独一人,还是一整个团伙,又与之前临安府的变异虫有什么关系?

这背后的天!到底有多大?

总之,柳蔚开棺验尸,解开了一个秘密。让还沉浸在丧子之痛的侯府,得到了一丝希望。

侯府众人对柳蔚的态度,可谓一百八十度转变。柳小黎也被侯府的人塞了一大包的零食在怀里。

林大人、游大人、谭大人三位也沾了光,被侯府留下来吃晚饭。

越国侯府,上桥院内。严裴歪在软榻上,瞧着那窗外枝头的雀儿,有些发怔。

小厮然子端上清茶,禀报:"二公子,前头已经消停了。听说,小公子墓中的尸骨是个女孩,并非小公子本人。"

严裴没甚表情地端着那杯茶,浅浅饮了一口:"知道了。"

然子见状,有些揪心:"二公子,不然咱们也去前面走一趟?您常年在院内,眼下府中大喜,是不是也该……"

"是大喜吗?"清浅的男音带着一丝喑哑。严裴睫毛轻颤,瞧着那枝头的雀鸟飞走了,眼中掠过一丝失望,才说,"小弟尚未寻回,生死未卜,何喜?"

然子心想,话也不是这么说,至少还有可能活着回来,总比真死了强。

但然子不敢说,闭了嘴,乖觉地站在旁边,不敢再劝。

他家公子就是这样,无喜无悲,仿佛天下出了什么事,都与己无关,永远这样一副不理世情的模样。

然子有时都会想,公子到底是想小公子回来,还是不想?

毕竟,自小公子出世后,这几年夫人侯爷是再未踏入过上桥院了。

正在此时,外头院子突然飞来一只通体漆黑的乌星。

然子顿时瞪大眼睛,赶紧提着袍子往外走。

"等等。"严裴自知然子要去做什么,轻声道,"别伤了它。"

小然子皱眉:"公子,这可是乌星,灾鸟。素来只会周旋于墓地坟头之处,极为不祥!"

"那它倒是来对了。"严裴低笑一声,略显苍白的脸上一丝嘲讽,"我这身子,不就是半只脚踏进坟堆了?"

"公子……"然子一阵心痛。

这时,一阵轻快的男音传了过来:"小然子方才想说什么?告诉你家那个病秧子公子也无妨。"

然子转头,便看到一位斯文翩翩、温润如玉的年轻公子,正一晃一晃地走进来。

然子面上一喜,唤道:"宇文公子,您来了。"

宇文尧看向那歪在软榻上,一动不动的素白身影,垂了垂眸,对然子挥挥手。

然子机灵地退下,离开前,还阖上房门。

宇文尧绕过软榻,走到前面,正对着严裴那张万年不变的冷脸,问道:"不想见我?"

严裴盯着那只乌星,看得入迷。

宇文尧轻笑,从怀中掏出一个袋子,递给严裴道:"朝杨太医买的,贵是贵了点,不过新配方,说不定这次有效。"

严裴看着那素锦的袋子,没有去接,视线又转向窗外。

宇文尧将袋子放到茶几上,道:"喜欢鸟就养一只,要不过两日我带只鹦鹉给你。前个儿在小磁街看到一只,还会唱曲儿。"

"不用。"严裴却道,"养的没意思。"

"喜欢野的?"

宇文尧看向窗外,瞧着那乌星站立笔直,昂首挺胸,看着倒是有些英武,便道:"说起来,我还真见过有人养乌星的。这年头,真是什么人都有。"

严裴总算看向他:"乌星也能养?"

"谁知道,那人反正就养了,还取了名字,叫什么来着,哦,珍珠……"

宇文尧话音一落,原本在窗外枝头的黑鸟小脑袋一转,接着扑着翅膀,倏地笔直飞下,落在了窗台前。两只漆黑的眼珠子望着屋内两人,歪了歪脑袋。

"咦?"宇文尧眼前一亮,又唤了声,"珍珠?"

"桀。"珍珠仰着脖子叫了一声,叫完看着两人,再次歪歪头。

"原来是你?我说这京都城内哪来的灾鸟!"宇文尧说着,顺手拿了旁边盘子里一粒瓜子,丢了过去。

瓜子在即将砸中珍珠时,被它躲开。可大概以为有人伤害它,珍珠翅膀一下扇了起来,桀桀地一边叫着,一边飞了起来,翻过院墙,消失不见。

宇文尧抱怨:"傻兮兮的小畜生,给它瓜子吃,还不识好歹。"

严裴清淡地转开眸,道:"乌星吃肉。"

宇文尧:"……"

尴尬了会儿,宇文尧抬眸,便看到那傻鸟站在一个豆丁那么大的小孩肩上,颐指气使地"桀桀"叫着。

宇文尧瞧着这小孩，认了出来。

几日前，艺雅阁之事，他可不只对乌星鸟儿记忆犹新。

柳小黎摸着珍珠的脑袋，安抚问道："就是这人欺负你吗？你说他用东西砸你？"

"桀！"珍珠大叫。

柳小黎点点头："我知道了，你别怕。我给你报仇！"

小黎说着，看向面前的宇文尧："我的鸟儿说，你欺负他了！我怕冤枉了你，我就问你，是你欺负了它不？"

小孩个头不大，语气不轻，说起话来，满脸严肃，竟还有些人小鬼大的味道。

宇文尧心说，邪了门了，这鸟儿告诉他的？

"你……"柳小黎突然张口，不再理欺负了珍珠的人，不自禁地朝榻上男子走去。

严裴打量着这小家伙。

柳小黎沉默一下，突然说道："你快死了。"

严裴愣了片刻，回过神来点头："嗯，快死了。"

宇文尧皱眉，想说什么，但到底没开口。最后唯有看向柳小黎："你爹没教你，面对生人，莫要出言不逊？"

"啊？"柳小黎张张嘴。显然"出言不逊"这个成语太复杂了，他还没有学过。

小黎抓抓头，有些茫然地说："他本来就要死了。眉心中红，耳垂见紫，脖颈红筋几乎蔓延过颚，这是苦髓之毒。我在我爹的日录里见过。而且看他的样子，中毒必定超过十年之久，若是再不医治，必死无疑。"

宇文尧怔了许久，回头看向严裴。严裴也有些愣，那常年冰冷的脸上，第一次出现表情。

柳小黎说完，看了看外面的时辰，顿时跳起来："呀，要开宴了！"

柳小黎正要离开，可跑了没两步，就感觉后颈被拉住。他转头一看，便对上一双黑眸。

"你说他是中毒了？苦髓之毒，那是什么？"宇文尧问。

柳小黎条件反射地说："苦髓之毒就是苦髓之毒啊。"

宇文尧皱眉："说清楚！"

柳小黎不喜欢这人，更不喜欢他现在的语气。鼓了鼓嘴，身子一个灵敏躲避，逃脱钳制，窜到几步开外。再回头，对着这个讨厌的人吐了吐舌头，随即转身就跑。

宇文尧想去追，严裴叫住："算了。"

宇文尧沉眸："苦髓之毒？不是胎里带来的病症？为何扯上了毒？"

"一个孩子，说得不见得准。"

"不，这个孩子分明是知道什么。"宇文尧说着，不顾严裴的制止，追了出去。

严裴叹了口气，远远地见着宇文尧身形消失，却突然感觉身子一阵痛。他脸色一白，往榻上倒下去。

倒下后，他冒着冷汗的手指，紧紧抓着自己的衣服袖子，紧接着强迫自己承受着体内接踵而来的剧痛。

十八年来，日日如此。别家孩子出生，十月能走，一岁能言。言的第一句，不是爹，就是娘。他呢，九月能言，言的第一个字，是"疼"。

全身骨骼发烫，手脚麻痹无知，脑袋尖刺轰隆，一开始两三日发一次病，后来每日发作，到如今极力控制，也要发作七八回。

这病，快要了他的命。

"发病了？"耳边，细弱的声音传来。

是然子回来了？

严裴撑着眼皮，抬眸却对上孩童脸庞。

柳小黎看着这饱受痛苦摧残的人，又转向身边的珍珠，道："那坏人在外面找我们，我们不能回前厅。爹知道我闹事了，肯定要打我屁股，我们晚点再回去。"

"桀。"珍珠轻叫一声，好像说，"也会打我的，就晚点回去吧。"

柳小黎点点头，又指着榻上男子："他发病了，你说我救不救他？他是跟那个坏人一伙的，我不想救他。但见死不救，非行医之道，而且他看起来很痛苦。苦髓之毒，摧骨断神，宛若每根骨头被重锤敲击。每根骨头啊，人身上可有两百零六块骨头。他这疼完，得多难受。"

"桀。"珍珠蹭了蹭小黎的耳朵。

柳小黎叹了口气："我就是心太软了。"

说着，小黎从万能背包里掏出几个小瓶子，找了找，找到其中一个，从里头抖出一颗红色药丸。小短手捏着，塞进榻上男子的嘴里。

那药丸入口即化，不需吞咽。

看着男子用下药后，脸色慢慢缓和，小黎将瓶子放回去，搬了个凳子坐到软榻前面。

严裴大脑已经有些混乱了。长久的疼痛，令其四肢僵硬，动弹不得。

时间一点一滴过去，等到严裴彻底缓过来，一睁开眼便对上一张稚嫩可爱的小脸。

"你醒了？"柳小黎看着男子还有些迷茫的眼睛，伸手摸了摸他的头，又掰他的眼皮看了看，点头，"过去了，你现在不痛了吧？"

严裴没说话。

"还痛吗？"柳小黎抓抓头，觉得有些不合理，"我给你吃的是红血丸，虽然无法治好你的苦髓之毒，但也是止痛良药，上次三婶生孩子难产，就是吃了这个才顺利诞下六郎的。"

自顾自地咕哝着，柳小黎又摸出自己的药瓶，抖出一颗闻了闻，确定药没坏，药效也没过,看向严裴:"真的还痛吗?"

"不,不痛。"找回音调的严裴,声音还是那般清冷,却带着几丝沉重的喑哑。

柳小黎松了口气,又看到旁边茶几上有个小药锦袋,顺手抓过来:"这是你平日吃的药?方才我没看见。"

说着,将袋子打开。

小黎闻了闻:"人参、鹿茸、沉香、石膏、银花、枣仁……这都是补气血的,却止不了半点痛。况且你这身子,吃这些也没用。苦髓之毒痛的又不是内脏,是骨头。拿这些能顶什么用?"

严裴调整了一下声音,问:"你不是走了?"

"你的朋友在外面找我,我进来躲躲。"柳小黎说着,又跳起来道,"我方才救了你一次,你不能出卖我。那红血丸可不是我做的,是我爹做的。药效十足,外面卖,少说也要两百两一颗。"

严裴常年冰封的脸上,没有表情,只是认真问:"苦髓之毒,是什么?"

他其实,还是想知道。

柳小黎只回忆着说:"苦髓之毒,又名'不得症'。中此毒者,什么都不得,不得喜,不得悲,不得热,不得冷,不得急,不得累,不得行鱼水之欢。一旦犯了其中一项,通体骨髓剧痛,不是痛内腹,也不是痛肉皮,就是痛骨头。两百零六根骨头,根根剧痛,蔓延全身,无一处幸免。我爹说,要不是少爷命,还真不敢中这种毒,中不起。"

严裴越听越沉重,半晌,苦笑一声:"是啊,中不起……"

柳小黎问:"你是少爷吗?"

严裴难得有问必答:"算是。"

"那你为什么不治?"柳小黎不懂。

"治?"严裴像是回忆到什么,眼中冷意越发深邃,"治了十五年,至今未解。"

"啊?"柳小黎很惊讶,"治了十五年?这么久?你上当了,你肯定被骗了!我爹说,江湖上有些郎中,毫无医德。他们将那种明明可以很快治好的病,用足了贵价药,拖延时间,却就是不给治好,就是为了坑钱。你要换个大夫。"

严裴道:"换了十几个,是真的治不好。"

"谁说的?"柳小黎睁大眼睛,"苦髓之毒虽然是毒中比较偏门的,但应该是可以治的。就算不能治,也总有缓解疼痛之法。我回去问问我爹,我爹肯定知道。"

柳小黎看他满脸死气,又从背包里,拿出红血丸的瓶子,递给他:"里面还有三颗,你拿着。若是痛到极致,服下一颗,可缓疼痛。"

严裴盯着那个瓶子,有些心动。

不为活,只为能少痛点。

"我给你银子。"严裴说着,要起身,去拿金银匣子。

柳小黎按住他："算了，几百两银子，我也不贪。若是想靠医药赚钱，我爹早便富可敌国了。我们的药素来不卖，只给该用的人，在该用的时候用。"

娘亲常说，"济世为怀"，不该只是一个词。给断绝生机之人治病，那是积德；给腰缠万贯，为富不仁之人治病，那才该狮子大开口。

严裴盯着眼前小孩，目不转睛："替我多谢令尊。"

柳小黎摆摆手："我回去与爹说，查到了苦髓之毒的解法，会再来找你。你的院子我记得路，珍珠也记得。"

小黎说着，摸了摸珍珠的脑袋。

珍珠"桀"了一声，像是在说"要吃饭了"。

柳小黎立刻跳起来："你不说我差点忘了！我们该回去了！"眨眼间，那一人一鸟已经消失不见。

严裴看着手中的瓷瓶，瞧着瓶身上那梅花纹，手指慢慢摩挲。

又过了一会儿，宇文尧无功而返地回来。

一进屋子，就道："那小子跑得太快，没追到。不过我知晓他是谁，也知晓到哪里能找他。只是要去三王府，得想想法子，我与那无情的容都尉，可一贯没什么交道。"

"那孩子是三王府之人？"严裴握着手中小瓶，抬眸问。

"嗯，不过……"宇文尧又叹了口气，"前日跟你说的那事，你可记得？"

前日？

严裴想了起来，难得说了一长段话："你是说，你在街上遇到个医学颇有门道的公子，又在月海郡主面前救那公子一命。但你想看好戏，就带着他去艺雅阁，又偷偷传话给月海郡主，然后看了一场白戏的事？"

"咳，那场戏真的挺有意思！你是没看到，比戏班子那些陈腔滥调可有趣多了……"

严裴看着他，不说话。

宇文尧到底心虚了："我也没想到，他竟是个可用之人。不过他应当不知道是我出卖了他。我去会他一会，让他来给你诊毒。"

严裴本就对解不解毒不抱希望。但他觉得，若是放任宇文尧出去乱来，只怕对方不只不会给他解毒，还会再寻机会他下几味，便道："算了。"

柳小黎出去时，宴席已经过半，磨磨蹭蹭一进去，便引起众人注意。

"舍得回来了？"柳蔚不轻不重地说了一句。

小黎可怜巴巴地埋着脑袋，嘟哝着唤了声："爹。"

柳蔚没说话，容棱却是对小黎招手。

小家伙小心翼翼地钻到容叔叔怀里，又探着脑袋，偷偷瞧了眼娘亲。

容棱将小黎抱到怀里，下人立刻送来个干净碗。他就让小黎坐在他的膝盖上吃。

桌上的其他人彼此对视，最后还是林大人笑了一下，说道："都尉大人待小公子是真好。"

看看，都不怕避嫌！大庭广众喊爹喊得这么干脆！

容棱并未作解释，只是给小黎夹菜。小家伙刚才玩了一通，早就饿了，这会儿自然吃得麻利。

回三王府的路上，大马车里，柳小黎看着娘亲在浅眠，便窜到娘亲身边，捏捏娘亲的衣袖。

"嗯？"柳蔚眼睛没睁，淡淡地问。

"爹，你还记得，苦髓之毒吗？"

柳蔚睁开眼睛，看着近在咫尺的儿子："好好的，怎么说起这个。"

"爹，苦髓之毒，可以治吗？"

柳蔚坐起来一点，才道："看深不深，太深了不好治，浅的容易。"

"也就是，可以治喽？"

"你到底想说什么？"

柳小黎这才小心翼翼地把今日膳前的那段事说了！

柳蔚听完，彻底坐了起来："你把红血丸，全送人了？"

"爹，这个不是重点。重点是，如果可以治，那位公子就有救了。"柳小黎义正词严。

"我有没有跟你说过，我们的东西，不能乱给人。你说送就送，你是我儿子，还是善堂老板家的儿子？"

柳小黎鼓着嘴："可是他很难受！"

"他难受关你什么事，这么多良心，你不撑？"

"我不喜欢你！"

柳小黎撇着嘴，生气了，说完，撩开帘子，往外爬。

容棱骑在马上，侧头，就看到柳小黎竟然在行驶的马车上往外爬。他怕小黎摔倒，便忙叫车夫停车，自己也下了马，伸手将小黎抱出来。

"怎么了？"

柳小黎将脸埋在容棱的怀里，鼻尖红红的，眼眶包着泪珠子："我不喜欢我爹……"

容棱将小黎抱好，撩开车帘，便看到里头柳蔚有些愣神地坐在那里。

抱着小黎上了马车，容棱吩咐，继续前行。

柳蔚歪靠着车壁，不置一词。

"你骂他了？"容棱问道。

柳蔚面色一冷："年纪不大，还学会使性子了？爹还不能说你两句了？将咱们的东西随便给人，我连问一声都不行是不是？你是我儿子，还是我是你儿子？"

这话说得过了，容棱按住柳蔚的手："冷静。"

容棱安慰地对柳蔚拍了拍，柳蔚好歹顺了点气，说："我也没说不能给，但你连对方是谁都不知道，也不怕别人把你给卖了？"

"你说的救死扶伤，乃是为医之道！"小家伙扭过头，狠狠地说了一句，又把头埋缩回去。

柳蔚一噎。

孩子还小，她能教小黎的东西还只是一些纯粹正能量的为人之道。却还无法教会小黎识人辨人，尤其是陌生人。

几颗药丸没什么，重要的是，这小子这么不明不白地给一个陌生人，就不怕对方有什么企图？

柳蔚也不辩解了，掀开帘子，对车夫道："停车。"

车夫将车停下。

容棱拉住她的手腕："你要去哪儿？"

"随便走走，你带他先回去，给他点吃的他就不哭了。"话落，柳蔚已经跳下车。

容棱凌空挥了挥手，立刻有暗卫得令，悄悄跟在柳蔚身后。

车厢里，见娘亲走了，柳小黎又有些慌："容叔叔，我爹是不是不要我了？"

"怎么会。"容棱拍着小黎的背，为小黎顺气，"你爹只是第一次做爹，不会教孩子。你多体谅。"

柳小黎沉默下来，过了一会儿，才说："我说我不喜欢我爹，是骗人的。我很喜欢我爹。"

"她知道。"

"万一不知道呢？"小黎很着急，"她万一真以为我不喜欢她了怎么办？"

"不会。"容棱转移话题，"你喜欢你爹，也喜欢我吗？"

小家伙想了想，点点头："我喜欢你。"

容棱又问："喜欢一直跟我一起吗？"

"嗯。"小家伙再次点头。

容棱突然有点私心，故意问道："可是跟我在一起，就不能跟娘亲在一起，你也愿意？"

"我娘亲？"柳小黎眨眨水雾的眼睛，脱口而出，"我爹就是我……"

说到一半，小黎又急忙止住，捂住自己的嘴。

容棱拉下小黎的手，道："你爹就是你娘亲，对吗？"

"不是不是，我爹是男的。我今年四岁，我是乾凌二十九年生的，我爹不是我娘亲……"

小黎乱七八糟地背了一堆，却越说越乱。

"小黎，你想光明正大地叫她娘亲吗？"

柳小黎愣了一下，悄悄抬起头，却没表态。
"以后有机会的。"
"以后？"

第六章 重回柳府

　　柳蔚下了马车，没回三王府，也没去衙门。她在街上随意逛了两圈，却感觉到身后有人跟随。

　　沉了沉眸，柳蔚走进一个小巷，躲在一边。

　　果然下一瞬，一阵急促的脚步声尾随而来。

　　柳蔚缓慢地走出去。直通的巷子里，一位梳着花苞头的小丫鬟，看到柳蔚突然出现，惊愕住了。

　　"你是谁？"柳蔚慢慢朝小丫鬟走去。

　　小丫鬟紧张地站在原地，表情很是僵硬："我……我是……"

　　"是谁？"

　　"我是相府婢女。我，我叫阅儿……"

　　柳蔚回忆一下，才辨认出，这是相府柳丰失踪那晚，被当做凶手同党抓起来的其中一个府内丫鬟。

　　"你跟踪我作甚？"

　　"不是不是。"阅儿忙说，"奴婢怎敢跟踪公子，只是……只是方才在街上偶遇，有一事，想求问公子，才，才……"

　　"问我？你有何事要问我？"

　　"是……是……"阅儿鼓起勇气，闭着眼睛，脱口而出，"是关于相府大小姐的！公子，公子您与我们大小姐长得实在相似！奴婢，奴婢想问问您，您是不是姓纪的？"

"姓纪？"

阅儿脑袋埋得很低："公子恕罪，其实奴婢半个月之前在一品楼，便见过公子。当时惊觉公子与我家小姐如此相似，还曾……还曾有过不当的揣测。只是未免太过惊世骇俗，没敢深思。后奴婢一直挂念此事，便偷偷向府中老妈妈打听。打听到，大小姐生母姓纪。便想，公子是不是纪家哪位少爷？若是的话，奴婢有话要说，若不是，奴婢……"

柳蔚沉默一下，道："若我说是，你要与我说什么？"

"公子真的姓纪？"阅儿惊喜地抬起头。

对上柳蔚清冷的表情，又忙垂下来，谨慎道："若公子当真是表家少爷，奴婢便想告诉公子，我们家大小姐五年前逃婚失踪了。大小姐身子娇贵，常年养在深闺，不识外边凶险。这一走，便再无踪迹。公子若能想办法将大小姐找到，千万要救救大小姐！相府是不能再回了。但好歹大小姐还有家人可依托，总好过，颠沛流离生死未卜的好。"

柳蔚表情复杂，显然没想到，这个小丫鬟竟会说这个。

柳蔚道："我是姓纪不错，若有朝一日能找到这位表姐或表妹，我自会好好照料。"

阅儿感激得几乎流泪："多谢公子，多谢公子！"

回到三王府，见到容棱，柳蔚就道："我有话跟你说。"

容棱蹙眉："你说。"

"纪家，替我查一下纪家。我要去查肯定很麻烦，所以我只能求你，你帮帮我。"

柳蔚的语气太凝重，容棱不得不放在心上，点头道："好。"

柳蔚却愣了一下，本以为他会追问，犹疑着还是自己说："我娘姓纪，名夏秋，我想找到她的家人。"

柳蔚的坦白并没让容棱的表情有什么变化，容棱点头："尽快给你消息。"

柳蔚忍不住感激。

等容棱离开后，柳蔚回到房间。看到自己儿子已经倒在床上，手里捏着一把木剑，睡了过去。

惜香明香在旁边守着小黎。看柳蔚进来，两个丫鬟起身。

柳蔚挥挥手，让两个丫鬟出去，这才坐到床边伸手摸了摸儿子的头发。

柳小黎本来就没怎么睡着，娘亲一碰，他就醒了。他睁开水汪汪的眼睛，眼里泛着雾气。

柳蔚刮了刮他的鼻子，道："苦髓之毒不好治，不过既然是你的朋友，爹会试试。但最近没空，你自己做些红血丸，给那人先用着。"

柳小黎立刻从床上坐起来，小身子钻进娘亲怀里。

· 125 ·

第二天，用早膳的时候，容棱是跑到西陇苑蹭饭的。管家明叔递过来几张帖子，都是私下邀请容棱与柳蔚去府中做客。

一般能私下往三王府里递帖子的，官职都不低于二品。

容棱看了一眼，自顾自地给柳小黎搅拌蛋羹。

柳小黎围着小兜兜吃饭，拿着小勺子，吃了一口蛋羹。慢吞吞地，大概不是很饿。

等到早膳吃完，容棱才拿着几张帖子翻开看。看了一会儿，他抽出其中一张，递给柳蔚："今天去此处。"

柳蔚瞟了一眼，"张府，骠骑将军。"

柳蔚问："你的熟人？"

"我师兄。"

师兄？容棱还有师门？

柳蔚倒是没想到，问："他家也是把尸骨葬在自家的墓地里？"

"是。"

柳蔚道："再选一家能随时开棺的。上午一家，下午一家，抓紧时间。"

最后容棱定了两家，上午是骠骑将军张家，下午是秦国公林家。

柳小黎今天被留在府里。柳蔚说回来之前，做不好五颗八成药效以上的红血丸，晚上不准他吃晚饭。

柳小黎难得没有抱怨，很坚毅地答应。大概他也觉得，答应给人家治苦髓之毒的是他，这就是他的责任了。他很决然地担负起了这个责任。

柳蔚到这会儿却是对那患毒之人有些好感了，毕竟也算是帮她激发了这臭小子的干劲。

其实那中毒之人是谁，柳蔚也七七八八猜得到。

越国侯府有个病入膏肓的公子，这几乎是街知巷闻的事。而便是在曲江府，柳蔚也听付子辰提过。

付子辰提起，显然是想让她有机会能去京都帮忙看一看越国侯家的公子。

但柳蔚对京都敬而远之，一辈子都不打算来，自然没放在心上。不过现在阴差阳错，她来了京城，小黎也遇到了这位严家公子。

说来还是缘分。

昨日当得知柳小黎将红血丸随便给别人的时候，柳蔚很是生气。并且在猜到百分之八十是给了越国侯的公子后，更是担心。

不为其他，只因她的药方独特。

那侯府公子身边肯定有大夫，柳小黎一个陌生人给的药丸，对方必然会找人进行一番查验。

一旦查验完被对方质疑，借此大做文章，给她安个向侯府公子投毒的罪名，这对于柳蔚来说又是一个大麻烦。

　　昨天是急了一下，说话也欠考虑，还伤了儿子的心。

　　今天回过神来，柳蔚觉得对方哪怕真的找人查验了，也未必就会造成麻烦。只要红血丸吃了有效果，一切难题都能迎刃而解。

　　而且越国侯府还有求于她，况且她现在挂名还是挂在三王府。

　　要想动她，首先要过容棱那一关。

　　这么一想，柳蔚突然觉得容棱又多了一个优点，能供她傍身。因此一整天，她都对容棱和颜悦色的。

　　容棱也看出柳蔚对自己的态度好了不少，甚至偶尔还会故意对他笑笑。

　　容棱觉得，柳蔚连出卖色相这种事情此刻都对他做了，看来纪家的消息她确实很着急。

　　柳蔚今日查了两家，与设想一样。张家那具孩童尸体，柳蔚能确定不是张府少爷，因为那具尸体的骨头有点问题。专业的人，仔细看便看得出，那孩童手上先天有疾，小手指的骨头，是歪的，张府二少爷没这毛病。

　　秦国公这家，柳蔚就不确定了。

　　一来是没亲眼见过秦国公的少爷，二来尸骨显示这具体格也好，身体特征也好，都没什么是对不上的。

　　不似别家孩童尸骨能看出问题，只需要询问家人便可确认。

　　柳蔚不敢托大，老实说了。

　　秦国与秦国公夫人忍不住一直掉泪。

　　最后柳蔚把两具尸骨带回衙门，和昨日越国侯公子尸骨，一起进行骨检。

　　这一番调查，还真让柳蔚查出些东西。

　　南北地质不同，养出的人，体格多数也稍有不同。

　　在青云国，南方人身体偏矮小，北方偏高大。虽然这几个孩子年纪都小，骨头也没长全，但是两相对比，再加上柳蔚亲自登门，又问了三家人一些问题，最后有了猜测。

　　柳蔚也检查了他们的身体，发现秦国公与夫人、世子与世子夫人，也就是孙少爷的爷爷奶奶、爹爹娘亲，都是高大的骨骼。

　　这样推算，孩子的骨骼就算再小，也有遗传基因摆着。

　　柳蔚晚上回到西陇苑，柳小黎已经睡了。桌上摆着五颗成药，确定了一下药效，她去隔壁房间看了看儿子。

　　回来时，容棱坐在她房里。

　　柳蔚走过去，没有惊讶，只是坐到他对面，问："今晚就说？"

　　"嗯。"容棱倒了一杯茶，又给柳蔚倒了一杯。

　　柳蔚拿出笔墨纸砚，摊开一张宣纸："首先，三具尸体初步推测来自南方；其次，尸体多多少少，不是有过虐打，就是有过残疾。近几年来，南方哪里出过灾祸？"

容棱思考一下，道："召州常年战祸，重州大旱三年，辽州三年前海震，丰州去年有大涝。"

柳蔚倒是没惊讶容棱竟然记得这么清楚，只是沉默一下说："丰州不是，召州、重州、辽州有可能。"

"说来听听。"

柳蔚道："在民间，找这么多幼儿冒充京都贵眷的孩子，很容易。但是那凶手找的却都是身体有残疾的，更有从小经受虐打的。这种孩子，一个两个还好说，但要多了，肯定不好找。所以最好的方法，就是找那些闹饥荒的地方，去买人家不要的孩子。而一般卖孩子的，肯定要不卖家里有残疾的，要不卖女儿，要不卖家里不喜欢的。这就跟尸骨上的毛病对上了，所以这些孩子出自召州、重州、辽州三个地方的可能性也就最大。"

"丰州去年大涝，你觉得不符？"

"对，去年大涝，要卖也是灾祸之后。秦国公家的孙少爷，入土都两年了，时间对不上。"

柳蔚喝了口茶，又说："其实这个案子最大的问题，还是动机。孩子带走了，不是绑架，没有意图，还回来的是尸体却不是本人尸体。凶手行踪诡谲，蛛丝马迹都指向南方，却千里迢迢跑到北方来作案，总是觉得不太符合逻辑。倒是有点像，故意寻仇。"

容棱显然也看出这点："这方面排查过，锁定了几个目标，却都不是。"

柳蔚吐了口气："其实我有个大胆的想法。"

容棱看着她。

柳蔚摇头："只是猜猜，我也没有根据。"

"说吧。"

柳蔚这才说："破案要大胆假设，小心求证。我现在的想法就有点大胆，我还是坚持'寻仇'一说。但是幕后凶手还回来的尸体，说是尸体，却是经过加工易容的，并非本人。这倒像是要故意麻痹什么人的眼睛。"

"就像我刚才说的，那些孩子都是被人倒卖的穷苦孩子，而非良家子弟，还有……"

柳蔚说到这里，便见容棱静静地盯着她，眸子很深。

"怎么了？"柳蔚问。

"太大胆了。"容棱说道。

柳蔚叹了口气："先静观其变。尸骨的事在京都已经宣扬开了，那凶手必然也知道把戏被人识穿。如果幕后还有人，那人也该知道了。接下来，等。"

这个"等"的意思，两人都明白。

便是等着凶手接下来的动作。

第二天，柳蔚就感觉身边保护她的人，多了几倍。她知道是容棱安排的，也知道容棱在想什么。

容棱是怕那凶手狗急跳墙，对她下手。

只是安排这么多人，凶手想动手也找不到机会，岂不是将凶手拒之门外？

柳小黎同样在府内自己制丹药，柳蔚也是上午下午各去一家看尸。

今日尸体破绽更多，但是实质的东西却依然没有。

接下来六七天，等柳蔚将所有尸体，在衙门一一检验过后，总算找到了一个新的突破点。

"侏儒症？"

"对。"

昏暗的衙门内堂，柳蔚指着那具经过药水泡制已经开始变红的尸体，说道："侏儒症，又称矮小症。这种病症的人，天生孩童身体，无论是否成年，骨骼到了一定时期都不会增长。也就是十五六岁的人，长得像三四岁的孩子一般高。"

站在容棱身侧的齐副将惊讶道："世上还有这种病症？"

"不多。"柳蔚说，"这具骨头，看实际年龄至少有十岁了。但因为患了侏儒症，只有三岁孩子高大，因此被用来凑数。"

容棱对齐副将道："派人去召州、重州、辽州三地，巡查所有见过侏儒症的人。"

"都尉，会不会太过大海捞针了？这么找，要找到……"

"靠海的地方。"柳蔚打断齐副将，突然说，"按靠海的村子找。这具尸体有风湿，这么小的年纪就有风湿，只会是生长在离海近的地方。去渔水村落找，辽州三年前不是海震？"

"受灾的几处地方，挨着找。但凡有人见过听过侏儒症的，都仔细打听。问问他们，认不认识一个侏儒男孩，脸盘子较宽，额头高，后背有点驼。找到这孩子的父母，或是其他亲友，问清楚孩子是卖给了谁。如果是不认识的人，就把画像画出来。实在不行，将人带回京都，我亲自问！"

齐副将这次不说话了，张着嘴，愣了半晌，才看向自家都尉大人。

容棱对齐副将挥手："按先生说的做。"

齐副将应声，便先行离开。

等到齐副将走了，内堂里只剩两人。

柳蔚专心鼓捣着尸骨，容棱在后突然道一句："若真是辽州，此事，只怕不好善了。"

柳蔚看容棱一眼："都闹腾了三年了，你以为能够善了？"

"不止。"

柳蔚不解："什么意思？"

容棱看着柳蔚："辽州，是权王的封地。"

权王？

柳蔚思索一下，觉得这称号有点耳熟。仔细一想，才想起来，倏地瞪大眼睛："你十五皇叔？"

当今皇上大位来得不太光明。

当年太子离奇死于强盗之手，作为四皇子的乾凌帝，驱逐了二皇子容后，登基为皇。

随后二皇子病逝。可那位二皇子，当年却还有一个兄弟，便是权王容煌。

皇上并未赶尽杀绝，而是把容煌与容煌的母妃送到边海之地的辽州，算是对容煌格外开恩。如果这件混乱了京都整整三年的幼儿失踪案，真的与辽州的权王有关，那事情就好玩了。

可别忘了，这里面，皇上的十六王爷也丢了，还有那么多朝中大员的亲子女。

若是这些人，都被捏在权王手里……

柳蔚想着，突然要回三王府。

三王府里，柳蔚回到房中，翻找一番，找出一本《怪至论》。

从临安府的变异小虫开始，柳蔚便开始看关于南疆蛊虫的书。但南疆一派素来过于神秘，她哪怕想查，资料也始终有限。

而这唯一一本记载蛊虫一术多些的《怪至论》，更被她直接当做了床头书，每晚都要看一下。

今日她要找这本书，却是因为另一个原因。

柳蔚指着其中一行字，给容棱："虫蛊之门源于深海。早年有喻，孤岛之外，世外桃源，蛊女情深，灵归一魂……"

容棱看着，眉头紧蹙。

"这个地方是讲情蛊的，说南疆蛊女，痴情不渝，擅用情蛊捆住郎心。但是你看前面一句，虫蛊之门，源于深海。"

"你是说……"容棱看着柳蔚。

柳蔚道："孤岛之外，世外桃源。若巫蛊一族是在岛上，辽州又地靠海。你说，有没有可能，权王在辽州结识了巫蛊一族？"

这种山野怪论，当不得真。但如今所有疑点都指向辽州，看来，也并非意外。

柳蔚看容棱不说话，便拿不准他的意思，只说："至少现在有了可怀疑的对象。按照这个方向查，总有苗头。"

容棱"嗯"了一声，又抬眸，看着她，说："此事，不得泄露。"

"我明白。"

这种攀扯了大位的阴谋诡计，柳蔚一个小小八品仵作，知道了并没好处。乱说更是害人害己。

晚饭时，柳小黎几下就吃完了，拉着娘亲袖子，要娘亲看他今天的成果。

随着红血丸的制作慢慢上手，小黎每天便会抽出一些时间来做其他的药丸。比如现在柳蔚手上的这颗。

捏着这颗褐色的药丸，柳蔚闻了闻，半天没说话。

小黎安静地等着，等到过了好一会儿，娘亲竟然还是没反应，小黎才推了推："爹？"

柳蔚这才回神，将药丸还给儿子。

柳小黎拿着药丸，有些发愣，问道："爹，那到底是成，还是不成？"

"可以。"

"成了？"柳小黎眼睛瞪得大大的！

柳蔚摇头："药方没错，但是炼毁了。"

柳小黎顿时失落，小肩膀垮了下来。

柳蔚沉默一下，突然说道："用简易的工具炼丹，对你来说还是太难了。让人打个新鼎吧。"

柳小黎看着娘亲："爹你不是说我们很快就要走？买了鼎，不能带走吗？"

柳蔚回忆一下，自己的确说过这话！

但这会儿改口了："之前觉得需求量也没那么大，平时随便做做就够用了。但现在你要救你那位朋友，红血丸至少要管够。买个新鼎也方便。"

柳小黎点点头："哦，那明天一起去买！"

"我没空。"柳蔚说完，又摸摸小黎的脑袋，说，"你去找容叔叔，让他陪你去买。"

"啊？"柳小黎抓抓头，"可是容叔叔也很忙。"

"你提要求，你容叔叔肯定答应。"柳蔚说着，索性把小黎抱到怀里，问道，"你知道要买什么样的吗？"

柳小黎眨眨眼："和我们曲江府的那种一样的吗？"

"买不到一样的。"柳蔚说道，"曲江府那个是我看着人打的，别人做不出一样的。"

"那怎么办？"小家伙很着急。

"你找容叔叔，让你容叔叔来叫我，我们三个一起去。"柳蔚说。

小黎彻底糊涂了："啊，爹你不是没空才让我找容叔叔的吗？怎么又要来找你？"

柳蔚一巴掌拍在儿子脑袋上："让你去你就去！问这么多干什么，知道怎么说吗？"

柳小黎捂着被打的脑袋，浑浑噩噩的，想了很久。最后鼓着嘴，摇摇头，娘亲说的太复杂了，没办法理解。

柳蔚正打算再说一遍，突然听到门外响起明香的声音："爷，您来了，要传膳吗？"

柳蔚赶紧捏住儿子小脸："一会儿我给你使眼色，你按刚才的说，机灵点儿！"

柳小黎很困惑，也很紧张。最后还是被赶鸭子上架地点点头，一张小脸却愁成一团。

容棱进来时，柳蔚便带着小黎出了外厅。

柳蔚捏了捏儿子的小手。柳小黎收到暗示，脱开娘亲的手，走到容棱身边，抱住容棱的一条腿。

容棱自然地将小黎抱起，搂在怀里，对柳蔚道："相府出事了。"

柳蔚愣了一下，这会儿明香已经端了茶进来。

柳蔚问容棱："你吃了吗？"

容棱摇头。

柳蔚道："边吃边说。"

没一会儿，明香惜香将饭菜端上来。

柳小黎还赖在容棱怀里，脑子里一团糨糊地在理头绪。过了好一会儿，小黎才抓着容叔叔的衣服带子，按照心里的草稿，说道："容叔叔，我想买个小鼎炼丹。"

小黎说完，小心翼翼地看了娘亲一眼。

确定娘亲没有奇怪的眼神，觉得自己说对了，才又看向容棱。

容棱捏着筷子，低头看小黎一眼，揉揉小黎的头："你是该买个正常的小鼎。"

"那我们一起去买吧。"小黎脱口而出，"你，我，还有爹。"

柳蔚眼神一抬，瞪向儿子。

白痴儿子，你说得太明显了！

柳小黎注意到娘亲的视线，肩膀缩了一下，不明白自己说错了什么，方才不就是说，三个人一起去吗？

容棱看着小黎，又随着小黎的目光看向柳蔚："嗯？"

柳蔚端起茶杯，慢慢舀着盖子，说道："你看我做什么？小黎问的是你。"

小黎现在很紧张，两只小胖手抠抠挖挖地纠在一起，大眼睛垂着，一会儿看看娘亲，一会儿看看容叔叔，小脸都是紧绷的。

容棱摸摸小黎的头，道："想买小鼎，让明叔带你去买。"

柳小黎忙说："不行！要你，我，还有爹，三个人一起。"

小黎说完，感受到娘亲的瞪视越来越重了！

小家伙更迷茫了，小身子直接缩在容棱怀里，抱着容棱的衣服，小脑袋垂得很低。

容棱又看向柳蔚。

柳蔚喝了口茶，对儿子道："说了让明叔带你去，就明叔带你去，不要这么不懂事。"

"我……"柳小黎想说什么,可看着娘亲清冷的目光,又把话咽了回去,最后沉默地点点头,从容棱身上爬下去。

明香惜香看小公子不高兴,两人忙拿着玩具去逗。

等到厅内只剩柳蔚与容棱两人,容棱拿着筷子也没动,只看着柳蔚。

柳蔚冷静地将茶杯放下,说:"吃啊。"

容棱却将筷子搁下,问道:"你想干什么?"

"嗯?"柳蔚非常镇定地迎视容棱,"我怎么了?"

容棱没说话,只好整以暇地看着她。

柳蔚心理素质好,被容棱这么看着,也没露怯,依旧镇定自若。

可容棱突然起身。

柳蔚看容棱一眼,就见他拿着碗筷,移到了她的身边位置突然坐下。

两人靠得近了,柳蔚感觉到他身上的气息,传到了她这边。

柳蔚下意识地想避开点,又觉得动作太大太刻意了,最后只是不满地皱眉:"挨这么近做什么?"

容棱却突然倾身,荷尔蒙爆溢地靠到柳蔚耳边,将呼吸打在她耳垂上,小声说道:"有没有人与你说过,你装蒜的时候,耳根会红。"

柳蔚几乎立刻摸了摸自己耳朵,没摸到耳朵的烫度,却听到容棱低沉的笑声,落在她耳里。

容棱已经退开一些,饭也不吃了,侧首看她,问道:"有何想说的,直接说。利用小黎绕来绕去,平白为难了他。"

柳蔚的确是有些话想跟容棱说,还是关于纪家的,其中也涉及相府。但是想到之前自己不尽不实,容棱大概不太高兴。她就没好意思光明正大地直说,打算让柳小黎在中间磨合一下。

可儿子太笨,一点作用也没有。

原想糊弄过去,可容棱这会儿都摆出长谈的姿态了,柳蔚又懒得矫情。

"关于我的事。"柳蔚开口,眼睛却盯着手里的茶杯,没看容棱,"我觉得你多少也知道了。我只是想问你,能否跳过相府,直接查全青云朝上下,姓纪的人……"

容棱道:"祖籍不知,姓名不知,曾出现的地点不知。全青云朝,户部登记过的有近八亿人。你以为,能简单寻出?便是寻出了,天南地北,要跑遍全青云朝去查,一年两年,只怕也没有成效。"

柳蔚沉默下来。

容棱这才开始用膳。

等到容棱用完膳,柳蔚才说:"若要从相府查,那……"

"你担心什么?"容棱放下碗筷,不解地瞧着她,"你不说的,我莫非逼你?"

柳蔚转首看向他。

容棱道："你不想我知，我知也不知。如此，还不满意？"

柳蔚愣了一下，觉得现在这话再说下去，窗户纸不捅破也捅破了。

"这个先放下。"最后，柳蔚只能道，"你之前说相府出事了，出了何事？"

容棱顺着她转了话题："柳府近日，接连失踪几名下仆。"

柳蔚皱眉："与幼儿案有关？"

"失踪的，都是曾伺候柳丰的。"

柳蔚重视起来："柳府觉得，这些人的莫名失踪，是那凶手所为？"

"不奇怪。"容棱道。

柳蔚手抵住唇瓣，思考着道："如此看来，凶手有可能还在京都。"

"要去看看吗？"容棱问。

柳蔚说："去肯定要去，说不定能从蛛丝马迹中查到更多东西，但就这么去，不太好。"

"嗯？"容棱看着她。

柳蔚突然生起一个大胆的想法，道："凶手现在一定将注意力都集中在相府。我一去，他的目光就会移到我身上。我倒不怕他来找我，我只是怕，我们抓得太快，他还有其他同党。如此，他一旦落网，那些不知身在何处的孩子又该怎么办？"

柳蔚这个担心很合理，容棱也沉默下来。

一个人照顾不了那么多孩子，一定有同党。容棱："你不想抓他，只想救出孩子？"

"抓肯定要抓，但救人比抓人重要。"柳蔚道。

"你想怎么做？"容棱问。

柳蔚其实有个办法，但是……

这个办法，对柳蔚来说，算是一箭双雕，只是中间却有些险阻。

柳蔚没说话，容棱就这么看着她。

"容棱。"柳蔚叫他，"你说过不会逼我，可算话？"

容棱看着柳蔚，这是她第一次在这么心平气和的环境下，叫他名字。

往常，不是容都尉，就是三王爷。

容棱点头："算话。"

柳蔚这才看向容棱，道："我想回相府。"

柳蔚用了"回"这个字。容棱没说话，目光平静，等着柳蔚继续说。

却不想，柳蔚低笑一声，自嘲道："你果然知道了。"

"我不会逼你。"容棱认为知不知道都无所谓。

柳蔚听他没问，的确松了口气，又说："小黎已经露了脸，不能跟我一起回去。只能麻烦你了。"

容棱沉眸:"小黎不会答应。"

"不答应也没办法,我不会去太久。"

容棱不说话了。

柳蔚看向他,突然警告:"别以为我不在了,就打我儿子主意。他永远是我儿子,跟你没关系!"

容棱一笑。

柳蔚又说:"有什么话要带给我,就告诉珍珠。让珍珠传给我。"

"竹筒传书?"容棱问。

柳蔚摇头:"不用,你直接告诉它就行了,它会通知我。"

容棱问道:"珍珠听得懂?"

柳蔚叹了口气:"它比小黎聪明多了。"

容棱又问:"你也听得懂?"

柳蔚瞪他:"我也比小黎聪明多了!"

容棱:"……"

三日后,阅儿坐在相府的小马车上。想到前日晚上,那张不知被谁放在她枕头下的小纸条,忍不住捏了捏手心,有些恍惚。

坐在阅儿旁边的萱儿推了阅儿一下:"阅儿,你发什么呆?"

阅儿这才回神,忙道:"没事,到了吗?"

"没呢,还有一会儿。"

今日是十五,相府老夫人要去观缘寺进香。

此次进香,又算是还愿,因此还带了许多还愿的祭品。阅儿萱儿等,便是需待会儿搬搬抬抬所备来的。

前面还有三辆上好的八宝马车,打头的那辆,是老夫人的。后头那辆,是夫人的。最后,是二小姐的。今日上山,主要便是为了二小姐的亲事还愿。

车队还在缓慢前行,阅儿放下车帘,想起了那纸条上的叮嘱。

"已寻到柳蔚,两日后观缘寺一见。"

这样看来,纸条必定是那位纪公子设法子所放。只是,竟然已经找到大小姐了,阅儿不能不惊讶。自与那纪公子见面不过数日,对方竟然如此之快就寻到了大小姐,难道大小姐一直都在京都?

可无论如何,既然寻到人了,便该赶紧收拾收拾走啊。

越是担心,阅儿越是坐立难安。

上山行了快一个时辰才到。

今日本就是进香日,整个山道都是人来人往,贩夫走卒不断。

马车停在寺庙门口,阅儿下车,与萱儿,还有另几个丫鬟,抬着八仙桌上的贡品。

前面，老夫人也下了车。夫人吕氏，与戴着羽笠的二小姐柳瑶，一人一边，扶着老夫人。

主子进了寺庙大门，阅儿等抬着贡品的才跟着进去。

一路上，阅儿都在东张西望，只寻找大小姐在哪儿。

可还不等阅儿寻到，已经入了大雄宝殿。

将贡品放下，老夫人与首座大师攀谈起来。夫人吕氏与二小姐，在旁陪伴。

阅儿等下人，自觉退出宝殿。

一退出，统领的管事杨嬷嬷便说："小妮子们不要乱走，主子们还得待上一阵。你们要参佛的去参佛，要逛佛摊的去逛摊子。半个时辰后，老实回来，莫迟了。"

杨嬷嬷素来性子温和，小丫鬟们一迭声地应着，便笑嘻嘻地一哄而散。

萱儿挽着阅儿的胳膊，往佛摊方向走。

阅儿拉住萱儿，说道："我要先去趟净房，你过去吧！我一会儿来找你。"

萱儿不满地皱眉："你怎么这么麻烦？"

阅儿笑笑："你先去嘛，我一会儿来。"

萱儿无法，只好找了另一个丫鬟同行。

阅儿见萱儿走远，又左右看看，这才小心翼翼地往僻静的后院走。刚走了两步，有人突然从身后拉住她。

阅儿吓了一跳，条件反射地要反抗，回头，却看到拉住她的，是个女子。

那女子将阅儿扯得远了些，确定了无人跟随，才问道："你是阅儿？"

阅儿茫然地点点头，却仔细辨认这人的眉眼。

阅儿的第一反应是，这人是不是大小姐？

但仔细一看，这人虽然戴了羽笠，看不全容貌。可眉眼间年纪看着却不过十五岁左右，与自己一般大，不像是小姐，身量也不同。

来人不是柳蔚，却是惜香。

惜香得到阅儿的回答，便小声道："那人在若离房等你。你从这里穿过去，直走便到。"

惜香说完，往阅儿手心里塞了个东西，便匆匆走了。

等人离开，阅儿才看着自己手里的纸团，打开瞧见了里头的字——"速来"。

阅儿将纸团捏成一团，不敢乱扔，只塞在了腰带里，接着便往后院的禅房走去。

后院的禅房，通常是为了来进香的各家小姐少爷准备的。阅儿以前来过观缘寺，认识路，走了没一会儿，便到了。

阅儿看着"若离房"的字样，又确定四周没人跟着，这才轻手轻脚地走过去，敲响房门。

门很快被打开，里面，是一位戴着面纱的女子。

却听那面纱女子喊道："阅儿。"

阅儿这才回神，看着眼前之人，狐疑一下，又亮起眼眸："大小姐？"

"进来说。"面纱女子将阅儿拉进来，反手关了门。

房中阅儿很激动，抓着女子的手，鼻尖红了："大小姐，奴婢还以为再也见不到您了！"

女子拍拍阅儿的手，说话间，将面纱摘了下来。

而一见到面纱下的真容，阅儿立刻甩开女子，连着后退几步，倒吸一口凉气。

"你，你不是大小姐！"

"是我。"柳蔚将面纱攥在手里，素白的手指，摸了摸自己的脸颊。柔软的指腹，触碰到的却是坑坑洼洼的痕迹，柳蔚苦笑一声，眸光微黯："真的认不出了吗？"

认出？这要如何认出？

女子一张娇容，半面是人，半面却似鬼。

从脸颊到腮边，女子毁容的半面，尽是扭曲烧伤的痕迹。红白相间，宛若地狱罗刹，可怖又阴森。

阅儿捂住自己的嘴，想说这人肯定不是大小姐。但她却听出了，这就是大小姐的声音。

可是，怎么会这样，怎么会变成这样？

柳蔚瞧见阅儿害怕，低垂着眉眼，说："很吓人吧？"

阅儿还是不相信："大……怎么会变成这样？"

大小姐三个字，对着这张丑陋的脸，阅儿怎么都叫不出口。

"我出了意外。"柳蔚坐下，说道，"当初从府中逃走后，我躲到了郊外的寒山寺。"

"寒山寺？"阅儿闻言惊呼一声，"那个四年前被火烧的……"

阅儿话未说完，看着大小姐如今的模样，却是懂了："小姐，你当时在寒山寺里……"

"嗯。"柳蔚苦笑一下，仿佛在回忆，"记得曾经，你总说我的样貌好。却不想，如今只怕街边随便一个疯婆子，也要胜我千分。"

"大小姐。"阅儿猛地抓住大小姐的手。

感受到大小姐小手冰凉，阅儿用力搓搓，眼泪滑落下来："小姐平安就好，女子容貌再重要，也不及性命重要。"

"说起来，我还要谢谢你。"柳蔚看着阅儿，眼中溢满柔光，"是你找到了表哥。"

阅儿咬唇摇头："是小姐您有福气。"

两主仆在房中说起话来，萱儿却等了许久不见阅儿过来。

萱儿有些不高兴，正在心里闷闷地骂着阅儿。却见身边两人走过，嘴里议论："你说的可是真的？是相府的那位大小姐？只怕是听错了吧？"

"哪里会错，我看那相府丫鬟鬼鬼祟祟的，以为要偷东西，就跟着去看。结果到了门外，就听到里头说话。我听得一清二楚的，说的就是那个相府的大小姐，五年前逃婚，后无处可去，便躲在寒山寺里整整一年，结果恰逢寒山寺大火，毁了容貌，现在成了个半面鬼，还说好像有人来接，明天就要离京了呢。"

明香惜香边说边走，眼看着走远了。

萱儿连忙快步追上去，抓住她们，问道："两位姐姐，你们方才说的，可是相府大小姐？"

两人对视一眼，其中一个道："我们什么都没说。"话落，甩开萱儿就要走。

萱儿忙从袖子里掏出一锭银子，塞过去道："好姐姐，您就与我说说吧。"

女子掂量了一下银子分量，这才道："若离房里，你自己去看。"

两人说完便走了，萱儿想了想，却没直接往后院走去，而是走到了大雄宝殿。

明香惜香完成了任务，便躲在人群中。

而另一头，萱儿找到大雄宝殿，看到里头，老夫人、夫人、二小姐还在与大师畅谈佛偈。

萱儿不敢打扰，只悄悄地叫了守在门口的杨嬷嬷与秦嬷嬷。

两位嬷嬷看萱儿鬼鬼祟祟，不悦地走来："做什么不可告人的事了，贼头贼脑的！"

萱儿讨好地拉着两位嬷嬷到一边，小心翼翼地将之前的事说了。

尤其提到，"大小姐"三个字。

两个嬷嬷皆是大惊，秦嬷嬷狞笑一声，冷哼道："带我去看！"

"等等。"杨嬷嬷拉住秦嬷嬷的手，谨慎道，"不若先禀明老夫人。"

"是真是假都不知，现在禀明，不是扫了老夫人的兴致？先看了再来禀报，若真是大小姐，将人带来便是！"秦嬷嬷说着，又问萱儿，"你说有府中丫鬟与大小姐接头？是谁？"

萱儿不知是谁，但揣摩了一下，便道："好像是阅儿，只是奴婢也不能确定……"

"这就说得通了！"秦嬷嬷却是明了，"阅儿那个贱坯子曾经就是跟着那人的！要说密会，也只有那贱坯子敢！"

秦嬷嬷说着，便让萱儿带路。

萱儿一想到若真是找到了大小姐，自己便是大功一件，顿时殷勤极了，忙说："若离房，就在若离房。"

杨嬷嬷沉思一下，只好快步跟上。

若离房内，阅儿已经哭得快厥过去了。

一听完大小姐这五年的遭遇，阅儿便心疼得不得了，一连嘴地说："眼看就熬出头了，大小姐跟着纪公子走，往后的日子就好过了，再不会有人欺负您了……"

柳蔚被阅儿说着，也默默地抹起了泪来。

阅儿顿时哭得又激动了!

而就在这时,若离房的门被人敲响。

两人均是抬起头,都有些紧张,最后还是柳蔚道:"应该是小沙弥送茶来了。"

阅儿这才松了口气,走过去开门。

可门一开,等看清门口的人是谁,阅儿顿时吓得四肢僵硬。

秦嬷嬷看阅儿果然在房里,顿时斜着三角眼,笑得恐怖极了:"阅儿。"

秦嬷嬷这一叫,阅儿顿时膝盖一软险些摔倒。

秦嬷嬷却看都不看阅儿,伸手将阅儿挥开,走进房内。

房间里,柳蔚还坐在椅子上,她脸上的泪痕未干,见到进屋之人,忙拿起面纱往脸上盖。

秦嬷嬷却先一步过去,将那面纱夺走!

秦嬷嬷阴狠地勾起唇,说道:"这不是大小姐吗?老奴见过大小姐!大小姐,这是怎么了?脸怎么成这样了?"

柳蔚脸色苍白,牙齿紧咬樱桃粉唇,拳头捏紧,低着头,没有说什么话。

阅儿这时反应过来,忙扑上来,挡住秦嬷嬷,赶紧说道:"嬷嬷,这位,这位不是大小姐,这位是……"

阅儿话音未落。只听"啪"的一声,秦嬷嬷一个耳光,直接扇在阅儿那紧张的小脸上!

柳蔚豁然起身,将阅儿拉到身后,赤红的眼睛狠瞪着秦嬷嬷。

秦嬷嬷却是一笑:"不错,这就是大小姐!大小姐您这个眼神,老奴可是一辈子也忘不了!"

柳蔚知道秦嬷嬷说的这话是什么意思。

秦嬷嬷性格尖刻,为人阴毒,素来喜爱搬弄是非,欺上瞒下。曾经原先主子为了阅儿,命人杖责过秦嬷嬷十大板子。

虽说最后老夫人出面,只打了三板子就过去了。但从此,秦嬷嬷却是记恨上原来主子了。

但凡寻着机会,秦嬷嬷就要找原来的主子麻烦,对阅儿更是不假颜色。

"大小姐您可知道,老夫人为了找您是费尽了心思!五年时间,弹指一挥,眼下既然回来了,那便随老奴去见见老夫人吧?老夫人就在大雄宝殿,走不了多久,请吧——"

秦嬷嬷说着,还对柳蔚做了个恭请的手势。

柳蔚冷冷地看着秦嬷嬷。

秦嬷嬷见柳蔚不动,哼了一声,命令道:"萱儿,还不服侍大小姐出门?"

"是!"萱儿脆生生地应了,直接走到柳蔚身边,伸手就要拉柳蔚的小细胳膊。

柳蔚"啪"地挥开萱儿。

萱儿脚下不稳，被柳蔚一挥，便摔倒在地。

秦嬷嬷寒着脸道："大小姐，您可别敬酒不吃吃罚酒！"

柳蔚眯着眼睛看秦嬷嬷："你这老刁奴，怎么还没死？"

秦嬷嬷不怒反笑："老奴岂敢！大小姐都没死，老奴怎地敢死在您的前头！"

"你……"

"大小姐，别磨蹭了，走吧！想必老夫人见到您，定是高兴极了！要说您当初若也是这个容貌，还逃什么婚？想必见您一眼，七王爷便会迫不及待地将退婚书送到您房门口了！说来您这五年吃的苦也真是没意思，还不如当初就拿着刀子，往自己脸上割开了花，那不是省事儿多了？"

杨嬷嬷在后头听不下去了，进来，只给了秦嬷嬷一个眼色，对柳蔚欠身："见过大小姐。"

柳蔚看着杨嬷嬷。

杨嬷嬷低眉道："大小姐，您走了五年，老夫人甚为挂念。既然回来了，便见上老夫人一面吧，到底是您的亲祖母。"

在柳蔚的记忆里，这个杨嬷嬷是个严肃干练的人。对着杨嬷嬷，便是原来的主子也有几分敬重。

柳蔚在心中觉得时候也差不多了，前戏也进行得并不违和，便顺着杨嬷嬷的话，点了点头道："孙女不孝，自该向祖母请罪。"

柳蔚走出房门。

阅儿却着急得不行，眼看又要哭了。

杨嬷嬷随在柳蔚身边。

秦嬷嬷跟在后头。

萱儿从地上爬起来，路过阅儿时狠看阅儿一眼，道："胆子可真大！这次，看秦嬷嬷不打死你！"

阅儿瞪萱儿一眼，萱儿却已经追上秦嬷嬷了。

阅儿搅动手指，最后还是只能跟上去。

大雄宝殿，柳瑶正随着母亲与祖母跪在蒲团上参佛。

柳瑶的贴身丫鬟巧云突然走来，贴着柳瑶的耳边，说了几句什么。

柳瑶听完，不可思议地问道："此事当真？"

巧云连连点头："真的，人就在外头，就是大小姐，戴着面纱。秦嬷嬷说，大小姐好像毁容了。"

"毁容？"柳瑶嘴角忍不住勾起，眉眼弯弯的，"走，去看看。"

柳瑶正要抬步过去，被吕氏拉一把。"做什么去？"吕氏说着，给了柳瑶一个眼神，让柳瑶看老夫人。

柳瑶看过去。这才发现老夫人不知何时正不悦地看着自己，似是对她在宝殿之上与丫鬟窃窃私语的行为不满。

柳瑶赶紧上前，挽住老夫人的胳膊，甜甜地说："祖母，孙女有一件要事禀报祖母。"

老夫人看着柳瑶："莫不是又发现什么好玩的东西，要给祖母看？"

"祖母，孙女可不是小孩子了。"柳瑶撒娇地摇摇老夫人的胳膊，这才轻声道，"是外头有个人，要见祖母。"

"哦？"老夫人挑眉。

柳瑶抿着唇，又笑了一下，才说："祖母，大姐姐回来了。"

老夫人原本闲散的眸光顿时一凛，看向柳瑶，面皮紧绷起来："你说什么？"

吕氏也听到了，一把拉住柳瑶："你说谁？你哪个大姐姐？"

"母亲糊涂了，瑶儿还有几个大姐姐？不就是蔚儿姐姐嘛！祖母，母亲，蔚儿姐姐回来了，就在宝殿外头。"

老夫人霍然起身，吕氏也站了起来，搀扶着老夫人。

"在外头？"老夫人问柳瑶。

柳瑶连忙点头，眼中却满是期待。她只想看看，柳蔚毁容到底毁成什么样了。

大雄宝殿外，此刻人流依旧不少。秦嬷嬷走过来，与门口的几个大丫鬟说着什么话。

那些人说着说着，便抬头往柳蔚的方向看一眼。

这边一下没人，阅儿忙上前，抓住大小姐的衣袖，说道："大小姐，现在赶紧走啊……"

柳蔚拍了拍阅儿的手："到处都是相府的人，怎么走。"

阅儿看看四周。的确，大家虽然都没过来，但却围了一圈，将人都困在圈子里面，防止大小姐跑掉。

阅儿很着急："这可怎么办啊！"

柳蔚突然问阅儿："表哥告诉我，你说问了府中一位老嬷嬷才知晓我娘的姓名。你问的是谁？"

阅儿闻言没什么心眼，脱口而出："就是杨嬷嬷。"

柳蔚又深深看了那杨嬷嬷一眼。

阅儿这时又补了一句："听说，杨嬷嬷曾经伺候过纪姨娘。"

柳蔚想着，要查母亲的事情，大概第一个便要从这杨嬷嬷入手。

柳蔚正思忖着，这时，大雄宝殿里出来一行人。

柳蔚第一个看到的便是吕氏。与上次见面不同，今日的吕氏，容光焕发，像是柳丰失踪的事，对吕氏的影响已经没那么大了。

吕氏左边，跟着一个云鬟花容的女子，看来十六七岁的年纪，五官清丽，嘴角噙着甜美的笑。

柳蔚一眼辨认出此人。哪怕过了五年，柳瑶的容貌，没怎么变。

而走在两人稍稍前面些的，是一位精神矍铄的老人。

老人一张脸上布满精明与深沉，紧皱的眉宇下，是一双不露锋芒的眸子。那双眸子已经有些浑浊，可却意外地骇人。

相府老夫人，肖氏！

等走近了，第一个说话的却是柳瑶："大姐姐，你可回来了。"

柳蔚看向柳瑶，对上的便是柳瑶脸上灿烂的笑容，清美无双。

"大姐姐，你可知你走的这些日子，父亲母亲有多想你！"柳瑶说着，迈着碎步过来，一把挽住柳蔚的胳膊。

柳瑶这死死的力道，也不知是真的亲昵大姐姐，还是想拉紧大姐姐，不给逃走的机会。

柳蔚淡淡看了柳瑶一眼，没有说话。

柳瑶这会儿走近了，隐约看到柳蔚面纱下的坑洼痕迹，顿时嘴角一翘，手陡然一翻，霍地将柳蔚面纱揭开！

柳蔚在柳瑶动的时候，便知道柳瑶想干什么。但柳蔚没动，就是等着柳瑶将自己的容貌公之于世。

而就在面纱落下的一瞬，一阵阵发凉的抽气声，在周围响起。

今日是进香日，大雄宝殿外除了相府的人，还有许多其他香客。柳瑶这突然为之，不只吓到了相府中人，也吓到了那些恰巧路过之人。

吕氏脸色发白，看着柳蔚那张恐怖恶心的烧伤半脸，手捂着胸口，险些厥过去。

老夫人却目光一狠，呵斥道："面纱戴上！"

杨嬷嬷忙上前，抢走柳瑶手上的面纱，为柳蔚戴上后，拉着柳蔚，走到老夫人面前。

柳蔚被带到老夫人跟前，垂着头，眼睛微红，喉咙哽咽一下，唤道："祖母……"

那声音很小，不仔细听，根本听不到。

老夫人吸了口气，镇定地道："去禅房说。"

话落，老夫人便转身离开。

吕氏看了柳蔚一眼，脸上的震惊已经过去，余下的是轻蔑。抬眼，唤了柳瑶一声。

柳瑶脆生生地应着，路过柳蔚时，故意对柳蔚笑笑。那笑，美得娇人，也衬托得柳蔚更是丑陋不堪。

等到三人走远了，其他下人都随了一路，柳蔚才听到，身边的杨嬷嬷很轻地叹了口气。

柳蔚侧首，看了杨嬷嬷一眼。杨嬷嬷却已经拉着柳蔚，跟了上去。

禅房内，杨嬷嬷陪在老夫人身边，柳瑶与吕氏坐在桌前，柳蔚站在屋子正中央。

柳蔚依旧低垂着头，不置一词。

房间里很安静，一直没人说话。

柳蔚知道，这个时候最想说话的是柳瑶。但柳瑶方才因为鲁莽行事，被呵斥了，这会儿却不敢轻易开口。

吕氏也想说话，可吕氏素来小心谨慎，在还没揣摩到老夫人的心思前，不会贸然发表意见，免得给自己招来麻烦。

就这样房中又沉静了一炷香的工夫后，还是老夫人开口道："脸上是怎么回事？"

柳蔚稍稍抬了抬眉眼，轻轻地说："被烧伤的。"

"怎么烧的？"

"寒山寺大火。"

老夫人也知寒山寺四年前大火，当时烧死了好多人。

却问："烧伤后，怎么治的？这些年，你是怎么活过来的？以什么为生计？"

老夫人不愧为老夫人，问的问题，如此的有针对性。

柳蔚苦笑一下，拿出早已准备好的借口："烧伤后，我被送到了苦海寺，身上的伤也是苦海寺的明悟大师为我所治。明悟大师知我无家可归，又身受重伤，便留我下来，在庙中寻了个厨房的活计，让我帮着打打杂。平日也可以接待一些去苦海寺进香留住的女客。"

"打杂？那是什么？像丫鬟一样？"柳瑶突然讥讽地说了一句。

老夫人像是没听到，只看着柳蔚，又问道："这次回来，想做什么？"

柳蔚摇头："祖母，孙女什么也不想做，当初要走的是孙女，便是死是活，也不愿再连累相府了。这次来观缘寺，只是知晓今日相府出行，孙女只想在离京之前，再看祖母一眼。这便了却心事，安然离开。"

"姐姐说的，可真好听。"柳瑶再次出声，"姐姐若是这么想念祖母，当初为何要离开？嫁给七王爷莫非还委屈了姐姐？姐姐走了，你可知你害祖母多挂念你，你可知府中因你任性妄为付出了多大代价，你可知祖母年近老迈还要入宫替你求情？"

"好了！"老夫人沉声轻斥。

吕氏拉了柳瑶一下，对柳瑶摇了摇头。

柳蔚闻言后眼泪一下子掉了出来，上前两步，扑通一声跪在地上，握住老夫人的手："祖母，是孙女不孝，当初孙女一走了之，害得祖母为孙女操心，害得父亲母亲受连累。祖母，您打我吧，您狠狠地打我吧。"

柳蔚边说边哭，还捏着老夫人的手，一下一下地打着自己。

老夫人的手始终垂着，没有用力。

老夫人终究抽回自己的手，冷眼看着柳蔚，问道："你想离京？"

柳蔚抽噎着点头，道："我又哪来面目再留在京都。明悟大师的师弟明远大师，在松州青阳寺当住持，明悟大师替我写了一封信，让我到时，可以投靠明远大师……"

"你要去松州，也不愿回相府？"老夫人说到这儿时，已经说不出什么心情。这些年，因为柳蔚的事，相府与七王党势成水火。

丞相柳城夹在中间，举步维艰。

就连柳域、柳琨在仕途上也深受影响。整个相府的人都恨着柳蔚，因为她的一时任性，几乎将整个相府置于火炉中央备受烘烤。

可是到底是自己的孙女，老夫人再恨，见到如今柳蔚的这副模样，却也狠不下最毒辣的心肠。

"你要离京我不管，只你当初不告而别，你父亲却有话想问你。你今日随我回府，见了你父亲。该如何，他自有判断。让你走，还是让你留，也是他的事。"

"祖母……"柳蔚噙着一双湿润的眼睛，看着老夫人。

老夫人却偏过头，没理柳蔚，只对柳瑶伸出手。

柳瑶忙笑迎过来搀扶老夫人。

杨嬷嬷扶着老夫人另一侧。三人绕开柳蔚，走出禅房，吕氏也跟上。

禅房外，阅儿急得如热锅上的蚂蚁。见到老夫人出来，秦嬷嬷看了眼阅儿，赶紧告状："老夫人，便是这个贱丫头私会大小姐……"

"不关阅儿的事。"

柳蔚起身，走到门口说道："祖母，阅儿是受我之命。我说我想再见见祖母，阅儿才答应，让我远远看您一眼。"

老夫人转头看柳蔚一眼，又看了看阅儿，最后道："还有个丫鬟记挂你，你这个大小姐，倒是没白当！"

说完这句，老夫人继续离开，吕氏、柳瑶跟随。

丞相府中，今日可谓出了件大事。

当初逃婚离家的大小姐柳蔚，突然就回来了。

陶宁院内。

柳沁听了婢女烟梦的话，眉头皱了起来："你说谁？"

烟梦压低了声音，又说一遍："大小姐，柳蔚。听说是在观缘寺遇到的，这会儿已经跟着老夫人回来了。"

"柳蔚？"柳沁有些恍惚，"这都，快五年了吧？她怎么想到回来了？"

"这奴婢哪里知道。只听说，好像是大小姐想见老夫人一面，便偷偷买通了以前的丫鬟。让丫鬟带着，想去见见老夫人，结果不承想，被发现了！就给带了回来！"

柳沁看着铜镜中的自己，一边描着眉，一边道："见老夫人？这种鬼话也有人信？柳蔚当初胆大包天地离开，现在又谈什么祖孙之情？"

烟梦又道:"还听说,大小姐好像毁容了。似乎,在外面真的吃了不少苦。"

"毁容了?"柳沁一下子来了精神,将眉笔一放,站起身来,"快些给我换件衣服,我要去看看。毁容了?真是有趣!当初我们这位大姐姐,可是出了名的娇美夺人,让七王爷一眼就给看中了。这下,也不知道成什么样子了?"

烟梦赶紧拿了衣服出来,正打算给柳沁换,便听外头小丫鬟禀报:"小姐,四小姐过来了。"

"她想必也是听到风声了。"柳沁说着,招招手,"让她进来吧。"

没一会儿,便见一位身着玉兰花纹对襟宽裙,模样看来不过十五六岁的素美女子,在丫鬟的陪同下,走了进来。

"三姐姐这是要去哪儿?"一看柳沁正打算换衣服,柳玥便笑着问道。

柳沁看柳玥一眼,勾着唇道:"我要去哪儿,四妹妹不知道吗?"

"嗯?"柳玥纤细的柳眉轻轻挑了一下,眉眼可见迷茫。

柳沁愣了一下:"你不是来找我一道过去的?"

柳玥从丫鬟手里拿过一个竹篮子,边走过去,边道:"妹妹是来给姐姐送东西的。姐姐前两日,不是问妹妹要香茶花的绣缎吗?"

柳沁看着柳玥拿出来的绣缎纹样,一把抢过来,放在手里左右看看,脸上露出满意的笑:"不错不错!这府里,还是你的手艺好!"

柳玥看柳沁满意,也笑了起来,又问:"那姐姐方才说的要去什么地方,是去哪儿?"

柳沁此刻心情好,也不瞒着,直接道:"我去前厅。"

柳玥笑问:"府中来了什么贵客了?"

"贵倒是挺贵的。"柳沁看柳玥一眼,眼中却夹着轻蔑,"相府大小姐,贵吗?"

"大小姐……"柳玥噎了一下,一双黑白分明的杏眸,顿时圆了起来:"大姐姐?"

柳沁笑得开怀极了:"大姐姐回来了,你没听说?"

柳玥闻言又上前几步,挽住柳沁的胳膊,撒着娇说:"好姐姐,你就告诉我吧!你也知道,我身份低微,又没有姨娘照拂,素来有什么消息也是得不到信儿的。姐姐照顾照顾妹妹,莫要让妹妹傻傻的,什么都不知晓。总要让妹妹听到点风声,长个心眼。"

柳沁下巴微扬:"我也不是要瞒你,这信儿我也是刚刚才知晓。说是今日老夫人去进香,在观缘寺见到了咱们失踪五年的大姐姐,这就将人带回来了。我这不是凑个热闹,想去前厅瞧瞧?"

柳玥忙道:"那妹妹便与姐姐一道可好?"

"我是无所谓,不过我可要提醒你,一会儿见了什么,可都甭大惊小怪的,免得失礼人前。"

柳玥好奇："还能见到什么？"

"我听说……"柳沁对着柳玥的耳朵，小声气地道，"大姐姐毁容了。"

"啊？"柳玥惊呼一声，又忙按住嘴！

两人从陶宁院出发，一路往着前厅走去。

走近了，却发现正院大门紧闭，几个丫鬟嬷嬷守在门口，不让人进。

柳沁身边的烟梦上前，塞给守门嬷嬷一个银锭子，压低了声音问了几句。

问完了，烟梦才回来禀报道："小姐，说是老夫人不许其他人进去，连夫人与二小姐，都被赶了出来。"

柳沁皱起眉："不让人进去？那是想做什么？"

烟梦摇摇头，却又说道："那嬷嬷说，出来时听到老夫人叫大小姐跪下。估摸着这会儿，大小姐正在罚跪。"

柳沁闻言笑了一下，又问："夫人和二姐姐呢？"

"好像回去了。"

柳沁立刻道："去主院！"

柳玥看了眼紧闭的院门，却到底随柳沁一起走了。

而正院的正厅里，柳蔚的确跪在地上，老夫人坐于首座，手上握着一串佛珠，一下一下转动着。又过了一会儿，外面杨嬷嬷来报，说是老爷已经回来了。

柳蔚便听到外面大门声响，接着，一连串的脚步声，越行越近。

回来的不只是柳城，还有柳域与柳琨。柳逸因为外出办货，要过几天才能回来。

柳琨显然也是匆忙间收到消息，回来时，便在门口遇见了大哥与父亲，才一道进来。

三人一进来，便看到跪在大厅中央的柳蔚。

柳蔚此时戴着面纱，眼睛有些红肿，显然是哭过的。

柳蔚膝下没有垫垫子，身子瘦弱，就这么跪在又凉又冷的地上，背脊挺得很直。

柳城脸色当即便不好，但他素来老成，并未失了仪态。只是先与老夫人请了安，才看向地上的女儿。

柳蔚适时开口，但应该是方才哭久了，此时声音干哑："不孝女，见过父亲。"

"孽障！"柳城骂了一句，却是忍了又忍，才没伸手打柳蔚。

柳域柳琨的脸色也不好。

柳域是文臣，谦谦君子，懂得克制。柳琨是武将，见状却一步上前，抓住柳蔚的衣领，将人扯起来，想要动手。

柳城大喝一声："你做什么！"

柳域也忙按住柳琨的胳膊，道："二弟，冷静点，先放开她。"

柳琨这才不情不愿地将柳蔚松开，但脸色却非常难看。

要说这府中谁最恨柳蔚？不是老夫人，不是柳城，不是柳域，正是柳琨！

柳琨少年得志，武状元出身，原本仕途良好，柳蔚却悔婚，使相府与七王爷关系不可调和。因着七王爷的干涉，他的晋升机会生生流失！柳琨气愤难平，到如今，见到罪魁祸首的柳蔚，怎能不狂，怎能不疯？

但到底，老夫人在前，又有父亲与大哥的干涉，没有打到柳蔚。

老夫人皱眉，看向柳琨："你先出去。"

柳琨不服，正想说什么，柳域已将柳琨往外推："祖母叫你出去，你就去外等。莫要惹祖母不快。"

柳琨最后还是离开了。

杨嬷嬷端来新茶。

老夫人道："你们父子也冷静一下，先坐下。"

柳城与柳域这才坐下。手边茶是新鲜的，柳域喝了一口，却喝不出什么味道。

柳城直接都没动，只看着柳蔚，过了好一会儿，才说："孽障，你可知你当年的作为，害得相府有多难堪？"

柳蔚闭了闭眼，瘫在地上，苦笑一声："父亲，您要打便打，要骂便骂。女儿已经不在乎了。"

"你这是什么态度！当初之事，莫非你还对了不成？"听柳蔚这自暴自弃的语气，柳城顿时拍案而起，怒上眉梢。

柳蔚看着父亲，道："那父亲不问女儿一声，便为女儿决定终身大事，父亲又对了吗？女儿哪怕如今成了这样，也未后悔过一次。"

柳蔚说着，哗啦一声解开脸上面纱。

顿时，一张红白烧伤的可怖脸庞，露了出来。

柳城一震，喉咙一噎，顿时说不出话来。

柳域霍然起身，看着柳蔚的脸也愣了许久，才干涩地问道："你……怎会这样？"

柳蔚看着大哥，轻讽一笑："这大概就是我不孝的报应。不过我不在乎了，我的一生如何都是毁了，嫁给七王爷也好，成如今这样人不人鬼不鬼也好，都无所谓。此次回来，我只为见祖母一面。如今人见到了，父亲要杀了我，我无悔。要放我走，我便离去，永不入京。一切，但凭父亲做主。"

"你——"柳城想骂柳蔚几句，可看着柳蔚这张脸，又对上柳蔚不屈的眼神，到底没说什么。

柳蔚不知父亲是被自己的容貌吓到了，还是有什么其他思虑，时间就这样过去。

直到后来，老夫人放下佛珠，淡淡出声。

"柳蔚先回怀月院住下。到底是柳府之女，既然回来了，便好好待在府里。"

柳蔚看了老夫人一眼。老夫人是个多重视门楣的人，柳蔚很清楚。

今日之事，看到的人太多，想必过不了几日便会街知巷闻。到时候，各方势力必然会紧盯。

很有可能，七王爷容溯也会上门一趟。到时若她又不见了，给不了七王府一个交代，那曾经的矛盾，必然会再次升级。

有了老夫人正式发话，杨嬷嬷领了命，便过来扶起柳蔚，又给柳蔚戴上面纱，将其带走。

柳蔚临走前，又看了柳城一眼。

见父亲只是看着自己，眼中复杂深沉，柳蔚回过头，安心地随着杨嬷嬷离开。心里却叹，今日这场戏，总算是结束了。

杨嬷嬷一路将柳蔚带到怀月院。

怀月院是柳蔚曾经的院子。五年过了，这里没人居住，也没丫鬟打扫，早已满是灰尘。

柳蔚一直没说话。等到了怀月院，杨嬷嬷才说："这里需要清扫一下。我去找人来，你先坐坐。"

柳蔚一把拉住杨嬷嬷的手，说道："嬷嬷，可否让阅儿来？"

杨嬷嬷看着柳蔚，再看着柳蔚拉着自己衣袖的手，沉默一下，没答应，只道："你先休息。"

说着，杨嬷嬷便走了出去。

屋子里到处都是灰，多走一步，入鼻子的都是黑尘。

柳蔚最后是走到了院子里，找个地方坐下。

这时，柳蔚却听旁边的槐树丛里传来一声小小的"桀"声。她抬眸去看，便见树中间，一颗黑色的鸟脑袋，探了出来。

柳蔚看了看四周，感觉到除了容棱留下的几个暗卫外别无他人，便对珍珠招招手："下来。"

珍珠忙飞了下来，坐在柳蔚怀里，仰着头。

柳蔚摸着它，问道："小黎怎么样？"

"桀。"珍珠叫了一声。

柳蔚叹了口气："小黎现在还不知道。等知道了，必然会闹，到时候你不要带他过来。他找不到我，哭两日便会消停。找到了我，反倒越发起劲。"

"桀桀。"珍珠又叫了一声。

柳蔚点头："要待一段时间，至少等到将事情都查完。"

"桀桀桀桀。"

"好，到时候我们回曲江府。这里不好，你也不喜欢这里，我也不喜欢这里。只有小黎没心没肺，哪儿都喜欢。"

"桀桀。"

"关容棱什么事？我们是我们，他是他。"

"桀。"

柳蔚敲了珍珠脑袋一下，在黑鸟委屈的目光下，不高兴地说："我是个男人，我嫁什么人。要嫁也不嫁给他，我若是要嫁给王爷，五年前就嫁给容溯了。"

"桀……"这次珍珠的叫声，明显迟疑了。

柳蔚正想再说什么，却听远处有脚步声传来。

珍珠也听见了，忙又蹭了蹭柳蔚的手腕，才扑扇着翅膀，飞回了树丛里。

过了一会儿，杨嬷嬷回来，带着几个丫鬟，其中走在中间的便是阅儿。看到阅儿时，柳蔚松了口气。

今日到底利用了阅儿，柳蔚最怕的便是秦嬷嬷找阅儿的麻烦。

杨嬷嬷吩咐几个丫鬟打扫屋子。

几个丫鬟都是小丫鬟，刚进府不久，也没多少背景。虽然很好奇这位戴着面纱的大小姐，但也只是乖巧地打扫，没起什么胡乱心思。

而此时，正厅里老夫人遣走了柳域，只留下柳城说话。

"你考虑一下，柳蔚是必定要留下的！人现在成了这样，柳瑶那丫头大庭广众的便将柳蔚的面纱掀开，周围不知多少双眼睛看着。今日十五，去观缘寺的香客本就多。我还看到了御史孟大人的夫人也在。兜兜转转，柳蔚毁容归来的事必然明日便要传开。还有七王爷那儿，眼下柳蔚回来，还成了这副模样，想必七王爷也庆幸当年没娶了她。你好生说说，指不准能化干戈为玉帛。"

老夫人说的这些，都是目前的现实问题。

柳城听着，也知这个理，点点头，却道："她这五年的事我会派人去查。只是，一个女儿家，五年时间无影无踪，会不会已经……"

老夫人也知柳城的意思，只是垂首："都这样了，是不是清白之躯，还重要吗？她如今此等模样，也无人敢娶。你不若将心思放在沁儿和玥儿身上。瑶儿的婚事算是定了，沁儿还要再看看，至于玥儿也差不多了。"

"是。"柳城点点头，思忖起来。

一整个下午，丫鬟忙得脚不沾地，好歹把怀月院给收拾出来了。

天色渐黑下来，不出所料，在酉时时分，杨嬷嬷又过来一次。说是大小姐刚刚回府，身边也没人，便将这几个小丫鬟，并着阅儿，都留在了怀月院里，伺候几天。

柳蔚道了谢，送杨嬷嬷出了院子。

再回院子，一进房间，便看到阅儿正给她铺床。

柳蔚拉开椅子坐下，道："你也别忙活了，先带着那些小的把你们晚上要睡的地方折腾出来。"

阅儿屈了屈身，应承了一句，便出去带着小丫鬟们安顿。

等到阅儿再回来，手上已经端着膳食。

柳蔚看着那三层的食盒，没说什么。

阅儿却注意到柳蔚的视线，主动说道："大小姐，咱们在下个月发月例之前，都只能拿大厨房的膳食吃。这，奴婢去晚了……只拿了三样。您凑合吃，明日我定早些去。"

柳蔚在相府待过，自然知道：府中主子们，院子里都有自己的小厨房，但这小厨房的花销，是要自己担负的。

因为离开太久，怀月院早就被折腾干净，现在连家具都是五年前的那些，更别论什么值钱的东西。

所以，在下个月拿月例之前，怀月院等于一穷二白。

阅儿将食盒打开。

看到里面的菜色，柳蔚笑了一下，拿着碗筷，开始用饭。

吃了一口，柳蔚就把筷子搁了。

阅儿涨红了脸劝道："小姐，不合胃口也多少吃点，要不一整夜，怎么挨得过去。"

柳蔚却打定主意不吃了。

这的确没法吃。

饭，不光是硬的，还是生的；菜，黑黑红红的，不知道炒熟了没有。

柳蔚觉得，大概相府的下人也不会吃这种伙食。

是谁故意给她吃的？柳蔚不用思考就能猜出来，除了柳瑶，还会有谁？

柳蔚是彻底没胃口了。今日一天，也折腾得累了，她吩咐阅儿带着小丫鬟们去用饭。

等到阅儿走了，柳蔚才起身。回到内室，劳累了一整天，她也懒得沐浴，只想现在就睡一觉。

不到一刻钟，柳蔚便睡沉了过去。第二天，柳蔚起得很早。阅儿来给她梳头，梳了一半，前院来传话，说老夫人叫她过去。

柳蔚有些懒懒散散的，等到头发梳好了，上面却光秃秃的，连个木簪子都没有。

阅儿顿觉寒酸，想了想，把自己的簪子取下来，给小姐别上去，嘴里说道："小姐，我这簪子是我姐姐给我的，也是老夫人赏赐的。小姐戴着虽然失了身份，但总好过什么都没有。"

一个要戴丫鬟发簪的小姐，别说相府，整个京都，只怕都没有。

柳蔚去了老夫人院子请安。老夫人便遣走其他人，独留下柳蔚，道："这一夜，睡得如何？"

柳蔚道："到底是回家了，与在外面，不一样。"

柳蔚这句话，令老夫人和缓下脸色："外面，比不得家里。"

柳蔚淡淡点头，等待老夫人接下来的话。

果然，过了一会儿老夫人便道："今日你准备准备，下午，你大哥带你去七王府走一趟。当初你悔婚在前，七王爷那儿总要当面解释一番。这些年因你，七王爷仇视我们柳家，而你是解铃人，可知该怎么做？"

柳蔚乖乖地点头，态度很是恭敬："孙女懂得。"

见柳蔚答应得这般爽快，老夫人松了口气。

"你是个明白事的，将七王府的事好好解决了，往后你的亲事我会做主。虽说你过了年纪，容貌又是这样，但我们柳家一日不倒，便不会委屈了你。"

"是。"

老夫人看柳蔚的态度实在很好，这才对她摆摆手："那先去吧。"

柳蔚起身，对老夫人又行了一礼。走时，手不着痕迹地碰了碰头上的簪子。簪子掉落地上，发出声响。

老夫人看向那簪子，又看向柳蔚的头。像是这才看清，她头上竟然什么首饰都没有，就只有那一支成色并不好的簪子。

柳蔚弯腰，将簪子捡起，什么也没说地离开。

厅堂里，老夫人对身边的杨嬷嬷道："拿我的牌子，去库房看一看，找两套好些的头面给蔚儿送去。再挑几匹布，让人给她置办起来。到底是个当大小姐的，不能太寒酸了。"

杨嬷嬷应下："是。"

老夫人想了一下，又补一句："这个月的月例，也给她送过去。夫人那儿问起来，就说是我的主意。"

"是。"

杨嬷嬷手脚快，中午不到，便将首饰、布料，连着银子，都给送了过去。

申时一刻，外面有个丫鬟来院子里传话，说大少爷请大小姐。

柳蔚知道这是要去七王府了，应了声，便与其一道过去。

柳域是在门口等柳蔚。

外头停了两辆马车。男女有别，便是同宗兄妹，也是过七岁不同席。他们自然也不可能用同一辆马车。

柳蔚出来时，柳域正在与小厮说话。

见柳蔚来得快。一身蓝色对襟裙，瞧着身段曼妙，形态婀娜，只是脸上盖着一层白色面纱，却瞧不出容貌，只能看到一双黑亮清美的眸子。

依着这双眸子，柳域想，若是那张脸没坏，他这位大妹妹，定然是位娇靓无双的佳人了。

"大哥。"柳蔚走近了，对着柳域屈了屈身。

柳域道："走吧。"

柳域并没有什么话要与这位五年没见的庶妹说，两人实在不亲。

柳蔚上了后面那辆马车，柳域在前头一辆，车夫缓缓驱着马，马车不疾不徐地行驶着。

可行至京都正街，马车却出了问题。

柳域听了下人的禀报，脸色不太好："轮子怎么了？"

下人回道："大小姐的马车轮子拐进石头缝，掰断了。"

柳域不悦："怎么这么多事？"

下人也很惶恐。

柳域看了看时辰，昨日晚上就递了帖子去七王府，七王爷却只有今日下午申时三刻到酉时一刻有时间见客。

柳域皱眉，道："让大小姐来我这辆车。"

最后，柳蔚在阅儿的搀扶下，上了柳域的车。

马车继续行驶，车内却只有柳域与柳蔚两人。

阅儿坐在外头的车辕上，与车夫并行。柳域的贴身小厮却是在车外跟着跑的。

车厢里很是安静，柳域拿了本书在看。这里去七王府大约还有一刻钟，他总得打发时间。

柳蔚却突然出声："《复才论》，大哥竟喜欢看这样的杂书。"

柳域看柳蔚一眼，翻了一页："你也看过？"

"翻过两页，没什么兴致。"

柳域再没回应。

柳蔚看了一眼他瞧的那页，又问："智才、贤才、学才、儒才，为国之奠者。大哥觉得这句话说得对？"

"我喜静。"

"车上无聊，大哥权当陪妹妹闲聊两句，费不了多少工夫。"

柳域皱眉，显然很不喜欢柳蔚这种态度。

事实上，到如今柳域对柳蔚这人的态度都很复杂。他无法当她只是个普通的妹妹。

一来，柳蔚已经二十了，并不是柳瑶那等小女孩，可以随意哄哄。

二来，柳蔚离开这么多年，不知经历了什么，也不知这次回来又有什么目的。柳域是个文人，也是智者。他不会像老夫人想得那般简单，认为柳蔚回来了，就到底还是柳家人。

他对这个庶妹，从小就没什么感情，而现在还多了一层防备。

柳域将书放下来，问道："好，那我便与你聊聊，你想聊什么？"

"就这本《复才论》。"柳蔚说着，拿起那书，翻了两页道，"这本书品味颇偏，妹妹认为，大哥还是莫要再看为好。"

"为何？"柳域道，"此书乃先帝时期，惠德二十六年状元李老先生所著。言辞犀利，语论精辟，连先帝都曾赞不绝口。虽最后无缘入四书房，却至今为人津津乐道，你却说品味颇偏？哪里偏了？"

柳蔚将书页翻到方才柳域看的那里，递给柳域，道："智才、贤才、学才、儒才，大哥认为，单有这四才，便能稳固江山，巩立朝堂？"

"你要与我谈朝堂？"柳域盯着柳蔚，漆黑眉宇，不觉间挑了起来。

"不可以吗？"

柳域没回答，只道："朝堂风云，变幻莫测，你一小小女子懂什么。"

"我至少懂，为何皇上，未将此书编入四书房。"

柳域看向她："哦？"

柳蔚道："先帝重文，李老先生依先帝之喜，著于此书。并非是为了什么天下大义，朝堂利弊，不过是尊了帝王心头所爱，趁势趋炎罢了。大哥将此书论为宝典，恪尽苦读，到头来思想被带歪了就算了。指不定长此以往，反而惹了当今皇上不悦。"

柳域没说话，只盯着她。

柳蔚继续："先帝爱文，现帝爱武。当今皇上英明果断，一手建立镇格门，不爱文才爱将才。大哥在皇上跟前当差，学的却是先帝心头那套爱，莫不是反其道而行？妹妹一介女子，多的不懂，却也知道皇上登基之初，废了多少文臣，以保持朝中文武之衡。大哥深谋远虑，思虑万千，莫非还不体其中意味？"

柳域听柳蔚细细说完，再看那本《复才论》的封皮，顿时有种汗流浃背的感觉。

第七章 羞辱一二

没一会儿，便到了七王府。

下了马车，看着那高大的王府大门，柳蔚心中对比着，发现还是三王府的门口要高些。就连三王府门口的那对石狮子，都要威武许多。

柳域的小厮去敲门。很快，大门打开，门房出来接客，亲自送柳域与柳蔚进了前厅。

两人一路到了前厅，门房将他们交给前厅的下人，便走了。

下人奉上茶水，道："侍郎大人稍后，我们家王爷有些事给耽误了，这就过来。"

柳域点头。

时间一点一滴过去。又过了一会儿，下人终于过来，说道："侍郎大人，我家王爷那儿实在抽不开身，若是您有急事，不若就一道过去书房看看？"

"书房？"柳域愣了一下，眉头皱起来，"书房还有什么人？"

下人回道："还有李公子、秦公子、方公子三位。"

李君，秦徘，方若竹。

这三个人，可是容溯身边关系最好的三位公侯之子。

按理说，平时这三人，柳域是接近都不好接近。这会儿七王爷愿意给他做个中间人，他该感谢才对。

可是他去，必然要带着柳蔚一起。

柳蔚一介女流，自然不便。

下人还在等柳域，催道："侍郎大人若不便前往，王爷说那便过两日再约。"

这是逼着柳域非去不可了。

这次柳域就是带着柳蔚来负荆请罪的，哪里有择日再来的道理。

柳域沉默一下，还是对下人道："前头带路。"

柳蔚在柳域身后。

柳域转头，对柳蔚道："一会儿你便跟着我，莫要乱说话。"

柳蔚不言语。

从前厅到书房，距离不远，没过一会儿便到了。

七王府的书房是在湖中心的小榭，四面环水，清风吹拂，透着一股凉爽之感。

下人对他们拱了拱手："侍郎大人、柳大小姐，里面请。"

柳域与柳蔚走去，进入内室，过了两道门才看到房内的四人。

四人皆是翩翩俊朗的公子哥，正在对弈。或者说，容溯正在跟一名身着青色长袍的清瘦男子对弈。

另外两边的椅子旁，一边坐着柳蔚在艺雅阁见过一次的李君，一边坐着一位红衣公子。

柳域恭敬地行礼："下官柳域，见过王爷。"话落，又对另外三人拱手，"李公子、秦公子、方公子。"

容溯干净的指尖，夹着一颗黑子。他目光微抬，紧盯棋盘，薄唇紧抿，从鼻腔发出一个音："嗯。"

方若竹面色清冷，眼皮未抬，淡定地下了一颗白子，吃掉容溯一片黑子。

容溯眉头微皱，眼眸又深了些。

这时，棋盘战局也将近到底。容溯下了一子，对面的方若竹几乎连思考都没有，白子一落，彻底将容溯棋盘上所剩无几的黑兵吃个干净。

秦徘见状起身，似乎乏了，倦怠地用手中扇子，敲了方若竹肩膀一下："走了！"

清瘦男子面无表情地站起离开时，路过柳蔚的身边却突然停住。

秦徘走在前面，见方若竹停下，便也跟着停下。

方若竹看着柳蔚，突然弯腰，探着脖子。脸庞凑到柳蔚的脸颊边，动了动鼻尖。

柳蔚没躲，却感觉到方若竹身上浅淡的薄荷香气，萦绕住自己。

柳蔚好整以暇地问："公子干什么？"

方若竹突然道："芙蓉子，茜草叶，上神花……"

柳蔚眼神一凛，随即又松下来，笑着说："公子好鼻子，连小女子用什么皂角沐浴，都嗅出来了。"

芙蓉子、茜草叶、上神花，这三样，的确是有清洁效果且萦绕香气的草药，素来多被用以制作皂角，供人沐浴。

但柳蔚身上用这三样，却不是沐浴。

方若竹深深地看了柳蔚一眼，视线在柳蔚脸上徘徊，似乎想揭开她的面纱，一探究竟。

柳蔚与方若竹对视，没有露一丝怯。

两人对视片刻。最后，还是方若竹先错开视线，不再说什么，从柳蔚身边走过。

直到方若竹与秦徘一道离开书房，柳蔚才松了口气，下意识地摸了摸自己的脸，心里却思忖……芙蓉子、茜草叶、上神花，是她用来熬制脸上那块伤疤所用原材料的其中三样。

已经过了三天了，疤痕都干了，这个方若竹，却这么轻易地嗅了出来。

要知道，她脸上的这东西，足用了十几种草药。这个方若竹是只闻出了三样，还是都闻出来了？

柳蔚一时不免上心。

"看来若竹对你，很有兴趣。"李君也站起来，笑看着柳蔚，"那人，可甚少对谁上心。柳大小姐，果然不俗。"

柳蔚看了李君一眼，却实在提不起兴趣与这狐狸一般的男人虚与委蛇。她转开目光，看到容溯。

容溯的视线，死死地盯着对面的柳蔚。

柳域上前一步，对容溯拱拱手："王爷，今日下官前来，是为了……"

柳域话还未说完，容溯已经扬起手给打断了。

柳域不得不闭嘴，神色却有些不安。

柳蔚看着容溯，道："柳蔚是来谢罪的。"

小厮奉上新茶。容溯眉眼微垂地端起，舀了舀茶盖，啜了一口，没有说话。

李君却道："谢罪？你这模样，可半点不像有罪之人该有的态度。"

柳蔚看李君一眼："我态度真诚。"

李君笑了，笑着揶揄："真诚的人，会掩面视人？"

李君也好，容溯也好，肯定早就听说她毁容一事。现在此言，不过是逼她公开容颜，羞辱一二罢了。

李君摇着扇子，看向柳蔚："怎么，柳大小姐不敢吗？我可记得，曾经我们王爷是见了你便提出要娶你进门。花容月貌，让在下也见识见识。"

"李公子。"柳域皱紧了眉，"慎言！"

李君摊摊手道："既然侍郎大人与柳大小姐不是来谢罪的，那便送客。"

"你——"柳域咬牙。

柳蔚起身，却是走向李君。

李君脸上的笑容依旧扬着，后背靠在红木椅背上，饶有兴致地瞧着柳蔚越走越近。

待在李君跟前停住了，柳蔚才弯了弯腰，凑近了李君。

李君挑了挑眉，笑道："看来比起侍郎大人，柳大小姐更急于求好啊。"

"祸是我闯的，本就不该连累家里。"柳蔚说着，又靠近李君一分，"不过李公子，你真的想看我的真容？"

李君目光深了深："你敢揭，我就敢……"

李君话音未落，柳蔚已经取下面纱。顿时，一张红白相间，坑坑洼洼，扭曲狰狞的半面丑疤，显露出来。

"砰"的一声，站在李君身后，捧着茶的下人，将茶杯摔碎了。

下人回过神来，连忙跪在地上，磕头："小的该死，小的该死！"

没人理那下人。

李君只是瞪大眼睛，紧紧地瞧着柳蔚的脸。大概靠得太近了，顿时，便觉得喉咙一痒，有些想吐。

柳蔚直起身，顶着这样一张脸，走向容溯。

容溯看着柳蔚靠近，漆黑的眼眸，深深凝起，却没露出害怕或是一分厌恶的神色。

不愧是能与太子比肩的人物，容溯的心态让柳蔚不得不高看一眼。

"明人不说暗话，王爷要如何才肯消了这口气？是要我顶着这张脸，去外面走一遭。来告诉全京都的人，我柳蔚当初不嫁你是我瞎了眼，所以应有此报。还是要我现在下跪认罪，为你斟茶递水，或再磕几个头？"

柳蔚说到最后，眼底的讥讽满得几乎溢出来。仿佛容溯真要她做这些，就显得他容溯心胸狭隘了。

李君也听出柳蔚的话中之话，却一时不知说什么。

容溯看着柳蔚，瞧着柳蔚丑陋恐怖的脸颊。这张脸里，已经没有半分曾经的颜色。

还记得第一次见柳蔚时，是在相府花园。那惊鸿一瞥，容溯看到了她娇羞的容貌，可人的身段。

那时考虑到要将相府收于麾下，他提出联姻，并愿意纡尊降贵，以侧妃之位，迎娶相府庶长女。

此事一度传为佳话，而他那一刻愿意娶柳蔚，虽说九分为了党派，一分却也是真心。

可万没想到，柳蔚竟敢逃婚。

时隔多年，容溯突然觉得很没意思。

就好像，一个正常人，在欺负一个残疾人。

容溯转开视线，看向柳域。

柳域此刻是一脸羞愤。显然柳蔚受辱，他作为兄长，又是同宗同源，感同身受。

"往事已过，多究无益。"容溯说着，对下人吩咐道，"送客。"

柳蔚有些诧异，容溯竟这么简单地打算放过她了。

柳域却不觉得简单。在柳域看来，哪怕容溯已经决定揭过这页，但他们相府的脸，却也伴随着柳蔚揭开面纱那一刻，被重重地打了。眼下他做不到感恩戴德，只厉着眸，拉柳蔚离开。

京都街的酒楼包厢里。

慈面的老人放下手中茶杯，对身后站立着的中年男子吩咐："菜都齐了，再去唤一声。"

戚福应声，刚要前去。可一到门口，便迎头撞到个冷峻男子。

而那冷峻男子怀里竟还抱着个个头小小，粉雕玉琢的小男孩……

戚福愣了一下，才道："三少爷可算来了，老爷可等急了。"

容棱抱着柳小黎进了厢房。

一进去容棱便将小黎放下，对席上的老人拱手行礼："见过老爷。"

老人看了眼容棱脚边的小童，辨认了一下，认出了是谁："上次那个孩子？"

容棱点头。

柳小黎则睁着一双大眼睛，眨巴眨巴地看着眼前这个有些眼熟的老爷爷。

老人对小黎招招手。

柳小黎想了一下，上前一步，走到老人的跟前。

老人摸了摸小黎的脑袋，面上笑着，从桌上的盘子里抓了一把松子糖给了小黎。

柳小黎赶紧接过，仰着头，甜甜地说了声："谢谢爷爷。"

爷爷这个称呼老人少有听到，只觉有些新鲜，便让小黎坐自己旁边。

柳小黎迟疑一下，回头看了容棱一眼。

容棱对小黎点头，小黎这才爬上椅子，坐在那里。小胖爪子上捧了满满一堆松子糖，乖乖地坐端正。

"他爹呢？"老人问容棱。

容棱才道："有些事离开一阵，这段日子，我照顾他。"

老人不再说什么，只看看小黎，又看看容棱，突然道："不知是不是与你待久了，瞧着倒是与你有些像了。"

容棱视线在柳小黎懵懂的脸上看了一圈儿，点头："大概是与我有缘。"

老人听后没再说什么。

晚膳开始，柳小黎因为胳膊短，总是夹不到菜。小黎咬着筷子想了想，怀抱着碗，跳到地上。

噔噔噔地跑到容棱脚边，仰着头，望着容棱。

容棱瞧了老人一眼，见老人一脸笑意。他便神色平静地将小黎抱起来，放在自己的膝盖上。

坐得高了些，柳小黎高兴地夹到了自己喜欢的菜。回头还多夹了一块，到容棱碗里。

容棱将那块糖醋肉吃了。

老人坐于对面,见状笑起来:"听人说你冷面无情,铁血严厉的多。这样温和,倒是见所未见。"

戚福在旁跟着接腔:"三少爷早已到了为人父的年纪了。"

老人点点头,才道:"说得不错,阿棱!你也是到了该着急的年纪了。"

容棱皱了皱眉,垂下眉宇。

老人再道:"回去后,便让人拟上章程,恰好今年的选秀近在眼前。"

容棱没作声,柳小黎却听出了苗头,呆呆地问道:"选秀是什么?可以吃的吗?"

戚福低低一笑,说:"选秀就是选娘子!等三少爷成了亲,便会生出一个,像你这样可爱的孩子!"

"我?"柳小黎摸摸自己的鼻尖,看看戚福,又看看容棱,突然说,"不可以!"

戚福一愣。

老人也转过眸。

柳小黎丢下筷子,小爪子紧紧抓住容棱的衣袖,大大的眼睛转眼变红了:"我爹已经不要我了,容叔叔不能再不要我了。"

容棱用指腹为小黎擦干净脸上的眼泪,轻柔地说:"不会不要你。"

"可你都要娶娘子了……"小家伙很生气,又很沮丧。

容棱拍着小黎的背:"不娶了。乖,别哭。"

对面的老人眼神深了一下。

容棱边安慰小黎,边对老人道:"柳先生有事外出,小黎这段日子总担心他爹不回来,所以比较依赖我。"

老人没说什么,过了半晌,才道:"罢了,反正还有些时候,不急于此时张罗。"

选妃之事,最后不了了之。

膳后,容棱先行告退。

待厢房门紧闭,老人才问了一句:"阿棱府里,可有什么妾婢?"

戚福不知老人为何这样问,但还是老实道:"这个,倒是没听说过。都说三少爷最是洁身自好,早已过了弱冠之年,府中却并无莺燕。"

"一个也没有?"

"像是……一个也没有。"

老人沉思一下,吩咐道:"明日去打听打听,阿棱与那孩子的父亲,这些日子相处得如何。"

戚福这样的头脑,一猜便猜到什么,顿时惊恐地瞪大眼睛,又不可置信:"这……老爷您是怀疑……"

"男人知晓男人。阿棱不成亲还可说他是以社稷为重,可都二十五六了,身边却连个服侍的人都没有，像什么样子。"

"可是……"戚福还是不相信，"可那仵作先生……是个男子……"

"断袖分桃，古来有之。若是尝个鲜，倒就随他。可方才他对那孩子的宠溺，你也看在眼里。那般用心，就怕……"说到这儿，老人语气也加重了些，"总之，先去查查。"

戚福却不敢再说什么，只好应下来。

翌日，柳蔚一早又去老夫人那儿请安。

去的时候，厅中已经有许多人了。

其中一位身着明黄锦缎，对襟襦裙，梳着妇人发髻的女子起身，朝着柳蔚走了过来，捉着柳蔚的手："这便是大小姐吧？我还是第一次见大小姐呢。"

柳蔚恭恭敬敬地屈了屈身："大嫂。"

女子讶然："大小姐认得我？"

柳蔚笑了笑："听下头的人说，大嫂最是温柔贤良，貌美婷婷。而更为令人津津乐道的，是大嫂眉间的一颗美人痣，端庄又雅致，令人一眼便易认出。"

女子手捏着锦帕掩口，低笑一声："你这张小嘴，当真甜到人心坎里去了。"

柳蔚状似害羞地垂下眸，视线却偏向不远处另一位身着明蓝襦裙，同样梳着妇人发髻的女子。

那女子也看向柳蔚。

两人目光交会，柳蔚不露声色地移开。

这一早上，就是几位女眷嘴皮子翻翻，叽叽喳喳地说个不停。

等到时辰差不多了，都要告辞，老夫人又把柳蔚留下。

老夫人坐于高堂，手中捏着佛珠，让杨嬷嬷抱着一叠书出来，才道："选秀在即，过几日你的几位妹妹便要进宫觐见皇后。到时候，要送上一两件亲手做的东西。你虽不去，但也准备准备，我替你带去。"

柳蔚讶然，看着那叠书："祖母要孙女抄书？"

"不是抄，是绣。"

柳蔚瞪大眼睛。

老夫人道："你以往不是也会绣东西？虽说过了几年，但手上功夫想必也没怎么生疏。这些佛经都是皇后平日念诵的，你找上一本，绣一段佛偈，全算是心意。"

柳蔚脸上的镇定有点维持不住了。

杨嬷嬷的一叠书却已交给了阅儿。

老夫人又与柳蔚说了几句，都是绣工上面的叮咛。

柳蔚离开时，外面有一女子在等。

柳蔚往外面走，那女子赶紧跟上。

等到出了老夫人的孝慈院，走到了花园中，女子才看着柳蔚说："大小姐可是在烦恼什么？"

柳蔚脸上僵了一下："三嫂？"

女子金氏似笑非笑地看着柳蔚："你叫我什么？"

柳蔚别开视线。

金氏盯着柳蔚脸上的面纱："既然大小姐叫我一声三嫂，那你的容貌，总要让做嫂嫂的看看。"

柳蔚后退一步："我面容有异，怕吓着嫂子。"

"你吓不住我，再难看的脸我也见过。"

柳蔚还是不同意。

金氏却猛地伸手过来抓："要不是付大哥写信与我，我还不知你来了京都。来了京都不找我也罢了，回到相府竟也不找我。"

柳蔚有些受不住："这里人来人往，回我那儿说。"

金氏哼了一声："有浮生在，有没有人靠近我还不知道？"

柳蔚被弄得实在没办法："我回相府是有事要办。你嫁给柳逸了，我怕你为难。"

"柳逸是柳逸，你是你！"

柳蔚头疼，最后，还是磨着金南芸去了怀月院。

将丫鬟们都打发了，院门紧闭，柳蔚才卸下脸上面纱，坐在椅子上道："我这次回来，真的有事。"

金南芸看着柳蔚的脸，仔细瞧："还挺逼真，想必我那老狐狸公公也看不出来。"

金南芸家里世代经商，从小见识那些南北货物，自有远见。柳逸能短短几年将生意越做越大，未尝不是这个贤内助帮忙的结果。

柳蔚与金南芸相识时，是柳蔚刚到曲江府。那时候金南芸与其姐姐金南翩随金夫人回母家探亲，路过山道，遇到劫匪。

柳蔚路见不平拔刀相助。但之后肚子作痛严重，一把脉，当场把出怀孕已有三个月。

柳蔚吓坏了。

从京都一路到江南，长途跋涉，心惊胆战。生理期到没到，逃跑中的柳蔚哪有心思多加在意？

考虑到安胎的问题，善良的金夫人说什么也不让柳蔚离开。

柳蔚只好妥协，在金府蹭吃蹭喝。

不过在预产期之前，柳蔚还是不告而别，寻了地方，诞下小黎。

只是时过两年，再与金南芸相遇。当时金南芸已经许配给了柳逸，正去街上置办嫁妆。

而柳蔚已成了曲江府仵作，去那家布庄做衣服。

这次相遇，柳蔚因有工作在身逃无可逃，就彻底甩不掉金南芸了。

与跟付子辰相交不同，付子辰是男人，不会多嘴多舌。而且付子辰孤身在外，府中也没嚼舌头根的人。但是金家府中旁节却诸多，人事更乱，柳蔚不愿走得太近。怕人多口杂，到时候引来不必要的麻烦。

金南芸亲事已定，夫君是丞相之子，娘家很重视。金南芸少女心情，拉着柳蔚便时常说些畅想未来的话。还问柳蔚，你姓柳，也是从京都来的，是不是柳家的什么亲戚？

柳蔚承认自己是柳府远亲，但是与本家关系不好。让金南芸嫁过去后，不要乱说话。

金南芸嫁到柳府的第二年，就写信回来，问柳蔚，是不是柳家大小姐？

柳蔚不知道金南芸跟柳逸的关系好到什么份上，但毕竟是同床共枕最亲近之人，柳蔚自然不能坦白，便随便掰扯了一句，说名字排重了。

原以为这么蹩脚的理由金南芸一定不信，甚至做好了随时跑路的准备。

可不久后收到回信，字里行间，金南芸竟是完全相信了，还兴致勃勃地说起柳家大小姐的八卦。

柳蔚到底叹了口气："我不说，总有我的理由，你逼我也没用。"

"什么理由？"金南芸问。

"如果能告诉你，我已经说了。"

金南芸逼视柳蔚的眼睛："你难道不需要帮手？"

"不需要帮手。"

"你是回来报仇的？"金南芸问。

柳蔚皱皱眉："不是。"

"一定是！"金南芸却已认定了，"还有小黎的父亲，对了，小黎的父亲难道是相府中人？"

"不是。"柳蔚道，"你不要一惊一乍，我回来只是查点东西。"

金南芸继续猜，"谁是小黎的父亲呢？不会是管家柳同吧？不对，柳同太丑了，生不出这么好看的儿子，难道是公公的哪个幕僚？或者是府中的哪个侍卫？"

看金南芸越说越离谱，柳蔚到底说了："我是回来查案的。"

柳蔚话音一落，金南芸脸上露出神秘莫测的笑："承认了？"

"这件案子不是小案，你知道了没有好处。"

金南芸哼了一声："你真以为我傻？幼儿失踪案是吧！"

柳蔚低垂着眸："你知道便该晓得，凶手现在还在暗处。"

"你又知道，我不是那个让事情尽快清明的人？"

柳蔚看向她。

金南芸这才唤了一声："浮生。"

房门被打开，外面，一身碧绿衣裳的浮生走了进来。

浮生进来后便将门又关上，对着自家夫人颔首，又对柳蔚屈了屈身。

柳蔚笑笑："浮生，好久不见，你是越大越漂亮了。"

浮生脸颊红了一下。

金南芸道："浮生，将那件事说了。"

"是。"

浮生应了，对柳蔚道："随姑爷离京办货之前，奴婢陪夫人回相府给老夫人请安。出来后，顺路又去了云姨娘那儿坐坐。不承想刚从云姨娘的院子出来，便听见周围有风声。奴婢虽学艺不精，却也知道是有人从房顶走过。夫人命奴婢去勘察，奴婢去过回来，并未发现不妥。但第二日，却听说相府又丢了个下人。那下人，恰好便是曾经照料过五少爷的人。"

金南芸接道："当时浮生还找到个东西，只是这件事颇为复杂，谁会往上凑？这次既然你来调查，那东西我自然会给你。"

说着，从腰间取出一个香囊递给柳蔚。

东西重要，金南芸没将其扔掉，也不敢随便乱藏，便放在了身上贴身带着。

谁也不会想到，女儿家的香囊里竟会藏着凶手行凶时遗留下的证据。

看着那东西，柳蔚的目光沉了许多。

"这东西古怪，是浮生在房顶上那凶手的脚印旁找到的。我起先以为是什么药材，闻了的确有点草腥味，但浮生去查过后，说没有记载。"

"是药材。"柳蔚又道。"是一种制作腐陵散要用的药材。"

"腐陵散？"

金南芸狐疑一下："你可有用？"

柳蔚只说："有用，你果真成为了那个让事情尽快清明之人。"

南芸愣了一下后，顿时得意。

柳蔚没有敷衍金南芸，这个药材的确有用。

浮生出去继续守着。

柳蔚却看向金南芸的腹部，问："当时，是怎么回事？"

金南芸愣了一下，等反应过来柳蔚问的是什么，起身："时辰差不多了，我在你这儿再待下去，就说不过去了。"

柳蔚皱眉："南翩说，你有过孩子。"

金南芸已经拉开门，走了出去。

柳蔚看着紧闭的门扉。

金南翩说金南芸嫁给柳逸后，怀过一次孩子，只是那孩子不足三个月便掉了。

金南芸年轻，就算落了孩子，调养合适也不会影响再要。柳蔚对这事本没太多想法，可是方才金南芸这样躲躲闪闪，不免让人上心。

有什么是需要隐瞒的？

难道那孩子，不是因为第一次怀孕疏忽大意而掉？是有什么别的缘由？

柳蔚这么想着，便招来阅儿。

"你在府中日子久，可知道三少奶奶的事？三嫂嫁给我三哥几年，可有孩子？"

说到这个，阅儿不禁唏嘘："之前是怀上了，后来不足三月便给掉了，之后便没消息了。"

"怎么掉的？"

阅儿知无不言："这个奴婢也是听人谣传的，是真是假，却不清楚。外头都说，那孩子掉，是因着三少爷府中那位游姑娘。"

"嗯？"

这个柳蔚还是头一次听说："说明白些。"

阅儿道："那游姑娘是三少爷两年前出外办货带回来的，据说是家里遭了祸，让三少爷撞上，便给救下了。原在府中暂住，但身份却不太清楚……"

柳蔚问："现在还在？"

"可不是嘛！奴婢听说，三少奶奶原要做主，要不就把那游姑娘给三少爷纳进房算了。但三少爷不同意，还说三少奶奶多想了。"

"后来呢？"

阅儿叹了口气："后来没多久，就传出三少奶奶怀孕的消息，后来有一次吃坏了东西，孩子掉了，而那天进过厨房的人就有那位游姑娘。但那游姑娘说进厨房是熬红枣粥，没碰三少奶奶的炖品。"

"此事之后，三嫂的态度如何？"柳蔚问。

阅儿回忆一下："三少奶奶说，是自己不小心。那次之后三少奶奶再未怀过。"

柳蔚已经明了了。

金南芸不怀，定不是顾忌再被人迫害，而是根本不想怀。

柳逸，到底伤金南芸的心了。

将阅儿打发走，柳蔚回到房间，关上房门，便看到桌上的香囊和药材。

走过去将那香囊拿起，放到鼻尖嗅了嗅，嗅到里头的葵花香气，便索性将这香囊别在了腰间。

柳蔚素来不喜花香，唯独葵花香气淡漠，并不排斥。

别好了香囊，柳蔚又看向那颗不大的褐色药材。

此药名唤"逐寒"，是一种生长在深北之处的植物果实。这种植物并不罕有，但凡北方悬崖峭壁之处，多多少少都长一些。但是采摘回来，再加以研制，却是比较费功夫。

逐寒药性偏冷，是一种抵制燥火之药，药用价值很高。最常用的，是用在抑制肝火旺盛、火入心扉等药方上。但逐寒还有一个偏门的药效，它能封寒。

· 164 ·

封寒，顾名思义，便是将寒气封锁住。北方之人，喜用逐寒研制药浆，在冰冷之地把尸体浸泡药浆中三日三夜。其后，至少十日，能保尸体在烈日之下不受腐烂。

在柳蔚看来，这药就相当于冷冻库。只是一颗逐寒，药性有限，要想将一具尸体，完完整整地冻结起来，至少需要成百上千颗。

这在夏日，一般是棺材铺的人购买最多。柳蔚曾经也想过或许可以用逐寒配置出一种保留尸体内脏不腐的药物，可惜最后因其他配药太过庞杂，而且所需实验经费太大，中途放弃了。

不过柳蔚没研制出来，别人却研制出了。

改版的腐陵散。

逐寒在改版的腐陵散中扮演的角色，便是配合其他腐蚀性药物，暂时地冻结尸体表面。

柳蔚有些佩服那背后的凶手。

这么多花样，想必凶手的药剂师才华该是顶级的。既然找到了新的线索，柳蔚自然要联系容棱。

目前柳蔚有三个想法：

第一，偷偷回三王府一趟，将消息带回去。只是这样会比较麻烦，尤其是她要是被小黎发现了，就别再想走了。

第二，让珍珠跑腿。但是珍珠描述能力有限，这么多信息，它恐怕无法完完整整地带给容棱。并且要让珍珠传递消息，需要小黎在场，容棱可听不懂珍珠在叫什么东西。

第三，让容棱自己来一趟。

斟酌再三后，柳蔚觉得，还是第三个方法省时省力。

柳蔚给珍珠传了话，让珍珠叫容棱晚上来一趟。

珍珠满口答应地离开，然后……

下午……

怀月院的院门紧闭，柳蔚看着屋内那端坐在椅上，干净修长的手指捻捏着逐寒的男子，开口说道："我不是说，要你晚上过来？"

容棱脸部轮廓的冷硬线条勾勒出他精致的五官，看上去十分难以接近。此时瞧向柳蔚："不是说有要事？"

"再是有要事，现在到底也是白日。"柳蔚看着窗外投射进来的烈阳，听着院子里，小丫鬟们嘻嘻哈哈跳花绳的声音，无奈："你这么来，要是被别人发现了怎么办？我那几位妹妹，可都在等着抓我的小辫子！"

容棱看了看柳蔚："你没绑辫子。"

"一点都不好笑。"柳蔚皱眉，"算了，你人来都来了，那就开始说正事。"

容棱蹙眉："小黎很想你，何时回去看看他？"

柳蔚道:"先说这颗药果。这颗药果名叫逐寒,生长在极北之地,看这新鲜程度……"

"小黎以为你不要他了。"容棱再道。

柳蔚皱眉:"这个不能晚点再说?时间紧迫,先谈谈案子。"

"儿子对你来说,不重要?"

柳蔚深吸口气,有些怒了:"都尉大人,你到底想说什么?"

容棱将那颗逐寒轻轻放下,背靠在椅子上:"只是想你回去看看小黎,看过之后可以再回来。"

柳蔚凝视容棱一会儿,问道:"你烦小黎了?"

"没烦小黎。"容棱道,"只是皇上回来了。选秀在即,皇上安排几位王爷选妃,本王是其中之一。"

柳蔚彻底沉默下来。

"原本没事,只是你不在,小黎不愿我离开,也不同意我参加选妃宴。"

"你要参加选妃宴?"柳蔚脱口而出。

容棱看着她:"你有意见?"

"怎么敢!"

柳蔚笑了一下:"既然是三王爷的终身大事,那在下父子自当成全!今晚我抽空回去一趟,定不会让我儿子,误了您的正事!"

语气一下子阴阳怪气起来。

容棱敛眸,凝视了柳蔚许久,道:"多谢。"

"不客气!"

柳蔚将那颗逐寒拿到手里,没看容棱,说道:"逐寒是被相府中人捡到的,并且看这药的新鲜程度,采摘下来应该不超过一个月。也就是说,极有可能凶手抓完柳丰后,便去了深北之地,采了不少逐寒。而在回来时,路过京都,凶手听到了京中传言,便留下来在相府调查,并抓走相府下人。我之前已经研究过,算上柳丰失踪的时间,凶手可能离开的时间,还有最近能采摘逐寒的地区等等,配合不同考量,脚程、马程、船程等,再进行换算,最后和第一个相府下人失踪的时间对照,推断出了几个地方。"

柳蔚说着,拿出一张早已写好的纸条:"这几个地方,是凶手可能出没采摘逐寒的地方,你可以派人去查查。一颗逐寒的药性并不大,要研制出足以达到效果的腐陵散,那么至少一具尸体便需要六百颗以上的逐寒果。这么一大片地采摘,附近的乡民一定有人会看见。你去打听打听,总能找到蛛丝马迹。"

容棱接过柳蔚的那张纸条,看了两眼,折叠起来。

柳蔚又说:"我进相府还没两天,暂时没发现可疑人。凶手还在不在这儿,我也不确定,你去查这几个地方的时候尽量阵仗弄大点。让凶手知道,我们已经揣摩到他的行踪了，他一着急，才容易露出马脚。"

容棱点头："好。"

等正事说完了，柳蔚端起茶杯，自己喝了一口，慢慢道："那没事了，你可以走了。"

容棱没有动，从他这个角度，刚好可以看到柳蔚腰间的香囊。从方才一进屋，他便嗅到了她身上若有若无的葵香味。

柳蔚注意到他的视线，摸了一下自己的香囊，问道："戴上这个，我是不是更像女人了？"

容棱看着柳蔚的脸，只看到了红红白白的疤痕，以及一双清亮漆黑、漂亮得紧的瞳眸。

容棱没来由地笑了一下。

柳蔚被容棱笑得莫名其妙。她将那香囊拿下来，抚摸着上面的绣样，说道："只可惜了那送我香囊之人，如今是个已婚妇人。若是哪个伶俐乖巧的小丫头送的，指不定还能给小黎找个后娘。"

"你竟盼着娶亲？"容棱问。

柳蔚叹了口气，手微微撑着额角，身子歪斜着，道："王爷您不也盼着成亲吗？都是男人，哪有不想女人的？"

容棱听了这话再次笑了。

柳蔚突然觉得自己有点幼稚，又喝了口茶，却注意到，对面那双深邃暗沉的眸子，一直在看着她。

柳蔚将茶杯放下："王爷还不走？"

"今晚几时到？"容棱身子靠前些，手肘压着桌面，上身倾斜，"算好时辰，本王给你留门。"

柳蔚迎视容棱的眼睛："我去西陇苑，不用你留门。"

容棱只是笑着，没说话。

柳蔚一下想起来，容棱现在要陪着小黎，应该就住在西陇苑。她顿时皱眉："你现在住哪间房？小黎那间，还是其他房间？"

容棱依旧笑着。

柳蔚的脸一下子黑了："你住我的房间？"

"你的床，很软。"容棱戏谑道。

柳蔚霍然起身，狠狠地瞪着他："不准住我的房间！不准睡我的床，你赶紧搬走！"

这时，房门外丫鬟笑闹的声音倏地近了，接着便是一串敲门声："小姐，杨嬷嬷来了。"

柳蔚瞪了眼容棱，容棱识趣地走到后窗处，推开后窗棂，身子一跃，便不见踪影。

柳蔚走过去将后窗户阖上，又重新戴上面纱，这才去开门。

傍晚，外头天已经黑透，还下起雨来。

冒雨潜出相府，一听就很狼狈，柳蔚心里十分不爽。但是不放心小黎，必须得出去一次。

柳蔚一走，一直负责保护她的两名暗卫也随行跟上。

使着轻功，柳蔚绕开了丞相府的巡逻侍卫，成功离开府邸。

一路极快，等到三王府时已经成了落汤鸡。柳蔚没从正门敲门而入，而是踩着房檐，进了里头。

柳蔚进入王府内院的第一刻，便感觉周围空气变了。哪怕雨势太大，遮掩了太多声音，但她还是敏锐地发现，她的周围，至少藏着十六七个人。这些人不用猜也知道，都是王府侍卫，或是镇格门暗卫。

不过这些人并没为难她，柳蔚知道，跟在她后面的两名暗卫，不会让这些"自己人"伤害到她。

柳蔚畅通无阻地一路飞走，待到了西陇苑时，看到整个院子，早已经漆黑一片。唯独自己的房间，还亮着蜡烛。

她在自己房间门外的长廊降下。一落在地，便将脸上的黑布掀开，里头一张红红白白的烂脸，浮现眼前。

因为雨水浸泡伤疤，柳蔚觉得脸很痒，先将伤疤撕开，这才敲门。

敲了一声，听到里面没声音，柳蔚很快反应过来这是自己的房间，敲什么门？

这么一想，柳蔚直接将门用力一推。原以为门是从内反锁的，原来没有，一推便推开了。

一开门，里头热气扑面而来，渺渺薄雾，在房间上空盘旋。

柳蔚愣了一下，这才看到，那雾都是从屏风后头飘来的。而大敞屏风上，几件衣裤搭在上面，看颜色，玄黑，正是容棱的衣服。

他不只住她的房间，睡她的床，还用她的浴桶洗澡？

柳蔚气上心头，直走向屏风后面！

刚一过去，还没看清里面的情况，一股夹带着热气与水滴的劲风，朝她面门袭来。她赶紧以手去挡，身子轻轻一躲，躲过对方攻击！

站定后，才看到前方，容棱正浑身湿漉漉地坐在浴桶之内。热气笼罩了他周身，令他的五官，也显得朦胧起来。

看清是柳蔚，容棱收回视线，双手搭在浴桶边缘，脖子后仰，缓缓地再次闭上眼睛。

柳蔚恶言恶语地问："为什么在我房间沐浴？"

容棱不答，勉强睁开眼睛看她一眼："外面，雨这么大？"

柳蔚冷笑一声，一边拧着衣袖上的水，一边道："为了三王爷的终身大事，别说下雨了，下刀子在下也得赶来！否则犬子当真误了三王爷的姻缘，岂非屠首也难赦其罪！"

　　柳蔚这阴阳怪气的说话调调，令容棱眼中笑意更深："小黎睡了。"

　　"我去叫他。"柳蔚说着，转身便走。

　　容棱叫住她："先换衣服。"

　　柳蔚看了看自己这身湿漉漉的衣服，也觉得不舒服，转身走到衣柜前，拉开，拿出一套衣服。又看了看还在沐浴的容棱，走到屏风另一头，开始脱衣服。

　　隔着一道屏风，柳蔚能听到那头容棱的呼吸声，甚至连水花震荡的声音，也听得一清二楚。

　　将沉重湿透的外衣脱下，丢在地上。

　　柳蔚顺手拿了搭在屏风上的干布，擦了擦手臂，又擦了擦头发。

　　这时，屏风另一头传出"哗啦"一声。

　　柳蔚停了一下，看了过去，尽管屏风很厚她什么都看不到。

　　"你出来了？"柳蔚问。

　　容棱没吭声，一只大手，却探到了屏风上。

　　柳蔚捏着干布说："我先用了，你再等等，我换好衣服给你另外拿一块。"

　　容棱把手收回，传来一声叹息："屋里还有耳房，为何要在我面前换？"

　　柳蔚眼睛投向屋内另一边的小隔间。这个房间的确设有耳房，通常守夜的丫鬟小厮会睡在那儿。但柳蔚从没要人守夜的习惯，因此耳房素来只是放一些闲置的被褥。

　　柳蔚方才的确没想到去耳房。

　　一下子，柳蔚莫名地尴尬，咳了一声，说："都是男人，我没那么娇气的习惯。"

　　那头传来一声莫名的轻笑。

　　柳蔚加快了擦头发的动作，眼睛也时刻盯着屏风旁边，生怕容棱突然出来。

　　擦干了身上，换了衣服，稍稍地整理一下，柳蔚便去柜子里再拿一块干布，走回屏风旁，伸手递过去。

　　下一刻，一只带着热气和温水气息的手探过来，接过干布时，与她的手一触即离。

　　柳蔚收回手，看着手上的水渍，觉得有些不舒服，便在衣服上蹭蹭，擦干净了。

　　容棱换好衣服出来，柳蔚已经倒了杯茶坐在椅子上喝着。

　　柳蔚穿上了男装衣服，可头发因为湿，并没束起来，更没结成髻，只是披散着。

　　与正常女人的发长相比，柳蔚偏短。正常的女子，发长怎么也要到腰，柳蔚的却只到背而已。这与柳蔚常年男装扮相有关。

　　容棱道："小黎知道你回来，定会高兴。"

柳蔚蹙眉，茶也不喝了，站起来，道："不用催我，我这就去。"柳蔚说着，便往外走。

步子刚迈开，手腕便被一只大手箍住。柳蔚转首，便对上容棱有些慵懒的浅笑："一起去。"

不知是不是刚沐浴过的原因，此刻的容棱，不似平常的森冷铁硬。他头发湿漉，衣衫随意。瞧着，有几分莫名的散漫。

柳蔚有些不舒服地甩开他的手，沉默地往外走。

容棱在身后跟着，两人出了房门，隔壁便是小黎的房间。

将房门推开的一瞬，一道黑色影子便扑了过来。柳蔚唤了一声："珍珠。"

直冲出来的珍珠稳稳地急刹住，翅膀在空中扑了几下。黑色的身子在黑夜中几乎看不见，唯独那双绿色光亮的眼睛亮着。

知道不是坏人，珍珠下一刻便欢欢喜喜地飞过来，小身子落在主人的肩膀上。

柳蔚摸了摸珍珠的小脑袋。

容棱已经走到桌前，点上蜡烛。

房间里亮起来，睡在床上的小黎却并没醒。珍珠从柳蔚肩上飞起，朝床榻飞去，最后落在床头的枕头边。在那儿刨了一下，刨出一个小坑，把自己窝在里面，乖乖坐好。

容棱道："珍珠每晚都陪小黎睡。"

柳蔚只瞥了容棱一眼，而后去到床边，伸手推了推儿子。

小黎没睁开眼睛，只是非常起床气地哼哼唧唧，然后扭着头，裹着被子翻了个身，背对着柳蔚。

柳蔚耐着性子，继续推推。

小黎非常不高兴："不要吵我！"

"小黎。"柳蔚唤儿子。

昏昏沉沉的柳小黎听着熟悉的声音，迟钝了好一会儿，才猛地掀开被子，坐起来。小肉爪子揉揉眼睛。

柳蔚看小黎愣愣的，好像还没清醒，不觉一笑，伸手捏了捏儿子的鼻尖："不认得爹了？"

一声爹，让柳小黎彻底回神。

"爹？"

"是我。"

"爹？"

"是我。"

"爹？"

"怎么了……"

"爹?"小黎还是不确定。不，是很不确定！

柳蔚叹了口气："真的是我。"

柳蔚靠近了些。小黎看清了她的脸庞，也听清了她的声音，甚至连她身上的味道，都嗅明白了。

顿时，大大的眼睛里，蓄出了泪水。

"你还知道回来?"小家伙这会儿全醒了，伸出短手，往柳蔚身上一推，满脸怨气，"我以为你不要我了！你都不知道，我都哭死了。你不是我爹，我不要你了，我讨厌你！"

小黎说着，小身子蹿下床，稳稳地跑进容棱怀里，大哭起来。

容棱无奈地将小黎抱起来，拍拍小黎的后背。

小家伙埋着头，边哭边说："我讨厌我爹，我讨厌她！讨厌她！"

明知道小黎只是太生气了，先错的是自己，柳蔚却还是觉得有点不舒服。她苦恼地走过去，眼神询问容棱，现在怎么办？

容棱安抚了小黎一会儿，说道："你爹回来了，你不想她吗?"

"不想！"小家伙斩钉截铁。

"不想的话，你爹就走了。"

小黎猛地抬起头！

容棱道："她回来只是看看你，本就要走。你此刻不理她，她走了，又有好长时间见不到。"

小黎顿时好纠结。他一方面很生气，想报复报复娘亲。可他又怕娘亲真的走了，不知道什么时候才会再回来。

最后小黎到底还是转头看向柳蔚，然后对娘亲伸出手。

柳蔚看儿子倔强别扭，偏又舍不得自己的样子，露出笑意，过去将儿子抱过来。

柳蔚轻声道："想和爹说说话吗?"

小黎想说不想，不想让娘亲觉得自己很好哄。但他又的确想跟娘亲说话，一下子他再次纠结，最后不知道怎么回答，只好不说话。

柳蔚体贴地为小黎做了决定。她看了眼容棱，示意一下。

容棱转身，离开房间。

房门被阖上，柳蔚抱着小黎回到床上。让小黎钻进被子，自己也睡到儿子旁边，后背靠在枕头上，道："这几天，真的没有想我?"

柳小黎还是那句："没有！"

"可是我好想你。"

柳小黎顿时瞪着她："那你要走！"

"我有事要办。"柳蔚跟儿子解释，"有件案子很重要。我在另一个地方暗中调查，不方便带上你。但我保证，中间会抽时间偶尔回来看你，好不好?"

小黎的小手不自觉地抓住柳蔚的衣角，埋着头问："是那个幼儿失踪案吗？"

"是。"

小黎小手紧了紧："为什么一定要你去暗中调查？容叔叔有很多很厉害的手下，他们也可以去。"

"但他们不懂医术，很可能错过一些证据。"

小黎沉默下来。

柳蔚摸着儿子的头，说："如果你被人掳走了，我一定很着急。你想想，那些孩子的父母亲人，难道不着急？那么小的年纪，没有家人照料，却落在一群坏人手里，随时遭受生命威胁。你这个当小哥哥的，忍心吗？"

"不是不救他们，只是……"小黎很慌，怕娘亲以为他很冷血，却不知怎么解释。最后憋了憋，只能说，"你去吧，你去吧，你去找证据吧！我，我一个人可以的。"

小黎说着，还大方地推了推。让娘亲快去，但心里却不舍得娘亲。

窗外的雨，还在下着，并且伴随着大风，吹得窗户响声大作。柳蔚看向门外，便看到白色的门扉外头，一道黑色的人影，朦胧地站在那里。

是容棱一直伫立在门外等她。

看着窗外那道影子，柳蔚再次开口："小黎，容叔叔要纳妃了。"

柳小黎愣了一下，沉默地点点头："嗯，有个老爷爷，说要给容叔叔娶妻子。说娶了妻子，容叔叔就能有自己的孩子了。"

"对。"柳蔚说，"每个人都该有自己的妻儿。所以，你不准干扰他，也不准任性地不许他娶亲。"

"可是……"柳小黎抬起头，看向娘亲，"可是容叔叔答应我，会陪着我，会照顾我！如果有了自己的小孩，就不会疼我了。"

"你需要他疼你吗？"柳蔚反问，"有我，有付叔叔，还有其他很多人都很疼你。为什么需要容叔叔疼你？你和他认识的时间才那么短。"

"可是他很喜欢我，他会给我做刀剑，会给我做长枪。他有一把长枪，是真枪，铁铸的，叫弑神，很威风很威风！我看容叔叔练过枪。他还说，等我再大一点，就教我枪法。长大了，如果我愿意，就带我去战场。他说男子汉有生之年怎么也要上一次战场，那才是男儿本色！"

"那也不能说明什么。"柳蔚打断儿子，"这些事，以后他也会对他的儿子做。你不是他儿子，他对你再好，终究是外人。"

柳小黎愣愣地想了一会儿，然后失落地垂下头。

"爹，我们很快就会离开吗？"

"嗯。"柳蔚没有隐瞒，"幼儿失踪案结束，我们就会离开，回到曲江府。"

"再也见不到容叔叔了吗？"

"应该是。"

柳小黎长久没说话，过了好一会儿，才长叹一口气："我会想他的。"

柳蔚转移话题，告诉儿子该睡了。

小黎乖巧地闭上眼睛。柳蔚就在旁边陪着，等儿子睡着了，才轻手轻脚地离开。

推开房门，一出去，柳蔚便看到长廊上，容棱正背靠红柱。他坐在长凳上，侧首看着外面的大雨。

雨声稀里哗啦，风声呼啸而过。漆黑的夜空，宛如一个巨大的黑洞，随时随地都要将人吸过去一般。

"跟小黎说好了，我儿子还是很懂事的。"

容棱敛了敛眉，拍了拍身边的位置。

柳蔚想了一下，还是过去坐下。

恰好此时，一道闪电劈下来，天空骤然一亮，接着就是轰隆雷声，惊天动地。

柳蔚感觉到风又大了些。雨滴被吹进了她的脖子，凉凉的，很不舒服。

"时间也不早了，我回去了。"说着，便起身要走。

可手腕却再次被人攥住。

柳蔚回过头。容棱看着她道："雨太大，晚点再走。"

"没事。"柳蔚要走。

容棱却没放开柳蔚，只是一手捏着她的手腕，一手拨开胸前衣领，露出一片淤青痕迹。

"猜猜如何伤的。"

柳蔚不太想猜。

镇格门的工作危险度高，负责皇城安全，责任重大，有点磕磕碰碰，再正常不过。而且看起来不重，应该只是撞了一下。

"帮本王把个脉？"容棱突然道。

不就是一点淤青，还要把脉？

但毕竟相识一场，对方都开了口，柳蔚还是耐着性子坐下来。把容棱的手拿过来，翻一面，双指摸在他的脉门上。

"脉象平顺，并没什么异样。"柳蔚把了一会儿，说道。

容棱却突然直起身，坚硬的男性身躯向前倾斜，靠近了柳蔚的脸，问道："真的？"

因为凑得近了，他呼吸的灼热气息也落在她脸上。

柳蔚有些不舒服，向后仰退一点，说："的确没事。"

"只是有点不放心。"顿了一下，容棱又说，"那人说，还给我下了毒。"

柳蔚惊讶："毒？"

想了一下，又把他的手抓过来，再验了验。

的确还是没发现什么不妥。

柳蔚困惑："看起来只是普通外伤，脉象更没问题，不应该啊！"

容棱想了想，问道："五日后是选妃宴，会不会有影响？"

柳蔚沉默一下，开口嘲讽道："都受伤了，还想着女人，三王爷真是风流。"

容棱单手支着下巴，好整以暇地看着柳蔚："本王娶正妃，也叫风流？"

柳蔚头也不抬，阴阳怪气地说："三王爷可不要误会，风流不是骂您！古来只有有才之士，有权之士，才有风流的资本。其他人，那都要叫下流！"

这还不叫骂他，就差指着他鼻子，说他淫荡无耻了。

容棱笑了起来："若本王这也叫风流，那先生又是什么？"

"我怎么了？"

容棱瞥了眼柳蔚腰间，那枚香囊，竟然还戴着："才离开两天，女儿家都送上香囊了！再过两日，只怕定情信物都该换了。说来我还是头回娶亲，先生这……至少也是第二回了？"

柳蔚噎了一下，又说："我这是打入敌人内部，忍辱负重！您是为一己之私，满足禽兽之欲！"

"成亲是禽兽所为？"

"有爱的夫妇，自然不算。无爱的，就另当别论。"

"先生知我不爱未来王妃？"

"一场选妃宴，一面之缘就能定下终身，这也叫爱？"

"那先生以为该如何？"

柳蔚不再说话。

"先生爱小黎的母亲吗？"

爱这个字，其实对容棱而言很陌生，他也不常听到有人提。柳蔚，是第一个跟他讨论这个话题的人。

小黎的母亲？

柳蔚不着痕迹地将容棱上下打量一圈儿，叹了口气："我也不爱小黎的母亲，这大概就是给小黎另一半基因那人死得早的原因。无爱的夫妇，终究不会幸福一生！"

容棱："……"

某王爷总感觉自己好像又被骂了！

看时间也差不多了，柳蔚不想跟容棱再东拉西扯。瞧着外面雨势依旧没小，柳蔚咬咬牙，跟容棱告辞后，冲进了雨幕。

第八章 如遭雷劈

翌日，相府。

阅儿怀里抱着一整包零嘴，往怀月院走。可突然，却看到小湖畔旁的拐角处，一个身影疾步走过。

阅儿瞧了瞧那身影，本没当回事，可看仔细了，却猛然大惊。

那是个男子的身影。内院不允男子出入，但凡进来，必是有丫鬟或者嬷嬷领着，哪里有一个男人私自在里头乱走的。

阅儿想到这儿，赶忙跑过去。可追去时，早已半个人影都见不到。

猜测莫非是自己看错了？抓抓头，她刚要离开，又听到拐角外的假山后头，传来一声闷哼。

有人！

阅儿登时绷了绷身子，对着那头大喊："什么人鬼鬼祟祟在里头？马上出来！"

一声喊完，里头却半点动静没有。周围很安静，阅儿深吸一口气，慢慢往前走了一步。

"是谁？赶紧出来，偷偷摸摸，再不出来我可叫人了！"

阅儿话音一落，里头又是一声闷哼。

阅儿其实很怕，迟疑一下，后退一步，打算真的叫人。

却又听到"咚咚"两声撞击，那声音起先很小，随之便急促起来。

阅儿听得毛骨悚然，心说大白天的不会撞鬼了吧？

下一瞬，一截水蓝色的衣裙，从假山后面露出来。接着，便是半个身子。

阅儿定睛一看，竟见是个丫鬟模样的女子，被绑住眼睛和嘴，塞在那假山后头。大概是听到有人过来，才发出声响求救。

阅儿急忙走过去，将那人眼睛和嘴上的布解开，这下容貌清晰了，才脱口而出："亦卉姐？"

亦卉的样子很狼狈，身子被反绑着，整个人都卡在假山的缝隙里，身上全是灰土。

阅儿将人救出来，又给解了绳子，亦卉倏地抱住阅儿，大哭起来："我差点以为我要死了！阅儿，幸亏你来了。"

"亦卉姐，到底出了什么事？谁把你绑在这儿？"

亦卉哭得上气不接下气，只摇摇头，眼泪几颗几颗地掉："不知道，我也不知道……"

柳蔚正在房中看书，灵儿在旁边给大小姐换茶，其他小丫鬟则在院子里各自忙碌。

柳蔚看了一页书，刚翻下一页，突然倏地起身，快速走到门口，皱眉朝远处看去。

灵儿手忙脚乱地放下茶壶，跟出来问："小姐，怎么了？"

柳蔚没回答，只是手搭在头发上，隐晦地做了一个手势。

藏在暗处的两名暗卫接到指令，虽说愣了一下，却还是极快地有所动作。两道身影，光影一般飞出去，却因为动作太快，没惊动院中任何一个丫鬟，包括树丛中的鸟儿竟也没一只受惊。

"小姐？"灵儿见自家小姐突然发呆，很担心。

柳蔚似这才回神，对灵儿摆摆手，又走回屋内，坐到椅子上，重新拿起书。可这会儿，却一个字都看不进去。

方才，分明听到一道哨子声。那哨声正常人听不到，只有动物才能听到，多用于训练动物。柳蔚在曲江府的一个马场也见有人用相同原理的哨子驯马，但那个驯马人不是青云国人。

据说是南方灵丘国的一位驯马大师。

那哨子声，柳蔚敢百分百确定，是有人在召唤他的宠物。

能大白天在相府出没，吹着不属于青云国产物的驯兽哨，并且不引起相府侍卫的注意，甚至不引起镇格门暗卫注意的人，那会是什么人？

而他召唤的宠物又是什么？

柳蔚想到了柳域曾经带到三王府的蝙蝠排泄物，还有柳丰失踪的房间里那可疑的蛇形痕迹。

心中的想法呼之欲出，柳蔚思绪疾飞，眼神又更深了些。

"阅儿姐姐，这是……这是发生了什么事？"小丫鬟清脆懵懂的声音，自院外传来。

灵儿看小姐还在看书，便自己走出去。一出去，却吓了一跳："呀，这是怎么了？"

阅儿扶着亦卉，被好奇的小丫鬟们包围住。

亦卉现在满脸泪痕，身上脸上都是灰尘，衣服还有好几处都破了洞，看着非常狼狈。

灵儿不认识亦卉，只看到阅儿姐出去一趟，就带回来这么一个人，着实吓了一跳。

阅儿也不知道怎么说，只能道："这是我认识的姐姐。"

自从五少爷失踪后，亦卉这个曾经五少爷的大丫鬟，因为镇格门大人的干预，没被夫人打死，也没被当做凶手同党递交衙门，但在府里，却再也过不下去。

阅儿与亦卉都是相府家生子，小时候就认识，不说关系多好，却的确是熟人。

今天见到亦卉这个模样，阅儿知道，亦卉要是敢这样回去，秦嬷嬷一定不会听亦卉解释，先就将亦卉打一顿。因为亦卉身上的衣服，是外院丫鬟统一着装的丫鬟服，每个人只有一套，坏了是要受罚的。

阅儿想到自己以前也有这套衣服。搬来怀月院时带来了，她身量和亦卉差不多，亦卉应该勉强能穿。

正打算将亦卉带回房，前头主屋里，一道素色的身影走了出来。

柳蔚面戴白纱，将脸上的伤疤遮盖住，看着外面明显不对劲的阅儿，和另一个陌生丫头："怎么了？"

阅儿一看小姐过问了，不敢隐瞒，赶紧将事情说了。

这一说完，周围的小丫鬟们都呆了。最小的丫鬟翡翠问："府里有坏人？"

另一个丫鬟抖着身子说："我之前就听说，但凡跟过五少爷的人，后头都不见了。她们说是五少爷的魂魄回来抓替死鬼了。"

"府里有鬼？"翡翠吓得扑通一声坐到地上。

柳蔚厉声道："不要胡言乱语！"

柳蔚这一出声，小丫鬟们赶紧闭嘴。可看着亦卉的表情，同样满是惊恐，就仿佛亦卉已经被鬼附身了。

柳蔚看了那亦卉一会儿，才想起来，这不就是柳丰屋里的大丫鬟？

"先带亦卉去沐浴更衣，完了来我这里回话。"柳蔚道。

阅儿应了声"是"，亦卉也谢了恩，这才离开。

柳蔚回到屋子，心里想法已经明晰了。

没一会儿，亦卉沐浴完，换了干净的衣服过来。

柳蔚将其他人遣走，留下两人，道："将事情的经过，从头到尾说一遍，不准有一丝错漏。"

亦卉这段时间在秦嬷嬷的手底下做事，早已没了当初大丫鬟的气度。也不敢问大小姐为何对这件事如此感兴趣，不让她去管家或者嬷嬷那儿回话，却要她在这里说一遍。只得老老实实把事情经过都讲了出来。

亦卉是在今天早上被绑的。

她一早起来和平时一样，先将府中所有净房都清洗了一遍，等到累死累活地回来，匆匆洗了身子，就去大厨房领早膳。

但是去得太晚，外院的大厨房已经没有剩饭了。她只好去内院的大厨房讨了点，吃完要回去时，身后有人叫了她一声。她还没回头，就已经后脑一痛，摔在地上，晕了过去。

等她醒来时，她就被绑住了眼睛和嘴，被塞到一个地方。

亦卉说完后，柳蔚一言不发，又将目光投向阅儿。

阅儿也忙说出自己的经历。

柳蔚沉思一下，问亦卉："那个叫你的人，听出声音了吗？"

"是个男人的声音。"亦卉道，"是我没听过的声音。"

"音色是高还是低？"

亦卉想了想，苦恼地摇摇头："不记得了。"

柳蔚再次沉默下来，过了一会儿，才问："你换下的衣服呢？"

亦卉一愣，偏头看向阅儿。

阅儿道："在我屋里。"

"去拿过来。"

"啊？"阅儿茫然。

柳蔚催促："快去！"

阅儿这才应了一声，虽然不知道小姐要干什么，但还是快速跑回自己房间，把脏衣服抱着，又跑回来。

"放在这里，你们出去。"

阅儿乖乖将衣服放在桌上，与亦卉对视一眼，一道出去。

等临到门口时，柳蔚突然抬头，对阅儿道："你送亦卉回去，跟秦嬷嬷说一声，这个丫鬟我看得上眼，往后就来我院里伺候。若是秦嬷嬷不允，便让秦嬷嬷来与我说。"

阅儿听完，满脸错愕得一句话说不出。

亦卉更是眨了好几次眼，才惶恐地回神，立刻扑通跪倒在地上，对着柳蔚直磕头："多谢大小姐，多谢大小姐！大小姐恩典，奴婢无以为报！日后必当忠心不贰，以报大小姐再造之恩！"

柳蔚看着那堆衣服，摆了摆手："下去吧！记住，你被绑之事，不得告知任何人，可明白了？"

亦卉又是一阵磕头："明白，奴婢明白！大小姐说什么便是什么，奴婢都听大小姐的。"

看亦卉磕个没完了，柳蔚对阅儿示意一下，让阅儿将人带走。

阅儿忙拉着亦卉离开，心里却很担心：亦卉是得罪了夫人才被罚的，大小姐出这个头，不是更与夫人为敌？

两个丫鬟离开后，柳蔚关了房门，才展开那衣物。将那衣裙完整摊开，点了蜡烛，特地凑近了，一寸一寸地看。

衣服很脏，很破。看了一圈儿，并没找到什么凶手留下的痕迹。

柳蔚慢慢思索其中的来龙去脉。

之前丢的那些下人，都是男人。平日来往在外院，要下手也容易。但亦卉现在负责主子们的净房，平日都在内院走动，只有早上上工前和晚上放工后，以及用膳的时候，会在外院。

亦卉住在大通房，一个房里十个洒扫丫鬟，凶手必定不好动手。而早上上工，亦卉也是和其他粗丫鬟一道。整个内院所有主子的净房，这等工作量，就靠亦卉一个人可干不了。

因此凶手只有在亦卉用膳的时候，才能下手。

凶手应该观察亦卉好几天了，定了今天。做好了一切准备，但亦卉却临时去了内院拿膳。凶手计划受阻，但还是冒险一试，潜入内院对亦卉下手。不过因为不好运出，只能先将亦卉藏起来。却不想，阴差阳错，被阅儿发现。

大略思索一番，柳蔚现在能做的，一是继续在亦卉的衣服上寻找证据，二是等暗卫带来好消息。

将衣服反反复复看了几次，柳蔚罗列了几个可疑处。

一、衣服肩膀的位置，有灰土痕迹。不确定这是在假山里蹭上去的，还是凶手留下的。

二、衣服腰部，有利刃刮破的痕迹。同样，不确定这是亦卉在挣扎时被假山里的石头刮破的，还是凶手用利器划破。

三、裤子上有半个黑色脚印。脚印明显是男人的脚印，但亦卉出入外院，见的男眷不少，有可能是谁欺负了她，踢了她一脚？仍旧不能肯定是凶手留下的。

这三个疑点，都需要亦卉回来再给答案。

等到亦卉回来，柳蔚直接将人带到房间，领到桌子前，问她那些衣服上的伤口是怎么回事。

亦卉虽然不知大小姐为何问这个，但还是老老实实回答。

等柳蔚打听清楚了，便让亦卉出去，再将房门关上，吩咐不准人进来。

门关上后，柳蔚走到窗边，将窗户打开一个小缝，在窗台上摆了一盆茶花。

不过一会儿，房间里已经多了两个人。

两名暗卫眉目凌厉，对柳蔚拱手行礼："柳先生。"

柳蔚道："人跑了，我已经知道。不过你们与他交过手，总有些发现，说来听听。"

两人对视一眼，其中一人道："那人身高六尺，三十来岁，肤色较黑，面无胡须。他的功夫看着并非中原功夫，也许是异域人。我们与他面对面，已记清了他的容貌。下次再见，必会认出。"

柳蔚拿出木炭笔和宣纸，将纸铺在桌面，道："光你们能认出还不够！说清楚，什么样子，眼睛是大是小？鼻子是高是塌？说仔细些。"

两名暗卫以为柳蔚要画通缉像，但为何不用毛笔画，要用木炭？

两人不懂，不过想到这位柳先生就是古古怪怪的，还跟鸟儿说话，便将记得的容貌特征都说了一遍。

透过两人所言，柳蔚直接将其画出来。

等到收了笔，柳蔚在纸上吹了吹，把炭灰吹掉，将宣纸拿起来看了看，才转过去，让两人看："是这样吗？"

两人原本漫不经心，因为他们觉得木炭若是能画出画像，那泥巴都能造人了。可当他们看到那惟妙惟肖、宛若真人的人像时，却惊得嘴都合不上了。

两人哑了喉咙，盯着那宣纸。

柳蔚看他们不语，歪头瞧了瞧自己的画道："不像？"说着，将画像丢到一边，重新铺了张纸，"没关系，重画，你们再给我说说。"

"不不不，很像！"站在右边那名暗卫眼看画像落到地上，急忙上前捡起来，将上头不存在的灰尘抖了抖，又发觉自己这样子有点大惊小怪，便有些干涩地说，"很，很像。"

柳蔚不确定地问："真的？"

"真的。"

"有几成像？"

两人虽不愿承认，还是说："十，十成。"

对他们来说，这的确是十成像了，就好像活人就在纸上一样。比起他们衙门画师画的那些通缉像，要像不知道多少倍。

柳蔚看他们表情，不似说谎，便道："那将这画像带回去给你们都尉，让他手下的人都记清这凶手样貌。下次见到，莫要再把人弄丢了。"

两人将画像收好。

柳蔚又道："凶手可能会再找亦卉，杀人灭口。这几日你们盯紧亦卉，随时警惕，不要让凶手钻了空子。"

两人老实应下。

第二日，柳蔚给老夫人请安回来。

伸手把门一推开，意外地，看到桌子前，那拿着茶杯一身玄色衣袍的俊美男子。

"带了这么多尾巴来？图热闹？"

柳蔚的院子里，不算那两个本身就在的暗卫，这会儿至少多了七八个人。个个呼吸浅薄，一看就是高手。

容棱略微挑眉，以手支着下颌，锐利视线瞧着她道："他们都是来看你的。"

"看我？"柳蔚解下面纱，"看我什么？"

容棱道："那张画像，据说是你画的。"

"是又怎么样？你这么大动静地来找我，就为了问我画像是不是我画的？"

"不。"容棱慢条斯理地道，"明日，便要进宫了。"

柳蔚"嗯"了一声，算是应付。

"若是先生也能同往，该是多好。"

柳蔚瞥他一眼。

容棱道："先生见解独到，本王素信先生眼光！先生说哪家女子好，本王便娶哪家的，岂不便捷。"

"王爷这样随便，那些姑娘家可都知道？"柳蔚起身，道，"王爷无事便走吧，顺便把你的尾巴也都收干净。"

说完，柳蔚已经回到内室，翻着书架，开始找书，不关心外面某王爷是何时离开的。

翌日一大早，整个相府内院就忙活开了。

今日是老夫人带相府几位小姐进宫觐见皇后的大日子。

出发以后，马车一路行驶许久。好不容易到了皇城门口，却看前面已经有许多马车排队，等着检查。

皇宫守卫森严，可不是什么人都能放进去的。

不过皇宫的守卫不就是，镇格门？

柳蔚正想着，就听外面传来一声娇喝："你这个小兔崽子，看我不杀了你！"

这声音要说熟悉，那就是熟悉到耳朵口了。

柳蔚一愣，心想不会这么倒霉吧，还没进宫门就碰到月海郡主了？

接着，就听到一声更为熟悉的童音，软软糯糯地道："你敢欺负我，容叔叔不会放过你的！"

"胡说，你一个小野种，棱哥哥是我的！"

"容叔叔才不是你的。是我的，是我的！"

"小畜生，你给我站住！"

柳蔚："……"

可能是幻觉？

怎么可能听到小黎的声音呢？

今日是什么日子，选妃宴的预备赛！容棱哪怕再宠爱小黎，也不可能将小黎带到皇宫来。

所以小黎不可能在这里，更不可能和月海郡主争执！

嗯！这一切都是幻觉！

可不等柳蔚自我安慰完，就感觉马车突然颠簸一下，车厢里的人都吓了一跳。等稳下来，撩开车帘，就看到外头，月海郡主踢了个什么东西，刚好撞到马车的车壁上。

那东西软软的小小的，看着不起眼。但是仔细一看，分明就是个孩子。

柳蔚透过车帘缝隙也看到了外面的情景。接着，就听到小黎声音响起："是你先动的手，那就不能怪我了。我答应容叔叔不主动惹事，可正当防卫，总不算错！"

小黎话音刚落，手中三枚石子直直地朝着月海郡主眉心打去。

那石子破风而过，从月海郡主发梢划过，带走月海郡主一截发丝。

曾亲眼目睹这个孩童将冰糖葫芦钉入木柱的月海郡主，此刻也是浑身发冷，周身发凉。

这时，远处跑来两个婢女，正是明香惜香。

两人匆匆过来，拉住柳小黎，对还没回过神的月海郡主鞠躬一下，就拉着人赶紧跑走。

等月海郡主醒悟过来，再看眼前，哪里还有半个人？周围无数马车虽然都安安静静，但月海知道，这些车里的人，都将方才的情景看得一清二楚。自己的脸，已经丢了。

顿时一个恼怒跺脚，朝宫门内走去。

月海郡主一走，那一辆辆的马车里，便接连传出议论声。

柳蔚一颗心总算放下。

马车接受完检查，进了宫门，便一路顺着宫道，往内门行。等到了内门门口，便要下车，步行了。

柳蔚戴好羽笠和面纱，搀扶着老夫人。

将近午时，才轮到她们进去昭宁宫。

昭宁宫的大殿里，已经坐了不少人。两旁的小几，一溜儿的，都已坐满了。

柳蔚远远地，就看到月海郡主坐在皇后左手下的第一个位置。

皇后坐于高位，殿内宫女成群。

到了正殿中央，柳老夫人行跪拜礼时，有宫女垫上软垫。但是后面的人，却是实打实的跪。

老夫人话音落下，后面吕氏便带着剩下的人，齐齐再跪。

皇后娘娘的声音，从高处传下，带着一丝亲和之味："平身吧。"

吕氏立刻躬身起身,再搀扶起老夫人,后面的几个姑娘也跟着起来。

皇后娘娘狭长的凤眸,瞧着下方的数人。最后眼睛,不偏不倚地盯上了人群中唯一戴着面纱的柳蔚。

柳蔚就像个下人一样,站在老夫人身后。

这时,皇后娘娘却开了口:"再置一席位,予柳府大千金。"

此言一出,大殿上顿时一静。"柳府大千金"这五个字,最近在京都可谓是一时无两,没人未听过。

这位柳府大千金,五年前已经出名过一回了。

一介庶女,逃了堂堂七王爷的婚。五年时间过去,每日都有新鲜故事,此事当时再震动,时过境迁也就被人淡忘了。不承想,五年后却传出消息,这位柳家大小姐竟然回来了。回来了还不算,脸竟然还毁容了。

女孩家容貌便是最重。毁容的女子,哪里还有半分前途可言?

更多的人,却不是担心柳蔚的将来。她们就是好奇,毁容毁成什么样了?是完全见不得人了,还是只是一些小碰撞,假以时日治疗一番,还能恢复容颜?

不过旁人再多好奇,也得不到解答,毕竟柳家将这位去而复返的大小姐藏得严严实实,一点不往外露。

但是今日,这柳大小姐竟然进宫了。

今日是秀女觐见,选亲大宴。柳大小姐这样一个人物,来这里做什么?难不成还想在青年才俊中,找一个合适的嫁过去?

一下子,众人的视线都看向了那柳家席位上,唯一一个还没坐下,面戴白纱的女子。

这个就是柳大小姐?

柳蔚觉得,周围那些眼神都快将自己给戳疼了。这时那宫女才慢条斯理地将席位布上来。

柳老夫人和一众柳家人都坐下,也是脸色难看。活了几十年,早已是个人精。哪里会没看出,皇后娘娘这是故意把柳蔚推到风口浪尖。

整个大殿,已经坐满了人。内宴,即将开始。

一天,安排有午宴和晚宴。

午宴又称内宴,是皇后接待所有女眷所设。

而下午,还有百花诗会。

这个诗会,说到底就是找个机会,让女眷们见见男眷,男眷们见见女眷。在皇后娘娘照看下,适龄的王孙贵胄和秀女们,互对诗词,彼此打个眼。

同一时间,外宫的大宴厅。

一身蓝色素软缎锦袍,腰间绑着一根黑色蟠螭纹带的太子,坐于高座。

太子手边放了个精致的葫芦形状的鼻烟壶。干净手指,一下一下敲打着桌面。

看着下头舞姬曼妙的舞姿，太子眼眉微挑，对身边的太监道："那边如何了？"

太监应了声："方才去看了，也正在饮宴。"

太子黑眸一转，又瞧着下方一群推杯换盏的男子，有些乏味。

坐在太子身边的，是个头戴玉束，文质彬彬，面容优雅的男子。男子不是别人，正是太子的嫡亲弟弟，五王爷容飞。

容飞端着酒杯："皇兄这是怎么了？不就是不耐烦替母后招待这些人嘛！你起先就寻个由头推了不就完了。非要揽上，这不是自找的吗？"

太子斜睨自家亲弟一眼："我若是推了，这边谁来压场？"

"我不行吗？"五王爷一挺胸膛。

太子笑了一声，随手拈起手边的杯子，慢慢晃荡两下，眼睛却看向台下右手边的第一人，问道："你说你三皇兄，这是什么意思？"

五王爷顺着太子的目光看去，正好看到一身玄色衣袍的容棱，膝上抱着个孩子，正为孩子夹着菜，还小心地拿着帕子，为那孩子隔着衣服。

"什么什么意思？"五王爷不知皇兄想问什么。

太子瞪他一眼。

五王爷恍悟一下："皇兄是问他怎地明知今日是要选妃，还带着私生子前来？"

"你知道什么？"太子抬了抬眼，问道。

五王爷又为自己倒了杯酒，道："皇兄太看得起弟弟了，三皇兄是个什么脾性？弟弟与他又不亲，哪里知道他的事。不过这孩子，不就是京里头最近传得沸沸扬扬的那个。孩子母亲是谁没人知道。带回来的时候，就这么一个。据说三皇兄对其分外恩宠，去军机大营，都带着。"

"他到底，是不是想要纳妃？"

五王爷放下酒杯，才道："皇兄与三皇兄平日不是挺亲厚的？他的心思，您还不知道？"

太子一滞，最后索性摆摆手："不提了。"

五王爷却好奇了："怎么？皇兄已经问过了？"

"喝你的酒。"太子自己也端起酒杯，仰头饮尽。

五王爷摇头一下。这普天之下，能让他这位太子皇兄也受其冷气的，除了父皇，也就是这位三皇兄了。

三皇兄是父皇亲信，在朝中，这是谁都知道的。连镇格门，都交予三皇兄打理。

镇格门守卫皇城，父皇这等于是把咽喉，都交到了三皇兄手里。

父皇这样爱重三皇兄，按理说，太子应当是极为不满。

实际上，太子一开始的确是不满，还寻了不少事。就连容飞，都觉得太子与三皇兄将来必有一战。

可就在他都拿出水果，剥好瓜子，打算看戏时，变故出现。太子与三皇兄，竟然同气连枝了。也不知从什么时候开始，两人的政见竟变得一致，一起查贪污案，一起前往南州赈灾，一起上朝下朝，甚至偶尔还能看到两人一起从父皇的御书房出来。

容飞就猜，或许三皇兄知道斗不过太子，就主动降了。

但这一猜想，在后来也被打破。因容飞亲眼目睹，在御书房内，父皇坐于上方，下方太子与三皇兄各执一词，差点打起来的场面。

当时，太子属意加强赋税。江南之地，素来富裕。那一年北方大患，国库因而空虚。太子便打算，加江南三州两成赋税。并且表示，已经查过，江南松州、召州、丰州这三州，当年粮收丰盛。加两成，也是百姓可以担负的。

这种做法容飞觉得很好，国家有难，富裕的地方多拿出点钱，充盈了国库，国家才能富强。

但三皇兄显然不这样认为。他属意，在各部和后宫上，多节省点钱银，并不赞同加收赋税。

太子与他好说歹说。并表示，后宫花不了多少钱，这样节省，能省多少？

谁也没想到，三皇兄当时就借了父皇的笔墨纸砚，然后拿笔，在纸上算起来。最后算下来，每部若是节省两成，后宫节缩三成，省下的钱银，竟真的足够填补三州两成赋税。

最后太子哪怕不甘，父皇也下令，采取了三皇兄的做法。

之后，太子便与三皇兄保持着一种微妙的关系。

五王爷想到这里，又看了眼明显有些气闷的太子皇兄，再转开眼瞧向下面正给怀中小童剥虾的冷面男子，倏然一笑。

太子瞧容飞一眼："笑什么？"

五王爷道："皇兄有否觉得，三皇兄此刻的模样，倒是有些……贤惠？"

太子转头看过去。这一看，顿时一笑。

太子这笑声太过爽朗，下面人都看了上来。

太子一时兴起，便道："这舞跳得好。来人，有赏！"

下头舞姬们莫名其妙，心说方才太子明明看着她们还一脸无聊，怎么这会儿又说好了？但有赏赐谁不要，便赶紧屈膝谢恩。

柳小黎从容棱怀里抬起头来，看了看一个个穿着漂亮、身段曼妙的舞姬，眨巴眨巴眼睛。

容棱按着小黎的小脑袋，让小黎垂首："吃饭。"

柳小黎捧着碗，鼓着嘴说："我也想看嘛。"

容棱为小黎又盛了一碗汤，再将勺子放进去："先喝汤。"

柳小黎闷闷的，眼睛又往上瞧了一眼，这才幽幽地垂下，开始喝汤。

今日在场的，没一人是有兴趣吃饭的。大家推杯换盏，饮的也就是些不上头的清酒，嘴里讨论的也多多少少是下午诗会的事。

　　柳小黎一个小小孩童的出席，倒让众人一阵新鲜，还没见过有人带着儿子来选妃的。

　　离着容棱较近位置的容溯，手中捏着白色瓷杯，他看向不远处，那旁若无人布菜用膳的一大一小。

　　坐在容溯身边位置上的是李君。

　　李君顺着容溯的视线看过去，一看过去，笑了："咱们这位三王爷，倒是能人所不能！今日他到底想不想选妃，这怎么看着，是把女人往外头推呢。"

　　容溯把杯中酒饮尽，道："三皇兄行事自有一套，父皇都不急，你急什么！"

　　"我这不就是说说吗？"李君听出了自家王爷语气中的挑刺儿，有些郁闷，"王爷，那柳府大小姐……"

　　"闭嘴！"容溯将酒杯一搁，火气又被挑起了："不许在本王面前，再提那女人的名字。"

　　李君识趣地闭嘴，却一脸委屈。

　　容溯又给自己倒了一杯，不看李君，仰头饮尽。

　　李君愁得头发都要白了，默默地也捧起酒杯。这时就感觉右边，有人正看着他。

　　习武之人对视线较为敏感，李君抬头看过去，却顿时迎上一大一小两双漆黑眼眸。大的眼眸深邃，小的满脸好奇。

　　李君愣了一下，才对两人颔首一笑。但却不知，怎的这两人突然往自己身上瞧。

　　容棱和容溯位置中间隔了两个人。

　　李君在容溯下首。容溯与李君说话，按理说，容棱是有可能听到的。毕竟容棱是个中高手，耳力自然不俗。但是那小孩也看着自己做什么？

　　李君莫名其妙，硬生生与那两双视线对视一会儿，才尴尬地别开，心说，这两位是打算干什么？

　　刚这么想，就见那小童挣开容棱的怀抱，迈着小短腿跑过来。

　　李君是认得这孩子的，那日在艺雅阁，便有一面之缘。

　　此刻这孩子凑到自己面前，李君不知这孩子还认不认得自己，只看着孩子问："你有事？"

　　柳小黎坐下来，仰头看着他："这位叔叔，你方才说了柳家大小姐，你认识柳家大小姐吗？"

　　李君一愣，显然没想到小孩子会问这个。

　　柳小黎却又凑近去一些，还伸手抓住李君的衣角，噙着一双水润的瞳眸，说道："叔叔，你能跟我说些柳家大小姐的事吗？"

　　李君莫名其妙，眼睛稍稍转了一下，果然看见那边容棱也依旧抬着头，正看着这边。

所以，到底是这小孩想知道，还是容棱想知道？

不过打听谁不好，怎么偏偏打听柳家大小姐？

那位脸可是烂得都不能看了。莫非三王爷的口味这样重，不爱如花红颜，偏巧喜欢这种另类的？

容溯就在李君旁边，自然也听到了柳小黎的问题。

李君拽了拽自己的衣角，将衣服从这小孩的手心里给拉了出来，才道："我不认识柳家大小姐。你若是想知道，去问旁人。"

柳小黎鼓着小脸，双腮圆圆地说："叔叔你方才明明提到了柳家大小姐。"

"提了，不代表认识。"李君说着，突然起了一个坏心眼，偷偷压低了声音，指着容溯，"他认识，他是柳家大小姐的未婚夫婿，往后就是柳家大小姐的相公。"

一言说出，容溯手上的杯子重重砸在桌上。

柳小黎不知道未婚夫婿是什么意思，但却知道，未来的相公是什么意思。最后猛地跳起来，短短的手指指着容溯问："你你你你……你是她的相公？"

容溯眼底的黑气都快凝聚成墨。偏李君还在一边唯恐天下不乱："对，他就是。"

"李君！"容溯冷斥。

柳小黎简直惊呆了，这个人竟然是娘亲的相公，那是自己的谁？爹吗？

想到这里，柳小黎觉得自己都快摇摇欲坠了。小小的身体轻轻晃着，眼看就要摔倒。

"你……你真的是……她的相公？"小黎鼓着最后一口勇气，颤颤巍巍地问道。

容溯面色阴寒冷厉极了："不是。"

不是？

柳小黎松了口气，好好地匀了一下呼吸，问："真的不是？"

"说了不是。"容溯语气很差，仿佛与那种女人搅和在一起，便是天大的耻辱。

柳小黎听这个叔叔一再反驳，身子总算稳住了。

小黎又看了李君一眼，生气地哼了一声，又眼神复杂地看了容溯一眼，才跑回容棱身边。

方才的话，容棱自然也听见了。

柳小黎一到容棱怀里，就嘟嘟哝哝道："谢天谢地！容叔叔，他说他不是柳家大小姐的相公。不是就好，刚才，真是吓死我了。"

容棱摸摸小黎的脑袋，深邃目光，却幽幽地又看了容溯一眼。

容溯似有所感地抬起头，恰好与容棱四目相对。

两人彼此打量，又继而错开视线。

容溯与柳蔚的婚事，五年前便闹得沸沸扬扬。容棱以前并不关注，可现在，却不得不关注了。

"容叔叔。"怀里，软糯的声音响起。

容棱低下头，就对上柳小黎水汪汪的大眼睛："怎么？"

"我不会泄露我爹的行踪的。那你老实告诉我，我一会儿是不是能看到她？"

若是今日进宫的女子，都是要参加选妃的，那他娘亲岂不是也……

柳小黎这么想着，就认真地抓着容棱的衣袖，问："容叔叔，我爹一会儿，也要在这里相人结亲吗？"

容棱让他好好吃饭。

柳小黎却根本吃不下去，一张小脸愁成一团。

实际上，柳蔚今日会进宫，容棱也很惊讶。

对面席位靠后的位置，宇文尧剥了一盘瓜子，放到严裴手边，想了想，压低了声音问："那个孩子，当真不认识你了？"

严裴抓了一颗瓜子，慢条斯理地放进嘴里，道："我们本来就不熟。"

"那你把那红血丸给我？"

"不给。"严裴眉毛都没抬。

"固执。"宇文尧很不满地道，"既然你们不熟，那红血丸我拿去查验查验又怎么了？你这么替他掩护，何必。"

严裴不说话了，默默地吃着瓜子。

宇文尧看严裴那沉默不语的模样就闹心，叹了口气，又看看他的脸色："你确定今天不会犯病？"

严裴道："吃了那药后，现在发作的时辰间隔已经长了许多。"

以前一日要发病好几回。若遇到变天季节，发作十来回都有。从早上到晚上，都是煎熬。但自从吃了红血丸，发病的次数，就减短了。

宇文尧对那红血丸始终不信任："我去打听过，那孩子不是容棱的儿子，虽说外头都这样传。但孩子亲爹我认得，是上次艺雅阁那个。我不知容棱为何愿意让这对父子借他名头。可无论如何，这对父子都是来历不明。我与你知己一场，这群人行为诡谲，又是镇格门里头的。我尚且看不出个一二，你这个十几年不出门的，更是不懂人心险恶。反正，谁为你着想，你自己清楚。"

严裴慢慢吃着瓜子，一口菜没沾，就这么左耳进，右耳出。

宇文尧看严裴这油盐不进的，狠狠瞪他一眼。这固执的性格，是彻底见识了。

男人间的宴席，没有女人那么多花招。

女人聚集多了，个个手段层出不穷。

下头的舞姬跳得腰都要断了。终于，在未时二刻，内宫传来消息，说是女子们用完膳，正往御花园走。

那边既然结束了，这边自然也就结束了。

太子终于来了点精神，遣退舞姬们，对下头道："膳食将毕，御花园中准备了赏花宴。大伙儿，一道去看看。"

这话便是暗示，那边女眷们已经准备好了。

男子们开始交头接耳，好几个世家子弟也开始整理衣冠，意图在佳人面前，挣得一个好面子。

五王爷吃酒吃得有些多了。太子叫了人来，看容飞眼神空洞、浑浑噩噩地瞧着自己，叹了口气，对人道："将五王爷送到太子宫去歇息片刻。申时过半前，必须让他醒酒来。"

宫人们急忙应下，这就伸手，去扶着人高马大的五王爷起身。

等五王爷被送走，太子理了理袖子，才道："走吧，去御花园！"

立刻有太监前头带路。

太子的身边，左边容溯，右边容棱。

三人说是兄弟，但平日除了政事，却鲜少说话，此时要走许久。后面一些权贵子弟，都是三三两两，边议论边走。

前头三位王爷，却冷着三张脸。

太子夹在中间，多少有些不舒服，便开口："阿溯喜欢什么样的？"

容溯目视前方道："贤良。"

"那容貌呢？"

容溯瞧了太子一眼，分不清太子是故意让人联想到毁了容的柳蔚，还是无意言之。

太子的确是无意言之。哪怕是真好奇那位柳大小姐，但以他的城府，也不可能当众说这种话来挤对容溯。尽管都传容溯在朝中顶了太子半边，两人斗得你死我活，但在这私下，双方还是各自维持着脸面。

容溯没看出太子脸上的深意，便收回目光，道："容貌，不究。"

李君闻言，忍不住憋着笑。

太子像是没看到李君的小动作，又转头问另一边的容棱："阿棱呢？"

容棱怀里抱着柳小黎。在外面，柳小黎向来不喜欢自己走的，能被抱着，绝对不肯下地。

此刻柳小黎圈着容棱的脖子，也正看着他家容叔叔。

太子看这孩子讨喜，倒是让他想起了他的那位庶长子。

"叫什么名字？"太子问道。

柳小黎乖巧地回答："小黎。"

"离？"太子皱眉，看了容棱一眼，"离字，可不是好兆头。"

柳小黎愣了一下，才听懂这位不认识的叔叔，竟然嫌弃他名字不好听。他顿时记仇地缩回容棱怀里，道："我的名字我爹取的。我爹说，黎代表黎明，我出生就代表光明与希望。"

说完，还哼了一声，扭过脸去。

太子顿了一下，又看向容棱。无法想象这样铁骨铮铮的男子，竟然会说出这么肉麻的话。

太子从怀中掏出一块玉佩，递给了柳小黎："初次相见，也没什么见面礼送你，这块玉佩，你且拿着。"

众人看着那玉佩，只见那紫色玉佩在阳光的照耀下生出几丝潋滟光辉。

周围又是一阵呼吸声，容溯的脸色，也更加难看了。

其间，有人小声询问："那个紫玉，是不是就是去年太子诞辰，皇上所赐的那块？"

"嘘，别说了。"

议论声慢慢降下。

太子置若未闻。他看柳小黎不接这玉佩，偏头便看向容棱。

容棱深深地看了太子一会儿，才拍拍小黎。

柳小黎这才伸手去接过，拿着玉佩，看着上面的光圈觉得很好看，就问："这个真的很值钱吗？"

太子被童言童语逗笑："自然。"

柳小黎顿时望向容棱："那我能卖掉吗？这个玉佩，能卖多少钱？"

太子："……"

众人："……"

容棱捏捏柳小黎的鼻尖："贪财。"

柳小黎耸耸鼻尖，手里捏着这块紫玉，追问："到底能卖多少钱？我的药材要用完了，想再买点。"

容棱道："缺什么，让明叔给你备便是。"

柳小黎心虚地摇摇头，看周围好多人都看着自己，便不好意思地凑到容棱耳边说："我把我爹的几样极品草药用了。那个很贵的，一株都要一二百两，我用了六株。"

说完，柳小黎又警惕地跟容棱道："你不能告诉我爹。"

这玉佩若是真的卖出去，少说也是两三万两。

太子很憋屈，但也不能自降身份跟一个孩子计较，最后只能咬着牙，加快了步伐，往前面走。

后面的人，自然也紧跟上。

容溯瞧了容棱一眼，又看了眼容棱怀中的孩子，黑眸闪过一丝复杂，也跟了上去。

柳小黎抓着那枚紫玉佩，想了一下，凑到容棱耳边，又悄悄说了一句。

容棱面上露出暖意："知道了，乖。"

得了容棱的夸奖，柳小黎心安理得地窝在他怀里，左右观摩这枚玉佩。

容棱则快行两步追上太子，低声道："皇兄最近，可有哪里不舒服？"

容棱声音控制得极好，只有两人能听到，便是容溯也听不清楚。

太子一愣，听到容棱这个问题，还是忍不住皱了皱眉，看向容棱。

容棱道："皇兄抽空，该寻个太医看看。"

说到这儿，却不打算再说下去了。

太子皱眉："你何意思？"

容棱却道："太医自会与皇兄说明。"

太子还想问，可前面就是御花园了，并且远远地瞧着那边成群的女子正是热闹。这便闭了嘴，但心中，却记下了这件事。

太子当然不知，柳小黎一看他的脸色和眼睛，就看得出他肝肺不济，内肝有毒。

待男眷们到达御花园，皇后便对下头雀跃的千金们道了一句："入座。"

原本三三两两赏花的各家小姐们，这便一一入座。再抬眼看时，就看到那边男眷们已经来了。

小姐们纷纷问左右的人，看自己妆容是否有异。

柳蔚也抬头往那群男子中看去。这一看，却没看到别人，只看到坐在最前面的容棱等人。

容棱怀里抱着小黎，表情与平日一样，很严肃。但他抱着孩子的举动，却无形中，多了一丝亲和。

柳蔚正担心一会儿不知道小黎会不会发疯，不管不顾地又往自己怀里跑时，就感觉，另一道有些凌厉、透着寒意的视线，落在自己脸上。

柳蔚视线随之一转，便转向那目光的来源地。

这一看，柳蔚便对上了容溯那一双狠戾眸子。

这时，身边传来议论声。

"看来外面传言果然是真，三王爷，有孩子了。"

"快看月海郡主的脸色，都快黑透了。"

"三王爷连选妃都要带着这个孩子？不就是个庶子，还是才带回来的。母亲是谁都不知道，却这样宠爱。这将来要是谁嫁过去，可怎么是好？"

说话的，是坐在柳家席位旁边周家席位的两位小姐。两人一搭一唱，说的声音不大。但柳蔚坐的位置，刚好离两人近，给听得一清二楚。

没过一会儿，男子们都到来。太子跟皇后请了安，便上前，坐到皇后身边的位子上。

其他人则坐在不同品阶的位子上。

坐下后，皇后便问太子："雅儿如何？"

太子道："这几日身子好些了，不过胎位有些不稳。太医说，不宜多动。"

"这是她怀第一胎，你要多陪陪。"

太子随意道:"今日不是谈家事的时候,母后还是快开始吧。"

皇后这才转开目光,瞧着下面的人。最后目光,却落在了柳小黎身上,皱了皱眉:"他怎么把孩子带来了?"

太子没说话,端起一旁的茶杯,喝了口茶。

皇后对下头道:"今个儿恰逢其会,百花争艳。各家姑娘们,都是爱花之人,不若就由这百花开场。"

皇后说着,便对树甄扬了扬手。

树甄摘了一枝桂花,递到皇后手心。

皇后将那花朵放近鼻尖嗅了嗅,点了点头,道:"当真是桂香扑鼻!可有人愿为这桂花赋诗一首,也不枉它,花开堪折。"

下头开始交头接耳,最后一位玉面蓝袍男子,站起身来,扬声便道:"在下不才,便献丑一首,还望皇后娘娘指点。"

皇后抬了抬手,示意可以开始。

那公子仰头看了看周围桂树,嗅着空气中的花香,眼神迷蒙,仿佛沉浸花海之中:"素香袅人间,娇色惹轻言。不若佳人笑,何以称明艳。"

话音落下,周围顿时一阵鼓掌。

皇后将那桂枝递给树甄。树甄接过,捧着桂枝,下来走到那公子跟前,将桂枝奉上。

蓝袍公子将那桂花接过,又道:"既是皇后娘娘所赠,那在下,便借花献佛了!烦请这位姑姑,将此花献予周家二小姐。"

坐在柳蔚身边不远处的周家二小姐,闻言一笑,显然是认识这位公子的。

树甄将花送过去。周家二小姐便在一众艳羡的目光下,将那花放在案几上,脸上红晕浮起。

蓝袍公子坐下,眼中的得意之色慢慢溢出。

那边,柳瑶也在绞尽脑汁作诗,突然眼底一亮,霍然起身,对着前方皇后娘娘道:"娘娘,小女子这有一首,望娘娘品鉴一二。"

柳瑶说着,脸颊微微红晕,像是害羞极了。

所有人都看着柳瑶。不光对面的男子们,还有这一面的女子们也都偏头,瞧着柳瑶。

皇后娘娘看着柳瑶。树甄在皇后耳边提醒一句,皇后才扬声道:"是柳家的二姑娘,你且念来,本宫听听。"

柳瑶咳了一声,软着声音道:"元轻蕊香浮,蝶云染花触。不为添一色,满园是风光。"

只见皇后娘娘敷衍一笑,同样让树甄摘了枝桂花送上,但并没有为此表过态。

所以,这诗,是好还是不好,众人自然也都明了了。

场中男子以及一部分作诗较好的女眷，都忍不住偷偷笑起来，看柳瑶的目光，带着揶揄。

柳老夫人面色骇人极了。

诗会进行得如火如荼。那边柳小黎一双眼睛，却只盯着柳蔚。小黎看到别人念了诗，就能送花。小脑袋灵光一闪，也跟着站了起来。

此时刚好有人念完诗，正接过那桂花，柳小黎站起来，倒是显得突兀了。

柳小黎望着皇后娘娘，样子乖乖地问："我要是念诗，也能得到花？"

皇后娘娘看着这个没有礼貌，连尊称都不会唤的小孩。又看向孩子身边，那一脸放纵他"儿子"胡闹的容棱，挑了挑眉："哦？你也会作诗？"

柳小黎连忙点点头。作诗就是念诗吧，娘亲教他念过很多诗。

桂花的诗，随便都能想起好几首来。

场中有些人已经在笑了。其中李君好心地开口道："这位小公子，作诗可没那么简单的。"

太子浅笑道，"小黎想要花？来人，去采一筐来！"

柳小黎不知道别人笑什么，但小黎知道那个大伯的语气，分明是瞧不起他了！

小黎鼓着腮帮子，志气满满地道："我不要送的，我要自己挣。我念诗就有花了。"

"放肆！"

众目之下，月海郡主拍案而起。手中长鞭绕在胳膊上，抬手便是一鞭！

长鞭挥在地面上，掀起尘土："你当这里是什么地方？皇后娘娘面前也敢造次，以为仗着棱哥哥娇宠，就能无法无天了？我不管你是不是棱哥哥的儿子，我今天就要教教你，什么叫做规矩！"

她不喜这个孩子，寻个由头，便要教训！

月海郡主说着，跳出案几。长鞭再次唰的一声打过去，眼看着鞭子直冲柳小黎的脑门。

容棱眼中神色骤然变冷。

而此时柳蔚手中的茶杯也倏地紧握。

周围人俱是吓得一震，太子扬声大喝："住手！"

可这声音尚未落下，下面的局势却是已经变了。

鞭子袭向那孩童时，只见孩童抬起右手，软嘟嘟的巴掌直接将那雷霆之势的长鞭握住。小腮帮子鼓起，小爪子将长鞭一头在小手腕上绕了两圈，然后内力一震。月海郡主突然觉得虎口一痛，"啊"的叫了一声，鞭子就这么脱了手。

柳小黎将鞭子一扬："今日你招惹我两次了，我答应容叔叔不找你麻烦。但你偏要找死，这就怪不得我了。"

小黎话音一落，在所有人还没反应过来之前，已将鞭子调转一头，夹带厉风，狠狠袭向正捂着手的月海郡主。

众人目瞪口呆，月海郡主也瞪大眼眸吓得魂不附体！

而关键时刻，一道玄色黑影以侵袭之势，站在了月海郡主面前。大手一抬，轻松将那长鞭给握住。

柳小黎眼中戾色褪去，看到对面的人是容叔叔，便"哼"了一声！将鞭子丢开，却分明还是生气的！

月海郡主知道这小鬼武功很高，胜自己千倍。这里这么多人，这小孽种总不敢当真对她下毒手。但没想到，小崽子竟然真的敢！幸亏关键时刻棱哥哥救了她。

月海郡主原本愤恨的目光，转成了感激，仰望着自己身前身姿挺拔的气魄男子。

"棱哥哥，这个孩子……"

她话未说完，容棱已经过去将那闹别扭的小孩抱起来。他这才抬眸，瞧向皇后娘娘身边的树甄。

树甄只觉得浑身一冷，被这煞神三王爷盯着，腿都快软了。

树甄看向皇后，皇后冷着一张脸将那桂花递给她。树甄急忙将花送下来，捧到柳小黎面前。

柳小黎终于得到花了，高兴得笑眯了眼睛，扬着笑脸，道了一句谢："谢谢姐姐。"

树甄方才被这孩子杀伤力十足的模样震得不轻，这会儿却迎上这孩子如此灿烂童真的一笑，一时不知怎么反应。呆了一下，才干涩地道："小公子客气了。"说完急忙回到皇后娘娘身后，仿佛那里才是最安全的地方。

柳小黎得了桂花，小脸红扑扑的高兴。容棱将小黎放到地上，对立在一旁的太监宫女道："还不收拾？"

太监宫女们急忙聚上来，七手八脚的，将混乱的案几清扫一空。

转而换来新的一桌糕点茶酒。

月海郡主满脸委屈地站在容棱身后，不高兴地开口："棱哥哥，我的手好痛！你怎能容忍这孩子对皇后、太子不敬，还公然伤我？"

容棱此刻面无表情，道："小孩子顽皮，你也随小孩子胡闹？"

这孩子方才差点把诗会都给掀了，到了你手握大权的容都尉嘴里，就成了一句"顽皮"？

月海郡主噘着小嘴："这个孩子如此不喜欢我。棱哥哥，待我们成了亲，就把这个孩子送走吧！我不喜欢他。"

月海郡主这话音一落，皇后首先便皱起了眉。

周围女眷们交头接耳地轻笑起来。男眷们还在思考那孩子是怎么接下鞭子，并且反震月海郡主的，冷不丁地听到郡主对容三王爷告白，顿时一个个脸上表情精彩非凡。

青云女子注重矜持，这样随随便便对一个男子示爱。哪怕全青云都知道你月海郡主钟情容三王爷，但你这样不知羞耻，还是不禁让人生出反感。"

原本正摸着花朵打算去送给自家娘亲的小黎，猛然听到这一句，倏地转过头，一双漆黑的眼珠，瞪得圆圆的。

"容叔叔要娶你？"

月海郡主道："是又怎么样？"

柳小黎不能接受地沉默了足足两个呼吸，才严肃地开口："不行！容叔叔不能娶你！"

"为什么不行？你说不行就不行？"只要一想到跟棱哥哥成亲后，就能把这碍眼的小孽种赶走，月海就心情振奋。

柳小黎气呼呼地道："容叔叔不能娶你，容叔叔要娶她！"小黎说着，短短的手指遥遥一指，指向那边宇文家与柳家的席位。

宇文家小姐宇文敏馨因为挨得柳蔚非常近，这会儿所有人的目光都不自觉地全投向她。

宇文敏馨呆呆傻傻的，粉嫩的小脸上布满红晕，小嘴微微张着，不知所措。

柳蔚……觉得头痛得快裂开了。

柳小黎推开月海郡主，跑到宇文家的席位前，将那枝桂花双手送上，道："其实这枝花不是我要的，是容叔叔要的。容叔叔不好意思，他想向你求亲。"

宇文敏馨都快哭了。这，这算什么？

这花自己肯定不能接。

不说她心里本就有一个人。就说她已经算谈妥了亲事的那位苏家公子，此时也正在看着她，一双眼睛紧紧地盯着。

她一旦接了，那她和苏家的亲事还能好吗？宇文家和苏家，又该有怎样的误会？

就在宇文敏馨绞尽脑汁，思考怎么推掉这花，又不惹这个凶巴巴的小孩生气，也不会让宇文家得罪容三王爷的时候，她身边的柳蔚缓缓开口，却只朝小孩说了两个字。

"边去。"

柳小黎很是受伤！

他绕过小案几，跑到了柳蔚身边，把花硬塞到柳蔚怀里。自己也坐进柳蔚的怀里，嘟着小嘴说："你必须答应，反正你必须要答应。你不答应容叔叔就要娶那个母夜叉了。"

小黎说着，小短手还不依不饶地指着不远处的月海郡主。

月海郡主满脸愤怒："你说谁是母夜叉？你这个没教养的小野种！"

柳蔚深吸一口气，看向月海郡主的眼神，宛若看死人。

"野种"，这个词，月海郡主也敢说。

而其他人也全都被震住了,却不是因为月海郡主的口无遮拦,而是……

女眷们当然都认得这位唯一戴着面纱的女子,就是柳家那位先逃婚后毁容的大小姐。

男眷,在分辨了一下后,也有不少猜到了柳蔚的身份。

一时之间,所有人的视线又齐齐转向那边的七王爷。

容溯铁青着一张脸,看着容棱那个儿子就这么有恃无恐地坐进柳蔚怀里,面上的表情险些维持不住。

李君在容溯旁边道了一句:"看来这个柳大小姐不同凡响啊!五年前能让你'一见倾心',五年后也能把你这位三哥迷得'神魂颠倒'。不简单,实在是不简单啊。"

容溯放在案几上的手,慢慢握成拳头,满身皆是冷意。

他不知道容棱这个儿子想做什么。为什么谁都不找,偏偏找上柳蔚。

这是容棱的主意?

而容棱此举,就是故意要让他难堪?

再说这边,柳小黎听月海郡主竟然骂他"野种",顿时一撇嘴,再得寸进尺地把小脸埋进娘亲的怀里,委屈地撒娇:"她骂我……"

柳蔚尽管很想把儿子抓起来扔出去,但她还是秉持着最后的冷静镇定下来。一双清眸,却直视容棱。

眼中分明在说,你现在打算怎么收场?

容棱眼中笑意不减。他转过头,冰凉的黑眸看着月海郡主。

月海郡主被容棱用这样的眼神盯着,忍不住后退一步,有些害怕。

容棱转首,对柳小黎招手:"不要胡闹,过来。"

柳小黎气嘟嘟地不肯走,反问:"那你会娶那个母夜叉吗?"

月海郡主正想再次反驳。

却听容棱淡淡地道:"不会。"

月海郡主一愣,其他人也面面相觑。

这月海郡主虽然不矜持,公开表白男子显得放荡无礼。但是这男子却这么直言拒绝,又是将女子的颜面置于何地?

一时间,看向容棱的目光,都带着些谴责。

"棱哥哥……"月海郡主满脸不可思议,委屈的眼泪顿时决堤一般涌了出来。

柳小黎看月海郡主哭了,火气总算消了一点。但他已经坐到娘亲怀里了,就不想出来了。

他咬着手指,很纠结地望着娘亲,然后道:"你就嫁给容叔叔不行吗?"

座中早就看上三王爷,打算今日怎么也要尽力争取的望族千金们,一时看柳蔚的眼神,宛若要将柳蔚吃了似的。

柳蔚被这么多人盯着,也很不舒服。她推了推小黎,却推不动。小家伙就死赖着她了，怎么推都不走。

柳蔚不得不开口："得蒙这位小公子青睐，不过小女子，并不打算嫁人。这枝花，请你拿回去。"

说着，柳蔚将花塞回柳小黎手里，再用上内力，将他从怀里拎出来，提到老远放下。

柳小黎着急了："那，那你不嫁就不嫁，花你收下吧！"

柳蔚冷笑一声，不接。

柳小黎终于看出来娘亲这是生气了。他可怜兮兮，一张粉雕玉琢的小脸，眼看拧成一团，都要哭了。

此时，一直站在不远处静观其变的容棱，缓缓朝这边走来。

等到了柳蔚面前，容棱深深看了柳蔚一眼。

而后容棱弯腰，将柳小黎抱起来，再拿出小黎手里那枝花，瞧向柳蔚，将那枝花递给她："收下吧。"

柳蔚不接！

这时，总算将这场闹剧看完的太子，在上头开口："阿棱一番心意，这位姑娘，便收下。收朵花罢了，算不得什么。"

容棱手里的花，又往柳蔚面前递了递。

柳小黎也窝在容棱怀里，可怜巴巴地望着娘亲。

柳蔚咬了咬牙，在这两双固执的视线，以及太子亲口的催促下，到底还是接过那朵花，垂首道了一句："多谢。"

柳小黎很开心。容棱也笑了一下，这才转身，走回自己的位置。

这小插曲将原本诗会上的雅意，都搅和没了。月海郡主手受了伤，已经被皇后吩咐宫人强行带走。

皇后娘娘在太子的示意下，忍着没去追究容棱"父子"，只是冷着脸，对下面宣布诗会继续。

皇后娘娘又出了下一道题，这次是木芙蓉。

陆陆续续，便有人起来赋诗。但宇文家与柳家这边，却好似真空了一般。

除了柳蔚还能自在地喝茶外，无论是宇文老夫人，还是柳老夫人，都用饱含深意的眼神频频看向柳蔚。

柳蔚知道，这个时候她反倒是什么都不能说，解释也没必要，所有人都看得出，方才就是小黎与月海郡主不对付，火苗一烧，烧到她这个无辜之人的身上了。

所以只要装作"什么都不知道"，便能糊弄过去。

可柳蔚刚这么想完，那边李君赋诗一首后，便拿着一枝芙蓉花，轻笑道："烦请姑娘，将这枝花，送给柳府大小姐。"

此言一出，全场又是一静。

正拿起一块糕点，打算吃的柳蔚，手停在半空。

柳蔚抬眸，视线对上李君笑意盎然的眸光，心里有种不好的预感。

那边李君的妹妹李茵却坐不住了。

"我哥是不是疯了？"

好友秦紫却是摇头："且看看吧！君哥哥深谋远虑，他做什么，想必总有深意。"

李茵闻言，这才沉住气，继续观看。

因为树甄不可能替每个人送花，所以前面开头后，后面便是小宫女来递花。这会儿小宫女就拿着那枝花，在众目睽睽之下，将花送到柳蔚面前。

柳蔚嗅着这花的清雅香气，再次看向李君。眼中隐含排斥，分明是不想收这花。

李君见状，笑道："柳大小姐无须多想，只是一枝花罢了！莫非，不是王爷所送的，你就不要？"

他这句话，分明是暗示方才之事。

柳蔚皱了皱眉。

李君又道："好了，在下直说了！这枝花，也是一位王爷所送。"他说着，眼睛故意看了下七王爷，又道，"这下，柳大小姐肯收了吗？"

柳蔚更不想收了！

这花是容溯送的？

为什么？

七王爷吃错药了？

"今日这出戏，是越来越好看了。"宇文尧振奋得赶紧加快速度剥手里的瓜子，等剥好了，把瓜子仁用小碟子装着，都推到严裴面前。

严裴瞥了宇文尧一眼，鄙视他这唯恐天下不乱的脾性。但手却老实地伸向瓜子仁，一边吃，一边跟着一块儿看戏。

不得不说，今日这场戏，是不错。

就连上头的太子与皇后都对视一眼，又齐齐看向容溯。

容溯此时被众多目光洗礼。他扫了眼隔了两个位置对此一点反应都没有的容棱。冷着面色，问柳蔚道："别人送的收，本王送的不收，为何？"

柳蔚觉得容溯大概真有毛病，否则好好怎么来这么一出。

况且不是特别讨厌她吗？这会儿怎么送她花了？

柳蔚远远地看着容溯，一言不发。

容溯轻笑一声，原本出色的容貌，在他这寡淡的笑意上，显出几缕阴森。他绕过案几，慢慢走向柳蔚。

周围不少人都躁动了，尤其是一些原本就看上容溯的。其中，尤以柳瑶的目光最为噬人！

容溯走到柳蔚面前站定，拿起宫女手上那枝花，亲手摘了上面一朵小花，上前别向柳蔚的头。

柳蔚感觉出他的意思,他想给她发间别花。

真是荒谬!

他不知道她的容貌吗?不知道她已经变成什么样子了吗?口味是不是太重了?想到她那张烂脸,他竟然真的可以忍着恶心,为她别花?

若说"人比花娇",女人在发间戴上最新鲜的花,那是一种美。随着花香袅袅,还透着一种雅致。

但是此时的她,应该跟这种特质完全沾不上边才是。

柳蔚没反抗,任由容溯大庭广众之下,将那小小的花朵,卡在了她的发髻之间。

那边,柳小黎已经气得小爪子拍案而起了!

柳蔚的视线从容溯身边穿过,直射柳小黎。眼神警告——你若敢再乱来,知道后果!

柳小黎果然愣了一下,就不情不愿地坐了回去。

小家伙仰着头,不服气地对容棱道:"容叔叔,我们方才怎么就没想到这个,真是笨!"

小黎说着,还敲了自己头一下。

容棱摸了摸小黎的脑袋,眼睛则瞧向容溯的背影。

容溯感觉有人在看他,这不奇怪。他为一个丑女别花,所有人肯定都好奇。但这双眼睛,尤为锐利。他已经猜测到会是谁的视线,心中的火气,不知不觉地上涨一些。

人就是这样,我不要的,只有我同意的人才可以要。我不同意的人要了,我死也不会给。

容溯便是这样。

柳蔚是他不要的。但再是不要,也轮不到容棱来插一脚。

容溯是为刚才的事找回场子。将花别好,他甚至都没看一眼柳蔚的脸,就盯着她的发间,说了一句:"好看。"

这声"好看",声音不大不小,令在场许多人听见。大多人,却都是鄙夷一笑。

柳蔚哪里看不出容溯此刻是什么意思,他分明是故意做给容棱看。

但柳蔚就是好奇了。她今天不过来打个酱油,怎么就偏偏成了这两兄弟博弈的对象?

自己整个下午,也就是乖乖坐在这里吃糕点,真的什么都没做。

瞧着容溯言不由衷的夸赞,柳蔚突然觉得,自己还是要给他点颜色看。否则,他真当自己是可以随意捏揉搓扁的玩意儿了。

这么想着,柳蔚就低垂着头,含羞带怯地问了一句:"七王爷所言属实?我,当真好看?"

容溯维持住脸上不冷不热的表情:"好看。"

柳瑶听在耳里,愤怒不已。如果视线可以杀人的话,那柳瑶已经把柳蔚杀死几十次了!

柳蔚眼中的羞怯更甚。她快速地伸手,解开脸上的面纱,露出红白相间,焦丑狰狞的全脸。

"这样,也好看?"

下一瞬,身边席位的两位周家小姐,吓得抱成一团,尖叫起来!

接着,御花园里一片混乱。所有看到柳蔚容貌的女子,都紧张起来,闭着眼睛。那模样,比看到七月半的厉鬼还害怕。

而实际上,柳蔚现在这模样,的确说是鬼也不为过。就连皇后和太子,都震惊得一时说不出话来。

容溯万万没想到柳蔚会突然把面纱取下来。他不禁后退一步,清晰地看着她脸上丑陋恶心的疤痕,脸色寒得能结出霜来。

柳蔚却不依不饶,绕过案几,朝他走去。

"王爷这是怎么了?不是方才才说,很好看?"柳蔚葱白的手指抬起,轻轻搭在发髻之间,抚摸着那朵花,脸上绽开一个笑颜。

这一笑,生生让她丑出一个新境界。

那恐怖的疤痕盘踞在柳蔚脸颊之上,接连脖子,上达颧骨。此刻一笑,笑意达到眼底,这疤痕便被生生拉扯开。

容溯再是冷静,突然看到这一幕,心跳也乱了。

再看柳蔚纤纤玉指摸着那朵芙蓉花,眼中笑意不减的模样。容溯只觉得自己方才果真是受了李君的蛊惑,才会吃错药了,来给这女人别什么花。

这么一想,他便有些怒气,袖子一甩,转身就朝外面走。李君见自己闯了大祸,急忙快步跟上。

而御花园里,一众千金小姐们,瑟瑟发抖。一个个要说是嘲笑柳蔚的容颜,不若说是怕了柳蔚。

这样的脸,看一眼,足够做十天的噩梦了。

柳老夫人在柳蔚揭开面纱的一刻,就看向了皇后娘娘。

起先皇后娘娘也愣住了。但愣住之后,皇后脸上分明闪过一丝笑意。

柳老夫人突然很疲惫,垂下眼睑,表情有那么一瞬的沧桑。

今日皇后娘娘对柳蔚的态度,让老夫人很是在意。原本以为自己是想多了,皇后已经贵为一国之母,怎么可能还对那件事,以及那个人念念不忘。但事实证明,并没有想多。皇后,的确不喜欢柳蔚。或者说,皇后实际上不喜欢的,是柳蔚的母亲。

曾经二人姐妹相称,相互扶持,并且爱上同一个男人。

柳老夫人在这个关键时刻，想到了往事，便没第一时间喝止柳蔚。而等容溯被气走了，现场出现了短暂的沉默后，吕氏气怒地道："柳蔚！你给我丢什么脸！把脸盖上！"

柳老夫人被这声音惊醒，回过头来，看了柳蔚一眼，但眼中却是平淡。

柳蔚只是想吓唬一下容溯，顺便满足一下这些好奇她容貌的闲人们。现在她做了，也无意真把今日的相亲大会给搅和了，便老实地戴上面纱，默默退回自己的席位。

柳蔚一坐下，就对上柳瑶、柳沁、柳玥三道目光。

对于柳玥，柳蔚总是看不透。

这位四妹妹，好像是府里底子最薄的。柳玥现在诸事不理的模样，倒是让柳蔚上起心了。

所以，对七王爷容溯有想法的人，不止是柳瑶，柳玥也是？

这是一种猜想，柳蔚这么想着，就这么看着柳玥笑了。

柳玥没想到柳蔚会笑，脸上僵了一下，别开了眼睛。

诗会依旧继续，但心不在焉的人越来越多。到最后，皇后哪怕再想勉强将热闹气氛营造起来，也有些力不从心了。

而此时此刻，太子宫中，正发生一起"潜逃"事件。

太子在宫中设有太子宫，在宫外设有太子府。太子宫是太子还没立府之前居住的，这么多年，一直在。

容飞在床上醒来，揉了揉脑袋，将那清酒带来的醉意驱散一些。下面，就响起小宫女的声音："五王爷，您醒了？"

容飞看了一眼，看出了这是昭宁宫的宫女，便皱起眉："我怎么在这儿？"

那昭宁宫的小宫女恭敬地道："皇后娘娘知道五王爷醉酒不轻，便遣奴婢们来伺候。"

容飞看了看四周，发现周围洗漱用品都准备好了，连新的衣服也备好了。这是就等着他醒来，就带他去那劳什子的百花诗会啊。

"几时了？"

"申时一刻。"

容飞下了床，问："诗会进行到哪儿了？"

小宫女斟酌着道："诗已经做完了，这会儿在对对子了，一会儿说是还要行酒令。"

"行酒令，还是在天香楼玩有意思。"容飞说着，抬起双手，任由宫女们伺候他清洁与换衣。

等到衣服换完了，也漱了口，洁了面，外面就来了个小宫女。还没进门，就对门口的宫女道："五王爷醒了没有？已经申时过半了。太子说，便是没醒，也要将五王爷弄醒。"

　　小宫女话音刚落，就看到寝殿里，一位长身玉立的俊美男子正慢慢走出来。

　　宫女吓得急忙屈膝请安："奴婢见过五王爷。"

　　"太子叫你来催了？"

　　宫女低下头："太子与皇后娘娘，都在等着王爷。"

　　"那便走吧。"容飞随意地道。一行宫女便前前后后地簇拥着他，往御花园方向走。

　　从太子宫到御花园，要路过两道红门。过第一道的时候，容飞的眼睛就在乱瞟。过第二道的时候，他突然"哎呀"一声，弯下腰来。

　　宫女们吓了一跳，急忙上来："王爷，王爷您怎么了？"

　　"腹痛。"他艰难地道。

　　宫女们急忙左右看看，看到不远处有间净房，便扶着五王爷过去。

　　入了净房，宫女们就在外面等候。但因为到底男女有别，几个姑娘家，都没敢正面对着净房大门，而是背过身去的。

　　也就在她们背过身去不知道时，容飞悄悄从净房出来，身子一转，转到了另一条小路，拔腿就往那边跑。

　　等到他跑远了，好不容易松口气，却迎面撞到一个人。

　　那人是个小太监，急匆匆的。两人撞了个满怀，小太监"哎哟"一声摔倒，连带手里的东西，也脱了手。

　　那小太监本来想训斥，谁这么不长眼睛！

　　但看到是五王爷，便急忙跪下行礼："奴才见过五王爷，五王爷金安。"

　　"起来吧。"容飞频频往后看。看的确没人追来，正想走，却见那太监还趴在地上，"不是让你起来？"

　　太监苦兮兮地道："奴才，东西掉了。"

　　容飞往地上一看，就看到自己刚好踩到了一张什么小纸条。他挪开脚："可是这个？"

　　太监急忙抓起那纸条，心有余悸地爬起来，然后对容飞又躬了躬身，便打算离开。

　　容飞却叫住他："那是什么纸条？"

　　太监也不隐瞒，直接道："是宫外传来的。宇文府的家奴派人送进宫，说是府里出了大事，要当家老夫人尽快回府。"

　　今日是入宫觐见秀女的日子，可谓是女眷们的大事。有什么大事，非要闹到宫里来？

　　容飞一时好奇，伸出手来："拿来本王看看。"

　　小太监不敢不从，双手将纸条奉上。

展开纸条,容飞看了两眼,便眼神一凛。他看完后,将纸条递给那太监,脸色变得复杂:"赶紧去通知宇文老夫人,快跑着去。"

小太监没看过纸条的内容,闻言吓了一跳,告了退,便跑起来。

容飞则站在原地,想了想,朝着宫外的方向走去。

宇文老夫人接到小太监送来的纸条时,昭宁宫的宫女们也正因为弄丢了五王爷偷偷跟皇后娘娘禀报。

而就在皇后满脸不悦面色都有些发冷时,宇文家的席位上,宇文老夫人霍然起身。

宇文老夫人不顾大家正如火如荼地对对子,直接走到中间,对着皇后娘娘扑通跪下:"娘娘恕罪,老身有要事归家,必须立刻出宫。请娘娘颁下出宫令。"

宇文老夫人此举吓到了不少人。皇后也是一愣,皱着眉问:"府上可是出了事?"

树甄此时听了小宫女的禀报,悄悄在皇后耳边说了一句。

皇后听闻,也震惊一瞬,不等宇文老夫人禀明实情,对树甄道:"颁令下去,让内宫侍卫放行。你带人,亲自送老夫人出宫。"

宇文家的人,一时都不明所以。

宇文老夫人得了皇后的恩典,恭恭敬敬又行了个礼,却没立刻走,而是看向了高坐一旁的容棱。

"烦请三王爷一道。"

容棱闻言皱眉,看了过去。

宇文老夫人也顾不得家丑不外扬,满身颤抖地道:"老身那不满周岁的玄孙,方才被歹人带走了。"

幼儿失踪案?

几乎同一时刻,在场所有人的脑中,都想到了这五个字。

宇文家所有人都起身,越过案几,走到宇文老夫人身边。

柳蔚在听到宇文家的孩子失踪时,眼神已经凝了起来。

宇文老夫人求容棱,只因为容棱是破获幼儿失踪案的主事人。但柳蔚知道,若自己不去,就没效果。

这是一个好机会。

如今已经掌握到凶手那么多信息,再配合这次,柳蔚相信,足够让她在更快的时间里抓到凶手,找回孩子们。

柳蔚心里想着,脑袋已经偏到了柳老夫人耳边,小声说着什么。

柳老夫人思忖一下,对柳蔚道:"你且去,顺道多听一些。你五弟丰儿也还丢着,看看能否听到什么新消息。"

柳蔚看了眼吕氏。

吕氏也听到了老夫人的这句话,顿时抬起眼,望向柳蔚。

柳蔚不喜吕氏，但却不能否认一个母亲爱护儿子的心。

柳蔚点点头，是对老夫人，也是对吕氏："我会多打听一些。"

柳瑶在旁边听着，却讽刺道："还是算了，你不害死我弟弟就不错了。指望你帮忙，你能帮什么忙？扫把星！"

柳蔚眸子里，掠过寒光。

柳瑶还想说什么，吕氏却狠狠扯了女儿一下，呵斥："瑶儿，你闭嘴！"

柳瑶一愣，顿时眼睛都快红了："母亲，你……"

柳蔚看了吕氏一眼，在宇文一家已经打算离开时起身，走了过去，在已经开始掉眼泪的宇文敏馨耳边说了一句。

柳蔚说完，宇文敏馨就拉住她的手，道谢："蔚儿姐姐，谢谢你！不过我的家人都在，你不用特地陪我，我没事的。"

两人方才邻桌一下午，已算相熟。

宇文敏馨以为柳蔚怕她伤心，才提出要陪她一起回府。但宇文尧听说柳蔚主动要去，转头看了一眼，忙道："既然柳家大小姐一番好意，馨儿便不要推拒了。"

有了宇文尧开口，便算是定了。

容棱此时也走了过来，眼睛在柳蔚身上滑过后，便抱起小黎，道："你们先行回府，本王随后便到。"

容棱不可能一个人去。他需要带人，他得去一趟镇格门的军机大营。

一行人浩浩荡荡地出了内宫，而发生了这样的事，今日的诗会，已经彻底无人再起兴致了。

幼儿失踪案是整个京都贵族的一个心病。今日在场的男眷女眷们，除了一些外籍秀女，大部分人，家中都丢失过孩子。不是孙子，就是儿子，要不就是弟弟妹妹。一个个听到又有孩子失踪，心里都很沉重。

皇后娘娘也不好再硬烘托气氛，便索性开始逛园子。

诗会散了，柳蔚等人并不知道。

出去内宫，外面便看到宇文家的马车。出了皇城，马车就飞驰起来。

一行人以极快的速度回到宇文府。此时，京兆尹已经行动了，带了官兵，将宇文府团团围住。

众人下车，京兆尹林大人亲自迎接。

宇文老夫人在宇文尧的搀扶下，对林大人稍稍行礼，便问："林大人可查出了什么？"

林大人看了看外面围满看热闹的百姓，叹了口气："老夫人，还是先进府吧。"

宇文家的人看林大人叹气，心就提了起来。

柳蔚却知道，本就不能依靠三司的人。京兆尹要是有用，也不用好几年都破不了案。

进府，入了正厅，此刻也没人在乎男女之防，加上宇文敏馨和柳蔚都戴了面纱，也就无所谓。

　　正厅里，他们一进去，就看到太师宇文泰已坐在高位。身子一贯娇弱的太师夫人岳氏也正红着眼睛，白着脸色，由丫鬟们伺候着坐在次位。

　　柳蔚一看那位太师夫人，就看出她是久病缠身，早晚也就是这两年的事。

　　宇文泰迎着老夫人上座，其他人陆陆续续落座。林大人这才缓缓开口："少爷的屋子，我们已经检查过了。下人的话，也都记录了。一切的程序，都是按照镇格门颁布下来的规条进行。只是现在，还没发现什么可疑处。"

　　宇文尧道："容都尉马上就来。"

　　林大人点点头："京兆尹也派了人去镇格门通报。一切，便等容都尉到了再说为好。"

　　宇文太师长得颇为清瘦，面上留着胡须。因为未穿官服，看着竟有些像乡间的清瘦老秀才相。

　　风骨是有，一看便是个读书人。

　　宇文太师在听了林大人的话后，就问："镇格门，似乎有位柳先生？"

　　宇文尧几乎第一刻，看向柳蔚。

　　柳蔚眉目清淡，坐在宇文敏馨旁边，注意到宇文尧的目光。柳蔚看过去一眼，宇文尧已经将视线移开，看向自己的父亲。

　　既然提到了柳大人，林大人便有话要说了："若是这位柳大人还在京都，那太师大人倒是可以放心的。只要有柳先生在，便是蚂蚁窝，他都能找出个蛛丝马迹来。可是怕就怕在……"

　　"林大人有话直说。"

　　林大人叹了口气："这位柳先生，镇格门的人说，像是被容都尉派往外地，去沿途捉拿凶手。只怕，不在京都。"

　　在场的人，都听过柳先生大名。毕竟有孩子的人家，对幼儿失踪案也是多了几分上心，盼望着能早日破获。

　　正厅的气氛一下子沉重许多。就在这时，外头传来下人的通报，说看到镇格门的侍卫往这边来了。

　　宇文泰起身相迎。刚到大门口，就见容棱牵着小黎，走了进来。

　　柳蔚站在人群后头，并不打算在这个时候上去凑热闹。却见容棱与宇文太师稍稍寒暄后，竟牵着小黎，朝她走来。

　　柳小黎背着自己的小挎包，脸上笑嘻嘻的，一双眼睛晶亮极了！

　　柳蔚看着这两人走近，一时拿不准他们想干什么。

　　却听容棱道："柳家大小姐也在。"

　　柳蔚垂着眸，对容棱欠身："见过王爷。"

"恰好，本王有一事托付小姐，不知可否？"

柳蔚抬眸，看容棱一眼。

容棱已经将小黎推过来，推到她手边："办案时刻，本王抽不得空。还望小姐代为照料稚子。"

柳蔚："……"

柳蔚根本没答应，可容棱将孩子一扔，就转头跟宇文泰和林大人一起边说边往里面走。

柳蔚站在原地，低头看向脚边的小子。

柳小黎就咧开小嘴，一脸满足地拉住柳蔚的衣袖，用口型喊了声："娘亲。"

柳蔚头疼，但柳蔚也知道，这估计是容棱的策略。

宇文府小孙儿宇文意丢失，她肯定要一起调查。但她身份特殊，小黎是为她遮掩用的。她要去哪里，带上小黎，便可托说是小黎拉着她去的。没人会和一个孩子计较。

况且，小黎还是容三王爷的孩子，所以她便能通行无阻。

可刚刚在诗会上，就闹过送花那一出。现在连孩子也给了，外人怎么看？没看到宇文敏馨看她的目光都变了吗？

不过这是特殊时刻，也没什么可挑剔的了。柳蔚拉着小黎，跟上了众人的脚步。

女眷们不宜参加查案。容棱来了后，宇文老夫人、宇文倩、太师夫人、宇文敏馨都待在正厅等消息，男眷们则跟着容棱前往宇文意的房间。

柳蔚沾了小黎的光，跟在最后。

此刻还是下午阳光正烈的时候。宇文意的院子采光非常好，柳蔚一进去，先看的就是房屋布局。

看了一圈儿，并没看到什么不妥。柳蔚捏了捏儿子的小肉爪子。

柳小黎立刻仰头看娘亲。

柳蔚对儿子眨了个眼睛，柳小黎顿时悟了，扬声唤了一声："珍珠。"

他这声叫得突然，前面的人都停下脚步，看了过来。

然后，便见天上一只乌星鸟不知从哪儿冒出来，俯冲着，飞向……柳蔚。

柳蔚眼看着珍珠就快要亲昵落到肩头了，咳了一声，身子稍稍侧着转了一下。

前行的鸟儿猛地在空中停住。它扑扇着翅膀，歪着脑袋，看了柳蔚好一会儿。黑豆子般的眼珠子又垂下，看了看下面的柳小黎。然后，果断转身，小身子扑腾进柳小黎的怀里，被柳小黎稳稳抱住。

宇文尧看到这里，忍不住深了一些视线。

果然，他的猜测没错：柳蔚，就是那个柳先生，便也就是这个孩子的父亲。

"都尉大人，那鸟……"宇文泰原本以为有畜生伤人，但看了一下，却看到那鸟儿居然在一开始孟浪后，就埋进了容都尉儿子的怀里，与其亲亲热热的，便有些不解。

要说富人养鸟也是听说过的，什么画眉、鹦鹉，应有尽有。但没听说过，还有人养乌星的。

容棱与珍珠也算熟悉了。他手上被这小畜生叮的伤口，就不下七八个。他收回眸："稚子顽皮，太师大人见笑了。"

宇文泰摆摆手，又看了眼那乌星鸟，却见其已经乖乖地站在小孩的肩上。小孩也正对着这鸟儿，嘀嘀咕咕地说着什么话。

没人觉得鸟能听懂人话，只以为那孩子童言童语，便不再关注。

"珍珠，你去周围看看，尤其是房顶等地方，还有树梢。不要求你找到可疑人，只要确定，这里是否有蝙蝠出没的痕迹便是。"柳蔚压低声音，小声对珍珠吩咐。

珍珠"桀"了一声，便张开翅膀，飞出了墙头。

柳小黎看前面人都走远了，应该没人能听到他们说话，便问："娘亲，我现在叫你娘亲，还是叫你爹？"

柳蔚随意道："叫姨姨。"

"为什么？"

"让你叫就叫。"

柳小黎很委屈地嘟着小嘴，很不喜欢这个称呼。

柳蔚懒得管他，问："你看出什么了没有？"

柳小黎抬眼看了看周围，漫不经心地点头："嗯，看出来了。这个园子位置通透，采光极好，但是也因为太过广阔，很容易让人出入。那个凶手但凡轻功好点，在这样的院子里，抓个人都非常容易。"

小黎说着，又很狐疑："听说这次丢的那个小弟弟，还不满周岁。这么小的孩子，为什么要住这么宽阔的院子？"

"谁知道。"柳蔚拉着儿子快走两步。

在青云民间，是有一些传统的。比如小孩小的时候，要住小房子，大了才住大房子。

因为小孩子不好养，不能让阎王老爷知道你家里富裕，是个打小就衣食不愁的福气孩子。

这里的老人信奉先苦后甜。你若是先甜了，阎王老爷就会断了你的后福。所以，这个宇文意有这么大的院子，的确让柳蔚惊讶。

按理说，太师之家，应该是诗礼传家。那些老人的智慧，前人的规矩，应当不会断绝，怎么却并没有遵从？

众人进入宇文意的房间看了一会儿。果不出所料，房间乍一看什么异样都没有，但细节处，却透着蛛丝马迹。

柳小黎和柳蔚细致地看了两圈，这才随众人出去。

再出来时，就看到房门口的院子前，站了一溜的丫鬟小厮。

丫鬟小厮都跪着，头也不敢抬，一个个都是瑟瑟发抖的害怕模样。

柳蔚不好自己问，便推了儿子的小身子一把。

柳小黎走过去，也不看一众大人，就站在容棱的脚边，问那几个下人："你们都是这个院子里伺候的人？"

结果丫鬟小厮听了声音，刚要回答，抬头却对上一个矮矮小小的小童，顿时不知该不该说话。

宇文泰皱起了眉。他府里出了大事，这容棱查案带着孩子也就罢了，怎么能任由孩子胡言乱语。

可林大人却知道这个小祖宗得罪不起。

林大人蹲下身，轻言细语地问小黎："柳先生不在，这次小公子可是要自己办案？"

柳小黎挺起胸膛："我不可以自己办案吗？"

"可以可以，当然可以！"验尸您都敢自己去验了，还有什么是小公子您不敢的？

宇文泰却愣住了，眉头皱得更紧："林大人这话是何意？我意儿如今下落不明，你还有心情在这里逗孩子耍乐，是不是太不将本官放在眼里了！"

林大人急忙摆手："太师大人误会了，小公子乃是柳先生高徒。柳先生如今不在，小公子虽不能独当一面，但也总能问出些门道。"

"他？"宇文泰看向容棱。

容棱点头。

宇文泰冷笑出声："好！好一个镇格门，好一个京兆尹！本官丢失孙儿，心焦不已，你们还与我胡言乱语！还待本官亲自入宫，面见皇上，向皇上讨要一个公道！"

太师说着，拂袖就要往外走。关键时刻，却被宇文尧拉住："父亲，不妨静观其变，先看下去。"

"看，有何好看？一个稚子小童能办案，荒天下之大谬！"

容棱闻言，道："太师若还想令孙安然，便请相信本都。"

柳小黎却管不了这么多，就专心询问眼前下人。

"你们还没回答我，你们可是这院子伺候的人？"

几个下人耳朵尖，也都听到了门道，见状就老实回答。

柳小黎一连问了他们七八个问题。主要就是孩子丢的时候，他们在干什么，看到了什么，周围有什么可疑，再让他们把当时的各自情况复述一遍。

等所有人都说完，柳小黎摸着下巴，慢慢思索起来。

宇文泰一肚子火气，见状冷笑："小公子查到了什么？"

柳小黎没听出太师大人话里的讽刺，摇头晃脑地说："查到三点。"小黎说到这三点时，还有些不确定地瞧了娘亲一眼。

柳蔚什么也没说，就站在那里。

柳小黎见娘亲没表态，就试探性地说起来："第一点，按照这些人的表述，宇文孙少爷失踪的时候，是在未时到申时这个接洽的时间点。而这个时间，是孙少爷吃糊糊的时候。"

"六个下人，两个小厮，四个婢女。一个婢女去拿糊糊，两个婢女在屋子里陪着孙少爷，另一个在后院洗衣服。两个小厮，一个今日轮休不当班，另一个在扫院子。那么按照地理来说，屋里两人，后院一人，前院一人。整个院子，前面和后面若是有人走动，便会被发现，所以凶手是从左右来的。"

柳小黎这个推断不错，从丫鬟小厮所在的地方来看，如果前院后院有人过，便肯定会被发现。

为什么是肯定呢？

柳蔚对容棱抛过去一个眼神，示意容棱就这么问。

不等容棱问出这个疑问，宇文太师在惊讶于柳小黎真的会判断后，收起了轻视之心，认真问："那凶手神出鬼没，必然是个会武功的。会武功之人上天下地，无所不能，要避开几个丫鬟小厮，岂不容易？"

"不容易。"柳小黎自信地道，"不若我来示范一下。"

小黎说着，突然运起轻功，身子轻轻一跃就上了房顶。

宇文太师震惊。

林大人在见识到小公子会验尸后，已经对什么都麻木了。

柳小黎运起轻功，身子往前一纵，便飞出去老远。不到一个呼吸，就已经到了一棵大树上，在树上轻点几下，又到了另一屋子房顶。

来来去去跳来跳去数下后，小黎重新回来，落了地，站在容棱面前。

柳小黎看向呆愣的宇文太师，问道："伯伯你刚才可看到什么了？"

宇文泰猛然回神，再看眼前这个孩子，仔细回忆，然后想起："是影子。"

"对。"柳小黎点头，"今日天气非常好，而这个院子的采光又非常好。方才我已经将院子的格局都看了，若是凶手在这样的天气，这样的院子里飞过，那下面，一定会有影子坠落。因此，哪怕是普通的丫鬟小厮，也总会有所感觉。我方才问过他们，他们分明说，前院后院，都没有什么异样。我还问他们可有鸟兽飞过，或者突然乌云遮阳的情况，他们也说没有！"

这些问题柳小黎刚才是当着所有人问的，因此大家都点头。

容棱道："说第二点。"

柳小黎继续："院子判定了，就该说屋子里了。"

"屋子里有两个丫鬟贴身伺候。但她们说，孙少爷尿了裤子，她们一个去打水，一个去拿新的尿布，回来，便见不到人了。打水的，肯定是从前门离开。而前门外面，就是扫地的小厮。所以，凶手自然就不可能从前门进入。那个拿尿布的丫鬟，是去耳房拿。但我们方才也看到了房间里，耳房离孙少爷原本玩耍的榻子非常近。榻子到耳房，不过五步距离，而从耳房拿出干净的尿布，也不过两个呼吸的事。这么短的时间，这么短的路程，凶手又是从哪里进来，从哪里离开的呢？"

"当然是窗子。"宇文家一人脱口而出。

柳小黎却摇头："不是窗子，是房顶！"

宇文尧道："我是听说，柳府五公子丢失时，便是被那位柳先生发现，凶手是一早就藏在房间房梁，掳劫孩子后，还在房顶待了一阵儿，等到人都离开去报信，才带着孩子离开。上次听说是劳烦了容都尉上房梁亲自验证过，今日，容都尉并没上去。"

柳小黎理所当然地道："不用上去看，上面什么都没有。"

宇文尧凝起眉，宇文泰和宇文述也莫名其妙起来。

林大人更是焦急："小公子，您就别卖关子了，一气儿说了吧。"

柳小黎并不想卖关子，要不是宇文尧插嘴，他已经说完了！

"上次柳家的案件后，凶手没多久就重返柳家，并且带走了好几个当初伺候柳家小公子的下人。所以凶手一定早就已经知道那案件的所有细节，也知道自己在房顶留下了脚印。所以这次，凶手什么都不会留下。"

小黎看着宇文尧："你如果不信的话，自可上去看看。看看上面，是不是干干净净，什么都没有？"

宇文尧道："好，我便上去看看。"

宇文尧说着，走进房间，身子向上一纵。在上面待了好一会儿，才落下来："不错，什么都没有。"

柳小黎得意一笑："是不是连灰尘都没有？"

宇文尧一愣。一回想，果然是，连灰尘都没有。

众人这下都明白了，正常的屋子房顶上，怎么可能没有灰尘？而那个凶手因为上次落了脚印，这次不想再被抓到把柄，索性将上面清理得一尘不染。但谁的屋子房梁上，会一尘不染？

凶手抹掉自己的痕迹，却恰恰也留下了更难以磨灭的证据。

宇文尧不得不承认，这个孩子，脑子的确够好！

宇文泰急忙问："那凶手当真是一直藏在房梁上，这些下人，却无一人发现？"

下人顿时砰砰砰地磕头，脑袋不一会儿就出血印子了。

"老爷恕罪，老爷饶命……"

林大人好心道："太师大人，那凶手能避人三年，这几个下人又怎能轻易发现？"

道理是这个道理，但宇文泰还是恨啊。

柳小黎继续道："再来说第三点。凶手是待在房顶掳人的，在满院子的下人都惊动了后，凶手再趁乱寻到机会离开，这必然不假。但凶手的离开路线是怎么样的？

我的看法，右边。"

小黎指着自己右手边。

容棱问道："为什么？"

柳小黎说："因为那边是花园。花园树多，我观看了一下整个太师府的格局，发现府里的院落，都是较为宽敞的，无遮无拦。整个府里，遮挡处最多的就是花园里的那些树。凶手往那边走，遇到意外，才好躲避。那个凶手三年来不露痕迹，自然不可能是泛泛之辈。他显然是早就算好了一切，并且谨小慎微。离开的路线，更是不容许有半点纰漏。"

有条有理，有逻有辑。

宇文泰方才对柳小黎有多轻视，此刻对柳小黎就有多重视。他看了这个天赋极高的孩子一眼，对容棱道："容都尉，赶紧派人去追吧。"

容棱低敛的眉宇，稍稍动了一下。再抬头时，却是看向柳蔚的方向。

柳蔚安静地站在那里，没说过一个字。

柳小黎此刻也看向娘亲。小黎觉得自己方才说的都很好，但是小黎也知道自己有很多不足。很多时候，他的看法和想法，都不够全面。

柳蔚在他们的注视下，轻轻地，摇了摇头。

柳小黎如遭雷劈，脸色大变。

错了！他错了？可他错哪儿了？

若是柳蔚此刻能说话，必然会说："三点只对了一点，这还不叫错？这叫大错特错！"

"容都尉。"宇文泰看容棱不理自己，催促着又唤了一声。

容棱摆摆手，示意宇文泰不要打扰。一双黑眸，又瞧了柳蔚一眼，道："都出去。"

"什么？"宇文泰没听明白。

一直跟在容棱身边的镇格门副将闻言，拱手应了一声，便将太师府的侍卫和京兆尹跟进来的人，七七八八地都撵了出去。

宇文泰不明所以，林大人也怔了一下！

"都尉大人，这是……"

容棱却一句话都没说，眼睛依然盯着柳蔚。

第九章 先生大智

　　最后，等到周围的人都清空了，只剩了几位主子，容棱又看了林大人一眼。
　　林大人脑袋一热，指着自己的鼻尖问："下官，下官也要回避？"
　　容棱沉默地点了一下头，视线再看向宇文述与宇文尧。
　　宇文泰有话说："容都尉，这时候不去捉拿凶手，反而将人都撵走了。人撵走了，凶手就出来了？"
　　容棱没回答，只是固执地看着三人，随后发现三人都不肯动，便默默地拔剑。
　　"冷静，冷静！"林大人满头大汗地说道，"下官回避，回避就是。"
　　林大人说着，一边拿袖子擦着额头，一边快步走出院子。
　　宇文尧却只是看了柳蔚一眼，然后拉着不情不愿的弟弟，也出了院子。
　　直到院子里只剩下容棱、柳蔚、柳小黎、宇文泰，以及那六名下人，周围一时间静得出奇。
　　"容都尉，你究竟想做什么！"宇文泰已经有些怒了。若不是看在这小孩方才三言两语，透露出无限能力，他是一点也不愿相信这位向来独断独行的都尉大人。
　　"太师大人勿急。"柳蔚此时突然出声。
　　宇文泰看向柳蔚。这才想起，连自己的两个儿子都退出了，这位柳家大小姐，怎地还在这儿？
　　小黎不顶用，柳蔚只得亲自出手，但是为了顾及自己的身份不要被太多人知道，清场是必然的。

不过宇文太师这里，却是瞒不住了。

至于这下面的六个下人知道后会否乱说话，这就要看宇文太师的御下之术了。能坐到堂堂太师之位，哪怕有些书生气，总不会是个连下人都处置不好的傻子。

柳蔚慢慢走到容棱身边，对小黎招了招手。

小黎可怜兮兮地埋着头，小手指对着，磨磨蹭蹭地走过来，嘀嘀咕咕地说："爹……我，我哪里错了？"

一声"爹"，令宇文泰下意识地看向容棱，但却发现这孩子叫的爹，并非容都尉，而是这位……柳家大小姐？

宇文泰哪怕是纵横官场多年，自认眼力不俗，魄力不凡，此刻也呆住了。

容棱也没急着解释，实际上，就算解释也无所谓。镇格门人乔装打扮入相府调查案件。这种解释，怎么都是说得通的。

唯一特别点的，也就是我们乔装打扮的是那位鼎鼎大名的柳家大小姐，稍稍引人注目了些。

柳蔚将小黎叫到跟前，纤细的手指屈着，敲了小黎额头一下，在小家伙委屈的视线中，慢慢道："你说的第一点，没错。凶手来的时候，的确是从左右两方的某一方过来。但第二第三点，我想问问，你是用脚判断的吗？"

柳小黎快哭了，腮帮子鼓着，黏黏糊糊地就扑到娘亲怀里，闷着声音说："我……我到底，哪里错了嘛……"

柳蔚嫌弃地把小黎推开，直接塞给容棱。

容棱被动地接过孩子，将小黎抱起来。让小黎坐在自己结实的一侧手臂上，不悦地对柳蔚道："不要这么凶，他还小。"

柳蔚却说："还小？一辈子都小是吗？"

容棱皱眉："你要求太高。"

"这是最低的要求了！连凶手的心态和特征都摸索不到，我养他就是为了让他白吃饭的？"

"他是你儿子。"

"这种资质，幸亏他是我儿子，否则我永远不会收他为徒。"

容棱："……"

柳小黎："呜呜呜呜……"

小黎捧着一颗受伤的玻璃心，把脸埋在容棱的脖子里咬着嘴唇哭。容棱心疼地拍着小黎的后背，轻声安抚。

柳蔚其实只是对选妃的容棱不满，对儿子倒没有。可小黎倒霉就倒霉在是这个男人的亲儿子。

一旁的宇文泰都快傻了。

这，这到底怎么回事？

就在宇文泰想再次询问时，柳蔚已经开口："先说第二点，凶手的藏身地点。我不知道为什么你会觉得凶手藏在房梁上。你的根据就是房梁上一尘不染，所以就给予如此肯定的判定？"

柳蔚看向小黎。

小黎将小脸稍稍露出来一点，望着娘亲，艰难地点头。

"草率。"柳蔚冷酷的两字评论。

小黎顿时哭得更加厉害，眼泪大颗大颗地落下来。

容棱拧着眉又看了柳蔚一眼，不赞成她这样严酷的教育方式。

柳蔚继续说："凶手既然能整整三年都没被人发现。他在明知道房梁已经遭到暴露的情况下，如何还会再次使用？更何况是将上面清扫得一尘不染。如此自暴其短的处事方式，你当真以为，凶手是个没脑子的？"

小黎哽咽着问："那……那凶手，藏在哪里？"

"藏在哪里不重要，重要的是第三点，凶手逃到哪儿去了。"

小黎吸着鼻子看着娘亲。

柳蔚却低头，看向面前六人："方才宇文太师斥责六人连凶手藏在房梁上都不晓得时，这六人便开始磕头，还磕破了额头。可在下，怎地会嗅到了猪血的味道？"

柳蔚此言一出，另外三人齐齐看向那一地的奴仆。

柳蔚蹲下身，伸手捏住其中一人的下巴，迫使其抬起头来。

那是个瑟瑟发抖的小厮，容貌平凡，满脸惊恐，额上还有一大片血迹。

柳蔚伸出手指，在小厮额间拂了一下，带过一手指的血，再放在鼻尖嗅了嗅，闭着眼睛说："人血，是这种味道。"

柳蔚说着，转首又瞪向柳小黎。

"是太久没碰尸体了，你连人血猪血都嗅不出来了？"

小黎闻言赶紧动了动鼻尖。小黎的五感很敏锐，在这样近的距离，要嗅到血味很容易，毕竟他从小接触血。但他当真没嗅出里面竟然藏着猪血。

小黎愧疚地耷拉下脑袋，这会儿觉得，娘亲骂自己是骂得彻底对了。自己的确是太马虎了。

柳蔚起身，走到容棱身边，将那根带了血的手指用锦帕慢慢地擦干净，说道："凶手是藏在什么地方的呢？其实，凶手并没藏，因为无处可藏。凶手一直都在院子里！凶手又是从什么地方逃走的呢？难道无人想过，凶手并没有逃走？"

宇文泰的目光，几乎第一时刻，瞪向了下面的六人。

容棱也听懂了其中意思，但并没急着缉拿。

六个人，不可能都是凶手，那么是其中的哪一个？

应该，就是眼下用猪血冒充人血的那个。

可，是谁？

下头六人也都听到这位姑娘,好像是在怀疑大家,顿时有人已经战战兢兢地辩解:"奴才冤枉啊,奴才今日休沐,并不在院中。奴才,真的什么都不知道啊。"

柳蔚一笑:"你当然什么都不知道,可是你为什么偏偏在今日休沐?"

"这……这管事的排休,就给奴才排了今天。奴才都是跟着管事的日子休的啊。"

"你说谎,你在说谎!"另一个丫鬟脱口而出,"昨日我明明看到你去找李管事,说要今日休沐。还说家里老娘病重,要去请大夫。"

那小厮急忙道:"你胡说!我没有,我原本是休明日,是昨天李管事来找我,说给我提前一天,让我回去照看我娘。我娘是病了,老毛病了,一直瘫着。我每休沐,都要回去看我娘。我以为李管事是体恤我奔波,才给我提前了一天。因为昨日我值早上,下午和晚上都不当班。若是今日休,算着能多休半日,多在家陪陪我娘。"

这小厮振振有词,可丫鬟也不遑多让:"你家的事我不知道。我就知道是你找的李管事,我亲眼看到的!"

"我没有,我没有!"小厮又慌又急,对着几位主子,又是一阵磕头,"老爷,大人,我真的没有,我真的没有啊!"

宇文泰听着面露冷光:"将李管事叫来一问。"

"不用了。"柳蔚打断宇文泰,道,"李管事来了也不顶用,因为这两人说的都是真的。"

"你……"宇文泰斟酌一下词汇,改了口,"柳姑娘,还望你说清楚。"

柳蔚道:"这小丫鬟说的没错,她的确看到这小厮找了李管事。这小厮说的也没错,他的确是家有瘫痪的老娘,也的确是李管事让他休的今日。"

"什么?"宇文泰很不明白,"那到底……"

"太师大人先不要急。"柳蔚安抚道,"他们都没说错,那位李管事想必也会这样说。但中间一环,却出了错。"

"什么错?"

"那位去找李管事的,并不是眼前这人。"

丫鬟和小厮互看一看,丫鬟急忙道:"不会错的。这位小姐,我不会看错的。就是山子,我亲眼看到。"

"你看到的并不是他,而是有人,乔装成了他。"

丫鬟张大嘴。

那小厮山子也懵懵懂懂的,脸上很是迷茫。

"昨日,有人假扮山子,去找了李管事,要求换休一天。李管事念其家有老母,便同意了。恰好此时,被这小丫鬟看见了。我问你,你昨日是如何看见的?"

小丫鬟呆呆地道:"昨日是发工钱的日子,奴婢去管事房领工钱。一去就看到山子在院子里与李管事说话。不过管事房人多,我只看了两眼,就去了账房先生的屋子。他们估计没看见我。"

柳蔚一笑："昨日是领工钱的日子？"

柳蔚在柳府，也知道每月下人领工钱的日子，是初八。今日已经十二了。

小丫鬟忙道："别人不是，但奴婢是。奴婢不是府里的家生丫鬟，便是等家生奴发完了工钱，才去领。快的时候十一日便能领，慢的时候，要等十二十三。"

柳蔚点点头，又问："这院子里，都哪几个不是家生的？"

小丫鬟说："这院子里，只有奴婢不是。"

"那便是了。"柳蔚道，"有人就是知道你领工钱的日子，与旁人不同。才特地选在那个时候，假扮山子去找李管事，从而让你看到那一幕。如此一来，等到今日府中丢了小主子，恰好这山子又换了今日休沐，你必觉得可疑，便会说出来。可你说出来之事，与山子所言相左，你二人各执一词。最后要不就是宁杀错也不放过，将你二人都视做凶手同党，一道杀了。要不就是你报疑有功，放了你，杀了这山子。"

山子闻言浑身颤抖。小丫鬟也小脸煞白，险些，害对方丧命。

"你们被人利用了。"柳蔚目光又看向另外四人，"若是我没猜错，孙少爷现在还在这太师府之内！我说的可对？"

柳蔚话音刚落，手已经袭向其中跪在最右边的那丫鬟。

而就在柳蔚的手刚刚碰到那人肩膀的时候，那人身子倏然一纵已经后退数步，傲然站立。

宇文泰吓了一大跳，大吼："你这歹人，快将我意儿还来！"

"太师勿急。"容棱道，"他今天逃不了。"

"哈哈，在下倒是小看了诸位。"那丫鬟朗声一笑，说出来的话，却分明是男音。

那人看着容棱，瞧着容棱漫不经心，仿佛今日已经胜券在握的态度。又看向另一处的柳蔚，道："上次与大小姐交手，已知大小姐并非凡人。不想，竟是看错了眼。阁下的能耐，竟已到了此等地步。"

柳蔚客气地道："在下能有什么能耐，不过是尊驾此次太不小心了。"

凶手怒视柳蔚："那阁下倒是与我说说，在下到底哪里不小心了。"

柳蔚不吝解惑："你既然知晓我是男扮女装，匿于相府，意图捉拿你。便该知道，我对女子也算颇有见解，否则也不能扮得如此像。可你竟然也想男扮女装，那便该多花些功夫。关公面前耍大刀，尊驾不论是脚、是鞋，包括头发发髻，都透着一股违和，你可知道？"

凶手低头看了看自己的脚。到底是男人的脚，怎么遮盖也无法像女子那样娇小。

"阁下以为，你真的抓得住我？"凶手说着，拔身而起，一跃便想驾起轻功离开，但却倏地发现体内经脉倒逆。他顿时抬起眼，怒目横瞪柳蔚，"你对我做了什么？"

柳蔚慢慢靠近："尊驾以为，都知道你在这儿了，在下会不会采取点什么措施？"

凶手这才醒悟："你什么时候下的药？"

"从嗅到你身上的猪血味开始，便下了药。"

"不可能,我不可能没发觉!"

柳蔚冷讽:"无色无味的药,猝不及防地卡住人的命脉才有趣儿。"

"想得轻巧!"凶手说完,突然再次拔地而起。重新驾起轻功的时候,口中吐出一口血。随即下一瞬,便硬撑着身子,飞离而去。

"走了!他走了!"宇文泰急得大吼。

柳蔚摆摆手。

容棱道:"已经有人去追了。"

宇文泰却依旧不放心:"那凶手狡诈,三年来从未露出蛛丝马迹,都尉大人还是亲自动手……"

"他中了我的毒,跑不了多久。"柳蔚转而又对容棱道,"吩咐你的人不要跟得那么紧。放长线,才能钓大鱼,我的目的是找回那些孩子。单抓一个人,没用。"

"明白。"容棱回道,顺手为她将鬓角被风吹乱的发丝拨了拨,才问,"这个时辰了,你饿不饿?"

柳蔚莫名其妙地看着容棱:"这不早不晚的,我怎会饿?"

容棱一愣,随即想到:"你中午,吃了?"

"你没吃吗?"柳蔚问,"不是听说太子主宴,男眷在外宫用的膳?"

容棱一时不知说什么,半天才道:"皇后设宴,还有真吃的女眷?"

素来这种大宴,为求好看,不露食相,女眷们都是意思意思地吃两口,便擦擦嘴,不吃了。

也就只有这女人,真敢在宴上大吃大喝起来。

两人一言一语,旁若无人,宇文太师好几次想插嘴都没插进去。

最后宇文太师实在憋不住了,脱口而出:"都尉大人,这位姑娘……"

柳蔚看向宇文太师,对太师拱拱手,行了一个男子的礼:"在下姓柳,大人有礼。"

宇文泰难掩惊讶。

柳蔚不等宇文太师问出疑惑,已经说道:"在下只负责破案,不负责缉凶。关于凶手下落,自有镇格门追缉。现下太师大人想必更担心贤孙安全,还是先去接贤孙为好。"

"先生知道我意儿下落?"

柳蔚点头:"凶手都没逃得掉,孩子又怎么轻易运走。"

宇文太师:"那……"

柳蔚不再多说,转身走进房间。

容棱抱着小黎随行,宇文泰急忙跟上。

对于小孩子来说,这间屋子显得太大。柳蔚边走,边漫不经心地问:"老人们常说,幼儿贱养,可保后福。太师家,似乎有所不同。"

宇文泰似乎没想到柳蔚会突然问起这个，看柳蔚一眼，却只看到她被面纱遮住的半面："先生此言何意？"

柳蔚摇摇头："随口罢了，大人无须多想。"

宇文泰皱起眉："先生有话不妨直言。"

柳蔚转首看向宇文太师。

宇文泰也直视柳蔚，两人对视数息后，柳蔚叹了口气："大人家事，在下不便多言。不过在下与苦海寺明悟大师相交甚笃，大人若是实在有心结，倒是可以求其一言。"

宇文泰讶然地沉默一下，半响，对柳蔚拱拱手："先生大智。"

"大人是在下长辈，不敢受此一礼，里面请。"

柳蔚说着，进入耳房。

柳蔚突然腾起轻功，飞上房梁，果然在房梁的夹缝里，看到一个篮子。篮子里，粉雕玉琢的幼儿，正睡得香甜。

柳蔚将孩子抱下来，宇文泰急忙上前，唤了一声："意儿？"

柳蔚道："大人无须担忧，令孙只是中了些迷药，药效过了便能醒。"

宇文泰这才松了口气，将孩子抱过去，又急急地往外面走，显然是去请大夫了。

柳蔚也想出去，却刚好对上身边男人的视线。

"干吗？"

容棱问道："你早知孩子藏在这儿？"

"我的鼻子还没毛病，虽然这孩子中了迷药，呼吸很轻，难以发觉。但那迷药的味道，我可不会记错。"柳蔚说着，又瞥了小黎一眼。

小黎缩了缩脖子，可怜兮兮地撇着嘴："对不起，爹，我没闻到。"

"若是今日我不在，只有你，该如何是好？"

小黎心想，你不是在嘛，可小黎肯定不敢说，只能小爪子揪着容棱的衣服袖子，暗示容叔叔帮自己求情。

容棱果然出声："若你不在，我也不会让小黎断案。"

柳小黎一愣，容叔叔这话听起来好像是在帮自己说话，但他怎么从里头听出了一股嫌弃？

顿时，小家伙更委屈了。

外头，林大人带着其他人正进来。

一进来，林大人就两眼发光："都尉大人，方才太师大人抱着的那个孩子，莫非就是……"

"宇文意！"容棱道。

"果然是！"林大人兴奋极了，"这还是三年来，第一次将失踪的孩子活着找回来。不愧是您亲自出马，那凶手……"

"已经去追了。"这次是小黎插嘴。

林大人激动得心潮澎湃："已经……已经知道凶手是谁了？都尉大人，此案乃是京中大案！下官废寝忘食，事必躬亲，也无法查到那凶手半点踪迹！没想到都尉大人才接手一月不到，就已经……"

容棱很是不耐烦，只道："剩余的事，镇格门自会料理。你带你京兆尹衙门的人回去便是。"

"那可还有需要下官效劳的？"林大人显然不愿就这么走。

"没有。"

林大人眼珠一转，讪笑起来："下官若是就这么走了，实在不好意思。大人还是命令下官做些什么吧，否则下官，于心不安啊！对了，那凶手潜逃必定出京，下官这就亲自带人，将城门关闭，必助大人缉拿凶手。"

林大人说着，也不等容棱答应，正气地一拱手，再转身，已带着一大帮人，呼呼啦啦地离开。

柳蔚道："算了，他查了三年，总不能半点功劳没有。不过今日也算他动作快，一早便将宇文府团团围住，才避免凶手轻易脱逃，给他一个小功，也无可厚非。倒是那兵部刑部两司，现在还不见人影，面子比你容都尉还大。"

容棱瞟她一眼："少挑拨离间。"

柳蔚撇嘴。

正这时，珍珠扑腾着翅膀，从院墙外头飞进来。

柳小黎冲它一招手，珍珠就落在小黎肩膀上，"桀桀"地叫唤起来。

珍珠带回了很多信息，柳小黎听懂了，柳蔚也听懂了，母子俩默契地对视一眼。

容棱："……"

最后还是小黎乖，对着容棱的耳朵传达："容叔叔，珍珠说在这附近有蝙蝠，还有蛇。不过看到它去，蛇就藏起来了，蝙蝠也飞了。它追去，追到了郊外的一处农田附近，之后蝙蝠飞进树林。它进去追，没追到，就回来了。"

容棱点头，摸摸小黎的脑袋："那里大概是凶手住处附近，去看看。"

柳蔚插了一句："先等等，晚上再去。那凶手可能跑回了住处，现在去，指不定会撞上。"

既然要放长线钓大鱼，自然便不能太早惊动凶手。此去若是遇上，反倒不美。

三人正商量着，外面宇文尧带着几个下人过来。

宇文尧显然已看到了宇文泰带着宇文意离开，过来便一个拱手，对两人行礼，郑重地道："多谢！"

柳蔚避开一点，未让那礼冲向自己。

宇文尧看到柳蔚的小动作，笑了一下："柳姑娘，馨儿正在找你。"

柳蔚领首，又侧身，对容棱行了一礼："案件已清，小女子便告退了。"

柳蔚说着，抬眸时，悄悄对容棱使了个眼色。

容棱心领神会，便道："方才，有劳小姐。"

柳蔚低垂着头，没说什么。

宇文尧吩咐了丫鬟，带柳蔚去后院。

柳蔚与容棱分开前使了一下眼色，意思就是，晚上再见。

晚上柳蔚是肯定要一起去的，追捕凶手就在这两日，而这两日，她自然不能错过。

亥时一刻，郊外农田，柳蔚一身白衣男装，瞧着那头被惊动的乡民正七嘴八舌地围在一起议论纷纷。她看向身边的容棱："你确定，这么大张旗鼓的没问题？"

一身玄色外袍的男子长身而立，双手背在身后，一双漆黑的眼睛，穿过夜幕，袭向农田对面。

那里，身穿镇格门侍卫服的卫兵们，将整个村庄团团围住，又在里面大肆搜捕。看那阵仗，宛若要将这儿翻个底朝天。

珍珠已经找到了农庄后面的一处偏僻茅草房，柳蔚去看过，那茅草房应当就是凶手的藏身之处。

柳蔚也在茅草房里找到很多蛇活动过的痕迹，尽管最后被收拾过，但暴露出的线索，却一样很多。

可就在柳蔚想好好验证一番时，容棱却将她拉走，到了这农田之外，并且命令镇格门人将村里的人都弄醒，还到处灯火通明地搅风搅雨。

"你至少要告诉我，你这么做的目的是什么。"

"缉凶。"容棱道。

"这么大的阵仗，凶手会主动出来？"

容棱又道："你当真相信，凶手只有一人？"

凶手是否一人，柳蔚着重查过。从逻辑上分析，柳蔚更倾向于是团队作战，否则这么严谨的计划要靠一个人完成，难度实在太大，并且如果中途出现什么意外，也极有可能露馅，从而导致任务失败。

但若不是一个人，柳蔚又的确没找到第二个人，或二人以上的证据。

柳蔚看着对面被赶到屋外的乡民们："你觉得，这里面有凶手的同党？"

"你觉得呢？"

柳蔚道："可我们在作案地点确实没发现过同党，那同党就有可能出现在孩子的运送途中。你的意思是，同党藏在乡民里，每次凶手偷了孩子，就交给同党带走？如果是这样，我认为同党是女人的概率比较大，要想在运送途中达到绝对的安全，那女人和老人，就是最好的掩护。不过他们擅长易容术，男人也可以乔装成女人或者老人，范围太大，你这样找，不太可能找到。"

"找？"容棱眼中冷意闪过。

柳蔚不解地看向他。

容棱却没直言，依旧盯着那边被搅得鸡犬不宁的乡民。

柳蔚顺着他的目光看过去，突然脱口而出："你以为……整个村子的人，都是同党？"

容棱没有否认。

柳蔚觉得容棱这个想法太疯狂了，整个村子少说也是三四十人。要说一个潜逃三年的拐卖团伙，有三四十人的背景，柳蔚也相信，但都藏在京都，真的有可能？

目前已经初步断定，那些孩子都被运去江南，要说留在京都的，需有一些后备人员照顾也是正常，但是会这么大范围？

所谓破案，就是要大胆假设、小心求证。但这个假设，是不是太大胆了？

这个夜晚，注定不会安宁。

京都皇城的大殿里，皇上亲自出席了晚宴。那里，灯火通明，推杯换盏、丝竹之声，不绝于耳。

而京都城郊外的村庄里，人声鼎沸，士兵往来。

同一片月光下，不同的两个情景。

柳蔚站在容棱身边，又等了好一会儿，两名侍卫才匆匆跑来。

"大人，人已经全部抓获。"

"带走！"

"是。"

侍卫领了命，转身回令。

柳蔚问道："你要把这些村民都带回去？"

"嗯。"

柳蔚皱眉："用刑？你有你的解决方法，我不管。但若是无辜的人，希望你不要草菅人命，尤其是那几个孩子。"

容棱应道："不会。"

与此同时，树林内的某一处。

黑色的树影将两道漆黑的人影笼罩。

其中一人眼看着整个村子的人都被带走，抑制不住地想冲出去，身边的人却拉住他。

"冷静。"

默义无法冷静，他之前中了那不知名的毒物，还强行运起轻功，已经受了内伤。此刻他非常虚弱，多走两步已是满头大汗。

默义身边的同伴低着音警告："这些人的背景都是干净的，就算被带进镇格门，也不会有事。你要做的，是藏好你自己。"

默义咬着牙："是我太大意了！"

"你的确太大意了。"同伴冷酷地道，"你的身份有所不同，一旦你被捕，哪怕你一字不说，也会牵连出其他人。我们在京都设下埋伏点很不容易，你这条线，绝不能断。"

默义沉默了好一会儿，才点头："那我现在立刻回辽州？"

"不。"同伴道，"你现在哪里也去不了。从中州下江南，无论是水路还是陆路，都必定设有镇格门防卫，加上兵部刑部两司辅佐，你根本逃不掉。"

默义低垂下眉，道歉："是我不好，我没想到会有这样一个意外。"

同伴皱起眉，问道："那个柳先生，究竟何许人也？"

一提到这个人，默义便咬牙："一个文弱书生，看似文弱，实则身手诡谲，似男似女。"

默义看着同伴，同伴已经将他拉着，一边往树林的深处走，一边道："什么也别想，你尽快藏起来，我会通知主子。"

两人越走越远，直到完全消弭于黑暗中。

黑色的一片树影下，两道劲风呼啸而过，尾随着那融入黑暗的身影，暗藏在静谧的月色中。

小黎怀中抱着珍珠，大大的眼珠子，在黑暗中璀璨发亮。他摸摸珍珠的脑袋，小声道："我们也跟去看看。"

小黎说着，便驾起轻功，打算跟去。

可是刚刚一动，身子却被什么东西拉住！

回头一看，就对上一张面无表情的俊秀脸庞："去哪儿？"

柳小黎立刻放弃追捕凶手，毫无原则地扑了过去，嘴里唤着："爹。"

柳蔚把小黎提开，冷酷地道："让你跟来，不是让你胡闹的。跟得这么近，被发现怎么办？"

柳小黎鼓着嘴，小声地说："被发现就被发现，他们两个很弱的，我一个人就能抓到他们。"

"咚。"柳蔚抬手敲了儿子脑门一下。

柳小黎捂住头，小嘴一撇，往后面退。

柳蔚不让小黎逃，拎过小黎的后领，把小黎提起来，扔给不远处正站在那里看戏的玄色衣袍男子！

容棱稳稳地将小黎接住。

小黎顺势躲进容叔叔怀里。

虽然宠这孩子，但容棱还是在柳蔚不满的视线下，象征性地教训一下："他们不能抓，要靠他们引出更里头的人。"

小黎急忙点头如捣蒜。

容棱揉揉小黎的头："乖。"

小黎听话地用脑袋去蹭蹭男人的大掌，温顺得不得了，眼睛却偷偷瞥旁边的娘亲。

柳蔚肩上落着珍珠，她小声地吩咐珍珠："多找点帮手，一定要看紧那两个人，还有他们的蛇和蝙蝠，也要盯紧，不过注意安全。"

"桀。"珍珠乖乖地应下，然后扑扇着翅膀飞起来，在空中时，又长长地啼鸣一声。

顿时，四面八方的树丛里，飞出来无数黑色鸟儿。那些鸟儿成群结队，一连串地排在珍珠身后，朝着树林深处飞去。

柳蔚一转身，就对上一大一小两张脸庞。她面无表情地错开他们，往茅草房方向走去。

容棱抱着小黎跟上，小黎小心翼翼地说："爹，我刚才其实是开玩笑的，我不会抓他们，我知道他们是鱼饵。"

柳蔚哼了一声，摆明不信！

这个孩子，成事不足败事有余，而且还很笨，除了好养活之外，没有任何优点。

小黎很紧张，望着容棱，求容叔叔救命。

容棱走到柳蔚身边，转移话题："那些都是乌星？"

柳蔚知道容棱是问方才那些从树丛飞出来的鸟，但乌星是灾鸟，这里可是京郊，怎么可能找到这么多灾鸟？

"有乌星，也有其他的鸟，最多的是麻雀和燕子，喜鹊和白头翁。"

容棱一笑："珍珠朋友不少。"

柳蔚瞟容棱一眼："珍珠早就称霸京都了，整个京都的家雀野鸟，没有不认识它的。"

容棱："……"

三人从暗处走到明处。在捉拿了村民后，茅草房附近便支起了火把，屋子里也点上了蜡烛。

柳蔚走进去，慢慢观察。

小黎也从容棱身上下来，跟在娘亲后面帮忙递个东西什么的，态度非常殷勤。

容棱看着这母子二人，亦步亦趋地跟着。

镇格门的人都在房外等候，毕竟是凶手待过的地方，柳蔚不想其他人破坏现场，能同意容棱跟进来，还是看在他是都尉的分上。

"灰尘很多，脚印很少，床上有暗格，但格子里什么都没有。草席湿润，没有睡过的痕迹，这间屋子应该不是凶手的住处，估计是个联络点。"

柳蔚一边走，一边看，时不时用木夹子，夹起一些小东西，再放在小黎准备的袋子里。

等走到厨房，柳蔚看着地上那明显挪动过的痕迹，笑了："看来不只是联络点，地道都有。"

柳蔚说着，让开一步。

容棱上前轻易挪开那石头灶台，果然看到灶台后面，有个暗门。他拉开，往里面看了一眼。

"等一下。"柳蔚捧来蜡烛。

这个地道很狭窄，几乎没什么光线，能容纳一个成年女子行走，男子走却格外不易。那凶手骨骼偏小，所以乔装成女子才有七八分像。

柳蔚让小黎出去跟侍卫们一起，才跟着容棱下了地道。

容棱回首看柳蔚一眼，他自然地牵起她的手，将她一点点地往里面带。

柳蔚看着两人的手，咬着牙说："两个男人牵手，你不嫌恶心，我还嫌。"说着，便想甩开他。

容棱却加大力道，将她攥紧："别闹。"

"谁闹了。"柳蔚很不爽，却带了些羞色。

容棱打定了主意，就是要牵着柳蔚走。

这地道里没有机关，等到顺着地道走进一间不大的屋子，容棱总算松开柳蔚的手。

柳蔚故意甩了两下，像是要将容棱附在她手上的气息都甩开。

这是一间土坯的屋子，里头非常简陋。

屋子里放了两张床，床上放着被褥。

这第一张床，倒要比第二张床更有生活气息。第一张床至少能看出是有人睡过的，被子也是用过的。

柳蔚将床上垫的东西扔开，果然看到里面也有暗格，不过同样没有藏着半点东西。

这个屋子非常破旧，加上光线不好，柳蔚很难找到更多有用的东西。但柳蔚运气不错，在床褥上，发现了一样东西。

"看。"柳蔚对容棱道，"被子上的花纹。"

容棱走近些，低头去看。

被子上绣了花纹，也绣了字，但这并不算什么特别。一张被面，外头顶多也就卖几文钱，可这绣纹就有大问题了。

柳蔚道："你见过有人把上好的云绣，绣在一张一文钱三尺的破布上吗？还有最后落款的那个字，但凡是有造诣的绣娘，都会在自己的绣作下，落下属于自己的一个标注。不过，绣娘是给主子绣东西的，不是哪家的主子都愿意自己的用品上，绣着别人的署名。因此大部分绣娘，会将自己的名字花纹化，藏在绣纹里。比如这上面的两个字，丝丝，虽然扭曲，看不清楚，但的确是两个'丝'字。"

容棱也认出来了："这个绣娘，名讳有丝？"

"既然是两个'丝'字，那此人闺名，怕是就叫丝丝。不过，年纪大的绣娘，是不会用叠字的，哪怕名字就叫丝丝，也顶多署名一个丝字，叠字代表着少女。"

柳蔚提起那张被子，道："这个绣娘，肯定没嫁人，并且年纪不超过十六岁。"

"为何是十六？"容棱问。

"因为你们这都说上了十八的女子，智商会高一筹。"

"你就是？"

柳蔚瞥他："我是男子。"

容棱似是恍然："哦，本王倒是给忘了。"

柳蔚："……"

不想跟容棱吵，柳蔚继续说。

"这被子看着有些年头了。当初十六岁，那现在，怎么也该十八十九了。再说这云绣，我虽然对绣艺懂得不多，但你应该能找到这方面的行家。我听说，不同地界的绣法，传承会不同。若我没猜错，这种云绣，多半会带着辽州的地域特色。"

结合之前的种种证据，柳蔚和容棱早就把凶手的来源地，包括孩子运往的地方，锁定在辽州、丰州、重州、淳州四地。

而如今柳蔚直接点名辽州，容棱就有些好奇了。

"为何？"

"看这个。"柳蔚从地上的墙角边，捡起一小块少了一半的信纸。

这张信纸在土坯的角落，不易被发现，但柳蔚却看到了。这是张特别的白纸，一头是被烧过的，手指大小，不知在这放了多久，纸面已经模糊，晕画出很多黄色斑点。

柳蔚拈着那张脆弱的特质纸，递到容棱面前："我曾用过辽州当地人惯用的纸张。"

容棱接过，动作不敢太大，唯恐这细小的证据被自己捻碎。

两人很快重新上了地面，小黎赶紧扑上来，抱住娘亲的腿。

柳蔚把小黎提溜起来，搂在怀里，便往外走。

容棱吩咐人进来，将下面的东西都搬上来，但动作要小心，不能弄坏任何一样。

等容棱命令完，抬头却已经不见柳蔚和小黎。

柳蔚牵着儿子一路走到田埂边上，席地而坐，看着对面灯火通明的村庄。

小黎坐在娘亲身边，小身子靠在娘亲的胳膊上。

今夜月色很好。

柳小黎看着广阔的天空，还有那个只要他走，就会跟着他一起走的月亮，问："爹，你怎么了？"

"没事。"柳蔚摸着儿子的小脑袋，突然问，"今日，你为什么会进宫？"

似乎没想到娘亲会问这个，柳小黎愣了一下，才说："容叔叔说他要去选妃子，问我去不去。我说好，容叔叔就带我去了。但容叔叔说，我不准惹事，要是惹事，就把我送回去。"

柳蔚又问："他主动带你去的？"

小家伙点头，道："本来上次爹你跟我说，要我不准打扰容叔叔选妃子，我就不打算去的。但容叔叔好像很想我去，那我就去了。"

容棱很想小黎去，是为什么？

柳蔚心中有一个猜想，但又很怕这个猜想成为现实。

容棱已经知道她的身份了，这几乎是柳蔚可以肯定的事。

不管是柳家大小姐的身份，还是她与他五年前春宵一度的那件事。更甚的，小黎就是他儿子这件事，容棱估计全都已经认定了。

其实，不知从什么时候开始，柳蔚也没有特别想隐瞒这些。

或许是觉得，隐瞒也没什么用。

反正在这个时代，反抗，无外乎就是逃，能逃多远就逃多远。可普天之下莫非王土，除非带着儿子不在青云国混了。

柳蔚之所以有恃无恐，一来是她相信容棱的人品，二来是她知道容棱是小黎的父亲。所以无论如何，她都坚信容棱不会伤害小黎，顺带的，也不会伤害她。

这种自信其实比较盲目，一切的先决条件，都是建立在"这个男人可以信赖"的前提下，但柳蔚同时又很矛盾，因为她讨厌有不安定因素存在她的生命里。那不安定因素会牵制她偏离轨道，稍不注意，就失去方向，前途迷茫。

柳蔚的正确轨道是什么？她很久以前就想过。没有小黎的时候，她的轨道是自由自在，是海阔天空，是走到哪里算哪里，想怎么过就怎么过，是今日能在画舫里欣赏莺歌燕舞，明日也可在山间破庙与乞丐共食一碗小米粥。

柳蔚可以做这样的事，她也确有这么潇洒的心。

但有了小黎，柳蔚的轨道彻底就变了。小黎是她第一个不安定因素，为了这个突然降临的孩子，她必须务实，必须踏实。

所以她找了一份工，挂靠在衙门里，领着银钱，养着孩子，过着日子，日复一日。

这种日子她过了五年，也从中找到了乐趣，所以她已经习惯了。

但这个时候，第二个不安定因素出现了。

容棱，这个小黎的父亲。

沉稳的脚步声，在柳蔚身后响起。

柳蔚知道是谁来了，小黎已经抱着娘亲的膝盖快睡着了，听到脚步声，这个没警惕心的孩子，也没睁开眼。

柳蔚感觉到有人站在她身后。

柳蔚克制了一下,还是回头看去,这便对上一双深沉漆黑的眸子,还有一张在月下显得让人特别没抵抗力的俊美脸庞。

柳蔚觉得,一切都怪月亮。

月亮太美,月光太柔,直搅人心潮。

"做什么?"柳蔚干涩地问。

男人紧紧地看着她,半晌,收回视线,坐在她的旁边。

两人挨得很近,柳蔚不舒服地想坐远一点,男人却出声:"别动,吵着孩子。"

柳蔚滞了一下,到底没动了。

翌日一早,宇文敏馨亲自送柳蔚到内院门口,又吩咐宇文府的马车,切记将柳蔚安全送达。

小丫鬟领着柳蔚出外院,可眼看着就要出府门了,旁边却窜出来一个人。

柳蔚看清那人是谁,只得不情不愿地停步,屈身行了一个礼:"大少爷。"

"柳家妹妹无须多礼,你是小妹的朋友,便是我的朋友,尽管自在些便是。"宇文尧文质彬彬。

柳蔚淡淡点头,耐心等着宇文尧说下去。柳蔚可不觉得宇文尧一大早的特地来堵她,就是为了跟她寒暄两句。

宇文尧摆摆手,便遣了身边的小丫鬟离开。

小丫鬟行了礼便走了,小路上,只剩下柳蔚与宇文尧两人。

柳蔚不得不说:"素来女子与外男不好单独相见,宇文少爷此举,只怕有欠妥当。"

"这青天白日的,又是在宇文府内,柳家妹妹还怕被人所诟吗?"

这一声声的"妹妹",叫得柳蔚鸡皮疙瘩都起来了。

宇文尧倏然一笑:"柳家妹妹好像不适,是我的称呼,吓着你了?"

柳蔚皮笑肉不笑:"宇文少爷客气了,我这人不喜拐弯抹角,有话不妨直说。"

"好。"宇文尧回答得干脆,走近一步,低头问,"那在下便问问,是该叫阁下柳家妹妹,还是柳兄?"

柳蔚稍稍抬眸,就对上男子深邃的视线:"宇文少爷想怎么叫?"

"我自然想亲昵些,我叫你妹妹,你叫我哥哥。"他笑得恶劣。

"那阁下只怕要失望了。"

"你这是承认了?"

"我没承认什么,只是拒绝你肉麻的称呼。"

宇文尧笑出声来:"你不承认无所谓,我也不逼你,只是念在你我一番情分上……"

"宇文少爷在开玩笑?"柳蔚打断他的话,直视他的眼睛,"你我有什么情分?最大的情分,只怕就是你两面三刀、阳奉阴违,表面救我,实则害我,令我险些命丧于郡主之手。"

宇文尧愣了一下，随即一笑："你还是承认了。"

"承认了又如何？"柳蔚淡淡地道，"我既敢在你父亲面前表露身份，就不怕你宇文尧知道。"

说罢，柳蔚从宇文尧身边走过。

宇文尧快步追上："你与镇格门之事，我不过问。你的身份，我宇文府上下，也自会保密，只是……"

柳蔚猛地停下，宇文尧也赶紧停步。

柳蔚转头，看着宇文尧："越国侯世子？"

宇文尧道："柳兄是明白人，阿裴那毒，是令公子查出。这些日子，令公子一直差那乌星鸟送来红血丸，可那药丸毕竟治标不治本。昨日宇文府生变，我未来得及照料阿裴，先行离开，晚上才知，我们走后，阿裴毒性发作，又在鬼门关口绕了一圈。"

柳蔚语气淡淡："这个你大可放心，他的毒性已经遏止，暂时无性命之忧。"

"可身体之痛仍在继续。"宇文尧拱起手，郑重其事地道，"若柳兄能出手相救，为阿裴解除此毒，我宇文府与越国侯府上下，尽欠柳兄一个人情。"

柳蔚饶有兴趣地看着宇文尧："据我所知，越国侯世子自小体弱多病，无人结交，可宇文少爷与严公子一番情谊，却令人不解，这倒让在下好奇了。"

宇文尧抿紧唇，半晌，道："阿裴救过我性命。"

柳蔚挑了挑眉。

宇文尧却不打算再说，再次拱手："但求柳兄一救。"

柳蔚看了宇文尧一会儿，道："严公子中毒颇深，已命悬一处。若要彻底解毒，至少需要半年以上的调养。"

宇文尧皱起眉。

柳蔚收回视线："时辰不早了，我该走了。宇文大少爷是亲自送我出门，还是派人为我带路？"

宇文尧却说："昨晚你将我宇文府视若无人之境，来来回回两三趟。这府里，还有你不识得的路？"

柳蔚倒是愣了一下，这宇文尧看来武功也不错。她昨日已尽量小心，居然已被他发现了。

看来，为了严裴，这人盯了她一晚？

柳蔚就有些不快："宇文少爷最好搞清楚，现在求人的是你，应口的是我。我若不高兴，这毒什么时候解，以及解不解，端看我的心情！"

柳蔚说完，直接朝外走去。一路出了宇文府，外面，马车已经在等着。

宇文府的车夫驾得很快，不过两刻钟，就到了柳府大门前。

柳蔚下了车，却见府内，正好有人出来。

看到那出来之人，柳蔚愣了一下，便站在那里。

出来的是三人，柳域、柳逸、和另一个穿着粉色纱裙、头戴羽笠的女子。

柳域一身官服，应该是要去吏部，柳逸则与那粉色女子结伴而来。

一出门就看到柳蔚回来，柳域也愣了一下，但立刻就走上来问："我听说宇文家的孙少爷找到了？已经获救了？"

柳域开门见山就问幼儿失踪案的事，柳蔚知道，柳域必然是担心柳丰，老实点头："昨日京兆尹来得快，那凶手并未来得及逃脱，孩子也还没运走。"

"那凶手可抓到了？"

柳蔚摇头。

柳域眼中不掩失望。

柳逸与那粉衣女子也走来。说起来，从柳蔚回家，这还是第一次见柳逸。便是同住在相府的柳琨，柳蔚也只见过一次罢了。

不过到底是兄妹一场，柳逸还是一眼认出了柳蔚，上前将柳蔚打量一番。

柳蔚也微微屈身，行了个礼："见过三哥。"

柳逸笑笑："早就知蔚儿回府了，只是事务繁忙，三哥一直没抽空来见见你。你三嫂倒是说过一次，说是与你颇为投缘，改日还要请你去别府做客几日才好。"

柳蔚看了眼那旁边的粉衣女子，附言："三嫂性子热情温和，妹妹与三嫂也颇为投缘。"

"昨日知晓老夫人出事，我急忙赶来，也未准备什么。"柳逸说着，从怀中掏出一枚玉镯，"这是昨个儿才到的新货，从南州发来的，质地不错，蔚儿莫要嫌弃。"

一看柳逸将那镯子拿出，他身边的粉衣女子便动了一下，只动作并不大，可柳蔚却看见了。

柳蔚瞧过去一眼，那女子与柳蔚对视一瞬，又别开视线。

柳蔚接过玉镯，嘴角勾着："这镯子看着便不是凡品，妹妹便多谢三哥了。"

柳逸文质彬彬地笑着："你喜欢便好。"说着，对柳域告辞，"大哥，我走了，今晚再带芸儿过来。"

柳域点头，任弟弟离开。

柳蔚看到柳逸上了马车后，那粉衣女子也随他一起上了车厢，问道："那位便是大名鼎鼎的游姑娘？"

柳域看柳蔚一眼："姑娘家，打听这么多做什么？快回去，祖母只怕早等着你了。"

柳蔚没急着回怀月院，直接去了孝慈院，这个时辰，是请安的时候，柳蔚一过去，就遇见了正好从里头出来的柳瑶、柳沁、柳玥三人。

三人看到柳蔚，稍稍愣了一下。

柳瑶便说:"我当是谁呢,原来是我们的大姐姐!怎么,不是抱着宇文敏馨的腿,赖在宇文家不愿回来吗?怎的,还记得柳府才是你的家?"

在柳蔚眼中,柳瑶的智商根本不够正常人一指头的,所以她并不打算与柳瑶较真,只从柳瑶身边走过,打算进屋。

可柳瑶不依,将柳蔚拦住,还理直气壮地说:"怎么,被拆穿了就想逃,大姐姐就这点本事?"

柳蔚笑了:"我当然没本事,至少没二妹妹本事。"

柳瑶可不觉得柳蔚会真夸她,这话里的讽刺味道,一听就听出来了。她不在乎地道:"我既然敢做,自然就敢当。你不用说这些话来激我,你只需要知道,我就快做七王妃这就够了!姐姐当初有眼不识泰山,妹妹可不会这么傻,白白错失良机。等到我登上王妃之位,姐姐可记得,要来向妹妹请安!"

"没想到,容溯那种男人,也有人当成宝。"柳蔚说着,眼睛又瞥到了人群后的柳玥,再补了一句,"还不止一个人。"

"你说什么?"柳瑶没听懂柳蔚后面那句。

柳蔚却不打算说了,抬步,便往前走,顺带还撞了柳瑶肩膀一下。

柳瑶被柳蔚撞得险些摔倒,幸亏被柳沁扶住。

柳瑶大怒:"柳蔚,你给我站住!"

柳蔚却已经进了屋子。

柳瑶不可能进去当着老夫人的面找柳蔚麻烦,只得在门口跺脚,当真是气得头顶都要冒烟了。

柳蔚这会儿对柳老夫人行了礼,坐在了老夫人旁边的软椅上。

柳蔚将昨日的事,摘七除八,只捡了能说的,与老夫人都说了。老夫人听到凶手正在缉拿中时,着实松了口气。

"按你说的,那凶手很快就会落网?"

柳蔚点头:"容都尉是这么说的。"

"那就好,那就好。"哪怕一向冷静稳重的老夫人,此刻也难掩激动,"容都尉可有说,会否保证丰儿的安全?"

"祖母放心,容都尉说了,他保证所有孩子都安全。"

老夫人点点头,对柳蔚伸出手。

柳蔚走过去,老夫人便抓住柳蔚的手,拍拍她的手背:"你是好孩子。"

柳蔚垂下眼眸,模样看着很是温顺。

与此同时,太子府里来了一位不速之客。

昨日诗会中逃跑,一走便没有影子的五王爷容飞,此刻正坐在太子府正殿的大堂中,下人们奉上糕点。他捏着一块甜糕,一边咬着,一边漫不经心地欣赏着大堂四面悬挂着的墨香书画。

这时，下人进来通报："五王爷，我们爷一大早就进宫了，这要过会儿才回来。您是晚些再来，还是就在这儿等着？"

"就等着吧。"容飞闲散地道，"本王什么都没有，最有的就是空闲，不在皇兄这儿蹭点糕点，去别的地方也就是吃吃喝喝，没甚意思。"

下人老实地退下。

容飞继续吃他的糕点，等吃完了，画也看得差不多了。他伸了个懒腰，抬脚便慢悠悠地走到大堂外。

下人以为五王爷有什么吩咐，上前询问，容飞只是摆摆手，就往湖心亭的方向走。

这太子府，容飞来过很多次。可这虽然是亲兄弟的府邸，他却不能乱走，就是来湖心亭，还必须得有成群的下人跟着。

没办法，谁让人家是太子，府里到处都是秘密。

容飞坐到了湖心亭里头，手里捏着个馒头，掰开了往水里头扔，引得成群鲤鱼团聚。

正在这时，左边一道争执声，传进他的耳朵。

容飞看过去，便看到一个中年妇人，正捏着一个小孩教训。

那妇人大概也不知道今日湖边有客人，教训孩子教训得尤其大声，好几次还动手了，戳着小孩的脑袋，吓得小孩鹌鹑似的缩着脖子不敢动。

旁边的下人见到了，其中一人脸色大变，赶紧窜过去，想将那妇人和孩子撵走。

容飞却抬手制止："别介，正好戏呢！把他们撵走了，本王不又无聊了？"

下人战战兢兢地道："王爷您要是闷了，街外的戏班子看一曲。这府里头老妈子教训孩子，有什么好看的，平白脏了您的眼。"

"本王看什么戏，还要你多嘴？"容飞斜过去一眼，那眼神明明满是笑意，却分明带着一股慑人的凌厉。

到底是皇家出身，哪怕是个不中用的纨绔王爷，该有的气魄还是有。

下人不敢再说，只得闷着头，心里却惴惴不安。

容飞见状，也不多说了，继续看自己的戏，可这戏越看越觉得不对。

他愣了一下，在那中年妇人将孩子推倒时，一打眼的工夫，便看到了孩子的面容。

瞬间，他猛地站起，再看那围着他一圈圈的下人时，眼中已只剩下凉意。

"我说你们紧张什么，原来是因为这个，将那妇人给本王带过来！"

下人们你看看我，我看看你，一个都没动。

容飞皱眉："要本王亲自去请？"

其中一个下人打头，站出来，小心翼翼地说："王爷，这都是太子妃的吩咐，您看……"

"荒谬！"容飞怒斥，上前二话不说，将那下人一脚踹到地上，"你算什么狗东西，还敢假借皇嫂的名义，皇嫂会任由下人欺凌皇嗣？皇嫂会小肚鸡肠，亏待庶子？你再敢污我皇嫂一句不是，看本王不宰了你！"

那下人吓得赶紧爬起来跪上，连嘴求饶："王爷饶命，王爷饶命……"

"去，把人带过来！"

下人无法，只得慌慌张张地爬起来，然后走过去，跟那正骂孩子骂得起劲的中年妇人说了两句。

妇人顿时面无人色，抬头往这边一看，立刻便对上了一张俊美冷酷的面容。

妇人当下腿肚子都软了，硬着头皮，将那鹌鹑似的孩子拽在手里，往湖心亭方向走。

一过去，妇人就扑通一声跪下，嘴里念着："老奴见过五王爷，五王爷万福金安。"

容飞嘴角轻勾："本王是万福了，可本王的侄子，却被你摧残了。"

妇人急忙否认："王、王爷明鉴。老奴，老奴不敢，老奴不敢……"

"不敢？"容飞冷笑，对着妇人身边的孩子招招手。

那小孩吓了一跳，脖子一缩，不进反退。

容飞见状皱皱眉，放轻了声音："过来。"

小孩却更怕了，想了想，也跟着扑通跪下，嘴里学着那老奴念叨："王爷饶命，王爷饶命……"

童稚的嗓音，瑟瑟发抖，听得人心都跟着抖了。

容飞气得肝火大冒，他上前抓起那孩子，蹲下身，面对着他，手摸着他脏兮兮的头发："矜儿，还记不记得五皇叔？"

容矜东眼泪大颗大颗地往下落，他不敢抬头，甚至不敢看容飞，只使劲地想往后面缩。

容飞看孩子这般模样，眼中戾气更盛。

他起身，一脚将那老妇踹倒，再狠狠踩在老妇头上。那暴戾凶残的动作，是所有人始料不及的。

一众下人都傻了，老妇"啊"的一声尖叫，脑袋磕在地上，顿时露出大片的血迹。

旁边这才有人扑上来，抱住容飞的脚求饶："王爷开恩啊，李嬷嬷是太子妃的乳娘。您……您脚下留情啊。"

容飞反而更加用力："皇嫂身边有这等忤逆犯上的刁奴，本王今日就是杀了，也不过是为皇嫂除害！"

"王爷……"下人们满脸绝望。一想到李嬷嬷要是出事了，太子妃会如何暴怒，他们便面无人色。

正在这时，一道很小的抽泣声，在旁边响起。

容飞脚步微顿，看向身后的容矜东，见那孩子正僵在原地，眼泪一颗一颗地往下落，看得人心都揪紧了。

容飞放开那李嬷嬷，走过去，抱起容矜东。

小矜东满脸恐慌，却不敢表露，只瘪着嘴，将眼泪往肚子里咽。

容飞将他抱紧，对一众下人道："让你们太子爷到本王这儿来要人！"

说着，抱起小孩，脚步不停地离开。

容飞去了一趟太子府，没见到太子，却把太子家的庶长子给拐走了，这事儿不过片刻工夫，就传到了太子耳朵里。

容霆听了下人的通报，稍稍一顿，对身后的两位太医道："看来府里出了点事，两位大人请稍候。"

两位太医老实应下，便被下人带到大堂用茶。

等外人走了，容霆才冷视着那通报之人，寒声问："出了何事？"

那下人斟酌一下，只拣了能说的说："回爷，五王爷原本在湖心亭喂锦鲤，可看到了李嬷嬷跟大公子，便过去将大公子带走了。"

容霆眼中冷意蓬发，不置一词地盯着下人。

那下人吓得满头大汗，半晌，终于扛不住了，扑通一声跪在地上："爷恕罪……是，是太子妃不让奴才说。奴才不敢欺瞒爷，是……是李嬷嬷当时不知为何正在责骂大公子，五王爷看见了，这才将李嬷嬷打伤，将大公子带走。爷饶命，爷饶命……"

"下去领二十板子。"容霆吩咐。

那下人再是委屈，也只能老实应下，然后飞快离开。

将周围的人都遣走了，容霆只留下贴身侍卫木光一人，问道："他是什么意思？"

木光安静垂首，不吭一声。

容霆喝道："问你话！"

木光问："爷是问太子妃，还是问五王爷？属下不知，不敢乱答。"

容霆一脸不善："他是知道了？"

木光犹豫一下，道："属下一直以为，五王爷早就知道了。九年前，就知道了。"

容霆摆摆手："罢了，都随他。"说着，便往大堂走去。

昨日容棱的话令太子上心，今日太子便请了两位太医进府探脉，想看看自己的身子，到底出了何事。

木光跟在太子身后，想了一下，问："那大公子那边……"

容霆并不在意："总会把人还回来。"

木光又问："那太子妃那儿……"

容霆顿了一下，道："太子妃怀着身子，脾气不好，可以理解。"

木光老实垂首，心中已经知道该怎么做了。

一个庶子，容霆并不关心。也认为，容飞只是一时兴起，等消遣够了，自然会把孩子送回来。

可一直等到下午，依然没见容矜东回来，容霆才稍稍起了心思，差人去问。

问到的答案，却让容霆吃了一惊。

"你说他带着孩子去哪儿了？"

木光面无表情地道："三王府。"

"为何？"

木光再道："听五王爷的人说，大公子一进了五王府便开始哭。五王爷不会哄，只好去求助三王爷。"

不知从何时开始，容棱已经成了京都上下出了名的"慈父"，他那"儿子"，明明是个庶子，却被他当宝贝似的，连选妃宴这样的场面都带着去。更甚的，听说每天晚上，容棱还要说故事哄他儿子直到睡了，自己才舍得睡。简直快成了皇家一朵奇葩了。

容霆思忖一下，笑了："也好，容棱家里养着的那孩子看着精灵，若矜东能学他一半，也是好的。"

木光在旁沉默，心说您要是像三王爷那样待大公子好，大公子保不准比三王爷的孩子更精灵。

另一边，三王府内。

容飞心情很复杂。

容飞承认，他今天一气之下把太子皇兄的儿子带走了，是不太对。可事后他不也遭到报应了？

那孩子之后可是哭了整整两个时辰，还是那种一声不吭的哭，哭得人心都酸了。

他没办法，只好把孩子抱到三王府来。

心说他这三皇兄看着不显眼，但对付孩子却很有一套。看看昨天诗会上，他给孩子布菜，给孩子卷袖子，甚至给孩子剥瓜子，那疼惜的劲儿，简直看得人牙都酸了。

容飞想得很好，把容矜东交给三皇兄，肯定能哄好。

但他怎么也没想到，一看到三皇兄，小矜东哭得更使劲了，简直快背过气去了。

容飞当时就后悔了。他觉得自己误会了，三皇兄的儿子，那是人家亲生的，儿子不怕亲爹是正常的。可太子皇兄的儿子，本来就胆子小，再把孩子往出了名冷面铁血的三皇兄面前一放，人孩子当时就快晕过去了。

容飞不甘心，他觉得再把小矜东带走，苦恼的也是他一个人，所以他还是决定拉三皇兄下水。因此他就死皮赖脸求三皇兄，让三皇兄的儿子带着小矜东玩玩。

容飞觉得小孩和小孩会有办法沟通，而且看到比自己小的孩子，小矜东肯定也不好意思哭了，毕竟小矜东可是哥哥。

而现在，小哥哥小弟弟就在一起玩。

不过看着眼前的画面，容飞觉得，他还是应该带着小矜东走。

"你不要怕，这个蜘蛛不咬人的。你看它，红红绿绿的，是不是很可爱。还有上面的毛毛，很软和的，不信你摸摸。"柳小黎将一只五彩斑斓的毛蜘蛛递到容矜东面前，还示范性地教小哥哥怎么摸。

可作为一个正常的孩子，没有人会喜欢毛蜘蛛的！

容矜东害怕得直往后面退，眼看后背已经贴到了墙根，他眼珠子一转，眼泪更加汹涌地流出来。

小矜东突然哭得这么伤心，柳小黎也吓了一跳，忙把蜘蛛拿开，眨眨自己的大眼睛，懵懂地抓抓头……

三王府发生的种种，柳蔚一无所知。她睡醒之后，便窝在榻上捧着自己的书看。

晚上，一更天，街上的敲更人敲响铜锣，沿途叫喊。

漆黑的夜色下，一道黑色的身影，从丞相府后墙凌空翻越，落到后门的巷子，乘着夜幕，黑影走出巷子，待到了宽阔的地方，再驾起轻功，宛若一道极光，转瞬消失无踪。

两刻钟后，三王府，西陇苑内。

明香惜香刚伺候两位公子睡下，一出门，便瞧见一道黑色身影，落在院中。

"什么人！"惜香厉声喝道。

却见那院中之人，解下面纱，露出一张清淡恬静的脸庞："是我。"

明香惜香见到来人，立刻迎上去："公子，您回来了？"

柳蔚没心情寒暄，直接问道："你们王爷呢？"

明香与惜香对视一眼，明香正想说，惜香却先一步道："爷在书房，公子是特地回来找爷的吗？奴婢带您去！"说着，就要拉柳蔚往院子外走。

柳蔚却不动，只盯着前方正厢房，那是她的房间。不过上次回来，知道已被容棱霸占了，而现在，这间房里还亮着光，显然，里头是有人的。

瞧见柳蔚视线，惜香忙又说："今日五王爷带了太子府的大公子过来，说是给咱们小公子当玩伴的。两位小公子玩了一天，这不，刚刚才哄了睡觉。奴婢们还没来得及收拾……"惜香说着，还用手肘碰碰明香。

明香这也反应过来，跟着附和："对，对，就是这样，就是这样。"

这两个丫头显然不会说谎，柳蔚斜睨着两人，也不出声，只看着她们。

明香惜香脸上的表情眼看就要维持不住了，这时，却听到房间内，传出女子的娇笑声："王爷，您别乱动。您看，您把奴家的衣服都弄湿了。"

两个丫头知道大势已去，脸都僵了。

柳蔚拨开两人，朝房间走去。

惜香忙上前拦住:"公子,这……不太好。"

"有何不好?"柳蔚侧头问道。

明香憋着声音道:"王爷常年不近女色,这难得一次有了雅兴。公子,您的事儿若是不急,不若等王爷完事了……"

"他完不了事!"柳蔚推开两个丫头,上前。

"哐当"一声,房门打开!

房间里头,朦胧的水雾在空中盘旋,玉质屏风后,隐约可见两道身影,一男一女。

"公子公子……"明香惜香上前想将柳蔚拉走。

柳蔚却道:"天香楼的玉染姑娘,娇声如啼,天姿国色,王爷当真好眼光!"

听到柳蔚的声音,屏风后面安静片刻,半响,一道娇软身影娉婷而出,出来的女子身着一件薄纱外衣,衣上沾了不少水渍,头发也被打湿了。女子走出来时,眼中还有几缕不甘,一双剪水秋瞳,尽是欲语还休的缠绵风情。

这玉染姑娘出来后并不打算出门,反而走向软榻,斜倚在那儿。一双清眸,微微眯着,瞧着柳蔚。

柳蔚此时一身男装,玉树临风,看着便是个翩翩佳公子,寻常女子见了,只怕也要红一红脸。

玉染姑娘也红脸了,只是她行走欢场,脸怎么红,红几分,红多久,早就练出了门道。此刻玉染就脸红得恰到好处,令柳蔚一介女子见了,都忍不住注目片刻。

玉染出来了一会儿,屏风后面传来一阵窸窣,接着,身披外袍,一身水汽的容棱,走了出来。

容棱身上只擦了半干,墨发长披,满头湿润。他一双黑眸看向门口的三人,明香惜香,立刻屈身请罪!

容棱摆摆手,示意她们都退下。

两个丫头退下后,柳蔚大而化之地走进来,坐到一边椅上。

空气中,水的味道弥漫、柳蔚、容棱、玉染,两个女人,一个男人……或者两个男人,一个女人。但不管是男是女,这样的三个人,都该说点什么。

可房间里却出奇地安静,柳蔚没说话,容棱没说话,便是那玉染姑娘也未置一词。

又过了一会儿,容棱一脸清冷地走向床榻,坐在玉染身边,而后直视柳蔚,问道:"你要参观?"

"你要做?"柳蔚问道。

容棱眉头一皱。

那玉染姑娘闻言,却"扑哧"一声笑出声来。

柳蔚便看过去。玉染也迎视柳蔚,轻笑道:"春宵一刻值千金,做肯定要做!就看几个人做，这位公子，也想加入？"

"好啊。"柳蔚当真起身，朝着床榻走去。

容棱的眉头，越蹙越紧！

那玉染却亮了亮眼，主动让开一块地方，等待柳蔚过来。

等到了榻边，柳蔚抬手便捏住玉染的下颌，左右看看，又瞥着容棱，道："姿色不错，王爷好福气。"

容棱二话不说，夺过柳蔚的手，捏住她的手腕："别闹。"

"谁闹了？"柳蔚道，"玉染姑娘主动相邀，在下兴致正浓！怎会胡闹？要闹，也得换一个闹法，到床上去闹，不是尽兴？"

柳蔚说着，竟当真伸手袭向玉染的前胸。

大概柳蔚的动作太直接了，玉染也吓了一跳，忙退开一些。

柳蔚抓了个空，顿时笑着揶揄："欢场之人，还怕被摸？"

玉染看了容棱一眼，才软着声音娇嗔："公子吓着奴家了。公子想摸，奴家还会跑了不成？可您怎这般粗鲁……"

不等玉染说完，柳蔚一把捏住她的脖子，在玉染惊恐无措的目光下，逼近她的眼睛："天香楼花魁，玉染姑娘、芳鹊姑娘，谁人不知谁人不晓的貌美倾城，风华佳人。可是少有人知，这两位绝色女子，自小受皇家所训，实乃镇格门第一批投放民间的暗卫。不止她们，整个天香楼半数人员，都隶属镇格门，其中包括龟公六人，洒扫三人，婢女十七人，姑娘二十六人。容都尉，你军机大营的书房，我可去过，你都忘了？"

柳蔚话落之时，已经松开玉染。

玉染急忙退开，捂着脖子，咳嗽不止。

柳蔚擦了擦自己的手，站起来："容都尉想跟下属乱搞，在下管不了。可劳烦尊驾换个地方，在我的床上，跟女人颠鸾倒凤，容都尉想过我的感受没有？"

容棱面色始终沉着，到此刻也一句话都没说。

那玉染姑娘却不干了，一边揉着脖子，一边抓起自己的衣服，开始抱怨："我就说这法子糟糕透顶，师兄你喜欢男人也好，女人也罢，你别祸害我。我明日还有两场歌宴，嗓子要是坏了，还怎么接客？还怎么唱曲？你知道下头有多少人在抢我的花魁之名？你知道做青楼女子的，竞争压力有多大！下次再有这种鬼事情，你找芳鹊，别再来找我了！"

玉染嘟嘟哝哝一大通，然后抱着衣服，夺门而去。

房门打开了，又关上。

柳蔚瞥向容棱，以手托着下颌，淡声道："今日下午凶手被捕的消息传出，你猜我听到消息，晚上必会来找你。所以你就准备好了，给我看这出好戏。都尉大人是否觉得，你很无聊？"

面子里子全被扫了，容棱起身，走到柳蔚身边，抬手便捉住她的手，将她拉起来。

柳蔚反手挣脱容棱的钳制，身子一转，闪到容棱宽实的背后，袭向他的后背。不想容棱反应也快，立刻转身，握住柳蔚的手，用力把她拉进自己怀中。

柳蔚一时不察，额头撞到他坚硬的前胸，沾上他胸口的水汽。她一咬牙，手肘一弯，以肘压他小腹，再灵敏后退，摆脱控制。

两人一来二往，不一会儿，便在房间里打了起来，且打得难分难解。

直到容棱一个发力，终于将柳蔚压到床上，再用单脚困住她双膝，令她无法动弹。

"容棱，你是不是有病！"柳蔚恼羞成怒。

容棱却紧盯柳蔚的眼睛，经过一通打斗，他却连气也没怎么喘，只冷静地道："你先搅我好事。"

"你真想与她玩？"

"不关你事。"

柳蔚点头："好，那你放开我，我帮你把人找回来。一个不够，两个，两个不够三个，我就看你容都尉有没有这么好的精力。"

容棱突然卡住柳蔚的脖子，声音发冷："柳蔚，你到底仗着什么？"

柳蔚忍着气，哪怕脖子疼得快窒息，死不求饶。

"你不就仗着我纵你，容你，所以你就肆无忌惮？一再挑衅？你知道你今日破坏了什么？"

柳蔚瞪着容棱。

"你破坏了我最后一次，想找你以外其他女人的想法。"

此言一出，他突然倾身，冰凉的薄唇压在柳蔚唇上，同时，他松开卡住她脖子的手，再将她双手轻易捏住，按在头顶。

柳蔚震惊地瞪大眼睛，感觉到男人温软的唇舌侵入她的唇腔，夺走她的呼吸。她想挣扎，可她的武功，本就不如容棱，再加上手脚被他所桎梏，根本挣脱不开。

柳蔚很气恼，她觉得这人简直有毛病！

什么叫破坏了他最后一次想找其他女人的想法？他若是有这个想法，又怎会明知她要来，偏偏在现在跟女人乱搞？

大混蛋！

柳蔚气得气喘吁吁，而唇上男人的呼吸也越来越重了，她甚至感觉容棱捏着她的腰。

宽厚的大掌，探进她的外衣里。

这男人……还打算霸王硬上弓不成？

柳蔚握紧拳头，手脚使不上力。她便用牙齿，找到容棱的唇瓣，眼神一凛，牙齿一合，狠狠咬住他。

身上的男子停住了，他看着她，她也看着他，两人四目相对，眼中皆是凉意。可偏偏，他们的唇舌相触，却分都分不开。

不，不是分不开，是柳蔚不松口！

这样的僵持，维持了一会儿，然后，容棱闭上眼睛，嘴唇一张，重新含住柳蔚的唇瓣，轻轻舔舐。

柳蔚："……"

都这样了还不松开，竟然还不要脸地舔了！

这个变态！

柳蔚气得不行，血腥味弥漫在两人唇齿之间，直到容棱的手，终于覆上柳蔚的前胸。

柳蔚狠狠地瞪视他，咬牙切齿："滚！"

容棱看柳蔚眼中火气高升，唯恐真将她惹毛，这才不情不愿地松开手。

一获得自由，柳蔚立刻以袖擦唇，二话不说跳下床榻，一边整理自己的衣服，一边只觉得气得神志都不清醒了。她将衣服理好，拉开门就走出去，出去后，直奔隔壁房间。

容棱却追出来，拉住她，把她拽回来，按在怀里！

"放开！"

"要干什么？"

"带我儿子走！"

容棱却道："不准。"

"你……"柳蔚将容棱推开，看到他唇上的伤口，眼睛都红了，"你知不知道你在做什么？"

容棱沉下眼眸，却没作声。

柳蔚转身就走。

容棱只好再拉住她，道："来不及了。"

柳蔚皱眉："什么？"

"来不及了。"

"我没聋，什么来不及了？"

容棱深深地看柳蔚一会儿，才道："等到破了幼儿失踪案，你就会走？"

柳蔚轻拧着眉，没作声。

"今日下午，辽州飞鸽传书，我的人搜寻你所说的侏儒人时，在辽州景台府一偏僻乡中，找到失踪孩子共四十六名。比起让凶手落网，你更在意的是孩子们的安全。在你看来，孩子获救，你便功德圆满了，是吗？"

柳蔚一愣，沉默地看着容棱。

"所以呢？这就是你突然发疯的原因？"柳蔚不知说容棱什么好，"就因为我要走？我不会走，暂时肯定不会，小黎答应要救严裴，我还要留在柳府查我身世。"

容棱却并未放心。柳蔚来去如风，她要避开他走，他能拦住一时，却拦不住一世。所以，他唯有化被动为主动，才能博取胜算。

柳蔚觉得这人是真的有毛病，而且毛病还不小。她喘了口气，说："我是个男人。"

容棱眼中露出不耐，但还是应着："那你便当我断袖。"

"你……"柳蔚一滞，气道，"你断袖找别人去断，我只喜欢胸大屁股大的女人！"

"找不成了，我说过，你已经破坏我最后一次找其他人的想法。"

"我破坏的是女人，你找男人试试。"

"找了，那便是你。"

"容棱！"

容棱视线淡淡地看着柳蔚，一副脸皮很厚的样子。

柳蔚头很疼，转身就走，几乎是逃一般地离开。那背影，要多仓促就有多仓促。

柳蔚是真的没想到，容棱竟然会突然袭击，还突然亲自己。

柳蔚觉得舌尖到现在都残留着属于他的血气，他的味道。摇摇头，甩开脑子里纷乱的想法，柳蔚一个凌空，身上的内力暴转，轻功带着厉风，将周围的树木，刮得乱动。

柳蔚回到相府，一头埋进房间，倒在床上。

待在被窝里快窒息了，柳蔚才抬起头，看着床顶的纱幔，心里越想越是气愤。

难受坏了。

柳蔚下床去推开窗户，手指挨在唇上，吹了记口哨。月色中，一只黑色的乌星飞来，珍珠落在窗台，一双亮晶晶的眼珠子，在黑夜中分外璀璨。它跳到柳蔚肩膀上，甜滋滋地"桀"了一声。

柳蔚语带斥责地道："我刚才被非礼，你去哪儿了？"

"桀？"珍珠歪着脑袋，眨眨眼睛。

"刚才，就在三王府，你去哪儿了？"

"桀桀。"珍珠喜滋滋地叫唤。

柳蔚却皱眉："你就因为容棱给你准备了大餐，贪吃，不管我了？"

"桀？"珍珠的声音小了一下，似乎意识到主人生气了，忙软下身子。

柳蔚闷了一会儿，叹了口气："一个贪吃，一个贪玩，一个笨。"

"桀。"珍珠叫唤一声。

柳蔚生气："你贪吃，小黎贪玩，他笨。"

"桀？"

"对，他，笨得要死。"

追女人的正确姿势都不懂，还乱告白，活该单身二十多年。

此时，被柳蔚评论"笨得要死"的容都尉，进了小黎房间，把睡得迷迷糊糊的小子搂起来，然后带回他的房间。再把小黎藏在他这都尉的床最里头，由他抱着小黎睡。

柳蔚要走，肯定要带上小黎。容棱打算从今晚开始，再不让小黎离开他的视线。

接下来的半个月，可以说是柳蔚来京都以后最清闲的半个月。

容棱从那夜之后便没来找过她，柳蔚也乐得清闲，每日吃了睡，睡了吃，再看看医书，顺便在府里偷偷打探。

一日晌午，刚用过午膳，阅儿从外头急急地进来，因为动作太慌，还撞到了正从屋里出去的亦卉。

亦卉被撞得险些摔倒，站稳后，抱怨一句："小姐在午歇呢，你做什么？动静小点！"

阅儿看了眼屋内，瞧见软榻上眉目紧闭的女子，这才压低了声音："我有要事禀明小姐。"

这几日阅儿早出晚归，亦卉也不知道阅儿具体去哪儿了。只知道阅儿的伤好了，小姐就指派阅儿出去办事，一办就是不见人影。这会儿看阅儿这般着急，亦卉不敢耽搁，赶紧让开，却不忘叮咛："昨夜大雨，小姐许是被搅着没睡安静，你快些说，让小姐好好补补眠。"

"我知道。"阅儿应了一声，才走进去，刚要开口，却见软榻上假寐的女子霍然睁眼。

阅儿愣了一下。

柳蔚看着阅儿："说吧。"

阅儿也来不及思考小姐是何时醒的，只老实道："奴婢打听到了。"

柳蔚坐起来些，认真听。

"此事说来，已是二十多年前的事了，纪姨娘……"阅儿说到这三个字时，下意识地看看左右，才紧张地道，"纪姨娘当初，听说是犯了罪，才被赐给老爷的。"

柳蔚眼中凝起深意。

阅儿继续道："奴婢问的，是曾经在大厨房照料的于嬷嬷。于嬷嬷五年前便瘫了，家人接了出去。那嬷嬷当年是照料过纪姨娘膳食的，算是府里难得的老人了。"

"说下去。"柳蔚坐得端正了些。

阅儿再道："奴婢见着于嬷嬷的时候，嬷嬷那儿子和媳妇说，嬷嬷这些年已记不得人了，只是半夜偶尔还会念叨着，什么杀头，什么大爷，奴婢想与嬷嬷单独说说话，可嬷嬷儿子媳妇不许，奴婢递了十两银子，他们才允了。不过那嬷嬷说话颠三倒四，奴婢问的，嬷嬷有些能答出来，有些却说不清楚。但有一点可以肯定，嬷嬷说，当初纪姨娘是被大爷带回来的。"

"大爷？"这个称呼，柳蔚没听过。

"是咱们丞相爷的长兄。"阅儿说道，"奴婢是家生子，爹娘都曾是府里的人。我爹在时说过，当年，咱们柳家老太爷在朝中位高权重，一呼百应。先帝信任老太爷，还特封太子老师，由老太爷亲自教养太子十年。柳府自那时开始，便是京都上下皆知的太子党，只可惜……"

只可惜后来先帝病入膏肓，太子在外办事，回来途中，遭遇"山匪"，尸骨无存。

阅儿显然也听过一些传闻，知道眼下这位皇上，并非正统，有逼宫之嫌。因此即便眼下无人，阅儿也不敢说得太明白，只含糊过去，又说："太子一党废黜前，咱们家大爷与太子，乃是生死之交。"

柳蔚听到这儿便懂了。

柳府的老太爷还在时，便是实实在在的太子党，一直站位在太子一边。但谁知道，当初的四皇子，也就是现在的皇上，韬光养晦，虎视眈眈，对那皇位势在必得，经营了些实力，在关键时刻，除掉了太子，废掉二皇子，赶走十五皇子，令那皇位落到自己头上。

柳蔚不能说这种行为是对是错。成王败寇，一将功成万骨枯。有人成功，便注定有人尸骨无存。这是历史的惯性，无人能改。

"继续说。"

阅儿继续道："咱们柳家到底是股肱之臣，老太爷又位高权重，便是皇上登基，也撼动不得柳家根本。但大爷就不同了，大爷当初是与太子一同遇袭的。但太子死了，大爷回来了。按照规矩，那是不忠，要殉葬的。后又听说，老太爷拖着沉老之躯，进宫三日，终于求得一恩，救了大爷性命，之后大爷便被送到军营，随着出征战士，一同出战当年边境闻名的逐匈之战。"

"逐匈之战"，柳蔚听过，那是一场极为惨烈，以少胜多，拿人命去换胜利的阴曹之战。据说战事之后，整个战场血气冲天，其后天降大雨，连续七日，血腥久绕不散。

"大爷回来时，安然无恙，但身边，却带着一个姑娘。"阅儿继续着，"于嬷嬷说，那姑娘就是纪姨娘。"

柳蔚皱眉："我娘，是从哪儿被带回来的？"

阅儿摇头："于嬷嬷也不知道。要说知道的，估计不是老爷，就是老夫人了。纪姨娘被带回来时，只有十四岁。据说，是大爷心仪之人。大爷还为了将纪姨娘留下，与老夫人闹过。但当时因为大爷曾效命太子，受新皇打压，估计终身再无前途，所以原本与大爷定亲的那户人家，便退了亲。老夫人担心大爷娶不到妻子，大房会绝后，这才终于答应将纪姨娘留下。"

柳蔚听到这里,已经糊涂了:"我娘是被大伯留下的?"

阅儿点头:"是被大爷留下的,但后头,出了意外。"

"什么意外?"

"纪姨娘进宫了。"

"进宫?"

阅儿面露惆怅:"于嬷嬷说得不清楚,只说纪姨娘被贵妃娘娘接进宫了。有人说,贵妃是纪姨娘的表姐。也有人说,纪姨娘是贵妃家的丫鬟,在贵妃娘娘进宫前,一直伺候贵妃娘娘。"

"贵妃?"

阅儿靠近柳蔚一些,小声道:"小姐,皇后娘娘,便是当年的那位贵妃。"

柳蔚猛地想到那双狭长的妖艳美眸。上回在昭宁宫殿上,她曾与皇后有过一眼相对。只那一眼,柳蔚便对其印象深刻,哪怕过了许久,依然记忆犹新。

阅儿又道:"据说,纪姨娘进宫了六年,才被放出来。出来时,刚好是宫里宫女放出来嫁人的年纪,整二十岁。"

"那大伯……"柳蔚脱口而出。

阅儿摇头:"那时候,大爷又出征去了。皇上做主,将纪姨娘赐给了二爷,也就是丞相,小姐您的父亲。"

"然后呢?"柳蔚急忙问。

阅儿却还是摇头:"到这儿,就断了。"

房间里一时变得很安静。

阅儿担忧地看着自家小姐。其实,若不是这次调查,阅儿也不会想到,自家小姐的身世,会这样古怪。

柳蔚沉默着,低垂眉眼,看着软榻上的花纹。目光却透过那花纹,想了很多。

直到过了许久,柳蔚抬起头,看向阅儿:"你可知道,大伯的名字?"

"知道。"阅儿立刻道,"柳垣。"

柳蔚下了软榻,看着窗外不知何时下起的雨。快冬天了,北方的冬天,似乎来得格外早。

柳蔚不管天气如何,一句命令阅儿带路,便出了院子。

"小姐……"阅儿皱紧了眉,还想再劝,但看小姐眼中竟生出血丝,一咬牙,终究只得前头带路。

从外院出府,因着顾及大小姐的身份,无人敢拦,而在柳蔚刚刚离开的时候,就有人传了消息到孝慈院。

孝慈院。

"什么叫闯出府?"老夫人手里捏着佛珠,眉头微蹙。

杨嬷嬷面色却不好,在老夫人耳边小声说道几句。

老夫人抬起眼:"于嬷嬷?"

杨嬷嬷点头:"那于嬷嬷是曾照料过大爷的,在府里有一番地位,前些年去了庄子。老夫人您恩泽,念其多年功劳,还将她儿子提拔成了庄子小管事,保她晚年无忧。"

老夫人沉默下来……

第十章 一桩旧事

半个时辰后,柳蔚终于见到了知晓当年事情的嬷嬷。

但是,柳蔚的话还未来得及问出口,大门就又被打开,一连十来人闯进,走在最前头的,竟是杨嬷嬷。

阅儿唬了一跳,急忙迎上去,拦住杨嬷嬷:"嬷嬷您怎的来了,今日什么日子,劳烦您也……"

"滚开!"杨嬷嬷将阅儿推开,望向戴着面纱的柳蔚,哑着声音道,"大小姐!大小姐可知,今日之事,老夫人已知晓。您不管不顾地冲来,老夫人,只怕是在准备家法了!"

柳蔚瞥了杨嬷嬷一眼,以同样的声调回道:"杨嬷嬷若真心为了我好,便告知我真相。"

相府里的几位老嬷嬷,必然都是当年知情之人。眼下之事,让杨嬷嬷这般紧张,来得这般快速,说不通。除非,老夫人和杨嬷嬷都怕她深究一些过去见不得人的事。

杨嬷嬷轻声道:"先回去,一切,回去再说。"

"进去!"

正此时,小院的大门口又涌进一群人。那是一群侍卫,穿着镇格门服饰,一进来,便将小院中人团团围住。

于嬷嬷一家子,被这阵仗吓得腿肚子发软。

杨嬷嬷下意识地挡在柳蔚面前,看着这些莫名其妙闯来的侍卫,眉头紧皱:"你们是什么人？想干什么？"

大院门外，这时走进来两人，两人身穿硬式铁甲，肩上挂着肩盔，对着柳蔚拱手道："都尉大人请柳家大小姐一叙！"

柳蔚从两人一出现，就认出了他们：方成、秦中。

在临安府，脑中被植入过变异虫的二人。

两人显然也知道这是女装的柳先生，眼中不乏闪亮，但还是认真说："柳大小姐，请——"

柳蔚直接道："不去！"

秦中一愣，不禁看向方成。

方成到底比较稳重，犹豫一下，上前一步，放软了姿态："柳大小姐，都尉下了令，让我等必须将您带回去。还请您……莫要为难咱们。"

杨嬷嬷道："容都尉想见我们家大小姐，送上拜帖，登门求见便是，这样不明不白地派人来堵截是何意？此等男女见面的大事，未请示老夫人与老爷，老奴当真不敢让诸位将我们家大小姐带走。"

"你这老嬷嬷说什么废话，我们是请柳先……不……柳大小姐，又不是请你，你说个没完做什么。"秦中说着，又恳求地望向柳蔚，"柳大小姐，您就跟我们去一趟可好？都尉大人下了死令，您就看在……"

秦中绞尽脑汁，后终灵光一闪，拍了拍自己脑门："您就看在小的这颗大脑袋的分上，去一趟。"

"不去。"柳蔚一脸冷漠，越过杨嬷嬷，直接往外走。

杨嬷嬷和阅儿紧脚跟上，后面一众人也急忙跟上。

走到门口，秦中和方成一脸为难地将路给堵住了。

方成好言好语道："柳大小姐，求求您了！"

柳蔚心情本就不好，闻言眼皮一抬，看着两人："不让开？"

秦中方成不动，柳蔚暗暗攥紧手指，握成拳头，就朝两人一点点逼近。

秦中吓得赶紧后退，可退了两步，就感觉身后撞到个什么。秦中回头一看，见了来人，顿时委屈地大喊："都尉大人！"

容棱冷漠地摆手，另一手牵着柳小黎。

看到都尉大人来了，方成也赶紧跑到都尉大人背后藏起。

柳蔚冷眼瞧着那半月未见的冷硬男子。

容棱也瞧了会儿柳蔚，没有开口，只推了推手边的小黎。

可是平日见到娘亲就扑上去死不撒手的小黎，这会儿却死也不动，他抱住容棱的大腿，小脑袋使劲地摇。

容棱催促："过去。"

小黎还是使劲摇头："不过去，我爹生气了，现在过去，肯定连我也一起打。"

· 246 ·

容棱蹙眉，眼睛投向躲在小黎怀里，那露出半个脑袋的黑鸟。

珍珠福至心灵，感觉到容都尉的视线，赶紧"桀"地叫了一声，就把脑袋缩回小黎衣服里。

小黎体贴地翻译："珍珠说，它又不傻。"

容棱："……"

两只小的不顶用，容棱只得迎向柳蔚的视线，思忖一下，道："本都有事，要与你说。"

柳蔚双手环胸："现在可说。"

容棱道："人多不便。"

"人少你想干什么？"

容棱却不作声。

柳蔚逼近一步，紧盯容棱那双危险的眸子："都尉大人，您怎知我在这里？"

容棱沉默。

"方才，都尉大人为什么不亲自进来？"

继续沉默。

"纪家的事，都尉可都查到了？"

还是沉默。

"再不说话，都尉大人就一辈子也别跟我说话了。"柳蔚冷漠地给某王爷下了最后通牒。

容棱最后只能严肃道："回去再说。"

"我不回去呢？"柳蔚挑衅地瞪着容棱。

柳蔚就知道，自己的事，容棱肯定早已调查清楚了。可是，容棱却什么都没说，瞒她至今！亏她还如此信任这人，将满腔希望都寄托在他的头上！

难怪半个月前，容棱说"来不及了"，原来他早就料到，料到有朝一日她会查到真相。料到她知道真相后，会如何愤怒、如何气恼，甚至不忿之下，立刻离开京都。

不愧是堂堂都尉大人，深谋远虑，将所有事都设想到了。

柳蔚的火气怎么都消不下，狠狠瞪了容棱一眼，从他身边走过。

容棱立刻拉住她。

小黎趁机抱着珍珠赶紧躲开，跑得远远地避开。

"放开！"柳蔚冷声道。

容棱沉声道："听我解释。"

"好，你说……"柳蔚再次看向他。

容棱想了一下，道："我喜欢你。"

柳蔚："……"

周围的人："……"

对于知道柳蔚是女子的柳府中人而言，今日是很离奇的一天。她们府中的大小姐，今日横冲直撞地跑出相府，毫无规矩，这也就算了！最最离奇的是，镇格门的都尉，堂堂当朝冷面三王爷，出现了！二话不说，突然告白了！

而作为知道柳蔚其实是男子的秦中、方成，包括镇格门的其他侍卫，他们才是受打击最大的。早就感觉都尉大人对柳先生好得出奇，连带对柳先生的儿子，都殷勤备至，但他们怎么也没想到，都尉大人会突然跟柳先生告白。

一个男人，对另一个男人告白。

这种癖好，不是个人隐私，应该避一下吗？王爷真的可以用这种昭告天下的语气，当着这么多人的面说吗？

一时间，周围安静得落针声可闻。

短暂的沉默之后，在柳蔚不可置信的目光注视下，容棱用一种理所当然的语气道："是你让本王说的。"

柳蔚狠狠地把手抽回来，后退一步，气得要命："谁让你说这个了！"

"那说什么？"男人反问。

"说……"柳蔚开了口，却瞧见容棱眼底的认真，顿时烦得要死，"行了，不用说了，什么都不用说了！"

柳蔚一咬牙，直接驾起轻功，身子一跃，便朝远处而去。

容棱眉头一皱，随即轻功施展，飞速跟上。

柳小黎和珍珠对视一眼，纠结了一下，小黎便敞开衣服，珍珠飞到半空，扑扇起翅膀。小黎也凌空跃起，追了上去。

下面呆住的众人："……"

秦中和方成看都尉大人已经亲自追上去了，估摸着任务也算完成了，便抬抬手，对下头的人道："收队！"

镇格门人，不愧是精英中的精英，接到命令，立即排着队迅速撤退。

等到小院重新空下来，杨嬷嬷还是抬着头，看着天空方向，视线久久收不回来。

阅儿反应快，瞧着身边杨嬷嬷和其他人都没回神，赶紧蹑手蹑脚地往旁边走。

谁知杨嬷嬷眼尖，当即叫住了："阅儿！"

阅儿身子一顿，停下。

杨嬷嬷板着脸上前："你没什么想说的？"

阅儿扑通一声跪下，赶紧求饶："嬷嬷恕罪，奴婢是大小姐的丫鬟。大小姐有令，奴婢不敢不从，求嬷嬷饶命，求嬷嬷饶命……"

"饶不饶你，端看老夫人如何评断。"杨嬷嬷说着，对两个妈妈抬了抬手。

两人立刻上前，将阅儿抓住。

杨嬷嬷想了一想，又看了眼天空，沉默一下，对所有人道："今日见到的，都不许乱传。若让我知道府内有人造谣生事，胡言乱语，看老夫人不好好惩治你们！"

一众人急忙应下,全都垂头。

今日之事,众人暂时还理不清头绪,但唯一知道的,是大小姐与镇格门都尉大人,极为熟悉。若是回头谁乱嚼舌根子,犯了镇格门的什么忌讳,指不定就是掉脑袋的事。试问,谁又敢拿自个儿的脑袋开玩笑?

柳蔚一路到京郊,才稍稍放慢了速度。

而柳蔚后面,容棱穷追不舍,也一路从主城,追到了郊外。

京郊十里茶寮前,柳蔚落在官道上,朝着那袅袅茶香之处,缓慢走去。容棱在她身后落下,亦步亦趋地跟随。再后面,就见一只乌星鸟落在官道旁的大树枝上,冲着天空蓦地叫了一声。

随即,不过两个呼吸,一道矮小的小身影,也落在了官道上。小黎左看看,右看看,最后瞧着已经快到茶寮的一男一女,这才拔起小短腿追上。

茶寮老板看来了客人,殷勤地招待着:"客官几位?"

柳蔚面无表情:"一位。"说完,直接找了张空桌子坐下。

身后正想开口说"三位"的容棱,闻言只好识相地闭嘴,默默地也坐了一张桌子。

这茶寮开在进出京都的要塞上,所以生意比较好。这会儿七张桌子,已经坐满了五张,可新来的两位客人,一人就要了一张,这要是再来客人,却不太好坐了。茶寮老板一时有些为难,但也不敢得罪客人,只好耐心地询问两位都要些什么。

柳蔚只是累了,便要了一壶茶。

容棱闻言,也跟着要了一壶茶。

柳小黎此时追上来,他左右看看,先看看一脸冷漠的娘亲,又看看沉默不语的容叔叔,最后小黎走到容叔叔的那张桌子,一屁股坐下!

可是小黎刚坐下,那头,一道清亮的女音便响起来:"你是谁的儿子?"

柳小黎身子倏地一僵,可怜巴巴地回头看了娘亲一眼,却见娘亲也瞥着自己,眼神非常可怕。

小黎胆小地咽了咽唾沫,只好从凳子上站起来,磨磨蹭蹭地往另一张桌子那边走。

等到了娘亲面前,小黎低垂着脑袋,很小心地唤了声:"爹……"

柳蔚翻开两个茶杯,道:"坐下。"

这会儿,老板奉上热茶两壶,看到又来了个小孩子,便问道:"小公子可要吃点什么?"

小黎飞了这么久,用了内力,也饿了,正要点碗面,却瞥见娘亲微抬的眼眸,顿时将喉咙中要说的话压回去,拨浪鼓似的摇头:"不要不要,什么都不要。"

茶寮老板失望地退下。

柳蔚提起茶壶，倒了两杯茶，一杯递给小黎。

小黎赶紧接过茶杯，因为太烫了，只能捧在手里暂时没法喝。

柳蔚则晃荡着手中的茶杯，看着里头的茶叶片子，面上一丝表情也没有。

"老板。"此时，容棱出声。

茶寮老板立刻上前，问道："客官还有什么吩咐？"

"来碗阳春面，给那桌的小孩。"

柳小黎眼睛一亮，可还没来得及兴奋，就见娘亲丢下一两银子，拉着他就走。

容棱也随手扔出一两，起身跟上。

茶寮老板捏着二两银子，在后头唤道："客官，要不了这么多……"

可那三人，早已不见踪影。

等茶寮老板再转过头去时，瞧见身后不知何时站了个脸色发白，眼窝很深的病态男子。

老板吓了一跳，忙道："客官，您吓死小的了，可是还要点些什么？"

那病态男子却没有回答，只是一双眼睛，看着柳蔚三人离开的方向，瞳孔深得吓人。

茶寮老板看病态男子呆住了，正狐疑着，另一个皮肤偏黑的男子却走来，一把捏住病态男子的肩膀，低声道："默义，冷静！他们不是冲着我们来的。"

默义微微侧首，看着身边的同伴，表情很是难看。

同伴却收紧手指，将默义拉回凳子上，让默义坐下，又朝茶寮老板道："准备一笼馒头。"

茶寮老板高兴应下。

不过一会儿，一蒸笼馒头便送出来了。

同伴付了银子，将馒头裹在包袱里，背着包袱，扶起默义。

两人朝着码头方向走。默义的动作很慢，大概因为内伤，才走几步，便要歇一歇，动作快不得。

另一边，柳蔚已经带着儿子走了老远，容棱依然穷追不舍。

小黎拉拉娘亲的衣袖，可怜兮兮地道："爹，他们都快跑了。"

柳蔚面无表情地往前头走。

小黎又说："我看得没错，那个人的背影，肯定是凶手，凶手旁边是他的同伴。不过很奇怪，他们明明在容叔叔的监视之下，是什么时候逃脱的呢？竟然都神不知鬼不觉地出了京都，若不是方才恰好看到，指不定已经走远了。"

柳蔚没说话，只朝后头看了一眼，瞧见那狗皮膏药般的尊贵王爷，她又加快了步子。

小黎却很着急："爹……真的不管他们吗？"

"不管。"柳蔚没好气地道，"堂堂镇格门的容都尉都不管，你我平民有何好管的。"

柳小黎嘟嘟嘴，也往后头看了一眼："容叔叔为什么也不管？"

柳蔚心中其实知道，并不是不管，只是这一切，应该都在容棱的计划、掌控之内。所以，柳蔚相信，他们逃走必是容棱有意为之。方才她也注意到了那两个人，因此，才一杯茶都没喝完便离开，她怕打乱容棱的计划。

不过，自己都跟容棱闹得不可开交了，为何竟然还要帮他掩护？

一想到这里，柳蔚便是一肚子火，索性驾起轻功，凌空一跃，转瞬便不见踪影。

容棱动作也快，看柳蔚一动，也跟着直追，始终让柳蔚停留在他的视线内。

时间缓缓地过去，从下午到傍晚，太阳都要落山了。柳小黎实在没力气了，一屁股坐在地上，瘫软着身子直嚷嚷："不走了不走了，我再也不走了。"

柳蔚停下来看着儿子。后面，容棱也停下来，站在两人十步之外。

柳蔚瞥了眼容棱，不高兴地抓起儿子："走。"

柳小黎死也不干："不走！就不走！"

小黎抱着小黑鸟，委屈得不得了。为什么娘亲和容叔叔闹脾气，反而是他和珍珠这么可怜？

小家伙难受得不得了，索性抱起珍珠，就往另一边走。

"去哪儿？"柳蔚叫住儿子。

柳小黎头也没回，很气愤地说："回家！"

柳蔚皱眉。

容棱看着小黎的背影，又看看柳蔚，上前一步。

容棱刚一动，柳蔚转身就走。

容棱上前，把柳蔚拦住："你放心小黎自己回去？"

这已经是城郊三十里外，从这里回都城，哪怕一直不休息，也得花至少一个时辰。小黎一个孩子，单独行走，说不定路上会出什么意外。

柳蔚其实也不放心，但柳蔚知道小黎不会有危险。柳蔚知道，容棱的暗卫，一直在跟着他们。

容棱似乎知道柳蔚心中所想，敛眉道："我让暗卫撤了。"

柳蔚一愣，抬眼看了看四周，再看小黎离开的方向，儿子竟然已经不见了。柳蔚二话不说，驾起轻功，追了过去。

容棱嘴角得逞似的轻勾，跟上柳蔚的步伐。

柳小黎到底只是孩子，动作慢，不过两息，柳蔚就追到了。

柳蔚上前，一把将小黎后领扯住，把小黎收进怀里，再落到地上。

小黎在娘亲怀中一直挣扎，还不乐意地念叨："我要走，让我走，我要回去……"

柳蔚只好把小黎放下。一放下，柳小黎就往回跑，跑到容棱身边。

容棱牵住小黎,一大一小两双眼睛,再同时看向前方的白衣女子。

柳蔚:"……"

一个时辰后,三人回到了茶寮,天已经快黑透了,茶寮老板点了灯笼,打算再做一会儿生意。

老板殷勤地上前询问。

容棱看向柳蔚,柳蔚却不理他,坐到了凳子上,给自己倒水。

柳小黎却等不及了,赶紧说:"面,馒头,什么都好。能吃的都好,赶快送上来。"

老板满嘴应上。

柳小黎松了口气,拉着容棱,到娘亲旁边坐下。

折腾了一天,柳蔚的火气其实小了很多。

女人就是这样,生气的时候,恨不得你走得越远越好,但是你如果真的走了,那你就彻底一辈子不用出现了。

但你如果不走,还死皮赖脸地追上来,女人心里一方面不乐意你,一方面却会慢慢消气。等到闹得够久了,女人一回头,发现男人还在,那时候,她不是生气,反而是开心。

柳蔚现在虽然说不上开心,但的确没什么火气了。

食物很快送上来,三碗面,再加三个大馒头,还有一壶热腾腾的茶水。

柳小黎抱住一碗面,便开始大口吃,而容棱修长手指掰开馒头,一小块一小块优雅咀嚼着。

柳蔚也拿着一块馒头,撕着上面的皮,却没怎么吃。

周围很安静,除了茶寮老板叮叮咚咚收拾东西的声音,就是小黎呼哧呼哧吃面的声音。

容棱翻开一个杯子,倒了一杯热茶,递到柳蔚手边。

柳小黎很快把自己的面吃完了,一嘴脏兮兮的。

容棱便拿出帕子,为小黎擦嘴。

柳小黎一边仰着头让容叔叔擦,一边眼珠子却已经瞥到了娘亲和容叔叔那两碗没动过的面。

等嘴上擦干净了,小黎意有所指地问道:"你们不吃吗?"

柳蔚将自己的面推到儿子面前。

柳小黎眼睛一亮,赶紧抱过来,继续吃。

柳蔚那一个馒头始终没吃完。她也不吃了,放下,便起身。

容棱付了银子,跟着起身。

此时天已经黑透了。

柳蔚一边想着,一会儿回相府要怎么解释,一边看着身边亦步亦趋跟着自己的容棱，还有容棱怀里，那打着哈欠，吃饱了就困的小豆丁。

看着小黎已经闭上眼睛，打算酣睡的样子，柳蔚想了一下，到底开口："说吧。"

容棱看向柳蔚，眸光很深。

柳蔚瞪容棱一眼："你知道我想听什么，其他的废话不用说了，拣我要听的说。"

容棱沉默一下，才道："我喜欢你。"

"闭嘴！"柳蔚冷声打断，"这就是废话。"

容棱："……"

两人慢慢沿着黑暗，朝城门方向走去。

容棱缓缓开口："你的父亲，是柳垣。"

即便已经猜到了，但亲耳从容棱的口中听到，柳蔚还是心口一震。她慢慢平缓了呼吸，凝着眸道："继续。"

"柳垣，死于镇格门监牢。"

"为什么？"柳蔚看向容棱，"我要知道死因。"

容棱停下脚步，认真地凝视柳蔚。

柳蔚也回视容棱："不打算说？"

容棱皱起眉头，有些疲惫："我是为你好。"

"你要是为我好，就该告诉我，全部都告诉我。"

"知道了你能如何？"容棱反问，"你要报仇？"

柳蔚突然想到什么，不太确定地道："我父亲既然是死于镇格门监牢，那就是皇上直接下令？都尉以为，皇上杀了我爹，我会找皇上报仇？我会去行刺皇上？"

容棱十分冷静地看着柳蔚，的确是这么想过。

柳蔚笑了："我不能跟你保证我不会报仇，但我知道量力而行。容棱，你现在告诉我真相，我们就还是朋友。我这人公私分明，哪怕上一辈有恩怨，我也不会牵连到你头上。因为你我都是无辜者，我们都回不到当初去改变什么。但你如果继续瞒我，便别怪我放弃我们的友谊。"

"只是友谊？"容棱眼底闪过一丝狠戾的复杂。

柳蔚道："你若不说，连友谊也不是了。"

容棱蹙眉，沉默着。

但柳蔚知道，容棱在思考。这人会说，肯定会说。

事实证明，女人的直觉有时候的确很准，过了半晌，容棱再抬起眸时，神色已经变了："青云建国两百余年，你可知？"

柳蔚愣了一下，点头。

青云之前，有过三个朝代。最早，也是史官笔下有记录的，是冼月朝。冼月朝距今已经过去一千四百多年了，就连冼月朝当时使用的文字都是另一种，那是到现在才只有少数人，能够破译的复杂符号文字。冼月朝存世五百年，之后便被白孟朝推翻。但白孟朝的历史也不长，只有一百九十四年，其后，白孟朝便被一海外族人，后世称为"玄人"一族，所侵灭。自此，赤玄朝诞生。

赤玄朝的存世时间与冼月朝有得一比，它存在了四百八十三年。但长久的统治，让人容易得意忘形。赤玄朝的最后三代皇帝，均是荒淫无道。苛捐杂税，天灾人祸，百姓怨声载道。所谓乱世出英雄，朝廷的暴政，终于使百姓不再忍受，揭竿而起。一支名为"凌云青天"的义军，出现了。

这支义军，从一开始的十来人，到后来统领两江之内六十万义士。这场战争，持续了二十九年。当时的义军统领容长鹏，利用其卓绝的领导能力，一路过关斩将，穿云破雾，终于在赤玄朝万翰十六年一月初七的凌晨，带着数十万大军，涌入京都，于长岭殿上，斩下赤玄朝末代皇帝万翰帝的头颅。其后，青云朝正式落户史书，容氏一族，辉煌至今。

就在柳蔚简短地将冼月朝、白孟朝、赤玄朝这三个朝代回说一番时，容棱开口道："纪，便是赤玄的族徽。"

柳蔚睁大眼睛，有些茫然地看着他。

容棱再道："王府书房内，有你想知道的一切。"

柳蔚半信半疑地点头。

三王府西陇苑，容棱柳蔚带着小家伙回来的时候，已是戌时二刻。明香惜香正守在院子里，听到外面传来脚步声，抬头一看，便瞧见女装的公子，与抱着小公子的王爷，一道进来。

两人急忙起身相迎。

容棱将小黎递给明香。

明香小心地抱着，看小公子睡得正甜，便轻手轻脚地托着小公子的小脑袋，将小公子带回房间。可房门刚一开，门缝边上，一个身着散乱衣衫的小男孩便探出半个脑袋，往外面瞧。

"矜公子怎的还没睡？"明香小声地问道。

容矜东踮着脚往明香怀里看，不确定地问道："是小黎弟弟回来了吗？"

"是，是小公子回来了。矜公子先进去，夜晚天冷，别着凉了。"

容矜东乖乖地点头，退开一步，让明香先进去，又抬头看了眼外头，就看到小黎的父亲，和另一个戴着面纱的白衣女子正站在那儿。

容矜东不认识那女子，又很怕小黎的父亲，所以只是礼貌地点点头，便缩了回去。

柳蔚看向容棱，无声询问。

"容矜东。"容棱道，"太子庶长子。"

柳蔚道："为何在这儿？"

"被拐出来的。"容棱一边往院外走，一边简短地将之前半个月的事说了一遍。

这半个月来，因为有了玩伴，柳小黎也开心了许多，每天都找些稀奇古怪的玩意儿给小哥哥玩。

容矜东刚开始不适应，毕竟一大早起来，就有条手臂那么粗的五彩巨蟒趴在自己床头，视觉感官冲击还是不小的！

但过了一阵子就习惯了，不愧是皇家子孙，容矜东适应能力非常强，从一开始每天早上吓得瑟瑟发抖，再到后来，已经开始给那些蛇虫鼠蚁取名字了。现在西陇苑的后院就专门开了一块地方，给俩孩子养一些稀奇古怪的东西。

最著名的是一条十八条腿的剧毒蜈蚣，小黎每天逼蜈蚣吐毒，把人家蜈蚣弄得要死不活。容矜东就心疼，总要捉一些蚯蚓蟋蟀，让毒蜈蚣饱餐一顿。

一开始那毒蜈蚣还想办法逃，现在每天有吃有喝，就是吐点毒，好像也没什么累的。它就招来它媳妇，在这儿专门挖了一个洞，安家了！现在蜈蚣媳妇已经开始产卵，下个月就能看见小蜈蚣了！

从西陇苑到书房，走了接近一刻钟。

书房门口有侍卫把守，看到王爷回来，侍卫便屈身行了礼，只是抬头时，却饶有深意地看了柳蔚一眼。

素来洁身自好的王爷，今个儿带了个女子回府，此事已经在府里流传开了。短短一刻钟不到，书房这儿都听到消息了。侍卫们心说，什么样的女子，能让他们家王爷亲自带来书房重地？

容棱吩咐道："都下去！"

侍卫们红着脸，赶紧纷纷告退。

容棱推开书房门，柳蔚看容棱一眼，率先走进去。

书房里漆黑一片，柳蔚凭着记忆找到书桌方向，正摩挲着蜡烛，黑暗中，一具高大的男子身影侵袭而来。

男人的手臂，穿过她的腰间，握住她停顿在半空的手。

柳蔚板着脸道："做什么？"

容棱就在柳蔚的身后，灼热的呼吸，刚好落在她白皙的脖子上。他低沉的声音显得非常沉稳，说道："找蜡烛。"

柳蔚咬着牙："这是我的手，不是蜡烛。"

"嗯。"容棱轻应了一声，"摸错了。"

"那你松开。"

男人却沉默，不作声了。

柳蔚皱眉："松不松？"

容棱犹豫一下，大概怕柳蔚真的生气，只好放开。

但手放开了，男子身躯却不打算移开。

柳蔚能感觉到，自己的前腹抵着桌角，而后面，就是男子以身躯进行的压迫性的围堵。她被锁在桌子与男人中间，偏偏这男人不要脸，明明压着她了，却死也不让。

"容都尉只会玩这些无聊的小把戏？"

容棱装傻："什么？"

"你压着我了。"柳蔚忍着火气！

容棱继续不作声，却突然伸手，搂住柳蔚的腰，将柳蔚拉进怀里。

"喂，你干什么！"柳蔚大叫。

容棱将脸埋在柳蔚温软的脖子里，湿润的呼吸侵入她的皮肤。他手紧紧箍住她的小腹，那力道仿佛要将她揉进自己骨肉里。他没说话，只是保持这样的姿势不动。

柳蔚最初叫了一声，没得到回答，也安静下来。

黑暗剥夺视野，却放大了人的其他感官。

柳蔚感受到容棱的心跳，两人贴得太近，柳蔚知道自己应该说点什么，绝不能纵容他动手动脚。

这男人很会见缝插针，如果她表现出一丝的松懈，他就会变本加厉。

容棱做得出这种事，柳蔚相信。但不知为什么，他这样安静地抱着她，让她感受到他的呼吸，她突然就有点不忍心了。

时间一点一滴过去，好像过了很久，但实际上并没多久。

柳蔚到底还是开了口："容棱，放开。"

容棱没动，反而更用力地抱住她，却说："答应我。"

"嗯？"

"不管看到什么，知道什么，都不准离开我。"

这个要求有点可笑："容都尉，你让我不离开你，你有立场？"

"有。"他轻笑一声，"我们怎会没关系？我们的关系，深得很。"

最后三个字，他说得特别轻，听得柳蔚耳朵麻麻的。

是啊，他们的关系的确很深，比这世上大多数人都要深。

肌肤相亲，水乳交融，男女之间，最深的不过如此。

柳蔚现在不想和容棱提这些事，但容棱执意，柳蔚只能先安抚住他："我答应你，无论看到什么，知道什么，都冷静对待。"

容棱这才缓慢放开柳蔚。

柳蔚摸着黑暗，找到了烛台，又摸到烛台旁的火折子，将蜡烛点上。书房里变得有了光亮。

容棱站在柳蔚面前，伸手，拿过她手里的火折子，吹散了火灰，直接越过她，到墙边，将屋里都点亮。

书房里越发明亮，容棱拿出一叠信件。柳蔚眼前一亮，快步过去，将信件夺过，转过身，一边拆信，一边走到椅子前坐下。

柳蔚安静看信，容棱便转身出了书房，向外头盼咐沏壶茶来，想了想，又加了两盘小点心。

　　柳蔚之前没吃东西，现在没感觉，一会儿肯定会饿。

　　这些信件的内容，很零散。柳蔚看第一封，并没有看懂内容。她翻找了一下，找到了时间最久的那封打开，这才算看明白了。

　　这些信，应该是有人从各个地方寄来的，关系到赤玄朝的历史。有从召州寄来的，有从岭州寄来的，有从益州寄来的，有从南州寄来的，几乎整个青云王朝的州府，都囊括了。

　　柳蔚将信全部看完，心中隐隐有猜测。她抬起头，看向回来的容棱："纪家，是前朝旧人？"

　　容棱把外面递来的糕点热茶放下，道："野史有记，青云始祖大帝，于长岭殿内，斩下的只是替身，并非赤玄万翰帝本尊。"

　　柳蔚很恍惚，认真地盯着容棱，等他说下去。

　　容棱问道："你可知，镇格门的由来？"

　　柳蔚点头："你父皇所建，意寓'镇国安邦，革新内朝'。"

　　"不。"容棱喝了一口茶，"那只是好听的说法。"

　　容棱将糕点碟子推到柳蔚面前，柳蔚摇头，她现在实在没有胃口。

　　可容棱却不答应，她不吃，他便看着她，也不说话，就是沉默。

　　两人对视了好一会儿，柳蔚没办法，只好捏起一块点心，塞进嘴里，吞了下去。

　　容棱这才继续："镇格门是父皇所建不假，但却并非为了朝廷大事。自青云建国以来，历代皇帝都会承接上一任帝王的遗秘。一个，关于赤玄宝藏的遗秘。"

　　据传，两百年前，始祖大帝明知斩首之人并非万翰帝本人，但却瞒住天下人。只因万翰帝临死前，透露奇秘。言东海之外，玄人秘境，有绝世宝藏。凡人得之，便能一统山河，开疆扩土，延年益寿，长生不老。因赤玄人便是来自大海之外，始祖皇帝信了万翰帝的话，留下万翰帝的性命，并让万翰帝画下了宝藏地图。地图画了七天七夜都没画完。第八天的清早，却被人发现，万翰帝暴毙于寝室。

　　始祖皇帝拿着那张残缺不全的地图，派三千大军出海搜索，其后却整整三年，无人归来。大海之外到底有什么？无人能知，便是赤玄朝那些所剩无几的贵族，也一无所知。

　　始祖皇帝虽然有野心，但刚刚打下江山，他首先要做的，是安内。等到内部整理妥当，才有闲心去找那虚无缥缈的宝藏传说。只是直到始祖皇帝驾崩，青云国也并未完全安定。始祖皇帝临死之前，留下遗言予太子，将宝藏之事告之。

　　青云第二任皇帝，在继承大统的第一日，便对那宝藏向往不已。普天之下，莫非王土，既有宝藏，那也该他一国之君得之。其后整整十年，他派了无数人，明察暗访，终于让他查到了线索。当时那线索呈上御案时，雪白的宣纸上，只有两个字——"纪。"

一个纪字，另一个据说是念"纪"字的特殊字符。那个字符，是一位民间学者无意中翻阅野史发现的。学者给出的说法却是，冼月朝的"纪"字符，便是玄人的族徽。

这个发现是惊人的！五百年前的赤玄人，为何要用一千两百多年前的冼月朝文字，作为族徽？这个"纪"，又代表什么？青云第二任皇帝开始猜测，同时命令下面的人，继续去查。

后来，有人提出，"纪"，说的会不会是赤玄朝末代皇后，纪荟？

纪荟其人，据说来自东海附近的小渔村，万翰帝一日东游遇见。因其貌若天仙，万翰帝破格将其纳入后宫，千娇万宠，立为皇后。只是红颜薄命，纪荟母仪天下不过三年，便香消玉殒了。只留下一子，却因早产之故，天生还就是个痴儿。

一个对宝藏野心勃勃的皇帝，不放过任何一种可能，哪怕这种可能一听就很荒谬。所以，二帝派人继续查，竟真的查到了。

据说，纪荟是从海外而来。

那是一日清晨，出海打鱼的村民很早便醒了，可在海滩上，他们最先看到的不是自家的渔船，而是一些不知生死的"尸体"。这些"尸体"全身是水，有的已经死了，有的还有口气。

那天，被救下的总共有十七人。这十七人，都姓纪，其中，就有年仅七岁的纪荟的母亲。

这些纪姓人自称来自海外，遇上海难，才会被吹刮至此。但世人都知，大海之外只有广阔无边的深海，怎可能会有活人？

没人信他们的话，他们估计也认为回不去了，便安安心心在渔村住下。其后经过数十年，他们与边海之人结合，生儿育女，延续下一代。纪荟，便出生了。这些追溯，为青云二帝带来了三个信息。

第一，东海之外有活人。很有可能，就是玄人。五百年前，玄人不就是从东海过来，再势如破竹掀翻了白孟的统治？

第二，玄人并非全都姓云，他们也有姓纪的。所以赤玄的族徽，应当是第一任赤玄帝带来的，或许第一任赤玄帝就是姓纪。只是几百年过去，早就无从考据。

第三，宝藏很可能真的存在，就在大海之外，遥远的地方。

青云二帝知晓后，立刻下令，将渔村剩余的纪姓人，统统带回京都。但因事情败露，这些人当夜便逃走了，并且一走，就彻底消失，再也找寻不到。

青云二帝不甘心，明明到嘴的鸭子，怎能就这么飞了？二帝继续搜寻，派了军队，派了暗卫，总之，能派出去的都派出去，却始终杳无音讯。直到青云二帝与世长辞之前，还抱着这股不甘，将这个秘密，交托给了太子。

二帝的儿子三帝，因亲眼目睹父皇是如何为找那些"纪"姓人，为找什么虚无缥缈的宝藏而荒废朝政。他便不想重蹈覆辙，将此事封起，励精图治，安邦定国。三帝在位三十一年，将青云打理得风调雨顺。

三帝驾崩前，本是不想将这个秘密再传下去，但想到那是其父纠结了一辈子的东西，便舍不得就此断送。还是按规矩，传给了下一任皇帝。传给的也就是容棱的爷爷，乾凌帝的父亲，先帝。

平白知道有个宝藏，先帝不可能不心动，也偷偷去查，而他运气不错，真给他找到了。但那时候，所谓的纪家人，已经不在东海渔村，而是到了西边的边境。经过了整整三十一年的安定平静，此时的渔村旧人，已经能把自己伪装得跟真正的中原人一样了，并且还在西方边境，发展了逼人的势力。那时候，但凡是边境人，无人不知西南岭州的纪氏家族。

但是，世上无绝对的秘密。背叛，是无处不在的。族内有人为一己私欲，投靠先帝，并且揭露出西南纪氏一族，便是当年东海边的纪家人。先帝知道后，立刻谨慎安排，派了得力干将，势要将纪家人全部抓获，带往京都。这次，纪家人没那么侥幸能一起逃走，他们被迫分散，有些人甚至在逃亡的过程中惨死，有些人苟且偷生活了下来，颠沛流离，四海为家。

柳蔚愣愣地听着容棱讲到这里，觉得自己智商有点不够用了。

"你确定，你不是在编故事诓我？"

容棱将糕点碟子，又往她面前推了推。

柳蔚魂不守舍地又吃了一块，还没咽下去，便问："你不是说这是历代皇帝临终前的密令？你怎会知？"

"无意知晓。"容棱讽刺地勾了勾唇角，"纪氏主家人，至今未被抓获，先帝驾崩前，因太子未及时赶回，一怒之下，原想带着这个秘密下阴曹，却被父皇逼问出了。"

"逼问"？

这个词用得好狠！

柳蔚不禁想到那位慈眉善目的老人，感叹外表那般和善，却藏着一颗虎狼之心。

"后来呢？"

"后来？"容棱敛眉，"后来，便有了镇格门。再后来，我统领镇格门，发现了这个秘密。"

柳蔚捏着糕点："这可是天大的秘密，你随便就告诉我？我母亲是西南纪家的？"

容棱点头。

柳蔚呼吸顿时有些急促："对了，阅儿说过，我父亲是从边境将母亲带回来的，那我父亲是否……"

容棱摇头："你父亲并不知道。"

是了，不可能知道，这毕竟是皇家秘密，不是谁轻易都能知道的。

"可是……"柳蔚很恍惚,"我母亲一定知道。"

容棱看柳蔚变得激动,安慰道:"你的母亲,只是爱上一个男人,愿意不顾性命,随他回家罢了。"

柳蔚点了点头。

容棱又道:"知道当初背叛纪家的人,是谁吗?"

柳蔚不作声。

容棱也不等柳蔚回答,直接道:"当初的纪家长随,如今的辉国侯。现在青云朝的皇后,十岁之前,随其父在你母亲家里做工。你母亲进京后,皇后将你母亲召进皇宫,命你母亲做了几年宫女,贴身服侍于她,你猜是为何?"

柳蔚眼神冰冷:"因为皇后曾是我母亲的婢女?"

"对。"容棱勾唇,"皇后以为这样做,便能将过去的卑微都讨回来。"

"皇后做到了。"柳蔚难受得心口在揪。

"皇后没做到。"容棱看柳蔚目光越发阴凉,眉头越发地紧,忍不住道,"无论怎么变,皇后还是做过你母亲的丫鬟,这是事实,永远抹杀不了。"

明知这句话意在安慰,柳蔚还是不争气地被他安慰到了。

柳蔚紧皱的眉头松开:"皇后出身低贱,如今身份再高,也不过是小人得志。"

"是如此。"容棱再道,"我很高兴,我非皇后亲生。"

"但你还是要叫皇后一声'母后'。"

"不,我只称她为皇后。"

柳蔚点点头,不得不说,又被安慰了一点呢!

但柳蔚不明白:"就为了一个子虚乌有的宝藏,将我纪家人赶尽杀绝,追了整整两百年,当真值得?"

"欲望,不分贵贱。"

柳蔚看着容棱,认真地问:"那我父母死后,柳家人都知道此事了?"

"不知。"容棱道,"皇上以窝藏前朝余孽之名,带走你父亲。但其后,出了些意外。"

"意外?"

"有人劫狱。"

柳蔚紧张起来。

"你父亲被带进镇格门监牢第三日,有一精锐小队,硬闯监牢。"

"精锐小队?"

"朝廷军。"

"谁的军?"

"你父亲的军。"

柳蔚讶异地睁大眼睛。

"踏行边关数年，即便朝廷不封赏，他也已凭自身能力，上居四品佐领，下头带了七千多人。"

柳蔚勾起唇角："我父亲真厉害！"

能在皇上的打压下，于边境闯出自己的一片天，此等男人，是真烈性。

容棱点头，承认此话。

柳蔚推推他："继续说，劫狱后呢？"

容棱顿住，不说话。

柳蔚皱眉："说啊！"

这便是容棱最不想与柳蔚说的，他能将纪家族事告诉柳蔚，但却无法将柳蔚父母如何死去，全说出来。

"围捕而死。"最后，容棱说道。

柳蔚不确定地看着容棱。

容棱抬目，迎视柳蔚的眸子，眼中却显得一片坦荡。

"我母亲呢？"

"忧伤过度，病逝。"便是柳家，也说她母亲是病逝。或许，这是最正常的一种解释。

但容棱方才那一瞬的沉默，还是让柳蔚忍不住迟疑，真的只是这么简单？

"那我呢？"柳蔚问道，"我是柳垣与纪夏秋的女儿，我是纪家血脉，皇上怎会放过我？我离开五年，皇上就不怕我与纪家旧人会合？"

"你是柳城的女儿。"容棱道，"这是柳家对你的保护。"

柳蔚摇头："这只是个遮掩。"

"柳家老太爷，曾以金箭令牌面圣，求皇上饶你一命。"

柳蔚沉默下来，老太爷……一个她从未见过的老人。

柳蔚还是不信："即便如此，皇上岂会容我？"

"你出生京都，在皇上眼皮子底下长至十五岁。有何不妥，皇上一目了然。"

"但我逃家五年。"

"五年罢了，你能做何？"

柳蔚总觉得容棱这种说法，很是敷衍。实际上，容棱也的确是在敷衍柳蔚。皇上为何容柳蔚？若真要对柳蔚不利，一个柳家又如何保护？说到底，是多亏柳垣与纪夏秋。

柳蔚这条命，何等重要。

柳垣为让纪夏秋和孩子活命，俯首就擒，甘心赴死。连带数千麾下士兵，尸骨无存，腰斩御前。

纪夏秋为求女儿一条生路，临盆前夕，亲手绘制残余藏宝图。

早于二十年前，皇上便手握完整地图，但那地图之中，惊险连连。深海之地，几乎无从探查。皇上以为那图是假,对柳蔚进行严密监视。

这些记录,镇格门的旧档案上都有。

直到九年前,纪雪枝出现。皇上纵容纪雪枝与容霆生情,又在纪雪枝怀有容矜东时,命容霆故技重施,以容矜东的性命相胁,逼迫纪雪枝再画藏宝地图。纪雪枝绘出的图样与纪夏秋当年所绘,一模一样。可皇上还是不信。但是,岭南三百余纪家旧人,临死前都挨个绘过所谓的藏宝图,却依然与纪夏秋、纪雪枝所绘相同。

而其他人,不是不会画,就是根本不知藏宝图这一说。

自此,纪家人,再无价值!

柳蔚到如今还能活着,只因两点:

一、柳家相护;

二、柳蔚一个女子,生长京都,还被监视过。

至于柳蔚逃家五年,皇上为何并不在意?只因,皇上笃定,纪家在这世上再无活人。柳蔚哪怕走遍天南地北,也妄想再找到一个活着的纪家人。

要说如今整个青云上下,还属纪家人的,要算上一个容矜东,但容矜东才九岁,能成什么气候?并且好歹是容霆亲子,有一半容家血统,只要容矜东一辈子老老实实,保下性命,至少不难。只是可惜,太子府大公子,这个身份也注定了容矜东要成为某些人的眼中钉,肉中刺。

太子妃是皇后的亲侄女,而皇后与纪家,早于数十年前便水火不容。纪雪枝的儿子,太子妃如何能不虐待?

一桩旧事,谈了近一个时辰。再回过来神时,已是亥时一刻。

手边的茶点,早已凉了。

柳蔚看了看外面的天色,起身,打算离开。

容棱却道:"吃过饭再走。"

柳蔚没吃晚饭,若这个时候回柳府,多半也没心情折腾膳食,他却不想她挨饿。

柳蔚头也没回地离开。

黑夜天空星辰零散,柳蔚仰头,看着那始终跟随的月亮,想了想,觉得应该找点话。两人去前厅还有一段距离,一直这样沉默,有点尴尬。

"那些孩子,什么时候能送回?"

"快了。"容棱说道,"三天前有信传回,说就这两日。"

柳蔚估算一下,若是快马加鞭,从辽州到京都,的确这两日也够了。

柳府。

柳蔚到了后巷,身子一跃上了墙头,往怀月院方向去。飞了两个院子,便感觉身后有人跟着,不用回头看,就知是容棱。

到了怀月院时,柳蔚愣住了。

院中灯笼点了无数,还有前方敞开的正厅大门,以及影影绰绰能看见的厅内的一众主子下人。

柳蔚烦了，今晚是真不想再折腾了，可偏偏老夫人带着柳城、柳域，亲自在怀月院里等着她。估计是杨嬷嬷把她会轻功之事说了，料到她会高空回府，索性便直接来等。

无论如何，总要进去打个招呼。

柳蔚慢慢走入正厅。厅内，老夫人高坐堂前，柳城、柳域坐在老夫人的下手，数个小厮婢女在身后。

而柳蔚一众怀月院的丫鬟们，则一个个跪在地上，瑟瑟发抖，连头都不敢抬。

柳蔚恭敬地垂首，欠身："祖母，父亲，兄长。"

众人沉默，没应柳蔚这一声。

柳蔚正打算自己站起身时，柳域却严肃开口："柳蔚，你可知错？"

柳蔚抬眸看了柳域一眼，却瞧见柳域眼珠子转向老夫人方向，给柳蔚使了个眼色！

柳蔚有些惊讶，没想到柳域在这种情况下，会帮自己。

柳蔚马上站起身来，先对柳域点点头，又对老夫人和柳城道："蔚儿，知错了。"

"哪里错了？"柳城开口道。

久居高位的丞相大人，说起话来尤为威严。若柳蔚只是个普通的闺阁女子，只怕此刻已经被吓傻了。

柳蔚目光清明地看向柳城，认真地道："蔚儿不该去找嬷嬷。"

柳城怒得一拍椅子扶手！

"柳蔚，你害府中丢了多大的脸，你可知道！你跟着容都尉走了，又是怎么回事？"

跟着容都尉走？

柳蔚看了一眼杨嬷嬷，却见杨嬷嬷只是站在老夫人身后，一句话不吭，连头都不抬。

柳蔚再看向老夫人，只见老夫人面色深沉，正一脸深沉地看着她。柳城说她跟着容棱走了，却没提她会轻功的事，所以，是杨嬷嬷没说，还是老夫人知晓后，替她隐瞒了？

柳蔚一时拿捏不准，便道："此事父亲应该问容都尉，若问女儿，女儿也不知。"

"你跟着容都尉走，容都尉叫你去做什么，你不知？"柳城皱紧了眉。

柳蔚想了想，才说："容都尉之子喜欢女儿，今日哭闹不止，容都尉便望女儿去安抚一二。"

"胡闹！"柳城呵斥，"你一个未出阁的女儿家，跟着男子私会，此事不通禀父母，不告知长辈，你的脸面彻底不要了？"

"父亲言重了，女儿与容都尉正大光明。"

"你的光明,为父一丝也看不到!"

柳城此言一出,院子的盆栽树木皆是无风自动。接着,一道玄色身影,出现在院子中。

"什么人?"柳域起身,但在院中之人慢慢走近,柳域看清那人的脸时,却唬了一跳,"容……容都尉?"

容棱在一众惊讶的目光下,走到厅里,立身与柳蔚对视。

老夫人、柳城、柳域,都面色深沉,探寻的目光在两人身上扫来扫去。

"有容都尉跟大家解释,女儿就先回房睡了。"柳蔚说着,从容棱的身边擦身而过,朝着房间走去。

"柳蔚!"柳域大怒地唤了一声。

容棱道:"蔚儿累了,让蔚儿先去休息。"

我们柳家的女儿累与不累,关你一个外男什么事?

柳域很想反驳,但对着容棱那张冷冰冰的脸,柳域只觉得喉咙卡着,一句话也说不出。

一直没出声的老夫人,此刻道:"容都尉既然亲自出面,那老身便想问问,都尉大人,是什么意思?"

容棱要如何解释,柳蔚其实不关心,回到房间,匆忙洗漱,倒在床上把被子一卷,睡过去。

这晚,柳蔚做了个很复杂的梦,到最后身心俱疲地醒来,却觉得自己仿佛没有睡过,全身酸疼。

柳蔚看着外面敞亮的天空,估算了一下时辰,下了床,打开房门,便看到外面阅儿与亦卉坐在廊凳上,正在闲聊。听到门声,两人转过头来,眼神却非常古怪。

柳蔚打了哈欠,问道:"怎不叫我起床?"

阅儿犹豫着正要说话,亦卉却推了阅儿一下,端起旁边的水盆,笑着说道:"是老夫人的吩咐,说小姐昨日累着了,多睡一些也好。而且还吩咐我们,不准打扰。"

老夫人会说这样的话?

柳蔚看着亦卉。亦卉却端着水盆从柳蔚身边走过,进了房间。

阅儿埋着头,分明是在回避柳蔚的视线。

柳蔚瞧着两人古古怪怪的,不觉有些好笑:"到底出了何事?"

两人闷头做事,也不回答。

柳蔚坐到椅子上,亦卉来伺候柳蔚洗漱。

柳蔚捏着面巾,抬眸看着亦卉,问道:"昨晚容都尉与老夫人、父亲他们,说了什么?"

亦卉摇头:"奴婢后来被打发了出来,什么都没听到。"

柳蔚拧着眉,亦卉却低眉顺眼的,就是不与自家小姐对视。

洗漱完毕，灵儿已经布好膳食。

柳蔚一边吃早膳，一边看着灵儿小心翼翼伺候的模样，眼睛一转，又看到门缝边，那正往里面偷窥的翡翠。

翡翠年纪小，柳蔚素来宠爱，但凡重点的差事都不让翡翠干，把这小丫头供得跟怀月院第二个主子似的。翡翠刚开始就不怕柳蔚，但被娇惯后，便越发胆子大，成了院子里最黏柳蔚的一个。但今个儿，翡翠这怯怯的模样，让柳蔚再次确定，昨晚自己离开后一定发生了什么。

用完这不知算早膳还是午膳的一顿，柳蔚便理了理衣服，打算去给老夫人请安。

亦卉却说："孝慈院今早来话，说老夫人身子不爽利，需要静养，这两日府内的小姐们都不用去请安了。"

柳蔚问道："当真？"

"当真。"

"病了？"

"病了。"亦卉再次肯定地道。

柳蔚却说："祖母病了，孙女哪有不去探望的道理？走吧。"说着，一挥袖子，便往门外走去。

亦卉上前阻拦："小姐，孝慈院说老夫人还没起呢，这会儿过去，不是平白叨扰了？"

柳蔚一双露在面纱外的眼睛，看着亦卉道："亦卉出去，阅儿留下。"

"小姐……"

"出去！"

亦卉一咬牙："小姐，您留下阅儿也没用。奴婢们……都得了令，要想活命，便……便……"

"便只能将我困在怀月院，连院门都不许出一步？"

亦卉狠狠地埋下头，没吭声。

柳蔚直接问道："昨日容都尉到底说了什么？"

"小……"

"说！"柳蔚厉声呵道，那音调重得，吓得躲在门外的灵儿与翡翠一个哆嗦。

亦卉很为难，闷着喉咙，支吾了半天总算说道："容都尉昨晚上……向老夫人和老爷，提亲了。"

柳蔚愣了好一会儿，才回过神来。好一个容棱，好一个容大都尉。

京都城一品楼里，容飞找到了容棱。

容棱左手边坐着柳小黎，右手边坐着容秭东。容棱正给小黎剥虾，门，突然被打开。

"五皇叔。"容秭东知道这是五皇叔。就是五皇叔求的父亲，让他暂时留在小黎

· 265 ·

弟弟家中。

　　容飞在听到那脆生生的一声"五皇叔"后，笑开了眼，上前就将九岁的孩子抱起来，搂在怀里，刮刮他的鼻子："不容易，终于听得矜儿叫本王一声皇叔。上次见面，你可是理都不理皇叔。"

　　容矜东很不好意思，又不太喜欢被人抱着，一时拘谨得不会说话。

　　小黎吧唧吧唧地吃着虾子，早就见过小矜哥哥的五皇叔，知道小矜哥哥的五皇叔是个好人，所以也没担心小矜哥哥会有危险。

　　容飞逗够了容矜东，才将小家伙放下，让他去吃饭。

　　容棱慢条斯理地又剥了一个虾子，喂进柳小黎的嘴里，才问道："何事？"

　　"大事。"容飞笑了一下，"你的大事。"

　　容棱看他一眼，等他说下去。

　　容飞见三皇兄如此镇定，顿觉无趣："今日我按规矩进宫给父皇母后请安，三皇兄猜，我看到了什么？是选妃名单！选妃宴三皇兄该是没忘，我今个儿瞧见的名单里头，上半段，是那次选妃宴中其他家族的联姻人员。下半段，便是我们几位未成婚王爷的。"

　　容棱面无表情，漠不关心。

　　容飞确定皇兄是真的不在意，便有些蒙了："你愿意娶别人挑给你的女子？"

　　"你不愿？"

　　"我不愿。"容飞板着脸道，"什么林棋莲，我连见都没见过，我才不会答应。三皇兄就不想知道，给你配的是谁？"

　　容棱将一块虾肉递给小黎，再擦擦手，道："月海郡主？"

　　容飞挑眉："已经找过你了？"

　　"猜的。"

　　"那三皇兄是猜对了。"容飞道，"我去母后那儿请安的时候，听说月海郡主刚走，把昭宁宫搅得乱七八糟，说非要嫁给三皇兄你。"

　　容棱点头："这确是月海会做的事。"

　　"三皇兄打算怎么办？"容飞兴致勃勃。

　　容棱不想跟容飞废话，却又不愿容飞纠缠不清，只好道："父皇不会将月海赐婚于我。"

　　容飞不解："为何？"

　　容棱道："因为月海是惠王遗孤。"

　　"惠王叔又……"容飞说了一半，突然恍悟，然后眼神一变，看向容棱。是了，他给忽略了，月海郡主是惠王之女，惠王之女是什么身份？如今月海无父无母，但月海却掌握整个惠州资源。

　　月海是一个金箩筐，一介女子，手握惠州全境。谁娶了月海，便等于接手了整个惠州。

皇上多疑，怎可能让本就手握大权的容棱，再锦上添花，娶惠王之女？皇上要拿捏容棱，便只能给容棱寻一门低得不能再低的亲事。月海郡主太金贵，给了容棱，若是容棱有反叛之心，只须偷偷潜去惠州，便能成为心腹大患。

容飞抖了一个哆嗦，慢慢将心里的震惊压下，就听容棱道："今日下朝后，我求见父皇，已提了亲事。"

容飞眼眉一闪："提的是谁？"

"柳蔚。"

"柳家大小姐？"

"是。"

容飞思忖，柳家大小姐，不就是一门低得不能再低的亲事？庶女身份，面容被毁，哪怕娶了，也别妄想拉拢柳城。

容飞问道："听说诗会当日，三皇兄送了花给柳大小姐，当时，皇兄就做好决定了？决定要娶整个京都，最糟糕的女人？"

很糟糕吗？

除了对他的示爱置若罔闻这一点让人不快，其他方面，柳蔚比世上任何女子都好。但财不外露，容棱也不想容飞知道柳蔚有多好，便只是道："我与她，最为合适。"

这话说得好心酸！

容飞一下子难受起来："三皇兄，委屈你了。"

容棱淡淡道："无妨。"

这顿午膳，吃了一个时辰才完。离开时，下了楼，一品楼的掌柜亲自过来相送。容棱牵着柳小黎，容飞牵着容矜东，四人正要离开，却在门口撞见正要进楼的一行人。

打头之人一身白色长袍，长身如竹，风度翩翩。

狭路相逢，对方看到容棱、容飞，眼底也掠过一丝惊异，回过神来，便先开口："三皇兄，五皇兄。"

容飞笑了起来："七皇弟，真是好巧。"

容溯视线不着痕迹地在两人之间流转，淡声道："倒是难得见两位皇兄一道儿。我刚从宫中出来，恰好有一事，要与三皇兄说道。"

容飞笑了："月海郡主与三皇兄那门亲事，三皇兄已经知道了，你就别费口舌了。"

容溯冷眼瞧了眼容飞，又看向容棱："据我所知，三皇兄，不太中意郡主。"

"三皇兄不中意，你想要去？"容飞抢白。

容溯目光越发地寒："五皇兄，我在与三皇兄说话。"

容飞摊摊手："我是提醒你，咱们三皇兄已选定王妃。对了，恰好与你有些关系，就是五年前逃你婚的那位……叫什么……柳蔚，柳大小姐。"

容棱不悦地皱起了眉，觉得容飞唯恐天下不乱。

容溯此时却猛地看向容棱，双眸很沉。

容棱不喜与这二人废话，大手牵着儿子小黎，便走出去。

容溯进了一品楼，二楼靠右的雅间里面三人齐齐转首，李君惊讶："你不是进宫去了，还以为你在宫里用膳，便没等你。"

容溯未语，走过去，坐到空余的位子上。

看容溯表情不好，李君给坐在窗口的秦徘使了个眼色，秦徘装作没看到，正欣赏着手里刚刚淘回来的金丝冷匕。

李君无法，只好转向方若竹。

方若竹却专心致志地把玩秦徘的匕鞘，无聊地数着上面的宝石。

最后没办法，李君只得自己开口："你父皇训你了？"

容溯面无表情地横过去一眼："容棱和柳蔚之间，怎么回事？"

李君莫名其妙："什么怎么回事？"

容溯看李君当真一副不明所以的样子，眸底便添上一分霾色。

方若竹将那浑身宝石的小玩意儿丢开，说道："昨个儿，有人瞧见容棱与一面纱女子，同游京郊。"

容溯看过去："话说清楚！"

方若竹耸了耸肩，清淡的眉眼波澜未动："二人私会？"

容溯皱起眉。

这时，小二送上饭菜，大家动筷，唯独容溯不动。

李君问道："不吃？"

容溯却看向秦徘："替我查件事。"

秦徘捏着筷子，夹了一颗丸子到碗里，戳烂了，将丸子里头的腊肉夹到方若竹碗里，问道："何事？"

"柳蔚。"

秦徘抬眸："查了又如何？"

"先查。"容溯只说这两个字。容溯知道，秦徘有些渠道，能查到的东西，比他这边要多不少。

次日深夜。

容溯收到秦府送来的一封信，待看完信上的描述，容溯的表情，一转三变。

而同一时间，三王府内。

齐副将站于书房，对那端坐红木正椅上的男子禀报："按照都尉大人的吩咐，消息已经透露过去。"

容棱看着手中公文,问道:"没有起疑?"

"没有。"齐副将肯定。

容棱点头:"下去。"

齐副将却没走,犹豫一下,开口道:"都尉大人,末将上次与您说的事……"

容棱抬起头,看他一眼,想了起来:"明香?"

齐副将急忙点头:"末将是真心想迎娶明香,求都尉大人成全。"

容棱稍稍迟疑,道:"我是同意,只是明香不愿。"

"为何?"齐副将表情有些可怜,"说来,明香已经有一个月没理末将了。末将找过几次,明香都避而不见,最狠的一次,还用扫帚将末将撵走。"

容棱瞧了齐副将一会儿,对外面道:"去把明香叫来。"

外面的下人立刻领命离开。

齐副将脸上一阵发红,不好意思地道:"都尉大人,这么晚了,会不会搅了明香的瞌睡?会不会生末将的气?"

"叫明香的是我,与你何干。"容棱将一份公文阖上,又打开另一份。

齐副将点点头,憨厚地道:"也是,我们明香不是不讲道理的人。"

睡眼惺忪的明香,被前院的人强行叫醒。可是一到书房,明香还没见着王爷,就在书房门口看到一脸紧张的齐副将。

"明香……"齐副将尴尬地扯出一丝笑,往明香这边走了两步。

明香立刻后退:"你怎么在这儿?"

"我来找你。"齐副将深情款款地道,"我来跟都尉大人求亲,我说我想娶你。"

明香睡了一半被叫醒,本就不快,原以为是王爷找她,还能保持冷静。却发现是眼前这人,明香顿时来了脾气:"我什么时候答应嫁给你了?谁让你跟王爷求亲的?"

齐副将还想说什么,明香已经不给机会,大步朝书房内走去。

书房内,容棱已经没有批阅公文了。明香进来后,齐副将也追了进来,明香不理他,只屈身给自家王爷请安。

容棱转首,便对上齐副将哀求的视线,想了想,道:"你先回去。"

齐副将一愣,忙说:"都尉大人,您答应末将……"

"先回去。"容棱打断他。

齐副将很不甘心,依依不舍地看了明香很久,很伤心,最后只能一步三回头地离开。

容棱瞧着明香,开口:"你气他,就因为那次的误会?"

明香鼓起嘴:"王爷,奴婢知道您想替他说好话,可奴婢也有奴婢的想法。若是王爷不顾奴婢意愿,非要奴婢嫁给他,奴婢遵从就是。只是您不用指望奴婢心甘情愿,奴婢心里带着火,嫁过去也不……"

"女子，到底喜欢什么样的男子？"

明香突然顿住，抬头看向书桌旁的冷峻男子："啊？"

容棱语气严肃："回答本王。"

明香不确定自己是否听错了："爷您是问，女子，都喜欢什么样的男子？"

容棱点头："嗯。"

明香仔仔细细看了自家王爷好一会儿，才回道："女子，自然喜欢贴心的男子。"

"比如？"

"比如冷了，会给她捂手。热了，会给她扇风。想吃什么了，只要说一声，就有人送到她手边。无论她发脾气，还是使性子，都能顺着她的心思。她说什么，就是什么。"

容棱仔细回忆，并不确定自己是否做到了这些。

"还有呢。"

"还有……"明香想了想，"还有我娘说的，无论娘子做错了什么，但只要她哭了，就一定是相公的错。"

容棱不解："为何？"

"因为女子都是不认错的。"明香理直气壮。

容棱沉默。

明香又说："当然，奴婢说的这些，都是自个儿的心思，不是所有女子都这样。不过爷这样的身份，能嫁给您的女子，已是上辈子积了大德。哪怕爷不那么贴心，不那么宠她，她必然也会对爷死心塌地。"

宠吗？容棱思索了一下，好像有了些头绪。

他挥手，让明香下去。

明香离开前，还特地又看了自家王爷一眼，心里猜测，究竟是什么样的女子，还能让爷这般苦恼。

所以，他们府里，马上就要有新主子了吗？

天气越发凉了。

相府的怀月院外面，突然响起乌星叫声。

"桀……桀……"

柳蔚立刻打开窗子，探头朝外面看去。

珍珠倏地一下身影飞转，在院子里的下人们来不及看到时，直接飞进柳蔚的屋子。

柳蔚对珍珠招了招手，珍珠便乖乖站到柳蔚手上。

柳蔚问道："可是出了事？"

"桀桀……"

"带我去！"

"桀桀桀桀……"

珍珠嚎了一阵儿，就飞上外面的天，跑不见了。

柳蔚从后门离开相府，一出巷口，果然就看到一辆马车，停在巷子中央。柳蔚看着马车上的纹路，走上前去。

刚走过去，车帘便被撩开，里面容棱探出头来。

柳蔚跳上马车，容棱将一个包袱丢给她，里面是一套男装。

"你先换上，立刻出京！"说完，容棱便利索地跳出马车，上了他的马。车夫开始驾车，柳蔚便在车厢内换衣服。

等换好了，柳蔚撩起车帘往外看，外头景象飞速而过，马车正是朝着城门方向驶近。

今日，辽州送至京都的四十六名孩子，全数抵达，但途经京郊时，其中一个孩子突然口吐白沫，浑身抽搐。

护送的镇格门护卫以为是癫痫症发，但其他孩子却说，不是癫痫。坏人曾给他们都吃过一种药，那药会让他们每个人不定期发病，病时神志不清，每次发病要长达一个时辰才会好。

护卫知道这些孩子是中毒了，便不敢鲁莽赶路，生怕车马颠簸，把孩子弄死了。就地休息，再派人立刻回城禀报都尉大人，最好是能派个大夫来。

禀报的人直奔三王府，王府中只有柳小黎和容矜东，柳小黎问过事情后，觉得不对，便派了珍珠去找容叔叔和娘亲。

马车驶了两个时辰，才抵达目的地。

一下马车，柳蔚便感觉迎面扑来个什么团子一样的东西，柳蔚本能地接住，就听到小黎脆生生地唤她："爹。"

柳蔚抱住小黎，又看到跟在小黎背后的容矜东，愣了一下，招呼："你是小矜？"

容矜东老实地点头："我是……"

柳蔚抬手，摸了摸他的头。

然后护卫头领带着一行人，停在了五辆大马车前，对着其中一辆道："就在里面。"

柳蔚撩开帘子，便看到里面数个小男孩缩在一起。

小男孩们身后是一个仰躺着，气息不稳，不断呻吟的孩子。数个小男孩宛若卫士一般，紧紧护着后面发病的。而且他们同时用一种警惕的目光，看着马车外的陌生人，每个小身体，都是紧绷着的。

柳蔚放下车帘，问护卫的头领："这些孩子一直这样？"

护卫头领点头道："从救出他们，他们便一直一群人待在一起。"

柳蔚问："其他人也是？"

护卫头领叹了口气，走向旁边那辆马车，撩开车帘。

这辆马车里，是数个小女孩。这些小女孩也是紧缩在一起，用惶恐不安的目光，看着外面的人。

尽管护卫说过会带她们去找她们的爹娘，每日给她们送吃的，但她们还是不能信任护卫们，她们只信任身边的小伙伴。

柳蔚眼中露出凉意，不是对这些小孩，而是对掳劫孩子的凶手！

护卫头领犹豫地道："大人，这……"

柳蔚面色微沉地对容棱道："把你的人带远点，孩子害怕。"

容棱这便吩咐镇格门的人，后退到至少一里外去。

等到人都退下了，柳蔚再次撩开车帘，自己没进去，却是推了推小黎和容矜东。

小黎很明白娘亲的意思，而容矜东只要跟着小黎弟弟就好了。

两人爬上马车，柳小黎对孩子们道："你们好。"

孩子们满脸警惕地看着小黎，一刻也不松懈。

小黎又往前面爬了两步，但却被叫住："别过来。"

这是一个颤颤巍巍的声音，音色颤抖。

有了一个孩子带头，其他孩子也纷纷有样学样，一只只小短手都挡在前面，抗拒柳小黎和容矜东靠近。

小黎只好停下来，坐在车厢里，眨着一双澄清的大眼睛，道："我不会伤害你们的。"

孩子们根本不信。

小黎很纠结，不知道该怎么证明自己。

容矜东坐在小黎后面，犹豫一下，从怀里摸出了两颗松子糖。他害羞地将糖放在车上，然后往前面推了推。

松子糖是小孩子的零食，这些小孩以前都是大家族的嫡子宝贝，年纪小的可能不认识，但年纪大点的，却肯定认识松子糖。顿时，就有几个孩子吞咽唾沫，瞧着那两颗松子糖的表情很是怀念，很是向往。

柳小黎见状，也打开自己的万能小背包，从里面抓出了几颗乱七八糟的糖，有松子糖，有橙皮糖，有梨子糖，各式各样，看着五彩斑斓。

"给你们，都给你们。吃吧，没关系的。"小黎大方地把糖全部往前推。

小孩子们面面相觑，显然还是很犹豫。

方才那个先说话的小男孩，此刻奶声奶气地道："你们要把林哥哥丢掉吗？"

小黎意识到林哥哥应该就是那发病的孩子，急忙摇头："不会的，不会的，我是大夫，我爹也是大夫，我们会给林哥哥治病。"

"骗人！"小男孩一脸愤慨，"你是个小孩，怎么可能是大夫！"

"我真的是大夫。"小黎很着急，转头拉拉容矜东，"小矜哥哥，你告诉他，我真的是大夫。"

容矜东没有像平时一样无条件地哄骗小黎,而是认真地说:"你还不是正经的大夫。"

小黎顿时很受伤,捂着胸口很惆怅。

容矜东想了想,蹭到小黎前面,对着这些比他小好多的孩子们道:"你们不用怕,小黎弟弟的爹爹很厉害,一定会帮助你们。如果你们不放心,我可以保证,或者,我留下来陪你们,如果外面的人伤害你们的林哥哥,你们就可以伤害我。"

说白了就是当人质!

小孩子们互相看了看,有些年纪太小,还不太明白这个逻辑,只是傻傻地问:"为什么要伤害你?"

容矜东觉得,作为年纪最大常识最多的小哥哥,他的压力突然很大。于是容矜东就开始跟这些弟弟们解释起来,尤其是把"自己如果当人质"的作用,讲解得非常详细。

这个车厢并不隔音,柳蔚和容棱在外面都听到了。

容棱觉得容矜东逻辑严谨,思维敏锐,倒不像一个被打压,吃穿不保的小可怜。该说不愧是皇家子弟?骨子里,就自带着一股睿智?只是年纪太小,这智慧稚嫩。

最后,在容矜东唇枪舌剑了足足两刻钟后,这些孩子终于愿意相信他的话了。

容矜东很高兴,主动走到他们那边,让他们抓住自己。

孩子们都不知道该怎么抓他,一个小孩索性爬啊爬,爬到他怀里,然后胖乎乎的小腿一盘,就坐在他的膝盖上。

容矜东顺手将小孩子搂住,确保小孩子不会滑落。

有了一个做示范,其他的也都围上来。没一会儿,容矜东怀里就坐了三个孩子,两只手还搂着四个,另外两个也贴着他坐着,小手还紧抓他的衣袖。

柳小黎看他们玩得很好,有点心痒,也想爬过去,一起往小矜哥哥身上挤。刚要动,就听到车厢外响起一声熟悉的咳嗽声。

"咳!"

小黎一个激灵,顿时不敢过去了,只是慢慢爬到人群最后头,将那个脸色发白的小孩弄出来。

一出车厢,柳蔚就接过去,小黎看没自己的事了,迟疑一下,问道:"爹,我可以进去和他们一起玩吗?"

柳蔚面无表情地盯着小黎。

小黎小身板一抖,连忙摇头:"我不玩了,我不玩了,我跟着爹帮忙。"

柳蔚不再说话,转身抱着那昏迷未醒的孩子到另一辆空置的马车里。

小黎心不甘情不愿地跟在娘亲后面。

空置的马车里已经铺上软软的衣服,柳蔚将发病的孩子放在衣服上,转首对小黎伸出手。

柳小黎从小背包里拿出银针，递给娘亲。

柳蔚捻着银针，在小孩的手上、头上、胸口几个穴道刺入，昏睡的孩子"唔"了一声，没一会儿，就软绵绵地睁开了眼睛。

柳蔚放柔了声音，轻轻地摸着小孩的头发，道："现在不要动，叔叔给你检查身体。"

小孩很抗拒，竟然挣扎起来。身上的针还没拔出，这样乱动，会碰到针。柳蔚只好加大力道将他固定好。

小孩带着哭腔求饶："我错了，我错了，我再也不跑了。不要杀我，不要杀我……"

柳蔚皱起眉，转首看了眼容棱。

容棱目光晦涩阴沉，一言不发。

"没事，没事，这里没人伤害你。乖，镇定下来，一定镇定下来。"柳蔚轻哄着，小黎在旁边看得傻傻的，没反应过来到底怎么了。

小孩没有被安抚，哭得越发伤心，但不敢哭得太大声，只敢小声抽泣，眼泪大颗大颗地往下掉。

柳蔚将他身上的针拔除，再将孩子抱起来，搂进怀里，拍着他的背，轻声道："不怕不怕了，小林不怕了。乖乖的，不哭了，不哭了……"

柳蔚声音很软，动作很小心。小孩哭了几下，发现这人不伤害他，就慢慢止住了眼泪。

柳蔚看他冷静了下来，就低声问："你叫什么名字？"

小孩打了个哭嗝，可怜兮兮地说："左……左林。"

柳蔚看向容棱。

容棱点头："御史左常平。"

柳蔚将他放下来，才说："你是御史左常平的儿子吗？"

左林小心地点了一下脑袋。

片刻后柳蔚下了马车，对容棱道："一个好消息，一个坏消息。"

容棱洗耳恭听。

"初步断定这些孩子出问题的地方，不是脑部，也就是与之前的那些人不同，凶手没有在孩子脑内植入东西。左林疼的地方是小腹以及胸腔，影响呼吸道，会造成短时间的呼吸紧张，不过这只是他一个人的症状。而且他情绪不稳定，我还要再问问其他孩子。"柳蔚把初步判断全说出来。

容棱点头，问道："那个孩子没事了？"

柳蔚摇头："我要再看看才能确定。"

"现在？"

柳蔚点头："应该花不了多少时间，若是等到回京，怕是不方便。"

容棱知道柳蔚的意思，这么多孩子，身体情况不明，若是被父母接回去，之后治疗就有麻烦。一来，太医很可能涉入其中；二来，柳蔚也不能挨家挨户去检查。

两人很快达成共识。

柳蔚看着五辆一模一样的马车，对容棱道："先从相熟的孩子开始，知道底细，或许好沟通。"

下一个换出的是容耘，虽然容棱对这个皇弟不是很亲近。

柳蔚的手摸在容耘的脑袋上，问道："你发过病吗？"

容耘知道发病是什么意思，就点点头，然后伸出一根胖胖的手指。

"你是说，你发病过一次？"

容耘点点头。

柳蔚又问："他们给你吃过什么吗？是吃了什么才发病的吗？"

容耘不知道怎么说，他每天都要吃东西，有时候是糊糊，有时候是羊奶。他不吃东西会死的。

意识到这个问题得不到答案，柳蔚又按住容耘胸口部分："发病的时候，这里疼吗？"

容耘立刻点头。

"会喘不上气吗？"

再次点头。

"会吐白沫吗？"

继续点头。

容耘基本和左林症状相似。但左林说，他被喂过一种药，一种很苦很苦的药，大概只喂了一勺的分量。

柳蔚让小黎如实记录，便打算将容耘送回去。

容耘却咬着手指，突然说："蝴蝶。"

柳蔚一愣，抬头，果然看到天上飞来一只白色蝴蝶，这么冷的天，还有蝴蝶在飞。

确定这种蝴蝶没毒，柳蔚伸手卷起一阵掌风，将那蝴蝶捉住，捏住翅膀，递到容耘面前："你要这个玩吗？"

容耘眼睛晶亮，狠狠地点头！

柳蔚就把蝴蝶递给孩子，温和地说："你要拿稳，要是飞走了，就没有了……"

柳蔚的话还没说完，容耘直接抓住蝴蝶，把蝴蝶翅膀给掰了，然后囫囵着塞进嘴里，把一只活生生的蝴蝶，生吃了！

容耘吧唧吧唧嚼完，咽下去后，笑得特别开心："好吃，好吃。"

柳蔚："……"

容棱："……"

柳小黎眨巴眨巴眼睛："他为什么要吃蝴蝶？没有吃饱饭吗？"

吃了一只，容耘并不满足："还要，还要……"

柳蔚皱眉问道："为什么喜欢吃蝴蝶？"

容耘很天真地说："好吃……"

"为什么会好吃？"

容耘困惑，自己也不明白为什么蝴蝶会好吃，就是连续地说："好吃，好吃……"

柳蔚叹了口气，让小黎将这项记录下来，决定该找个沟通能力好的大孩子仔细问问。

这次柳蔚要严丘，容矜东又把严丘换出来。

柳蔚看着不哭不闹的严丘，倒是有些惊讶："你不怕吗？"

严丘白净的小脸上露出凉意，一言不发。

柳蔚笑道："不愧是将门之后，你爹厉害，你也厉害。"

严丘声音软绵，音色却很冷酷地道："不用拿我爹来哄我，要杀就杀，我不怕死。"

柳蔚刮刮小家伙的鼻尖："谁要杀你？"

严丘哼了一声，扭过头去，不让柳蔚碰自己的鼻子。

柳蔚托着小家伙，耐心地问："你喜欢吃蝴蝶吗？"

严丘皱起眉："不喜欢！"

"那你会吃蝴蝶吗？"

"不会！"

"为什么别人会吃？"

"你问别人啊！"严丘一脸倔强，言语更是毫不留情。

柳蔚失笑，继续问："想你娘吗？"

严丘不说话。

"想你爹吗？"

严丘还是沉默。

"还有你祖母，你的哥哥。对了，你哥哥的身体好了很多，他说很想你。"

"骗人！"严丘脱口而出，"我哥哥不喜欢我！他的身体也不会好！你不用骗我了，我什么都不会说！"

"我不骗你。"柳蔚柔声道，"你哥哥以前不喜欢你，那是因为你哥哥的身体不好，但你的身体却很好，他很羡慕你，所以排斥你。可是他的身体现在也快好了，所以他了却了心结，就开始想你，思念你，盼你早日回去，健健康康地回去。"

严丘狐疑地看着柳蔚，似乎在揣测，这些话到底是真是假。

柳蔚双目含着笑，让小家伙此刻看个够，表情一片真诚。

过了良久，严丘才垂眸，问道："我哥哥的身体……真的会好吗？"

"会的。"柳蔚肯定道。

严丘抿唇："我娘说，哥哥的身体永远不会好……"

"你娘太早放弃了，你哥哥中了一种毒，那种毒把他害得很惨。但是这种毒，我可以解，所以他就会好。"

"你？"严丘不信。

"就是我。"柳蔚点头。

严丘摸摸柳蔚的下巴，说道："你没有胡子。"

柳蔚捏住小家伙的手，放在唇上，轻轻亲了亲："不是所有名医，都必须有胡子，况且，有胡子的那些，治不好你哥哥。"

严丘挣扎了一下，最后妥协了："你问吧。"

柳蔚便问："其他孩子，会吃蝴蝶吗？"

严丘眼神黯淡一下，沉重地颔首："会吃。"

"为什么？"

严丘垂着一双眼睛，道："第一次是小花妹妹，小花妹妹被那种蜘蛛咬了一口，过了几天，就开始找虫子吃……"

"蜘蛛？"柳蔚皱起眉，"什么蜘蛛？"

"黑色的蜘蛛，身上有绿色斑点。那些人管蜘蛛叫'宝宝'，但是不让蜘蛛咬我们大孩子，只咬弟弟妹妹。"

"还有呢？"

"被蜘蛛咬过，就会吃虫子。那些人说，那是本能……"

柳蔚问道："你们大孩子，是喝一种很苦的药吗？大概是一勺子的量对不对？"

"那是好药。"严丘说，"喝了那个药，才能抵挡住发病时候的痛。"

柳蔚抱紧了这可怜的孩子。

等到问题了解得差不多了，已是一个时辰过去。

柳蔚与容棱走到一边，容棱断定道："控制。"

柳蔚不解："控制？"

容棱看着柳蔚，说道："控制这些孩子，实则是为控制朝堂官员。"

经过容棱这么一说，柳蔚便明白了。若权王真有造反之意，那权王在京都便要培养势力。可京都这样的地方，一个亲王，又怎能千里迢迢地在这里培养出势力？那便只有策反了！

策反谁？自然是越大的官越好！要怎么策反？利诱？那也未必是人人都贪钱，要是遇到个公正廉明的，指不定第二天就到皇上面前奏你一本。所以，权王需要捏着官员们的孩子，这些官员哪怕还有铁骨铮铮的，但至少有一大部分，会因孩子而妥协。

尤其权王拐走的，都是各家嫡子、嫡孙，都是生命金贵的孩子，而不是庶子庶女。甚至有好些，还是家中独子，自是让其父母家人更加舍不得。

这些大人物之间的角逐，柳蔚听了开头，便不想深思了。

现在孩子已经找到了，她接下来要做的，就是先将孩子们的身体治好，送回各家去。如此，任务就完成了，而其他的自有容棱。

至于皇上要怎么对付权王，是派兵镇压，还是好言谈和，这些都不是她该操心的事了。